Fantasy

Herausgegeben von Wolfgang Jeschke

Von Philip José Farmer erschienen in der Reihe
HEYNE SCIENCE FICTION & FANTASY:

Die Irrfahrten des Mr. Green · 06/3127, auch ↗ 06/1004
Das Tor der Zeit · 06/3144, auch ↗ 06/1006
Als die Zeit stillstand · 06/3173, auch ↗ 06/1011
Der Sonnenheld · 06/3265, auch ↗ 06/3975
Der Mondkrieg · 06/3302
Die synthetische Seele · 06/3326
Der Steingott erwacht · 06/3376, auch ↗ 06/1005
Lord Tyger · 06/3450
Das echte Log des Phileas Fogg · 06/3494, auch ↗ 06/3980
Die Flußwelt der Zeit · 06/3639
Auf dem Zeitstrom · 06/3653
Das dunkle Muster · 06/3693
Das magische Labyrinth · 06/3836
Die Götter der Flußwelt · 06/4256
Jenseits von Raum und Zeit · 06/4387
Fleisch · 06/4558

Das Dungeon:

1. Roman: *Der schwarze Turm*
(von Richard A. Lupoff) · 06/4750
2. Roman: *Der dunkle Abgrund*
(von Bruce Coville) · 06/4751
3. Roman: *Das Tal des Donners*
(von Charles de Lint) · 06/4752
4. Roman: *Der See aus Feuer*
(von Robin W. Bailey) · 06/4753
5. Roman: *Die verborgene Stadt*
(von Charles de Lint) · 06/4754
6. Roman: *Das letzte Gefecht*
(von Richard A. Lupoff) · 06/4755

Diese Liste ist eine Bibliographie erschienener Titel
KEIN VERZEICHNIS LIEFERBARER BÜCHER!

Inhalt

PHILIP JOSÉ FARMER

DAS DUNGEON

SECHSTER ROMAN

DAS LETZTE GEFECHT

von

RICHARD A. LUPOFF

Deutsche Erstausgabe

Fantasy

WILHELM HEYNE VERLAG
MÜNCHEN

HEYNE SCIENCE FICTION & FANTASY
Band 06/4755

Titel der amerikanischen Originalausgabe
PHILIP JOSÉ FARMER'S THE DUNGEON
BOOK 6: THE FINAL BATTLE
Deutsche Übersetzung von Alfons Winkelmann
Das Umschlagbild schuf Robert Gould
Die Illustrationen im Anhang sind von Alex Jay

Redaktion: E. Senftbauer

Printed in Germany 1991
Umschlaggestaltung: Atelier Ingrid Schütz, München
Satz: Schaber, Wels
Druck und Bindung: Elsnerdruck, Berlin

ISBN 3-453-04509-2

Vorwort

Sie halten hier ein Buch in Händen, das in vielerlei Hinsicht an das letzte Buch der Bibel erinnert: *Die Offenbarung des Johannes.*

Alles wird erklärt; alle losen Fäden werden zusammengeknüpft. Die Geheimnisse und das Mysterium werden enthüllt. Die Posaunen der Engel verkünden das Öffnen der Siegel, und wir sehen, wer die Engel, wer die Teufel, wer die Feiglinge und wer die Helden und Heldinnen sind.

Ich werde Ihnen nicht verraten, wer diesen gewaltigen Kampf gewinnt. Lesen Sie's selbst.

Dies ist der sechste Roman des *Dungeon-Zyklus: Das letzte Gefecht*. Der letzte Band eines Epos, das mit Band I begann: *Der schwarze Turm*. Beide Bände wurden von Richard Lupoff geschrieben. Die Bände II — V schufen andere Autoren. Alle Bände leiteten sich aus dem ›Geist‹ meiner eigenen Werke ab, nicht als Abklatsch einer meiner eigenen Zyklen, sondern als Romane, die für sich selbst stehen.

Ich machte mir (ein wenig) Sorgen wegen der ungeheuren Aufgabe, der sich Richard Lupoff gegenübersah, als er diesen abschließenden Band schrieb. Er gab einen glänzenden Startschuß, setzte die Kugel in Bewegung. Nein, das stimmt nicht ganz. Er brachte eine Lawine ins Rollen. Sein erstes Buch war die Explosion, die die Lawine ins Rollen brachte. Jeder folgende Band fügte dem Gemenge etwas hinzu, das da den Berg hinabrutschte und -polterte. Und Lupoff hatte keinerlei Vorstellung davon, wie jeder weitere Autor den Plot entwickeln, neue Thematiken, Verstrickungen und Figuren einführen würde, die er erklären müßte.

Es war, als hätten fünf Weber an einem Teppich gewebt, und vier davon hätten lediglich einen allgemeinen Hinweis auf das Muster gegeben. Nachdem diese vier ihre Arbeit getan hatten, wurde der erste Weber auch der letzte. Es war sein Ziel, das Muster zu beenden und der Arbeit der vorangegangenen vier Werke einen Sinn zu verleihen. Er mußte ein Muster gestalten, das in gewisser Weise die übrigen Muster magisch neu zu formen hatte, damit das Ergebnis eine für sich selbst stehende Arbeit wäre.

Im großen und ganzen wurde dieses Ziel erreicht.

Nur ein Autor wüßte, wieviel Schweiß Lupoff dabei vergossen hat, in die Schubladen seiner Vorstellungskraft und Erfindungsgabe zu greifen, um eine Erklärung dafür zu finden, wovon er noch nicht einmal geträumt hatte, als er den Eröffnungsband schrieb.

Er mußte tief tauchen, um die kostbaren Perlen heraufzuholen.

Sie halten nicht nur diese Perlen in Händen. Sie besitzen ein Buch (wenn man diesen Band als Teil eines sechsbändigen Buchs betrachtet), das eine Art Enzyklopädie — oder Handbuch — der meisten traditionellen Themen der Science Fiction und Fantasy darstellt. Ergänzend bringt es weitere Themen. Aber die traditionellen Themen sind neu angeschnitten worden und ergeben neue Romanfacetten.

Alte oder traditionelle Themen wie Zeitreisen, parallele Welten, alternative Universen, Formveränderung etcetera sind niemals ausgestorben oder hinfällig geworden. Sie werden immer neu bearbeitet oder werden immer neu bearbeitet werden. Menschliche Erfindungskraft wird die traditionellen Themen neu gebrauchen oder anwenden oder auch neu erklären.

Diese sechs Bände enthalten alles oder fast alles davon. In der Tat, wenn ich den letzten Band geschrieben hätte, hätte ich klammheimlich einen magischen Ausguß eingeführt. Oder eine Chiralität oder einen supervernetzten Ausguß, um's etwas wissenschaftlicher klingen zu lassen.

Dafür habe ich eine Schwäche. Ich finde es einfach witzig.

Eine Erfindung, die ich in diesem Zyklus bewunderte, ist Esmond der Ungeborene. Es mag einen literarischen Vorfahren für Esmond geben, aber ich kenne ihn nicht; wenngleich es da einen Bezug zu einem Uni dem Ungeborenen in der Genealogie einer isländischen Saga gibt: *Die Geschichte des Verbrannten Njal.* Aber das ist nur ein Name ohne Erklärung des Beiworts. (Wie gefiele es Ihnen, mit einem derartigen Namen durchs Leben zu gehen?) Ich bezweifle, daß dies die Quelle für die Figur des Esmond war.

Sie haben hier ein Werk vor sich, dessen Umfang den Umfang des Werks des Dichters John Milton (1608—1674) sprengt. In dessen großen epischen Werken ging es um Himmel und Hölle und um den Konflikt zwischen Gut und Böse — *Paradise Lost und Paradise Regained. Das Dungeon* deckt nicht nur obengenannte Subjekte und Räume ab, es führt darüber hinaus in weitere Dimensionen.

Die Sprache jedoch ist nicht die Sprache von Milton. Wenn sie's wäre, würden Sie diesen Zyklus vielleicht gar nicht lesen mögen. (Ich entschuldige mich gleich bei denjenigen, die beide Werke lesen.) Aber sie bewegt sich sicherlich im Miltonschen Bereich, und sie handelt gleichfalls vom Kampf zwischen Gut und Böse. Die Guten denken jedoch über die Realität nach. Sie sind vom Bösen leicht angehaucht; sie sind nicht vollkommen. Aber während der Held zum Beispiel gegen Natur und feindliche Wesen und Kräfte kämpft, kämpft er zugleich im Innern darum, Vorurteile und irrationales Verhalten zu überwinden.

So gesehen ist Clive Folliot menschlich, anders als Miltons Satan. Da er ein gefallener Engel ist, besitzt Satan keinerlei Selbstzweifel und keinerlei Bewußtsein davon, daß er falsch handelte. Er bezweifelt einzig und allein, ob er den Kampf gegen den Himmel gewinnen kann oder nicht. Unser Held Folliot zweifelt daran, ob er die Kräfte des Bösen oder — ganz real gesehen — die Feinde der Hölle besiegen kann. Aber da es sich hier um einen Science Fiction-Roman handelt, ist die Hölle ihrem Ursprung und ihrer Natur nach etwas ganz anderes als Miltons Hölle. Und sie bringt auch nicht die gleichen Wesen hervor, obwohl ihre Natur die gleiche ist.

Ohne ein Programmheft können Sie wirklich nicht die Engel von den Teufeln unterscheiden. Sie müssen bis zum letzten Akt warten.

Trifft das jedoch nicht auch auf unsere eigene Welt zu, auf die Erde, die wir kennen? Hielten wir Engel nicht für Teufel und umgekehrt? Und wenn auch die Menschen ihre Gestalt in der wirklichen Welt nicht ändern können: Tun sie nicht trotzdem etwas ähnliches? Legen sie nicht verschiedene Masken an, spielen sie nicht verschiedene Rollen, je nach ihrer Umgebung und den Leuten, mit denen sie es zu tun haben?

Wir ändern alle unser Gesicht, wenn man das Gesicht als ›Rolle‹ oder als ›Angepaßtsein‹ definiert.

Ein weiteres unerwartetes Konzept ist die Einführung einer Figur, die angeblich nur im Roman existierte, die jedoch hier als wirklich eingeführt wird. Davon war ich sehr überrascht, obgleich ich eigentlich nicht überrascht sein dürfte. Schließlich habe ich derartiges gleichfalls bereits getan. Und Lupoff, im Bewußtsein, daß dieser Zyklus in meinem ›Geist‹ geschrieben wurde, hat Farmer ›überfarmert‹.

Ich werde nicht sagen, um wen es sich handelt, aber er wird bekannt sein. Selbst diejenigen, die nichts von ihm lasen, werden ihn aus Filmen kennen. Ich war entzückt, als er plötzlich auftrat.

Wir haben hier ein klassisches Beispiel einer ›Such‹-Geschichte vor uns. Die *Odyssee* schwingt darin mit, die Erzählung von Jason und dem Goldenen Vlies, die Suche nach dem Heiligen Gral, das Märchen vom tapferen Schneiderlein, die Sage von Siegfried dem Drachentöter, der großen Verführerin Lilith und Ayesah, von Castor und Pollux, die Reise des Helden in die Unterwelt und — tatsächlich — der Heldenzyklus, den Joseph Campbell und Robert Graves entwarfen.

Das ist nur gut so, denn so etwas zupft an den Saiten des Unbewußten, an jenem Teil des kollektiven Unterbewußtseins, das diese ursprünglichen Geschichten enthält. Aber die so erzeugte Musik besitzt Töne, die unseren Vorfahren seltsam erschienen wären. Sie wußten nichts von Zeitreisen, von Reisen zwischen fernen Sternen, von den fürchterlichen und zerstörerischen Waffen in dieser Geschichte, von anderen Dimensionen, von Computern, von Supernetzwerken.

Die Änderung der Gestalt war ihnen jedoch vertraut. Diese Vorstellung muß unter den Steinzeitmenschen populär gewesen sein, ehe die Literatur erfunden wurde. Sie war tatsächlich weit verbreitet bei den Naturvölkern, die erst in unserer Zeit entdeckt wurden. Derlei Geschichten haben existiert, seit die Menschen zu sprechen begannen.

Ich nehme gleichfalls an, daß die Idee anderer Dimensionen in den Ideen von Himmel und Hölle, vom unterirdischen Nachleben der alten ägyptischen und griechischen Religionen, der Tir na nOg, der Ander-Welt der irischen Mythen, dunkel angedeutet wurde. Aber diese Ideen besaßen keinerlei wissenschaftlichen oder pseudowissenschaftlichen Hintergrund. Sie gehörten strikt dem Übernatürlichen an.

Unser Held Clive Folliot ist ein Mann, der gleichzusetzen ist mit Odysseus oder Parzival. Er beginnt mit der Suche nach dem verschollenen Bruder und endet so, wie er es sich nie erträumt hätte, als er die lange und schmerzhafte Suche begann. Er hätte sich in der Tat eine solche Fahrt nicht einmal vorstellen können, da er nicht wußte (nicht wissen konnte), daß derlei Dinge tatsächlich existieren. Er hätte davon auch in den wildesten Geschichten nichts gefunden, die ihm jemals unter die Augen gekommen waren.

Eine wilde Vorstellungskraft ist, glaube ich, einer meiner Charakterzüge. Das gegenwärtige Buch, der gesamte Zyklus, spiegelt sicherlich diesen Aspekt meines Charakters wider und zeigt somit den ›Geist‹ meiner Werke.

Sie haben hier ein wildes Buch im besten Sinne des Wortes vor sich. Wie bei allem Wilden kann dessen Inhalt nicht vorhergesagt werden. Er ist voller Wunder und Überraschungen.

Philip José Farmer

KAPITEL 1

Die neunte Ebene

Einen Augenblick lang war er so sehr vom Weiß geblendet, daß er überhaupt nichts wahrnahm. Nicht die Kälte, nicht den Wind, nicht die Wolken, die sich am Himmel wälzten wie etwas Lebendiges. Das würde er noch alles wahrnehmen — jedoch noch nicht jetzt.

Clive Folliot schlug die Hände vor die Augen.

Es war, als wäre er von einer festen Masse von Licht getroffen worden, von der reinen Essenz einer unbestimmten und derartig überwältigenden Farbe, daß sie sich ihren Weg hinter die Iris der Augen bahnte und den ganzen Schädel erfüllte. Ihm war schwindelig angesichts des blendenden Angriffs. Er spürte, wie er benommen stolperte und auf die Knie sank.

Instinktiv stützte er sich mit den Knöcheln einer Hand auf der harten Oberfläche ab, um das Gleichgewicht zu wahren und nicht vornüberzufallen. Wenn er das zuließe, so befürchtete er, könnte er vielleicht ausrutschen und ins Nichts hinabrollen.

Sein Ortssinn war völlig abhanden gekommen.

Er hatte keine Ahnung, wo Osten oder Westen, oben oder unten war. Ihm war, als wäre er mitten hinein in die Erde oder in den Himmel gefallen.

Er drückte die Finger der anderen Hand auseinander. Er wurde von dem Weiß noch immer fast erschlagen, aber er war jetzt imstande, es ein wenig in Schranken zu halten. Und die Augen paßten sich auch allmählich an. Nachdem er sich vom ersten Schock über die unerträgliche Helligkeit erholt hatte, erhielt er ein verschwommenes Bild der Welt, in die er da gefallen war.

Weiß in allen Richtungen. Weiß oben und Weiß unten.

Und jetzt fielen ihm allmählich andere Dinge auf. Jetzt bemerkte er die Kälte, und jetzt bemerkte er den Wind, der ihm in die Wangen und Hände stach, und jetzt warf er den Kopf zurück und betrachtete mit zusammengekniffenen Augen den Himmel über sich. Die Wolken wälzten sich noch immer dort oben und verfolgten einander wie wilde Tiere auf einer kannibalischen Jagd.

War dies die neunte Ebene des Dungeon? Eine Wildnis aus winddurchtostem eisigen Weiß? Er lenkte die Gedanken zurück zu seinem ersten Schritt in das Dungeon, diese fremdartige Welt (oder diese Reihe von Welten — er war sich da niemals sicher), wo er Gott weiß wie lang herumgeirrt war.

Er hatte das Dungeon im Sudd betreten, jenem mysterienbeladenen Sumpf nördlich des äquatorialen Seenlandes, wo er Antwort gesucht hatte auf das rätselhafte Verschwinden seines Bruders Neville. Neville, der sich aufgemacht hatte, die Oberläufe des Weißen Nils zu finden und der vom Kontinent Afrika und der Oberfläche der Erde verschwunden war.

Clive hatte sich in Begleitung von Quartiermeister Sergeant Horace Hamilton Smythe und dem alten verhutzelten Sidi Bombay befunden, als er durch einen Felsen, ähnlich einem großen schimmernden Diamant mit einem Herz wie ein pulsierender Rubin, in eine Welt aus Schwärze und Geheimnis gestolpert war. Der Sudd war ein Ort betäubender Hitze gewesen, und das Dungeon ...

Die erste Ebene des Dungeon, die Welt von Q'oorna, war eine Welt der Schwärze gewesen. Schwarze Erde, schwarze Vegetation, schwarze Landschaften, durch die sich schwarze Flüsse unter einem ewig schwarzen Himmel dahinwanden. Über allem stand die rätselhafte Spirale funkelnder Sterne.

Clive hatte sich durch acht Ebenen des Dungeon gekämpft und befand sich jetzt offenbar auf der neunten

Ebene. Die neunte Ebene: eine Welt von blindmachendem Weiß und betäubender Kälte.

Der Wind blies ihm schneidend in die Ohren, aber daneben vernahm er ein anderes Geräusch, ein Geräusch wie das Brummen eines Motors. Diesmal war er imstande, den Himmel abzusuchen, ohne vor Schmerz über das reine brennende und leuchtende Weiß zurückzuweichen. Er drehte sich langsam auf dem Absatz herum und studierte den Himmel, bis er ein Funkeln erhaschte.

Und noch einmal.

Er identifizierte es als die Quelle des Brummens. Und jetzt sah er den schwarzen Punkt im gräulichen Weiß. Ein Punkt, der wuchs und Form annahm. Er erinnerte an ein Kreuz, und einen Augenblick lang befürchtete er, wahnsinnig zu werden, eine religiöse Halluzination zu erleben; als der Punkt jedoch größer wurde, konnte er allmählich etwas Schwanzförmiges sowie eine wirbelnde Scheibe an der Vorderseite ausmachen, die er als Luftschraube erkannte. Einen Propeller, wie sie seine Ururenkelin genannt hatte.

Es war ein Flugzeug, und Form und aufgemalte Zeichen wiesen darauf hin, daß es sich um eben jene Nakajima 97 handelte, worin Annie dem japanischen Lager im Neuen Kwajalein-Atoll entkommen war, auf der Ebene ... Er konnte sich nicht einmal mehr daran erinnern, auf welcher Ebene des Dungeon sie sich aufgehalten hatten, als sie dem kaiserlichen japanischen Marineregiment begegnet waren.

Die Nakajima wackelte mit den Flügeln.

Als Antwort winkte Clive mit der Hand.

Das Flugzeug kam tiefer. Er sah Annie im Cockpit, die Hände um das Steuer der Nakajima geklammert. Er winkte verzweifelt mit beiden Armen. Annie hob eine Hand und erwiderte den Gruß. Clive sah tatsächlich ihre Gesichtszüge, bemerkte, wie sie ihm zulächelte.

Und dann verschwand die Nakajima.

Es gab nur wenig oder gar kein Geräusch — vielleicht ein äußerst schwaches *Plopp*, das im schneidenden Polarwind unterging. Das Schimmern eines farbigen Lichts, ein gespenstisches Purpurrot, das zu einem Lavendelblau verblaßte und dann verging.

Und dann war die Nakajima verschwunden. Es blieb ein kleiner glänzender Punkt im Himmel, als ob das Notsignal eines Seemanns ausgebrannt wäre. Dann war auch der Punkt verschwunden, und eine winzige Flocke von Wolke beschleunigte, verblaßte und war schließlich völlig im Wind verschwunden.

Clive blinzelte und rieb sich die Augen. War das Flugzeug wirklich vorhanden gewesen? Er hatte zunächst angenommen, daß er eine religiöse Halluzination erlebt hätte. Das war ganz eindeutig nicht der Fall. Aber war dies nur eine andere Art von Halluzination gewesen? Hatten sein gemartertes Gehirn und die halberblindeten Augen die Illusion eines Flugzeugs heraufbeschworen?

Oder hatte das Dungeon ein weiteres Rätsel — und vielleicht einen weiteren Schrecken — seiner langen Reihe von Rätseln hinzugefügt?

Ein leiseres Geräusch flüsterte im brausenden Wind und wurde lauter. Es war ein metallenes Klicken, ein mechanisches, fast metronomhaftes Klacken.

Clive fuhr herum und sah etwas wie das Aufziehspielzeug eines Kindes über das Eis hinweg auf ihn zukommen. Im ersten Augenblick wirkte es winzig, aber beim Näherkommen erwies es sich weder als winzig noch als Spielzeug, sondern es war größer als er selbst. Das klickende Geräusch rührte von der Berührung der metallenen Füße mit der Eisoberfläche her.

»Clive Folliot! Wesen Clive Folliot!«

Die Stimme war mechanisch und gleichmütig, aber Clive erkannte sie auf der Stelle und spürte, wie das Herz vor Freude einen Sprung tat. »Chang Guafe!«

»Es freut mich zu sehen, daß du noch immer funktionierst, Wesen Clive!«

»Und es freut mich gleichfalls, dich zu sehen, alter Freund. Ich fürchtete, allein zu sein, gestrandet hier in der neunten Ebene des Dungeon. Chang Guafe, hast du das Flugzeug mit Annie am Steuer gesehen?«

»Sind wir also dort — auf der neunten Ebene? Nein, Wesen Clive, ich sah kein Flugzeug.«

Clive wandte sich langsam um und durchsuchte das ungebrochene Weiß. Wenn Chang Guafe nur Minuten früher angekommen wäre, sogar nur Sekunden eher, hätte er das Vorhandensein der Nakajima bestätigen können. Er hätte sich vielleicht außerstande gesehen, das anschließende Verschwinden zu verhindern, aber er hätte Clive zumindest sagen können, daß er nicht verrückt war. »Die neunte Ebene«, grummelte Clive. »Wo könnten wir sonst sein?«

Chang Guafe hob in grotesker Parodie eines Achselzuckens die Schultern. Als ihm Clive zum erstenmal begegnet war, war der fremdartige Cyborg imstande gewesen, seine Gestalt fast willkürlich zu verändern, neue mechanische Teile auszustrecken und die organischen Komponenten so anzuordnen, wie es die augenblickliche Lage erforderte. Die Herren des Dungeon, jene rätselhaften Gestalter des Schicksals ungezählter Opfer, hatten Chang Guafes Fähigkeiten verkrüppelt. Aber Chang Guafe war damit fertiggeworden. Ein Wesen mit dem eisernen Willen und der Intelligenz von Chang Guafe wurde mit fast allem fertig. Mit fast allem. Fast, fast ...

»Eine gute Frage, Wesen Clive.« Chang Guafe nickte, und die künstlichen Sensoren reflektierten das Weiß. Wenngleich die Sonne durch die Wolken nicht klar erkennbar war, stand sie doch als schimmernder heller Fleck nicht weit über dem Horizont. »Wir erfuhren, daß das Dungeon neun Ebenen umfaßt, und wir sind durch acht davon gefahren. Daraus folgt offenbar, daß wir die neunte und abschließende Ebene erreicht haben. Ist sie dann also eine weiße Wildnis? Das ist offensichtlich ein unpassender Anti-Höhepunkt unseres langen Abenteuers!«

»Aber wenn das hier nicht die neunte Ebene ...« Clives Handbewegung umfaßte die ganze Umgebung. »Wenn das hier nicht die neunte Ebene des Dungeon ist«, fuhr er fort, »was ist's dann? Wo mögen wir sein? Warum wurden wir hierhergebracht, und was können wir damit anfangen?«

Ihn durchlief ein heftiges Schaudern und erinnerte ihn zum erstenmal daran, wie kalt ihm war. Er hauchte in die Hände, um sie zu erwärmen, holte erneut Luft und stieß sie aus. Die Luft dampfte wie Rauch. Er trug lediglich die Kleidung, die er auf der achten Ebene des Dungeon getragen hatte — kaum eine angemessene Ausstattung für die gegenwärtige eisige Umgebung.

Welche Schande, wenn er hier, der Kälte ausgesetzt, allein stürbe! Wenn er hier stürbe, der Kälte ausgesetzt, nachdem er alle Gefahren des Dungeon überstanden hatte, die Kämpfe mit Männern und Ungeheuern und einmal sogar mit den Dämonen der Hölle ...

Aber eine Idee traf ihn wie ein Schlag. »Chang, du besitzt doch Sinnesorgane, weit feiner als die der Menschen. Glaubst du ...«

»... daß es irgendwo«, setzte Chang Guafe Clives Gedanken fort, »vielleicht sogar in der Nähe, etwas anderes in dieser Welt gibt als konturloses Weiß?«

»Genau! Vielleicht irgend etwas, das von dem Glanz verborgen wird.«

»Bleib stehen, Wesen Clive! Ich werde sehen, was ich tun kann.«

»Hast du irgendeine deiner Fähigkeiten zurückerhalten, womit du dich verändern kannst?«

Chang Guafe stieß ein entsetzliches Knirschen aus. Der Teil des Fremdwesens, den Clive für den Mund hielt, verbog sich zu einer Form, die Clive für ein Lächeln hielt. »Du sahst die Hölle selbst, Wesen Clive, und du weißt etwas von den Qualen der Verdammten. Verglichen mit dem Schmerz, mit dem ich mich erholte, mein Freund, sind die Qualen der Verdammten so vergnüglich wie ein Betriebsausflug. Aber ja, Wesen Clive, ich habe den Bann gebrochen, der über mir lag. Und ich werde mich für jede Zuckung des Schmerzes rächen, die mich das kostete! Aber jetzt — sieh her, mein Freund!«

Vor Clives Augen unterzog sich Chang Guafe einer erstaunlichen Verwandlung. Er spreizte die mechanischen Gliedmaßen wie eine riesige Spinne — und stellte sich so aufs Eis. Wie ein Sehrohr reckte Chang Guafe den Hals immer höher, bis er doppelt so hoch wie ein Mann aufragte, und dann noch etwas mehr.

Seltsame Apparate traten aus Chang Guafes Kopf heraus, fedrige Filamente wie die Fühler eines afrikanischen Nachtfalters und glitzernde vielfacettige Sehapparate wie die erstaunlichen Augen einer Fliege oder Honigbiene. Langsam drehte Chang Guafe den Kopf in einer Weise, wie es jedem gewöhnlichen Lebewesen unmöglich gewesen wäre, jedoch mühelos und natürlich aussah bei diesem Wesen, das mehr Maschine als Organismus war.

Schließlich hatte Chang Guafe die Drehung vollendet und blieb stehen. Der Teleskophals zog sich zusammen, bis sich die seltsame Anordnung von Organen und Apparaten — Chang Guafes ›Gesicht‹ — fast wieder in Augenhöhe mit Clive Folliot befand.

»Du hattest recht, Wesen Clive.« Chang Guafe nickte feierlich. »Unter unseren Füßen erstreckt sich das Eis weit hinab, bis es schließlich auf Wasser trifft, das etwas wärmer ist als das Eis. Aber da drüben«, — er hob eine der Gliedmaßen und benutzte die klauengleichen Auswüchse, als zeige er mit einem Finger —, »erhebt sich das Eis so hoch wie ein Bungalow. Es ist, als ob ein Eisberg in diesem Eisfluß gefangen sei. Und in diesem Eisberg …«

»Ist was?« Clive konnte seine Neugier nicht bezähmen.

»Kann ich nicht in allen Einzelheiten sagen, aber meine Sensoren deuten auf eine Unregelmäßigkeit in der Dichte hin.«

Clive war enttäuscht. »Eine Unregelmäßigkeit in der Dichte, Chang Guafe. Und was hat das zu bedeuten?« Clive legte die Finger in die Achselhöhlen und versuchte so zu verhindern, daß ihm die Fingerspitzen erfroren. Er stampfte mit den Füßen, um sie vor dem Erfrieren zu bewahren. Er konnte noch eine Weile länger auf dem Eis bleiben, aber nur eine Weile. Und dann ...

»Ich möchte es anders ausdrücken«, knarrte der Cyborg mechanisch. »Wenn der Eisberg ein fester Block wäre, gäbe es nur wenig Unterschiede in der Dichte. Statt dessen entdeckte ich einen großen Unterschied. Meine Schlußfolgerung lautet daher, daß diese Unterschiede Zonen größerer Dichte als gewöhnliches gefrorenes Wasser umfassen und daß der Eisberg mithin Objekte, Artefakte oder sogar eingefrorene Wesen umschlossen hält.«

Chang Guafe zog die Füße unter den Körper, erhob Kopf und Rumpf übers Eis, so daß er Clive Folliot ins sorgenvolle Gesicht sah.

»Der Eisberg enthält gleichfalls Nischen von weit geringerer Dichte als gewöhnliches gefrorenes Wasser. Nischen von derart geringer Dichte, daß sie meiner Schlußfolgerung nach tatsächlich Luft enthalten müssen. Es sind entweder Höhlen oder Räume.«

Höhlen oder Räume! Der Eisberg mochte einen Weg zur Menschheit darstellen, zur Zivilisation! Vielleicht zu den Q'oornans oder den größeren Herrschern des Dungeon, den Chaffri, den Ren oder sogar zu den mächtigsten und rätselhaftesten von allen, jenen Wesen, die als Gennine bekannt waren — von denen es hieß, daß sie die wirklichen Erbauer des Dungeon seien.

Wenn nicht — nun gut, er mochte zumindest zeitweilig Schutz vor der Kälte und dem Wind bieten, der über das Eis fegte. Er könnte für Clive Folliot einige weitere

Stunden des Überlebens bedeuten, Stunden, die er und Chang Guafe zum Versuch nutzen sollten, einen Weg hinaus aus diesem schrecklichen Gebiet zu finden. Wenn Clive und Chang Guafe die gegenwärtige Kälte überleben würden, könnten sie vielleicht mit Annabelle Leigh Kontakt aufnehmen — Clives Ururenkelin — und mit Horace Hamilton Smythe, mit Sidi Bombay, mit jedem Teilnehmer ihrer schicksalsgeprüften Expedition, der noch lebte.

Aber Annabelle Leigh hatte bereits Kontakt mit ihnen aufgenommen! Das sonnenglitzernde Flugzeug, das sie von den kaiserlichen Marinesoldaten am Neuen Kwajalein-Atoll hatte mitgehen lassen — was war damit geschehen? Wo waren die Nakajima und Annie abgeblieben?

»Dann los, Chang Guafe! Du zeigst den Weg und bringst uns zu deinem wundervollen Eisberg!«

Chang Guafe ließ sich zwischen den Zwillingsreihen langer metallener Gliedmaßen nieder und klapperte in Richtung auf die schimmernde Kugel der Sonne davon.

Clive ging neben dem fremdartigen Cyborg. Der Cyborg ging raschen Schritts, aber Clive konnte mithalten und war froh um die Übung, die ihm die Gliedmaßen wärmte. Er wußte aber auch, daß die Kälte seine Kraftreserven schwächte und daß dieselbe Übung, die Wärme spendete, gleichzeitig dazu führte, daß sich die Energiereserven allmählich erschöpften. Aber wenn sie zurückblieben und passiv das Ende erwarteten, würden sie auch nichts gewinnen.

Bemühe dich bis zum Ende! Kämpf bis zuletzt! Wenn der Tod dann doch käme, hätte er, Clive, zumindest das Leben in seiner ganzen Fülle gelebt, bis zum letzten Atemzug, bis zum letzten Herzschlag.

Clive stolperte und griff mit einer Hand nach Chang Guafe. Der Cyborg hatte Clives wachsende Erschöpfung wahrgenommen und ihm angeboten, ihn zu tragen, aber Clive hatte aus Chang Guafes Verhalten geschlossen, daß das Fremdwesen gleichfalls schwächer wurde. Seine Kraft war gewaltig, aber desgleichen sein Verlangen nach Energie. Und ohne Nahrung und Treibstoff, lediglich sich übers Eis vorankämpfend, näherten sich beide der völligen Erschöpfung.

»Wesen Clive«, sagte Chang Guafe.

Clive umklammerte eine von Chang Guafes metallgeschützten Gliedmaßen nahe an der Stelle, wo sie in den Körper überging. Er wußte, daß das Metall verheerend kalt war, aber die eigenen Hände waren bereits so taub, daß er's nicht mehr spürte.

»Wesen Clive«, wiederholte Chang Guafe, »kämpf dich weiter! Unser Ziel ist in Reichweite!«

Clive hob die Hand an die Augen. Sie gingen direkt in die Sonne. Der leuchtende verschwommene Kreis hatte sich die ganze Zeit über kaum bewegt, während sie darauf zugegangen waren. Er schien weder aufzusteigen noch zu sinken, sondern auf ein Viertel Höhe am Himmel auf sie zu warten, ewiger später Nachmittag oder früher Morgen — Clive konnte nicht sagen, was von beidem zutraf.

Könnte er mentale Telepathie dazu benutzen, seinen Freund George du Maurier oder jemand anderen seiner Bekannten in London zu erreichen — von seinem Schatz Annabella Leighton bis hin zu seinem Verleger Maurice Carstairs vom *London Illustrated Recorder and Dispatch?* Ihm fehlten die mentale Energie und die Kraft zur Konzentration, die man benötigte, um auch nur den Versuch dazu zu unternehmen.

Er konnte nur weiterkämpfen, einen Fuß vor den anderen setzen und die Hand an Chang Guafes Panzer halten; sich führen lassen und darauf hoffen, den Eisberg zu erreichen. Er blinzelte und war sich nicht sicher, ob er Sonne und Himmel und das sie umgebende Eis sah. Soviel Weiß, soviel Kälte und Weiß. Sah er's, oder war er erblindet bei dem Glanz, Opfer der Schneeblindheit?

Er hielt die freie Hand vor die Augen und war imstande, die einzelnen ausgespreizten Finger als schwarze Silhouette gegen den grauweißen Glanz des Eises zu unterscheiden. Wenigstens war er nicht blind! Noch nicht!

»Mut, Wesen Clive!«

»Du hast gut reden, Chang Guafe! Du bist genausosehr eine Maschine wie ...«

»Das ist nicht nur Angabe«, unterbrach der Cyborg. »Sieh mal da vorn, Wesen Clive!«

Clive hielt einen Augenblick lang inne und hob die Augen vom Eis. Wie ein Turm erhob sich der Eisberg; eine Silhouette von dunklerem Grauweiß gegen das funkelnde Grauweiß des Himmels.

Clive Folliot und Chang Guafe brachten es gemeinsam fertig, die letzten Schritte zu gehen. Clive starrte den Eisberg hinauf. Aus dieser Entfernung war er so groß wie ein Mietshaus. Wenn er ihn nur betreten und die Stufen zu Annabella Leightons behaglicher Wohnung hinaufsteigen könnte!

Aber das lag außerhalb jeder Illusion. Mit einem neuen Energieausbruch ging er um den Eisberg herum. Innerhalb des Bergs sah er schwache und schattenhafte Formen.

»Hier!« hörte er sich heiser schreien. »Hier, Chang Guafe! Ein Eingang! Ein Eingang! Wir sind gerettet, Chang Guafe! Es ist ein Eingang!«

Ohne auf das Fremdwesen zu warten, stolperte Clive durch die mannshohe Öffnung im Eisberg. Er fand sich in einem raumähnlichen Gebilde innerhalb des Eises wieder. Es war konturlos, von einem merkwürdig wechselnden Dämmer erfüllt. Das schwache Licht sickerte zum Teil durch die Öffnung, durch die Clive eingetreten war, und zum Teil durch das Eis selbst.

Soweit Clive Folliot erkennen konnte, gab es in diesem Raum nichts außer ihm selbst. Kein Mobiliar, kein Stuhl oder Tisch oder Sofa, kein Ofen — oh, was hätte er für die Wärme eines behaglich eingeheizten Ofens oder Herds gegeben! —, kein Schrank oder Bett, kein weiteres Mobiliar, kein Anzeichen dafür, daß der Raum bewohnt war.

Er ging an den Wänden entlang und spähte, so gut er konnte, in die schattenhafte Welt des Eises, bis er eine — offenbar menschliche Gestalt erreichte! Er eilte hin und hämmerte mit den Fäusten auf das Eis und vergaß dabei die Kälte und Erschöpfung, denn sein Kopf war plötzlich voll vor Aufregung über die Entdeckung.

»Ein Mann! Ein Mann! Komm heraus! Erzähl uns deine Geschichte! Erzähl uns ...« Er hielt inne. Wie weit steckte der Mann im Eis, und könnte er ihn erreichen? Und war er wirklich lebendig?

Der Mann sprach nicht, bewegte sich auch nicht. War er im Eis eingefroren, nachdem ein Schiff den Kurs verloren hatte und Passagiere und Mannschaften am Pol erfroren waren? Noch schlimmer: Hatte er den Untergang überlebt und war daraufhin aufgrund eines schrecklichen Zufalls vom Eis gefangen und lebendig eingefroren worden?

Clive schauderte, halb wegen der eigenen Kälte, halb vor Schreck bei dem Gedanken, was diesem stummen, namenlosen, unbeweglichen Fremden zugestoßen sein mochte, der ohne Blinzeln Clive tief aus dem Eis heraus anstarrte, während ihn Clive seinerseits anglotzte.

Hinter Clive ertönten die klickenden, scharrenden Geräusche, als Chang Guafe durch die Öffnung gefolgt war.

»Chang Guafe«, stöhnte Clive, »komm her und sieh dir das an!« Er sprach, ohne sich von dem schrecklichen Anblick abzuwenden, der ihn wie hypnotisch festhielt. Je länger er vor der eingefrorenen Gestalt stand, desto mehr Einzelheiten erkannte er.

Der Mann — denn es war eindeutig ein Mann — war

ein gutes Stück größer als Clive, und Clive war nicht gerade klein. Die Schultern des Erfrorenen waren breit, der Kopf hoch und hutlos, und eine mächtige Mähne schwarzen ungekämmten Haars türmte sich darauf. Das Gesicht war von gleichmäßiger Blässe — ob aufgrund eines natürlichen Fehlens von Pigmenten oder wegen der Kälte, konnte Clive nicht sagen.

Die Gestalt trug zusammenpassende Jacke und Hose, die zerrissen und abgetragen waren und aus einem dunklen Material bestanden. Das kragen- und krawattenlose Hemd war von gleicher Farbe. Der Mann war dermaßen groß, daß weder die Ärmel des Mantels noch die Aufschläge der Hose an den üblichen Stellen saßen, sondern weit über den Hand- und Fußgelenken endeten. Die Schuhe waren dick besohlt und schwer.

»Du hast eine Entdeckung gemacht, Wesen Folliot«, krächzte Chang Guafe.

»Habe ich in der Tat«, entgegnete Clive. »Habe ich in der Tat!«

»Hast du einen Vorschlag, wie wir vorgehen sollen?« fragte der Cyborg.

»Chang Guafe!« Clive wandte dem Fremdwesen schließlich das Gesicht zu. »Könntest du unter deinen vielen Werkzeugen und Organen eines finden, das uns erlaubt, diesen Burschen aus dem Eis zu befreien?«

»Ihn befreien?« fragte Chang Guafe. Er eilte an die Wand aus Eis und spähte mit einem Sensor hinein, der verflucht noch mal genauso aussah wie das Fernrohr eines Kapitäns. »Ihn befreien?« fragte Chang Guafe erneut. »Woher weißt du, daß er lebt, Wesen Folliot? Und wenn er lebt, woher weißt du, daß er's gut mit uns meint und nicht böse?«

»Ich weiß nicht, ob er lebt. Ich nehme es einfach an. Und was das Böse betrifft: Wie könnte unsere Notlage noch schlimmer werden, als sie's schon ist? Wie die Dinge jetzt stehen, werden wir beide vor Erschöpfung sterben. Wenn wir diesen Gefangenen befreien — wer weiß, welchen Gefallen er uns täte, allein aus reiner Dankbarkeit? Ich denke, Chang Guafe, daß dieser Bursche unsere letzte und einzige Hoffnung ist. Aber um herauszufinden, ob er lebt und ob er gutwillig oder böse ist, müssen wir ihn aus dem eisigen Gefängnis befreien. Die Frage ist, Chang Guafe: Kannst du das tun?«

Chang Guafe stieß jenen schauderhaften kratzenden Laut aus, der Clive Folliot stets an ein Stück Kreide erinnerte, das über eine polierte Platte kreischt und der bei Chang Guafe ein Gelächter bedeutete. »Kann ich's tun, Wesen Folliot? Natürlich kann ich's tun!«

»Dann, im Namen aller Heiligen, Chang Guafe: Steh hier nicht zitternd rum!«

Clive trat beiseite, um dem Fremdwesen einen besseren Zugang zu der Wand aus Eis zu verschaffen, worin die hochaufragende menschliche Gestalt gefangen war. Er sah ehrfürchtig zu, wie das Fremdwesen die Form veränderte und sich anspannte. Er straffte offenbar nicht nur die metallenen Teile, also den mechanischen Teil des Körpers, sondern konstruierte in einem winzigen Maschinenladen innerhalb einer Höhle des Körpers auch die Teile und Mechanismen, die bald ins Spiel kämen.

Schließlich streckte Chang Guafe der Wand ein Instrument entgegen, das an ein rotierendes Sägeblatt erinnerte.

Das Blatt wirbelte umeinander.

Chang Guafe drückte es gegen das Eis.

Ein ohrenzerreißendes Kreischen durchschnitt die Luft, ein Kreischen, das nicht aus der Kehle eines Menschen oder Tiers oder eines Fremdwesens kam, sondern aus dem Eis selbst, während das Sägeblatt seinen Weg durch die Wand nahm. Chang Guafe führte das Blatt zunächst vertikal, wobei er eine derart gerade Linie schnitt, daß sie Clive Folliot mit einem Lot nicht perfekter hätte ziehen können.

Chang Guafe streckte eines seiner Teleskoporgane

aus und zog die Linie so hoch wie der Kopf des erfrorenen Mannes, dann ein wenig höher, um etwas großzügiger zu messen. Dann drehte er das Blatt in horizontale Richtung und schnitt das Eis weiter auf, bis es an der Zeit war, das Blatt erneut zu wenden und es zurück auf den eisigen Boden der Höhle zu ziehen.

Im Nu hatte Chang Guafe aus der Wand einen riesigen Eiswürfel herausgeschnitten, worin die erfrorene Gestalt des Riesen eingebettet lag wie eine Fliege im Bernstein. Chang Guafe stemmte den Würfel aus der Nische in der Wand und legte ihn auf den Boden, so daß die erfrorenen Augen des Riesen unaufhörlich zum Dach der Eishöhle starrten.

Während Clive Folliot ehrfürchtig zuschaute, stellte Chang Guafe im internen Maschinenladen ein gewebegleiches metallenes Netz her, das er über den riesigen Eiswürfel streifte. Es ertönte ein Summen. Das Netz glomm zunächst rosafarben, dann rot, schließlich weißlich-orange.

Mit wahrnehmbarer Geschwindigkeit schmolz der Eisblock.

Wasser tropfte vom Eisblock, gerann zu Pfützen und gefror schließlich wieder auf dem eisigen Boden der Höhle. Bald bildete sich eine Dampfwolke um den Block und trübte den Blick auf die Gestalt darin. Aber im letzten Augenblick, ehe der unbewegliche Riese verschwand, spürte Clive, wie ihm ein Schlag geistiger Energie durch den Körper lief.

Er hatte den Blick des erfrorenen Mannes eingefangen — oder der Blick des erfrorenen Mannes hatte Clives Blick gefangen —, und das Funkeln nackter Bosheit, das Folliot traf, war die Ursache des geistigen Schlags.

KAPITEL 2

Der erfrorene Riese

Aufhören, Chang Guafe! Aufhören!«

Der Cyborg richtete einen Augenstengel auf Clive. »Warum sollte ich aufhören, Wesen Clive? Du hast selbst darauf hingewiesen, daß dieses Wesen unsere einzige Hoffnung auf Überleben und Entkommen aus dieser Hölle ist.«

»Habe ich gesagt, ja. Aber da ist was — an ihm, das mir erschreckend vertraut ist. Ich komme mir fast so vor, als ob ich diesen Riesen schon zuvor getroffen hätte.«

»Du würdest ihn also hier erfroren zurücklassen?«

»Ja!«

»Aber wenn das unser Schicksal besiegelt, Wesen Clive? Wenn es unseren Tod bedeutet?«

»Es gibt Schlimmeres als den Tod, Chang Guafe!«

»Und du würdest alle unsere Gefährten im Stich lassen, Annabelle Leigh, Sidi Bombay, Shriek, Horace Hamilton Smythe? Deinen musikalischen Gefährten Finnbogg? Deinen eigenen Bruder Neville?«

»Sie können für sich selbst sorgen. Sie besitzen eine ebenso gute oder schlechte Chance fürs Überleben wie wir, Chang Guafe. Soweit wir wissen, ist ihnen die Flucht gelungen, und sie leben glücklich daheim. Oder sie sind bereits tot. Wie dem auch sei, Chang Guafe, ich beschwöre dich: Hör auf!«

Der Cyborg hob die metallbedeckten Schultern zu einem Achselzucken. »Wie du willst, Wesen Clive.«

Das schimmernde Netz verdämmerte zu einem kühlen metallischen Grau. Wie ein fremdartiger Izaak Walton* seine Angelleine einzog, so zog Chang Guafe das

* Engl. Schriftsteller, 1593—1683. — *Anm. d. Übers.*

fadendünne Netz zurück in seine metallene Maschinerie. Die letzte Dampfwolke über dem Eisblock hob sich wie Elfenrauch. Dort lag jetzt die enthüllte Gestalt des erfrorenen Riesen und wurde von einem Eismantel bedeckt, der nur wenig dicker war als die Eisschicht, die auf den Bäumen eines Waldes in Staffordshire nach einem Eisregen im Februar zurückblieb.

Das Eis zersplitterte in Millionen glitzernder Kristalle und fiel von der Gestalt herab, die es so lange eingeschlossen hatte, als der Riese sich erst auf den einen, dann auf den anderen Arm aufrichtete und sich schließlich aufsetzte. Einen Augenblick lang saß der Riese wie ein Kind auf dem Fußboden seines Spielzimmers da, die Füße ausgestreckt, die Handflächen auf den eisigen Boden der Höhle gedrückt.

Dann stellte er sich mit mächtiger Anstrengung auf die Füße, und der Kopf streifte fast das Dach der Höhle. Er warf einen Blick herab auf Clive und Chang Guafe.

»Zu spät«, sagte Chang Guafe gedämpft, »zu spät, Wesen Clive. Soll ich versuchen, ihn wieder einzufangen?«

Clive schüttelte den Kopf. »Da stecken wir jetzt drin, Chang Guafe. Jetzt heißt's schwimmen oder untergehen. Wollen wir hoffen, daß wir schwimmen!«

Chang Guafe schwenkte ein künstliches Auge in Clive Folliots Richtung. »Deine Ausdrucksweise verblüfft mich manchmal, Wesen Clive, aber diesmal kann ich dich, so glaube ich, verstehen. Ja, wollen wir hoffen, daß wir schwimmen!«

»Abscheuliche Würmer!« Die Stimme des Riesen dröhnte wie die Baßpfeifen der Orgel in St. Paul's Chathedral. »Wenn ich je einen Frieden fand, dann den Frieden in der Stille und der Einsamkeit dieses Eises. Und ihr habt mich sogar dieses schwachen Trostes beraubt. Rache will ich üben an euch für die Sünden, die eure Art vom Tag der Schöpfung an verübt hat! O verabscheuungswürdige Insekten! Erbärmliche Kreaturen, die ihr seid, nicht nur seid ihr zufrieden mit der Schande, die ihr über euch selbst gebracht habt, und der Opferung der Unschuldigen des Himmels: Ihr habt euch darüber hinaus noch entschlossen, eine neue Rasse schuldloser Dinge ins Leben zu rufen, auf daß sie nur leiden und weinen soll!«

Clive Folliot starrte das Gesicht des Riesen an und war entsetzt, sowohl über die entsetzlich vertraute Sprache des Ungeheuers als auch über die schreckliche Bedeutung der Worte.

»Ich kenne dich, Ungeheuer! Ich weiß, wer du bist!«

»Darin besitzt du mir gegenüber einen Vorteil, Insekt! Aber ich muß nicht wissen, wer du bist! Es reicht aus, daß ich dich als Menschen erkenne, den Abkömmling Adams! Einer deiner Art erschuf mich und verschmähte mich dann wie ein Gott, der seine Geschöpfe betrachtet und sie zurückstößt! Du warst's, der für mich eine Braut schuf und sie dann vor meinen entsetzten Augen vernichtete! Du oder jemand wie du — für mich ist die ganze Menschheit gleich. Einer so böse und niederträchtig wie der andere allem gegenüber, das gut und unschuldig ist, allem gegenüber, das je auf einen einzigen Augenblick der Unschuld und Freude und Gesellschaft gehofft und dafür gebetet hat!«

Das Ungeheuer holte schaudererregend Atem, und ehe Clive etwas entgegenen konnte, fuhr es in seiner Ansprache fort.

»Ich werde dich unter den Füßen zermalmen, wie du eine Ameise unter deinen Füßen zermalmtest. Ich werde ...«

»Einen Augenblick, Ungeheuer!«

Diese Worte wurden von der kratzenden metallenen Stimme von Chang Guafe gesprochen. »Was ist mit mir? Ich bin nicht menschlich; meine Art hat dich niemals erbaut. Hast du die Absicht, mich gleichfalls zu zermalmen? Meinst du, daß du das könntest?«

Der Riese wandte sich langsam um und richtete zum erstenmal den Blick ganz auf Chang Guafe. »Du bist derjenige, der mich aus dem Eise befreite, oder etwa nicht?«

»Der bin ich, ja.«

Das Ungeheuer stand offenbar nachdenklich da. Welches Herz schlug in dieser riesenhaften Brust, welches Gehirn arbeitete im Schädel des Ungeheuers? Konnte es diese seltsamste aller Begegnungen verstehen?

»Du bist kein Mensch, du seltsam Ding.«

»Das bin ich nicht.«

Das Ungeheuer starrte noch immer auf Chang Guafe herab. »So jemanden wie dich habe ich nie zuvor erblickt.« Es streckte die bleiche Hand aus, und der Arm reichte weit aus der zerrissenen Kleidung heraus. »Darf ich dich berühren, du seltsam Ding?«

Wie merkwürdig, dachte Clive, daß das Ungeheuer den Cyborg um Erlaubnis fragt, ehe es die kalte Hand auf ihn legt!

»Berühr mich!« kratzte Chang Guafe.

Das Ungeheuer streckte einen totenweißen Finger aus und berührte Chang Guafe, zuerst am metallenen Schild, dann auf einem Teil des lebendigen Fleischs, das sich noch zeigte.

»Du bist in der Tat etwas Besonderes. Entstammst du auch dieser Schöpfung?«

»Mir ist nicht klar, was du damit meinst.«

»Ich spüre etwas Fremdes an dir«, entgegnete das Ungeheuer. »Etwas Fremdes, absoluter und tiefgründiger als das Fremde des Oktopus in den Tiefen, des Wolfs der nördlichen Wälder, des farbenfrohen Papageis im tropischen Dschungel, der Python, die ihr Opfer in der Bucht des Amazonas anfällt. Ich spüre etwas Fremdes an dir, du seltsames Ding, das mich annehmen läßt, daß du nicht von dieser Erde bist.«

»Du hast recht, Ungeheuer. Ich bin nicht von dieser Erde.«

»Es gibt also andere Welten, die wie unsere Welt bewohnt sind?«

»Mehr, als du zählen kannst, Ungeheuer. Mehr, als du dir vorstellen kannst.«

»Warum bist du dann hier? In Begleitung dieses Menschen, dieses erbärmlichsten aller Geschöpfe Gottes?«

»Clive Folliot ist nicht so schlecht, Ungeheuer.«

»Er ist ein Mensch, und das reicht mir! Ich verfluche den Tag, an dem Gott Adam erschuf, und ich verfluche alle Nachkömmlinge dieses ersten Sünders!«

»Es sind nicht alle so schlecht.«

»Du wagst es, dich mit diesem Pesthauch der Erde zu verbünden?«

»Ich bin nicht mit der ganzen Menschheit verbündet. Aber ich bin mit Clive Folliot und einigen wenigen — nur einigen wenigen — seiner Gefährten verbündet.«

Der Blick des Ungeheuers schweifte von Chang Guafe zu Clive Folliot hinüber.

»Ich kenne dich«, versicherte Folliot erneut. »Ich sah dich auf einer Londoner Bühne — dich oder einen Schauspieler, der geschminkt und gekleidet war wie du.«

Das Gesicht des Ungeheuers zog sich zu der schrecklichen Parodie eines Lächelns auseinander, und die dröhnende Stimme stieß ein fürchterliches Gelächter aus.

»Ich — auf einer Londoner Bühne? Bin ich ein Vorstadtkasper, ein Kneipenclown? Ich sollte besser die Verse eures Shakespeare deklamieren. Er wenigstens war imstande, in die Tiefen des menschlichen Herzens zu sehen und in seinen Dramen die Laster und Tragödien deiner verachtungswürdigen Rasse zu zeigen.«

»Nein, du warst kein Schauspieler! Die Schauspieler haben dich dargestellt. Dich in der Dramatisierung von Witwe Shelleys großem Roman dargestellt.«

Der Ausdruck auf dem Gesicht des Ungeheuers war zwar immer noch nicht sympathisch, wechselte jedoch wenigstens von kalter Bösartigkeit zu verächtlicher Heiterkeit. Das Ungeheuer sah Clive an wie jemand, der ein störendes Insekt einen Augenblick lang betrachtet, ehe er zuschlägt.

»Ein Roman? Eine literarische Romanze — mir gewidmet? Ein neuer *Robinson Crusoe?*«

»Ja.«

»Und der Titel dieser Grille?«

»Frankenstein oder: Der Moderne Prometheus!«

Das Ungeheuer wurde nachdenklicher, die Haltung weniger bedrohlich. »Frankenstein.« Die Stimme wurde leiser. Der Tonfall klang fast heiter. »Henry Frankenstein war mein Schöpfer.«

»Und dein eigener Name?«

»Er gab mir keinen Namen. Aber ich nehme an, daß er mein Vater war und so wie du, Folliot ... Du sagst, das sei dein Name?«

Clive bestätigte es.

»Wie du deinen Namen von deinem Vater erhieltest, so bin ich berechtigt, den Namen meines Vaters von ihm zu erhalten. Der moderne Prometheus? Nein, Mann, diesen Namen weise ich zurück. Statt dessen werde ich den Namen meines Erbauers, meines Vaters und meines Feindes annehmen. Ich werde durch die Generationen deiner Art unter diesem Namen bekannt sein. Mein Name wird mit Furcht und Schaudern ausgesprochen werden. Sein Name und der meine, ein und derselbe, sollen durch die Korridore der Zeit hallen, bis sie ein Gleichnis werden für Schrecken und Zerstörung.«

Er richtete sich zu voller Höhe auf, und der schwarzhaarige Kopf berührte fast das Eisdach der Höhle.

»Ich gebe mir selbst den Namen. — *Frankenstein.*«

Als wären diese Worte ein Befehl gewesen, den er selbst ausgesprochen und selbst erhalten hatte, schritt das Ungeheuer vorwärts. Einen Augenblick lang fürchtete Clive, von den massigen Stiefeln des mächtigen Wesens zertreten zu werden, aber das Ungeheuer ging an ihm vorbei, am Cyborg Chang Guafe vorbei. Es duckte sich im Eingang, um nicht gegen das Eis zu stoßen, und stapfte aus der Höhle hinaus.

Clive und Chang Guafe sahen einander an.

»Was denkst du, Wesen Clive?«

»Ich weiß es nicht, Chang Guafe. Er haßt mich. Vielleicht solltest du ihn begleiten. Aber eines weiß ich genau. Am Ende von Witwe Shelleys Roman wird das Ungeheuer sich selbst überlassen, auf einer Eisscholle treibend. Dieses Wesen haben wir befreit. Wir wissen also, wo wir uns befinden: auf der Erde! Erkennst du das nicht, Chang Guafe? Ich betrat das Dungeon von der Oberfläche der Erde aus, und ich kehrte zur Oberfläche der Erde zurück! Wie nahe bin ich jetzt daran, meinen Bruder Neville zu finden? Das war mein ursprüngliches Ziel, und ich fand ihn im Dungeon, ja, nur um ihn wieder zu verlieren. Was ist dies für ein verrücktes Universum, mit seinen Klonen und Kopien und Trugbildern, seinen Doppelgängern und Betrügern? Wie kann man sich hier der Wahrheit sicher sein?« Er schüttelte verzweifelt den Kopf. »Und dennoch, falls dies tatsächlich die Erde ist, werde ich Neville vielleicht noch einmal finden, für immer und ewig. Nach der ganzen Mühsal spüre ich, daß ich das ursprünglich angestrebte Ziel schließlich doch erreichen werde.«

Er dachte einen Augenblick lang nach. »Aber du, Chang Guafe — du bist nicht von dieser Erde, und deine Mission war nie die gleiche wie meine. Vielleicht willst du einen anderen Weg wählen.«

»Ich werde dich nicht im Stich lassen, Wesen Clive.«

»Dank dir, mein Freund! Dank dir!« Clive spürte, wie ihm die Tränen in die Augen traten. Er wischte sie ab, ehe sie gefrieren konnten. »Aber wird das Ungeheuer mich respektieren?«»

»Es erkennt in mir ein Wesen wieder, das der Menschheit ebenso fremd ist wie es selbst. Es respektiert mich anscheinend. Ich kann es sicher davon überzeugen, dich gleichfalls zu respektieren.«

»Ich weiß nicht.«

»Welche Alternative haben wir denn? Willst du hierbleiben, bis du vor Hunger oder Kälte umkommst? Wenn du den Tod wünschst, Wesen Clive — den können dir das Ungeheuer oder ich rascher als das Eis bereiten. Du kannst dir das Leiden und die Verzweiflung eines langsamen Sterbens ersparen.« Chang Guafe hielt inne und fragte: »Willst du das?«

Clive zögerte nur kurz, ehe er den Kopf schüttelte. »Nein, Chang Guafe. Ich habe nicht alles das durchgemacht, wir haben nicht alles das erduldet, um an diesem Punkt aufzugeben. Ein freiwilliger Tod — von deinen Händen oder denen des Ungeheuers, oder in der langsamen, kalten Umarmung des Eises — wäre verabscheuungswürdig und feige. Ich muß mein Bestes geben, ob es mir auch Triumph oder Niederlage einbringt, Leben oder Tod. Ich bin Engländer und Offizier der Horse Guards Ihrer Majestät. So lange ich leben und weiterkämpfen kann, werde ich's tun!«

Chang Guafes Kopf ging auf und nieder — das Äquivalent eines zustimmenden Nickens. »Dann los, Wesen Clive! Wir werden gemeinsam unser Bestes geben!«

Chang Guafe eilte zur Öffnung und trat hinaus auf das Eis außerhalb der Höhle. Da die Öffnung der Höhle zu schmal war, als daß sie beide gleichzeitig hätten hindurchgehen können, überließ Clive dem Cyborg den Vortritt.

Er blieb für einen kurzen Rundblick auf die Höhle stehen. Wie lange hatte das Ungeheuer dort gestanden, eingefroren im Eis? Die Gedanken rasten, während er versuchte, sich an alles zu erinnern, was er je von Frankensteins Ungeheuer gehört hatte. Mary Shelley hatte ihren berühmten Roman viele Jahre vor Clives Geburt geschrieben und veröffentlicht. Zur Zeit, als er auf den Besitztümern seines Vaters, des Baron Tewkesbury, ein Junge gewesen war, war *Frankenstein oder: Der Moderne Prometheus* eine weltberühmte Fabel, in zahllosen Ausgaben in England und Übersee gedruckt, als Pantomime, Drama und sogar als Musik rund um den Globus aufgeführt.

Sowohl Clive als auch sein älterer Zwillingsbruder Neville hatten das Buch als Kinder gelesen, hatten verschiedene Aufführungen in London gesehen und waren sogar einmal der großen Frau Shelley vorgestellt worden. Diese Begegnung hatte den jungen Clive tief getroffen — wegen des gehetzten Ausdrucks in Mary Shelleys Augen und der zerstreut geführten Konversation.

Es hatte so ausgesehen, als sei *Frankenstein* mehr als nur ein Phantasiegebilde gewesen, mehr als die vorgebliche Geistergeschichte, die sich die junge Mary Wollstonecraft ausgedacht hatte. Sie war noch nicht Frau Shelley gewesen, als sie die Erzählung geschrieben hatte, und sie war damals in Wahrheit nur wenig älter als die beiden Folliot-Knaben zur Zeit ihrer Begegnung im Jahr 1849 gewesen. Konnte dieses Mädchen von neunzehn Jahren wirklich eine derart wilde Geschichte erfinden, oder hatte sie die Daten aus einer anderen Quelle erhalten?

Clive kehrte schaudernd in die Gegenwart zurück. Er wollte dies mit seinem Freund du Maurier besprechen, falls er je die Gelegenheit dazu erhalten würde. Im Augenblick hatte er es mit den tödlichen Mächten der realen Welt zu tun, die ihm jetzt entgegentrat. Er eilte aus der Höhle hinaus zu dem fremdartigen Cyborg und dem Ungeheuer.

»Wir müssen von dieser Eisscholle weg«, bemerkte Clive.

»Wie, Wesen Clive?«

»Ich habe einen Plan. Wir gehen zum Ende des Eises — wir versuchen's wenigstens.«

»Und dann?«

»Bauen wir uns ein Boot und segeln an Land.«

Das Ungeheuer funkelte Clive an. »Ein ausgezeichneter Plan, Insekt. Und woraus sollen wir das Boot bauen? Kennst du einen Wald, wo wir Bäume für die Planken fällen können?«

»Ich fürchte, nein. Aber ich erinnere mich an eine Lektion in Naturphilosophie, die ich in Cambridge gelernt habe. Wir bauen ein Boot aus Eis.«

»Eis!« krächzte Chang Guafe metallisch, gleichzeitig mit der dröhnenden Baßstimme des Ungeheuers.

»Ja, Eis! Kannst du ein Hitzenetz erzeugen, so wie du es benutztest, um das Ungeheuer aus dem Eisgrab aufzutauen, Chang Guafe?«

»Ja, das kann ich tun.«

»Wir können damit eine konkave Muschel aus dem Eis schneiden und sie über den Rand der Eisscholle hieven.«

»Und wenn wir in wärmere Gegenden segeln, und unsere Eismuschel schmilzt, Mann?« fragte das Ungeheuer. »Was dann? Schwimmen wir die restliche Strekke?«

»Ich gebe zu, es bedeutet ein gewisses Risiko«, sagte Clive. »Aber es besteht die Möglichkeit, daß wir zu den nördlichen Inseln treiben, oder sogar zum Festland nach Europa, Asien oder in die Neue Welt. Oder wir begegnen einem Segelschiff auf hoher See. Es stimmt, daß wir unser Leben riskieren. Aber es nicht riskieren — das bedeutet hierzubleiben und zu sterben.«

»Ich war zuvor bereits hier eingefroren. Ich kann erneut überleben«, dröhnte das Ungeheuer.

»Das ist dann deine Entscheidung.«

Eine erwartungsvolle Stille trat ein. Dann sagte das Ungeheuer: »Nein, Folliot. Ich werde dich begleiten.«

Clive nickte.

»Ich erkenne auf deinem Gesicht einen gewissen skeptischen Ausdruck«, fuhr das Ungeheuer fort. »Du fragst dich, warum ich dich begleite, armseliges menschliches Insekt, dich und deinen eigentümlichen Gefährten. Aber ich sage dir dies: Selbst hier an diesem extremen Ort, wo ich Vergessenheit in der ewigen Kälte und Ruhe an einer entfernten Stätte suchte, bin ich nicht von Menschen unbelästigt geblieben — der Geißel der Schöpfung! Der Mensch hat mich erschaffen, und der Mensch wird diese Tat bereuen — und der Mensch hat meine Ruhe gestört. Also schwöre ich beim Allmächtigen, in dessen Namen deine abscheuliche Spezies ungezählte Freveltaten von Anbeginn der Zeit bis zu eurer sogenannten Zivilisation beging, daß der Mensch es erneut bereuen wird, mich aus meinem eisigen Schlummer erweckt zu haben!«

Der Himmel war nicht länger ein konturloses Grauweiß, und die See hatte ihr unveränderliches Grünschwarz verloren.

Nach einem Marsch, dessen Dauer Clive Folliot kaum abschätzen konnte, hatten sie den Rand der Eisscholle erreicht. So schwach er auch war, von Hunger gepeinigt und den Elementen ausgeliefert, spürte er doch, daß der Marsch nur eine Sache von Stunden und nicht mehr als zwei oder drei Kilometern lang gewesen sein konnte. Aber unter dem arktischen Himmel kam es ihm so vor, als wäre er über ein unendliches Eisland gegangen und hätte eine Ewigkeit von Stunden gezählt. Er konnte die Kilometer nicht zusammenrechnen, die sie zurückgelegt hatten, und selbst seine Schätzung der verstrichenen Zeit basierte auf den Perioden von Aktivität und Ruhe, Erwachen und Schlaf. Er war sich nicht sicher, welches Meer sie erreicht hatten, nahm jedoch an, daß es sich um den Arktischen Ozean handelte. Sie würden den nördlichen Zipfel des großen europäischen Festlands oder Nordamerikas erreichen, oder aber sie würden in den Atlantik treiben, weit weg von jedem Kontinent und hinein ins Verderben.

Die Sonne schwankte über dem Horizont hin und her, hob sich niemals hinauf zum Zenit, und sank niemals hinab hinter den Rand des fernen Eisfelds. Sie spendete ein beständiges Zwielicht, mal ein wenig leuchtender, mal kaum wahrnehmbar schwächer. Sie lieferte jedoch niemals volles Tageslicht oder die volle Dunkelheit nach Einbruch der Nacht.

Als sie sich dem Rand des Eises näherten, hörte Clive das sanfte Schwappen von Wasser gegen das Eis. Aus Mangel an Nahrung hatte sich ihm der Magen zusammengezogen. Klares Wasser stand in reichlichem Maß zur Verfügung — Chang Guafe war imstande, das Eis zu schmelzen und somit Trinkwasser für sie drei bereitzustellen. Aber es gab keine Nahrung.

Clive wußte weder, welche Nahrung der metallgepanzerte Cyborg benötigte, der über das Eis hinwegeilte und -klickte, noch wußte er's von dem schwergekleideten Ungeheuer, das ohne Ermüdungserscheinungen neben dem Menschen und dem Cyborg einhertrottete. Er wußte nur, daß er selbst im Lauf des Tages immer schwächer wurde. Wie lange er nur mit klarem Wasser überleben könnte, war die Frage.

Aber als sie den Rand der Eisscholle erreicht hatten und sahen, wie sich die grünschwarze See unendlich weit bis zum Horizont erstreckte, fühlte Clive eine Mischung aus Freude und Furcht, die nicht einmal von den langen Tagen im Dungeon übertroffen wurde. Tauschte er nur den einen Tod gegen den anderen aus? Würde es ein Wettstreit zwischen Verhungern und Ertrinken werden, statt eines Todes auf der Eisscholle?

Er durfte sich nicht erlauben, länger darüber nachzudenken. Handeln, Bewegen — das brauchte er! Ob zum Guten oder zum Schlechten: Er würde sich dem Schicksal kämpfend bis zum letzten Atemzug stellen. Aufgeben war keine annehmbare Wahl.

Es gelang ihnen, auf die von Clive vorgeschlagene Weise das Boot zu erbauen. Das Ungeheuer stand verdrossen da und hörte zu, wie Clive und Chang Guafe ihre Pläne besprachen. Chang Guafe war der ideale Mechaniker, der nicht nur die Fähigkeiten für diese Aufgabe besaß, sondern auch einen kompletten Werkzeugsatz, der entweder im Körper eingebaut war oder davon hergestellt wurde.

Clive hatte nicht offiziell Marinetechnik studiert, er hatte jedoch als Junge ein kleines Segelschiff gesteuert und war als Mann sowohl auf Segel- als auch auf Dampfschiffen gefahren, und die beiden waren gemeinsam in der Lage, eine Eismuschel zu entwerfen, die die drei Gefährten tragen und der nördlichen See standhalten würde.

Clive kratzte seine Pläne in die glatte Oberfläche des Eises, und Chang Guafe schnitt den rohen Korpus des Bootes aus, dann schmolz und beschnitt er das Eis, bis das Boot vollendet war. Chang Guafe war sogar imstande, aus einer dünnen Eisschicht ein Segel sowie Paddel herzustellen, für den Fall, daß ihnen das Segel wegschmolz. Er brachte im Heck des Bootes ein Ruder an und erklärte es damit für fertig.

Clive taufte das Boot auf den Namen *Victoria* zu Ehren der Monarchin, der er noch immer zu dienen hoffte. Sie kletterten hinein und schoben ihre Eismuschel hinaus aufs Wasser.

Selbst jetzt kam Chang Guafes erstaunlicher Werkzeugladen ins Spiel. Auf Clives Drängen hin stellte der Cyborg einen groben Kompaß her. »Ich kann die magnetischen Linien dieses Planeten spüren«, protestierte Chang Guafe. »Ein derartiges Spielzeug ist überhaupt nicht nötig.«

Aber Clive hatte einen Einwand. »Nicht, daß ich dir mißtraue, Chang Guafe. Aber ich wäre zuversichtlicher, wenn ich auf einen Kompaß schauen und selbst die Richtung unserer Bewegung bestimmen könnte.«

»Wie du willst, Wesen Clive.« Sie nahmen einen Kurs, der sie auf einer immer weiteren Spirale in südöstlicher Richtung von ihrem Ausgangspunkt wegführte.

Ein Kurs unmittelbar nach Süden hätte sie vielleicht

eher an Land gebracht als diese Spirale, aber sie hätten damit gleichzeitig ins Verhängnis segeln können. Sie hofften, auf diesem spiralförmigen Kurs früher oder später die nördliche Küste eines Kontinents zu erreichen.

Früher oder später, dachte Clive bei sich. *Nun, es wäre besser früher als später, oder unsere toten Körper werden an Land gespült, statt daß unser Boot landet!*

Er wußte, daß sie gut vorankamen, denn die Sonne tauchte jetzt hinter den Horizont, so daß sie echte Nachtperioden erlebten, und sie stieg in den Himmel hinauf, so daß sie auch Perioden von Tageslicht erlebten. Sie wachten, drehten sich weiter und hielten die *Victoria* auf Kurs.

Chang Guafe spann einen längeren Faden, formte einen Angelhaken und ließ die Leine hinter der *Victoria* treiben. Wenn sie einen Fisch fangen würden, könnten sie ihn als Nahrung verwerten, indem sie das kalte rohe Fleisch äßen, wie die exotischen Japaner.

Beim Gedanken an die Japaner schweiften Clives Gedanken zurück zu ihrer Ankunft im Dungeon sowie an die Begegnung, die er zusammen mit den ehemaligen Gefährten mit einem japanischen kaiserlichen Marinecorps gehabt hatte. Er und Horace waren bereits mit dem hundeähnlichen Finnbogg sowie der jungen Annabelle Leigh zusammengewesen, und Annabelle war kurz von den Japanern gefangengenommen worden.

Sie hatte ihre Flucht in einer fliegenden Maschine angetreten, die von den gleichen Fremdwesen nach Q'oorna gebracht worden war, die auch die Marinesoldaten entführt hatten — von einer Inselfestung im Pazifik mitten in einem Krieg nahezu ein Jahrhundert in Clive Foliots Zukunft.

Und Clive hatte sie gesehen, hatte Annabelle gesehen, die blitzenden Flügel über dem polaren Eis.

Oder nicht? Er hatte die Nakajima 97 gesehen, und er hatte angenommen, daß Annabelle das Flugzeug steuerte. Aber war der Pilot Annie? Oder war sie gefangengenommen worden, entweder von den herrschaftlichen Marinesoldaten oder von jemand anderem, der statt dessen das Flugzeug kommandiert hatte? Und was war mit der fliegenden Maschine geschehen, nachdem sie im Himmel über dem Eis verschwunden war?

Clive und Annie, Chang Guafe und Finnbogg, Horace Hamilton Smythe und Sidi Bombay ... Die Abenteuer, die sie geteilt hatten, die Gefahren und die Triumphe! *Und jetzt,* so fragte er sich, *welches Schicksal erwartete sie jetzt? Mein Gott!* Er warf Chang Guafe und der gleichmütigen bleichen Gestalt des Frankenstein-Ungeheuers einen verstohlenen Blick zu.

Wie sähe ihr eigenes Schicksal aus?

KAPITEL 3

»Deine Augen werden geöffnet bleiben!«

Clive wurde davon geweckt, daß ihn eine schwere, leichengraue Hand an der Schulter rüttelte.

Er blinzelte in die roten haßerfüllten Augen des Frankenstein-Ungeheuers. Obwohl das schreckliche Geschöpf den Namen seines Erbauers für sich in Anspruch genommen hatte, weigerte sich Clive, von ihm als Frankenstein zu denken. Das war der Name eines Naturphilosophen oder Wissenschaftlers, eines Mannes mit edlen Gefühlen und hochfliegenden Plänen.

In der Erzählung der Witwe Shelley hatte Frankenstein mit seinen Experimenten mehr vollbracht, als er erwartet hatte. Er war außerstande gewesen, sich mit dem eigenen Geschöpf zu messen, und er war einem Anfall von Furcht und Feigheit zum Opfer gefallen, jener Schwäche, die jeden Mann heimsucht, jedoch aus guter Absicht. Frankenstein war vielleicht ein schwacher, jedoch kein schlechter Mann gewesen. Sein Name sollte kein Gleichnis werden für Schrecken und Zerstörung.

Für Clive war das Wesen jetzt und immerdar das Ungeheuer.

»Folliot, du stirbst!« polterte der Baß des Ungeheuers.

»Tue ich nicht«, brachte Clive hervor. »Ich bin nur hungrig, und mir ist kalt.«

Sie hatten einen einzigen Fisch mit Chang Guafes Leine gefangen. Das war wie lange her — zwei Tage? Drei? Es war ein kleiner Fisch gewesen, und das Fleisch hatte Folliot und Chang Guafe und Frankensteins Ungeheuer nur wenig kostbare Nahrung verschafft. Chang Guafe hatte den Fisch geteilt und den anderen peinlich genau das kostbare Essen zugewiesen. Sie hatten das kalte Fleisch hinuntergeschlungen, und Clive hatte anschließend festgestellt, daß ihm das magere Mahl zwar ein wenig zusätzliche Kraft zum Überleben verschafft, daß es zugleich jedoch den nachlassenden Appetit und die Hungerqualen aufgepeitscht hatte.

Das Verlangen nach Wasser konnten sie leichter stillen. Chang Guafe hatte darauf hingewiesen, daß er in der Lage sei, das aufgewühlte Salzwasser zu Trinkwasser zu destillieren, aber statt dieses Risiko einzugehen, hatten die Gefährten Eisblöcke ins Boot geschafft, ehe sie die Scholle verlassen hatten. Wenn der Durst es erforderte, konnte Chang Guafe jetzt kleine Splitter für die drei abschneiden. Die langsam im Mund zerschmelzenden Eisstücke löschten den Durst.

»Du stirbst«, wiederholte das Ungeheuer über Clive Folliot. »Ich schere mich nicht im geringsten darum, ob du verhungerst, Insekt. Aber Chang Guafe legt Wert auf deine weitere Existenz. Und zwar aus mir unverständlichen Gründen. Und um seinetwillen will ich versuchen, dich am Leben zu erhalten.«

»Ich sterbe nicht«, entgegnete Clive ärgerlich. Er richtete sich auf und bemerkte voller Entsetzen, daß das Ungeheuer recht hatte. Es wäre nur zu einfach gewesen, in eine Kälte- und Hunger-Trance zu verfallen und ganz sanft vom Leben in den Tod zu wechseln, wobei er den Übergang selbst kaum bemerken würde.

Das Ungeheuer packte ihn bei den Schultern und rüttelte ihn. »Stirb nicht, Folliot!« brüllte es. Es holte mit einer massigen totenbleichen Hand aus und schlug Clive mit der offenen Handfläche ins Gesicht. Der Kopf klingelte ihm bei dem Schlag. Die Beschämung, von diesem untermenschlichen Geschöpf so behandelt worden zu sein, trieb ihm das Blut in die Wangen.

»Laß mich runter!« befahl er.

»Du magst dich hinsetzen, aber deine Augen werden geöffnet bleiben und du wirst dich regelmäßig bewegen,

Insekt. Oder ich verpasse dir eine Abreibung, daß der Schlag gerade eben wie eine Liebkosung eines Liebenden war!« Ein hämisches Grinsen glitt dem Ungeheuer übers Gesicht, und es ließ Clive los.

Clive brach auf dem Boden des Boots zusammen. Er zog sich auf eine der schmalen Bänke und rieb sich mit beiden Händen die Wangen. Eine frische Brise trieb das Boot voran und drückte auf das Segel aus Eis. Chang Guafe saß im Heck, ein Auge auf den rohen Kompaß gerichtet, den er hergestellt hatte, und er steuerte die *Victoria* mit dem Eisruder.

Es hatte wie eine gute Idee ausgesehen. Clive hatte halb erwartet, daß sie innerhalb weniger Stunden nach dem Hissen des Segels Land erreichen würden ... und wenn doch nicht in Stunden, so doch sicherlich am ersten oder zweiten Tag.

Aber sie segelten weiter und immer weiter, und in jede Richtung erstreckte sich lediglich dunkles Wasser.

Clive hielt die Augen auf einen Punkt am fernen Horizont gerichtet, einen Punkt, der vor dem feststehenden Boot auf- und niederzutanzen schien, selbst als ihm aufging, daß es die Eigenbewegung des Boots war, die den Eindruck eines sich bewegenden Horizonts hervorrief.

Er benutzte diesen Punkt am Horizont, um seine Gedanken zu sammeln, und versuchte, sich in einen mentalen Zustand zu versetzen, der es ihm gestattete, mit seinem Freund George du Maurier in Verbindung zu treten, der weit weg in Sicherheit Londons als Karikaturist und Kritiker für das *Punch*-Magazin arbeitete. Es war auf ironische Weise erheiternd, daß du Maurier damals in London seinen Glauben an die Möglichkeit des Lebens auf anderen Planeten, an die direkte Verbindung und die Errichtung unsichtbarer mentaler Bande allein durch die schiere Kraft des Willens und dergleichen mystische Zeugs kundgetan hatte.

Im Gegenzug hatte Clive Folliot über du Mauriers

Theorien nur gespöttelt. Folliot war ein vernünftiger Materialist gewesen, den die Vorfälle vor kurzem jedoch davon überzeugt hatten, daß es Welten innerhalb von Welten, Wirklichkeiten jenseits von Wirklichkeiten gab, und der Skeptiker Clive mit seinem Spott äußerte die exotischsten Gedanken über die auf ihn zukommenden Gefahren.

Mehrere Male hatte er gespürt, daß er tatsächlich in mentaler Verbindung mit du Maurier gestanden hatte — oder daß er wenigstens auf dem Weg war, einen derartigen Kontakt herzustellen. Wenn er den Karikaturisten nur erreichen könnte, könnte er du Maurier darum bitten, ein Wort mit Clives Herausgeber zu sprechen, Maurice Carstairs vom *Illustrated Recorder and Dispatch;* zugleich auch mit seiner Geliebten, Miß Annabella Leighton vom Plantagenet Court; mit seinem kommandierenden Offizier, Brigadier Leicester von den Horse Guards Ihrer Majestät.

Zumindest könnte er ihnen etwas Trost spenden, das Wissen nämlich, daß er bis jetzt wenigstens überlebt hatte und daß es ihm vielleicht eines Tages gelingen würde, nach England zurückzukehren. Und vielleicht — nur vielleicht — könnten sie eine Expedition in das Dungeon ausrüsten, um ihn und seinen Nachkömmling, Miß Annabelle Leigh, aus ihrer mißlichen Lage zu befreien.

»Oh, du Maurier«, flüsterte er halblaut, »mein Freund, kannst du mich hören? Gibt es irgendwelche Hoffnung, irgendeine Verbindung, irgendeine Klammer zwischen uns außer in meiner Erinnerung an dich?«

Er spürte, wie ihm heiße Tränen in die Augen traten, und er wischte sie mit einer Hand weg, die weiß vor Kälte, aufgesprungen und fast erfroren war.

Sind Sie's, Folliot?

Er wich erschrocken zurück und spähte in alle Richtungen, Chang Guafe bemühte sich unbewegt um das Boot, während das schwarzgekleidete Ungeheuer ihn mit rotgeränderten Augen anfunkelte. Auf den Sprecher gab es keinerlei Hinweis.

Du Maurier?

Ja, Clive Folliot, ich bin's! Wo sind Sie? Wie haben Sie mich erreicht?

Ich treibe im Polarmeer umher, begleitet von zwei Wesen, deren Existenz Sie kaum für möglich halten würden.

Und Sie haben mich ohne physikalische oder mechanische Hilfe erreicht?

Nur unter Anwendung des Bewußtseins, du Maurier.

Clive verspürte im Bewußtsein die geisterhafte Andeutung eines Gelächters.

Sie hatten die ganze Zeit über recht gehabt, du Maurier. Aber Sie schließlich nach so vielen Jahren zu erreichen, nach so vielen Anläufen …

Sie erreichen mich nicht zum erstenmal, Folliot. Sind Sie sich Ihrer früheren Erfolge nicht bewußt?

Ich dachte, wir stünden uns nahe, du Maurier. Viele Male erschien es mir, als ob wir uns nahe seien. Ich verspürte Ihre Gegenwart, verspürte die Energie Ihres Bewußtseins, als sie das meine streifte. Jedesmal versuchte ich zu antworten. Hatte ich damit Erfolg? Spürten Sie die Berührung meines Bewußtseins in Ihrem Bewußtsein?

Mehr als das, mein Freund, fuhr du Maurier fort. Sie zeichneten die vielen Ansichten und die seltsamen Wesen, denen sie während Ihres Abenteuers begegneten, und jene Bilder haben mich hier in London erreicht.

Aber … Ich sandte Ihnen niemals Skizzen, du Maurier. Wie konnten meine Bilder Sie erreichen?

Als mentale Bilder, Folliot. Vielleicht weil ich selbst als Zeichner arbeite, war ich auf Ihre Bilder eingestellt. Ich habe von Ihnen keine Worte bekommen. Und so sehr ich auch versuchte, Botschaften zurückzusenden — ich hatte nicht die Andeutung eines Erfolgs damit.

Nein. Nein, mein lieber Freund, ich wußte nie, ob ich Sie erreicht hatte oder nicht. Zeitweilig hatte ich das vage Gefühl, unerklärliche Andeutungen von Gemeinschaft. Aber ich wuß-

te niemals etwas Genaues. Ich konnte nur hoffen. Nur der Glaube an Sie hat mich getragen, du Maurier.

Glaube. Wie erstaunlich, Sie so reden zu hören, mein Freund. Der Glaube kann Berge versetzen, Folliot, oder etwa nicht?

Clive hielt inne, um die Gedanken zu sammeln, und er war noch immer bestrebt, die Verbindung zwischen sich und du Maurier aufrechtzuerhalten.

Du Mauriers lautlose Stimme fuhr fort: *Welch eine Erleichterung für mich, nach all den Jahren, Folliot, dies zu wissen! Welch eine Erleichterung für einen sterbenden Mann!*

Sterbenden? Das Wort traf Clive wie ein Donnerschlag.

Friedlich sterbend, Folliot. Ich bin ein alter Mann, und ich liege auf dem Sterbebett. Ich frage mich, ob das dabei geholfen hat, unsere Verbindung zu errichten. Da sich mein Bewußtsein darauf vorbereitet, sich für immer vom Fleisch zu lösen, ist es ihm möglich, durch die Dimensionen zu streifen und sich mit dem Ihren zu verbinden. Oder es ist vielleicht das Werk Dr. Mesmers, das diesen Erfolg herbeiführte. Ich muß Sie an meine Seite rufen, solange ich noch atme.

Ich verstehe nicht, du Maurier. Sie sind kein alter Mann. Als ich London verließ — erinnern Sie sich an jene letzte Nacht in Ihrem Klub, du Maurier, nach der Premiere von Cox und Box *— als Sie sich mit Miß Leighton und mir unterhielten, an unsere Begegnung mit Carstairs vom* Recorder and Dispatch?

Sehr genau, Folliot. Ich erinnere mich in der Tat sehr genau an diese Nacht, sehr genau.

Aber Sie waren ein Mann mittleren Alters, du Maurier.

Ich war fünfzig.

Und das ist ein paar Monate her. Warum nennen Sie sich alt?

Monate her? Monate! Erneut klang das Gelächter durch die völlige Stille. Das war im Jahre 1868, Folliot.

Ja.

Wir schreiben jetzt das Jahr 1896. Sie waren achtundzwanzig Jahre lang verschwunden.

Die klamme Hand des Ungeheuers lag Clive an der Kehle; die andere Hand packte ihn an einem Bein. Clive spürte, wie er hochgehoben wurde. Vor den Augen wirbelte die Dunkelheit, das totenweiße Gesicht des Ungeheuers und totenschwarze Kleidung, Sternenlicht, das auf dem polierten Metall schimmerte, von dem Chang Guafe zum großen Teil bedeckt war.

»Hör auf! Was tust du da?«

Das Ungeheuer hielt Clive über das kalte Wasser hinaus. Feuchtkalte Luft streifte ihn am Körper, und seine unangemessene Kleidung bot nur wenig Schutz vor der Kälte. Dünne Gischt eiskalten Salzwassers spritzte ihm auf die Haut.

»Du lebst, Insekt?«

Das Ungeheuer hatte ihn in die Luft geworfen wie ein spielender Vater ein vergnügt quietschendes Kind. Das Gefühl war schrecklich, und als ihn das Ungeheuer wieder auffing, klammerte Clive sich an den dicken schwarzen Stoff des Ärmels.

»Ich lebe, ich lebe! Laß mich wieder ins Boot!«

»Ich hab dich gewarnt, verabscheuungswürdiges Wesen.« In den Augen des Ungeheuers funkelte der Haß, das schwache Licht, das in ihnen reflektiert wurde, kam von den Sternen am schwarzen Himmel über ihnen.

»Du hast mich gewarnt, und ich lebe!«

Das Ungeheuer warf ihn verächtlich zurück auf den Sitz. »Was sagst du, Chang Guafe?« Er wandte die mächtige Gestalt dem unbewegten Cyborg zu. »Zeigte dieses Insekt irgendein Anzeichen von Leben?«

Die mechanische Stimme des Cyborgs kratzte: »Nein, Frankenstein. Er sah so tot aus, wie nur jemand tot sein kann. Toter als du«, fügte Chang Guafe sarkastisch hinzu.

Das Ungeheuer lachte, ein schreckliches, nervenzerrendes Geräusch.

»Ihr seid Dummköpfe. Beide«, beschuldigte sie Clive. »Ich hatte Verbindung zu George du Maurier. Er ist mein Freund, und er ist in England, und mir war's gelungen, eine mentale Verbindung mit ihm herzustellen.«

»Sah tot für mich aus«, grummelte das Ungeheuer.

»Er hätte vielleicht eine Rettungsexpedition aussenden können.«

Chang Guafe hob interessiert das metallbedeckte Gesicht. »Eine Expedition ausschicken? Woher?«

»Aus England!«

»Wohin?«

»Uns hier im Ozean zu suchen!«

»Du bist sicher, daß wir uns nicht länger mehr im Dungeon aufhalten?« drängte Chang Guafe. »Weiß er, wie man das Dungeon erreicht?«

»Ich weiß es nicht. Vielleicht durch den Sudd.«

»Und erwartest du etwa von dieser Expedition, daß sie deinem Weg durch die neun Ebenen des Dungeon folgen und dich retten kann?«

»Ich habe dir schon mal gesagt, daß ich davon überzeugt bin, daß wir zur Erde zurückgekehrt sind. Ich bin felsenfest davon überzeugt«, versicherte ihm Clive. »Ich dachte, du hättest meine Begründung angenommen.«

»Sag's mir noch einmal, Wesen Clive. Du behauptest, du hättest über das Bewußtsein mit deinem Freund gesprochen?«

»Ja.«

»Wenn das stimmt, dann mag das alles wahr sein. Dennoch, Wesen Folliot, auf welche Annahmen stützt du deinen Glauben, daß wir auf der Erde sind?«

»Auf diese Annahme!« Er erhob sich und zeigte mit dem Finger auf das Ungeheuer. Im schwachen Licht der Sterne sah er die eigene blasse Haut und die noch blassere Haut des Ungeheuers. »Mir wird jetzt klar, daß Mary Shelleys Erzählung kein bloßer Roman, kein Phantasiegebilde war. Sie war die absolute Wahrheit, in Fiktion verkleidet, damit eine skeptische Welt alles annehmen könnte, was sie ansonsten schreckerfüllt zurückgewiesen hätte — angesichts der Tatsachen, die vor ihr ausgebreitet worden wären.«

»Also?«

»Am Schluß von Mary Shelleys Erzählung verfolgt das Ungeheuer — *dieses* Ungeheuer! — seinen Schöpfer über die Eisfelder der arktischen Regionen. Was aus der gemarterten Seele wurde, jenem phantastischen Experimentator, wissen wir nicht. Vielleicht werden wir's herausfinden, vielleicht wird die Antwort für immer ein Rätsel bleiben. Das wird sich zeigen.«

Er fuhr herum und gestikulierte erneut. »Aber das Ungeheuer ist in jener polaren Wüste verblieben, gefangen und eingefroren vom Eis der Polarkappen unseres Globus. Dort fanden wir ihn. Ergo: Wir befinden uns nicht auf der neunten Ebene des Dungeon, sondern wir sind auf irgendeine Art und Weise zur Erde zurückgekehrt.«

Er hielt für einen Herzschlag inne. »Oder wir müssen den Schluß ziehen, daß die Erde selbst die neunte Ebene des Dungeon darstellt!«

Chang Guafe streckte einen teleskopförmigen metallenen Auswuchs in Richtung auf das Ungeheuer und einen anderen in Richtung auf Clive. »Ja, Frankenstein — was meinst du? Was ist aus deinem Erbauer geworden? Und was weißt du vom Dungeon und den dort lebenden Möchtegern-Herren?«

Das Ungeheuer gab keine Antwort. Vielleicht wollte es antworten, aber ein sirrender, zischender Laut unterbrach die Unterhaltung und lenkte die Aufmerksamkeit der drei nach oben.

Da erblickte Clive erneut etwas, das er erstmals auf der Erde gesehen hatte, am Himmel über der Küste von Ostafrika. Da war er auf dem Weg von den Inseln von Sansibar zum Festland des rätselhaften Kontinents gewesen, auf der Suche nach seinem verschollenen älteren Zwillingsbruder. Damals hatte er noch nichts vom Dungeon gewußt, von der schwarzen Welt, die als Q'oorna bekannt war, von den Ebenen und Schichten der Realität, die verborgen hinter dem Schleier des Sudd lagen.

Viele Male hatte er dieses Zeichen gesehen: am Himmel über der Erde und über Q'oorna, auf dem mitternachtsblauen Griff von Horace Hamilton Smythes silbernem Revolver, auf den Gebäuden kuppelförmiger alter Städte auf Welten, deren Existenz er sich niemals erträumt hätte. Und jedesmal, wenn er jenes Zeichen gesehen hatte, war es das Vorzeichen schrecklicher Geschehnisse gewesen.

Jetzt sah er's über der schwarzen arktischen See der Erde.

Die kreisende hypnotisierende Sternenspirale.

Und er vernahm, als käme es von der Sternenspirale, jenes eigenartige zischende Geräusch, das an das Silvesterfeuerwerk eines Kindes erinnerte. Oder, noch schrecklicher, an eine Zündkappe, die zischend und spuckend verbrannte, oder auch an eine Zündschnur, die vielleicht zu einer explosionsbereiten Tonne mit Schwarzpulver führte, die alles innerhalb ihrer Reichweite ins Jenseits blasen würde.

Clive stand wie erstarrt und war sich nur schwach bewußt, daß seine nichtmenschlichen Begleiter das gleiche taten, nämlich hinaufstarrten und den Versuch unternahmen, die Quelle des zischenden Geräuschs zu orten.

Die Sternenspirale umringte einen Flecken von Schwärze, der viel tiefer war als die Schwärze des gewöhnlichen Polarhimmels um die Spirale herum. Und aus der Mitte dieser Schwärze kam jetzt ein winziges und ganz schwaches Leuchten wie ein Stück brennender Kohle, ein Stück Kohle, das immer heller und größer wurde, bis es selbst ein fast kreisförmiges Licht war.

Der Lichtfleck wuchs und wurde heller, bis Clive aufging, daß die Veränderung von Größe und Leuchtkraft eine Täuschung war. Der Fleck wuchs nicht — er schien nur zu wachsen!

Er näherte sich!

Er senkte sich auf ihr Boot herab!

Er raste in einer Spirale nach unten, wie ein langer Zug, der sich von der Spitze eines kegelförmigen Bergs hinab ins Tal wand. Der Zug fuhr zischend und flakkernd nach unten und kam immer näher.

»Das hab ich schon mal gesehen! Ich hab's im Dungeon gesehen! Chang Guafe, ich kann mich nicht besinnen — warst du schon bei unserem Trupp, als wir diesem Zug begegneten?«

»So etwas habe ich niemals gesehen«, kratzte der Cyborg.

»Dieser Zug ähnelt keinem anderen, Chang Guafe — ein Zug, der zwischen den Welten reist, der Passagiere aus allen Orten von Zeit und Raum mitnimmt, der zwischen gewöhnlichen Welten und dem Dungeon reist!«

»Ich habe Züge gesehen«, dröhnte das Ungeheuer.

»Aber keine solchen!« wiederholte Clive in heller Aufregung. Wenn sie diesen Zug besteigen könnten, wüßten sie kaum, wohin er sie trüge — zu anderen Ebenen des Dungeon, ins alte Rom oder nach Griechenland oder Ägypten, zum fernen Katha, wohin Horace Hamilton Smythe einstmals gereist war — vielleicht zur Welt der Finnboggi oder sogar zu jenem Planeten, wo Chang Guafe das Licht der Welt erblickt hatte.

»Hier!« rief Clive. Er packte ein Eisruder und winkte damit, und er wünschte sich eine Flagge oder ein leuchtendes Stück Stoff, oder noch besser eine Flamme, womit er die Aufmerksamkeit des Zugs und seiner Mannschaft erregen könnte.

Aber das war nicht nötig. Der Zug fuhr weiterhin spiralförmig abwärts, abwärts und kreiste dabei ständig über den Köpfen der merkwürdig zusammengewürfelten Gefährten.

Als sich die Unterseite der Wagen nur noch wenige Meter über der Oberfläche des schwarzen Ozeans befanden, kochte und dampfte das Wasser des arktischen

Meers und sandte als Gruß an die Sterne Dampfwolken in die nächtliche Luft.

Schließlich landete der Zug auf der Wasseroberfläche. Die Hitze beim Durchgang durch die Erdatmosphäre wurde auf das Wasser übertragen, und unmeßbare Tausende von Hektolitern Wasser dampften davon und erhitzten die Region innerhalb des Wagenrings, so daß das Eisboot, das Chang Guafe aus der arktischen Scholle geschnitzt hatte und das beim Treiben durch Tag und Nacht bereits gefährlich dünn und porös geworden war, hoffnungslos in winzige Eispartikel zerfiel, die rasch dahinschmolzen und verschwanden.

Clive Folliot schwamm auf den nächsten Wagen des Zugs zu. Hinter sich vernahm er die unbeholfenen, wenngleich kräftigen Schwimmzüge des Ungeheuers, als es ihm nacheiferte.

Aber Chang Guafe stieß nur einen einzigen kratzenden verzweifelten Schrei aus, dem ein hoffnungsloses Gurgeln folgte.

Clive Folliot wandte sich um, um zu erkennen, was aus dem fremdartigen Cyborg geworden war, bekam jedoch nur ein letztes Aufblitzen von Metall zu Gesicht, als Chang Guafe unter die Oberfläche glitt. Das schwarze Wasser schloß sich still über dem Cyborg.

Er kann nicht schwimmen, dachte Clive. *Er besteht vor allem aus Metall. Er ist so schwer, daß er nicht schwimmen kann!*

Zu beiden Seiten der Wagen reihten sich die Fenster aneinander, und die Fenster erstrahlten im Licht aus dem Innern des Zugs. Während Clive durch die erneut auskühlenden Wasser schwamm, spähte er zu den Wagen des Zugs hinüber. In einem davon entdeckte er eine Reihe von Sofas und Stühlen, und die Reisenden inhalierten gemütlich Rauch aus langstieligen Pfeifen. Er war im Dungeon Rauchern begegnet, intelligenten Männern und Frauen — und nichtmenschlichen Wesen —, die Glück und Zufriedenheit in der Sphäre des

Traums, den sie mit dem Rauch einsogen, gefunden hatten.

Ihnen sagte eine derartige angenehme Lebensweise zu, nicht jedoch Clive. Er konnte sich nicht dem Müßiggang hingeben, mochte er auch angenehm sein. In England und auf entlegenen Militärposten hatte er Männer gekannt, die sich dem Trunk ergeben und die Tage und Nächte in der Gesellschaft von Müßiggängern verbracht und dabei wenig erreicht hatten. Die Raucher des Dungeon waren nicht besser als jene!

Clive hatte seine lange Odyssee auf der Suche nach seinem Bruder angetreten. Er war vielen Wesen begegnet, und sein Sinn für Verantwortung war gewachsen. Er konnte Annabelle oder Horace, Sidi Bombay oder Finnbogg oder sogar Chang Guafe nicht im Stich lassen — denn er konnte auch nicht glauben, daß der Cyborg tot war. Clive spürte, daß Chang Guafe noch immer lebte, irgendwo begraben unter Tonnen eisigen Wassers. Von ihm würde man noch etwas hören!

Und dann waren da noch die anderen Personen des Dungeon, bei denen er sich weniger sicher war. Zum Beispiel Tomàs, der portugiesische Seemann. Annie selbst hatte behauptet, Beweise für Tomàs' entfernte Verwandtschaft mit den Folliots gefunden zu haben. Dann der Amerikaner Philo B. Goode und Goodes zwei Verbündete, Amos Ransome und Lorena Ransome, die bei mehreren Gelegenheiten behauptet hatten, Bruder und Schwester oder Mann und Frau zu sein. Dann Baron Samedi.

Und schließlich Clives Bruder Neville und ihr Vater, Baron Tewkesbury — oder die Kopien von Clives Bruder und Vater. Bis er nicht deren wahre Identitäten herausgefunden hätte, wüßte er niemals, ob er unter das Dungeon ein für allemal einen Schlußstrich ziehen könnte; falls sie Täuschungen waren, könnten sie, was Clive betraf, im Dungeon bleiben und dort vermodern. Aber wenn sie echt waren ... Wenn sie echt waren, konnte er sie nicht im Stich lassen. Nein, keinesfalls, gleichgültig, wie kalt und lieblos sich Baron Tewkesbury Clive gegenüber verhalten hatte, weil er ihm den Tod seiner geliebten Baronesse angelastet hatte, und gleichgültig, wie arrogant und flegelhaft sich sein hochmütiger Bruder Neville in ihrer gemeinsamen Kindheit verhalten haben mochte — und sich vielleicht noch immer verhielt. Clive konnte sie nicht in der endlosen Hölle des Dungeon zurücklassen!

Er schwamm auf den nächsten Wagen zu. Das Wasser, das die energiegeladene Ankunft fast zum Kochen gebracht hatte, kühlte sich ebenso schnell ab, wie es sich aufgeheizt hatte, und eine tödliche Kälte kroch Clive allmählich in die Knochen. Er wußte, daß er nicht länger im Wasser verbleiben konnte. Es war im äußersten Fall eine Sache von Minuten, bis er in das nasse Grab hinabsinken würde. Und er wußte, daß er, anders als Chang Guafe, dort nicht überleben könnte.

Er hörte noch immer das Ungeheuer, das sich hinter ihm durchs Wasser quälte. Das Wesen war alles andere als ein geschickter Schwimmer, aber Clive war sicher, daß es den Zug sicher erreichen und sich hineinziehen würde.

Und für Chang Guafe vermochte er im Augenblick nichts zu tun. So wie er Chang Guafe kannte, würde er einen Weg finden, am Grund des Meeres zu überleben, schließlich an Land zurückzukehren und sich dann wieder seinen Geschäften zu widmen.

Jetzt jedoch ...

KAPITEL 4

Keine römische Orgie

Clive zog sich an einer der kurzen metallenen Leitern hoch, die von jedem Wagen des Zugs herabhingen. Er blickte über die Schulter zurück und sah, daß das Frankenstein-Ungeheuer im Wasser eine etwas andere Richtung eingeschlagen hatte. Es wußte offenbar nicht so recht, was es tat. Es paddelte unbeholfen davon.

Bald hatte das Ungeheuer einen weiter entfernten Wagen erreicht. Der Zug hatte sich zu einem Kreis zusammengezogen wie die legendäre Schlange der Skandinavier, die den eigenen Schwanz verschluckt. In jeder Richtung träfe das Ungeheuer unweigerlich wieder auf den Zug. Es hob eine leichenblasse Hand aus dem Wasser und brachte es fertig, die nächstgelegene Leiter zu ergreifen. Das Ungeheuer zog sich mit der überwältigenden Kraft der riesigen Muskeln aus dem Meer und klammerte sich an die Waggonseite.

Es hantierte am Waggon herum, fand schließlich den Griff, der ihm die Tür öffnete, und verschwand im Innern.

Clive Folliot wollte gerade dasselbe tun, als er fast umgestoßen wurde, weil der Zug sich wieder in Bewegung setzte.

Er beschleunigte mit atemberaubender Geschwindigkeit und pflügte im Kreis durchs Wasser. Die Lokomotive wechselte plötzlich die Richtung und bewegte sich geradeaus. Die anhängenden Wagen streckten sich zu einer schnurgeraden Reihe, und der Zug beschleunigte wie wild, wobei die dampfende und schäumende Gischt zu beiden Seiten höher stand als ein Obelisk.

Dann erhob sich der Vorderteil des Zugs aus dem Wasser, die restlichen Wagen folgten und wurden dem

Griff des Meers entrissen. Der Zug schoß immer steiler aufwärts. Clive begriff, daß er sich nicht mehr eine Sekunde länger an der Leiter festhalten könnte. Er zerrte an der Waggontür, öffnete sie, zog sich ins Wageninnere und warf die Tür hinter sich zu.

Er wandte sich um, um nachzusehen, welche Welt er da betreten hatte, und der Schock über den Anblick brachte ihn zum Taumeln.

Dies war weder eine römische Orgie noch ein Indianertanz, noch eine Bergspitze des Himalaya. Auch kein Dampfboot des Mississippi oder ein türkisches Serail. Auch keine Welt mit exotischen Landschaften und fremdartigen Bewohnern — Clive wußte jetzt, daß die Erde nur einer von einer gewaltigen, vielleicht unendlichen Anzahl bewohnbarer und bewohnter Planeten war.

An den Wänden liefen Holzpaneele entlang, vielleicht dunkelgebeiztes Buchenholz oder noch dunkleres Mahagoni. Die Decke war hoch und verlor sich fast in den Schatten, obwohl er noch erkennen konnte, daß sie mit Schnörkeln und Giebeln verziert war. Hohe Fenster reichten vom Fußboden bis zur Decke, aber dank der schweren Vorhänge davor drang so wenig Licht ins Innere, daß Clive nicht entscheiden konnte, ob jenseits der festverschlossenen Fenster Tag oder Nacht herrschte.

Im Raum reihte sich ein übervoller Bücherschrank an den anderen. Neben dem verhängten Fenster stand ein massiver Schreibtisch aus einem so dunklen Holz, daß es schwarz erschien. Die Schubladen waren mit glänzend polierten Messingbeschlägen verziert. Die Tischplatte war mit Blättern übersät, von denen die meisten mit einer angenehmen, sorgfältigen Handschrift beschrieben waren, während sich auf anderen gekonnt ausgeführte Skizzen zeigten. Einige Federhalter lagen auf den Dokumenten verstreut.

Der Raum wurde lediglich von einer Öllampe erhellt, deren Docht so niedrig gedreht war, daß die goldene

Flamme flackernde hohe Schatten warf, wo sie nicht reflektiert wurde, wie zum Beispiel von der Messingverzierung des schweren Schreibtischs.

Clive wandte sich vom Schreibtisch ab. An der gegenüberliegenden Wand, unter einem großen dunklen Baldachin auf einem verzierten Rahmen, stand ein riesiges vierfüßiges Bett. Welch ein Unterschied zu den Schlafgelegenheiten, die Clive gewohnt war, seit er das Dungeon betreten hatte: Eine dünne Decke, ein Haufen stinkender Lumpen, ein Blätterhaufen in der Astgabelung hoch in einem Baum — wohin ihn das Schicksal auch immer geführt, wo immer sich eine Gelegenheit zum Schlafen geboten hatte, dort hatte er geschlafen. Es hatte auch einige bequeme Betten gegeben. In den meisten davon hatte er allein gelegen. In anderen ... Eine Erinnerung an bleiche Haut, smaragdfarbene Augen und exotische grünschwarze Haare stieg in ihm auf. Clive blinzelte die Erinnerung davon, und in den Augen standen ihm plötzlich die Tränen. Er konzentrierte sich wieder auf die Gegenwart.

Eine ältere Person lag im Bett, den Rücken an die Wand gestützt. Dünne Strähnen grauweißen Haars lagen auf dem nahezu kahlen Kopf. Ein Backenbart von gleicher Farbe wuchs an den Wangen entlang, die ihrerseits papiertrocken und blaß waren. Diese Todesgestalt hob einen weißgekleideten Arm und zeigte mit zitterndem Finger auf Clive.

»Er ist's!« Die Stimme war schwach und zitterte, aber die Worte waren deutlich. Das ausgemergelte Gesicht wandte sich zur Seite, und der alte Mann sagte erneut: »Er ist's!«

Clive folgte der Blickrichtung des alten Mannes. Zum erstenmal wurde er sich einer zweiten Gestalt im Zimmer bewußt: eine hohe schlanke Frau, die von Kopf bis Fuß in ein Gewand von mitternachtsblauer Farbe gehüllt war. Als Clive sie näher betrachtete, fiel ihm auf, daß das Haar, obwohl streng zu einem Knoten im Nakken zurückgekämmt, lang und füllig und von schimmerndem Schwarz war, das in dem schwachen Lampenlicht wie das Messing auf dem Schreibtisch leuchtete. Die Gestalt, wenngleich schlank, war gleichwohl anmutig und hätte unter anderen Umständen sogar als sinnlich gelten können.

Ihm fiel auf, daß das Gewand nicht völlig schwarz, sondern mit purpurroten Streifen verziert war, die fast ins Magentarot übergingen.

Und das Gesicht ... Selten hatte er in ein derart bezwingendes, derart exotisches und dennoch so menschliches Gesicht geblickt! Vielleicht — er ließ die Gedanken zu den zahllosen Frauen zurückschweifen, denen er auf Erden und im Dungeon begegnet war —, vielleicht konnte nur die atemberaubend schöne exotische Frau Nrrc'kth mit dieser Frau verglichen werden.

»Beruhigen Sie sich, Herr du Maurier. Ich sehe ihn. Aber — wer ist er?« Die Stimme war kühl und weich, ein Mezzosopran, der etwas im Innern von Clives Wesen zum Schwingen brachte.

»Es ist Clive Folliot — oder sein Sohn, denn er ist an die zwanzig Jahre jünger, als es Folliot sein kann!«

»Ich bin Clive Folliot, ja, Sir. Aber da sind Sie mir etwas voraus, Sir.«

»Ich bin Ihr Freund du Maurier. George du Maurier. Sie müssen mich erkennen, Folliot!«

Clive tat ein paar zögernde Schritte quer durch den Raum. Er erwartete schon, daß ihm das auftauende Seewasser aus der vollgesogenen Kleidung tropfen werde, aber er sah an sich hinab und bemerkte, daß er trocken war. Und statt der zerlumpten Fetzen, die er zuletzt in Chang Guafes zusammengebasteltem Eisboot getragen hatte, war er mit der angemessenen Uniform der Fünften Herrschaftlichen Horse Guards Ihrer Majestät ausgestattet — karminrotes Tuch, glitzernde Metallepauletten, dunkelblaue Hosen, durchwirkt mit Goldfäden, polierte Lederstiefel.

Er starrte in das Gesicht des alten Mannes. Ja, es war George du Maurier. Aber es war ein George du Maurier, den die Jahre und vielleicht auch andere Faktoren, von denen Clive nichts weiter wußte, gezeichnet hatten. Der George du Maurier, den Clive zuletzt in London gesehen hatte, war ein vitaler Mann von fünfzig Jahren gewesen, ein anerkannter Karikaturist, ein Musiker von zumindest halbprofessionellem Standard und ein strebsamer Novellist.

Dieses bedauernswerte Wesen, das gegen die Kissen gelehnt dalag, gewickelt und gewärmt wie ein Baby — dies konnte kaum sein Freund du Maurier sein.

»Welches Jahr schreiben wir, du Maurier?«

»Es ist das siebenundfünfzigste Jahr der Regentschaft unserer huldvollen Monarchin und das eintausendachthundertundsechsundneunzigste Jahr des Herrn.«

»1896!«

»Sagte ich das nicht?«

»Wann?«

»Als wir zuletzt miteinander sprachen. Sie segelten auf einem sehr seltsamen Boot, in der Begleitung zweier noch seltsamerer Gefährten.«

»Ja«, gab Clive fast unhörbar zu. Ihm schwirrte der Kopf. »Ja, ich erinnere mich. Aber ich dachte, es sei eine Halluzination, ein Phantasiegebilde, ein Delirium gewesen.«

»Nichts davon, Folliot. Es war Realität.«

»Und ist dies hier real?« Die Geste umfaßte den Raum und dessen Bewohner. »Ist diese Frau real?«

»Auf dem Sterbebett lassen mich die Manieren im Stich, Folliot. Doktor, darf ich Ihnen Major Clive Folliot von den Fünften Herrschaftlichen Horse Guards Ihrer Majestät vorstellen, meinen ältesten und teuersten Freund? Folliot, darf ich Ihnen Madame Clarissa Mesmer vorstellen, Urenkelin des berühmten Doktor Anton Mesmer? Und selbst Doktor, möchte ich hinzufügen.«

»Major.« Sie streckte die bloße Hand aus.

»Madame Mesmer.« Clive nahm die Hand in die seine und beugte sich darüber. Ihre Haut war weich und glatt, kühl bei der ersten Berührung, zeigte dann jedoch innerhalb von Augenblicken eine erstaunliche Wärme, und Clive hob den Blick. »Ist Madame richtig? Sie sind eine verheiratete Frau?«

Sie zog die Hand zurück. »Ich nenne mich so, um Flegel zu entmutigen — und die unwillkommene Annäherung aggressiver Männer.« Clive tat einen tiefen Atemzug. Um Madame Mesmer herum lag ein wahrnehmbarer — und aufregender — Geruch.

Die Frau ergriff wieder das Wort. »Herr du Maurier sprach oft von Ihnen, Major. Man könnte tatsächlich sagen, daß ich neben Herrn du Mauriers Sterbebett stehe, auf sein Geheiß, jedoch zu Ihrem Vorteil.«

Sie sprach mit undefinierbarem Akzent. Clive versuchte, ihn irgendwo unterzubringen — deutsch? Ungarisch? Er hatte von Anton Mesmer gehört und wenig von ihm gehalten. Mesmer war Deutscher gewesen, der viele Jahre seines Lebens in Österreich studiert und gearbeitet hatte. Aber in seinem Leben gab es rätselhafte Perioden, die der Geschichte unbekannt geblieben waren. Wo hatte er jene Jahre verbracht?

»Stets den Damen zu Diensten, Folliot.« Der schwächliche du Maurier brachte ein trockenes Gelächter zustande. »Was ist? Hat's Ihnen die Sprache verschlagen?«

Der alte Mann schob sich höher in den Kissen. Madame Mesmer ergriff den altersschwachen Arm und half. Du Maurier sagte: »Die Blutsauger sind hinter mir her, Folliot. Ich habe bis jetzt die halbe Harley Street bereichert, und die andere Hälfte würde mir die Tür einrennen, wenn ich es ihnen gestattete, und sie alle würden herumstochern und etwas geltend machen und meine Schätze davontragen, aber von ihnen habe ich genug. Mehr als genug. Ich sterbe, aber ich habe keine Angst vor dem Tod. Nein! Der Tod ist das letzte der großen Geheimnisse des Lebens. Größer als das Auffinden der Nilquellen, größer als die Erforschung des Innern des Atoms, größer sogar als die Reise zu Mars und Jupiter oder den Planeten, oder zu einem anderen Stern. Und ich bin begierig darauf, dieses letzte Geheimnis zu ergründen.«

Er legte sich in die Kissen zurück, rang nach Atem, sammelte neue Kräfte.

»Ich wäre bereits gegangen, Folliot, aber ich wollte Sie noch einmal sehen. Und Madame Mesmer hat mir dabei geholfen, jene letzte Barriere zu überwinden und die psychische Kommunikation zu vervollkommnen. Kommunikation — und mehr —, denn sind Sie nicht hier, herbeigezogen über die Weiten des Raums und die Seiten der Zeit und die unfaßlichen Windungen der Dimensionen? Dies ist mein Triumph, Folliot!«

Der alte Mann lehnte sich erneut in die Kissen zurück, die Augen schlossen sich, und der nahezu zahnlose Unterkiefer hing schlaff herab.

»Ist er ...?« Clive beugte sich vor und spähte zwischen die Bettvorhänge.

»Nein. Noch lebt er.« Madame Mesmer hatte dem alten Mann die Finger aufs Handgelenk gelegt und nickte dann bestätigend, als sie den Puls spürte. »Er besitzt noch etwas Kraft. Das Ende naht, aber es ist noch nicht da.«

Clive sah sich um, erblickte einen Stuhl und zog ihn nahe zu du Mauriers Bett heran. Zu Madame Mesmer sagte er: »Gestatten Sie ...?«

Sie schüttelte den Kopf und trat ein wenig beiseite. Clive setzte sich. Madame Mesmer war nahe genug stehengeblieben, um die Konversation fortzusetzen.

Sie sah Clive an und hob dabei fragend die Braue. »Sie sind wirklich von weit entfernt hierhergezogen worden?«

»Vom Polarmeer, Madame. Und ich hatte wohl einen

aufmerksamen Burschen, der bei dem Tausch für einen völligen Kleiderwechsel sorgte.«

»Eine interessante Begleiterscheinung. Aber ob von Bedeutung ... Sie sagen, Sie seien aus einem anderen Jahr als dem jetzigen hierher gezogen worden.«

»Ich verließ London im Jahr 1868. Ich reiste nach Sansibar, dann über den afrikanischen Kontinent und zum Äquator und von da aus zu anderen Stätten, deren Lage ich nicht einmal beschreiben kann.«

»Und wie lange waren Sie verschwunden, Major Folliot?«

»Du Maurier behauptet, für achtundzwanzig Jahre.«

»Aber dafür, daß Sie so lange weg waren, sehen Sie sehr jung aus.«

»Es schien mir eine Sache von ... Ich bin mir nicht sicher, würde jedoch sagen, es waren einige Monate. Maximal ein paar Jahre. Zwei oder drei Jahre. Vier im äußersten Fall.«

»Mit Sicherheit nicht achtundzwanzig.«

»Sicherlich nicht.«

Madame Mesmer verschränkte die Hände hinter dem Rücken und ging wie ein Mann im Raum hin und her. Nach einer Weile kehrte sie zu du Mauriers Bett zurück. Sie beugte sich behutsam darüber, musterte den Mann und erhob sich wieder. »Er schläft. Seine Kraft ist begrenzt. Aber das Ende, obgleich es sich mit Riesenschritten nähert, ist noch nicht gekommen.«

Sie blickte Clive ins Gesicht.

»Sie fragen sich wohl, welche Rolle ich in diesem kleinen Drama spiele, Major.«

»In der Tat!«

»Sie haben vielleicht von meinem berühmten Vorfahren gehört. Dem großen Franz Anton Mesmer.«

»Ich habe von dem großen Scharlatan Anton Mesmer gehört. Vergeben Sie mir, Madame, daß ich so offen spreche. Aber meiner Ansicht nach ist ein offenes Wort ehrenhafter, als etwas vorzutäuschen — selbst zu dem

Preis, daß man jemanden beleidigt, den man nicht beleidigen möchte.«

Ihre anmutigen Wangen röteten sich, und die Flamme der Öllampe schien sich kurz darin widerzuspiegeln. Die Augen waren sehr dunkel. Vielleicht hatte sich die Iris in der schwachen Beleuchtung des Krankenzimmers geöffnet, und die Augen sahen deshalb dunkler aus als gewöhnlich.

»Mein Vorfahr, Major, wurde von den Neidischen und den Unwissenden an den Pranger gestellt. Aber seine Theorien des lebendigen Magnetismus und seine Versuche, ihn zu beherrschen — was zu dem Begriff des *Mesmerismus* geführt hat —, sind niemals angezweifelt worden. Nicht ein einziges Mal. Im Gegenteil. Forscher auf allen Kontinenten haben Anton Mesmers Arbeiten wiederholt, und ihre Ergebnisse haben ausnahmslos seine Annahmen bestätigt. Die Zeit wird kommen, da man ihn als eine der wirklich großen Gestalten der menschlichen Geschichte betrachten wird!«

»Ich möchte mich nicht streiten, Madame. Aber würden Sie vielleicht freundlicherweise zum Punkt kommen?«

»Mein Punkt, Major, ist der, daß es für den Unterschied in der Zeit, wie sie von Herrn du Maurier und Ihnen erlebt wurde, mehrere Erklärungen gibt. Die eine Erklärung ist die, daß Sie in der Tat nur wenige Jahre lebten, während Herr du Maurier achtundzwanzig Jahre lebte. Diese andere Realität, die Sie erlebten, dieses — *Dungeon* mag gleichzeitig mit der Erde existieren. In diesem Fall ...«

Sie hatte ihren ruhelosen Marsch wiederaufgenommen, und die Hände waren wie zuvor auf dem Rücken verschränkt. Während sie so zwischen ihm und der Öllampe hin- und herging, mußte Clive einfach auffallen, wie das Licht der Lampe auf dem anmutigen Busen flakkerte. Er unterdrückte einen scharfen Atemzug und konzentrierte sich auf ihre Worte.

»In diesem Fall«, wiederholte sie, »existiert Ihr 1870, wie wir sagen wollen — das Jahr 1870 des *Dungeon* — Seite an Seite mit dem Jahr 1870 der Erde. Sie haben nur, sagen wir, zwei Jahre lang gelebt. Sie erreichten das Jahr 1870, als Sie von George du Mauriers psychischer Kraft sechsundzwanzig Jahre in Ihre Zukunft gezogen wurden. Ihre Zukunft. Unsere Gegenwart. Das Jahr 1896.«

»Eine hübsche Idee«, erwiderte Clive. Er erhob sich vom Stuhl und stellte sich vor sie. »Reisen durch die Zeit. Auf diese Weise könnte man reisen und den Bau der Pyramiden beobachten, die Teilung des Roten Meers, die Landung auf dem Berg Ararat, selbst die Kreuzigung des Erlösers ...«

»... oder man könnte in die entgegengesetzte Richtung fliegen und die langsame Evolution unserer Nachkommen beobachten, zumindest nach den Theorien von Darwin und Wallace. Die Verlangsamung der Erdrotation, das Abschwächen der Sonne zu einem dunklen Roten Riesen.« Sie hatte Clives Aufzählung mittendrin aufgenommen und ohne weiteres fortgeführt.

»Aber Sie sagen, es gebe mehr Erklärungen als nur die eine«, sagte Clive und nahm den Gesprächsfaden wieder auf. Er war an die Frau herangetreten und bemerkte jetzt, daß sich aufgrund ihrer ungewöhnlichen Größe — im Gegensatz zu seiner durchschnittlichen Größe — ihre beiden Gesichter auf gleicher Höhe befanden. Der Puls dröhnte ihm in den Ohren bei der Wärme, die das Lampenlicht ihrer olivfarbenen Haut und den großen schwarzen Augen verlieh.

»Nehmen wir einmal an«, sagte sie lächelnd, »daß die Zeit nicht immer und überall gleich schnell verstreicht. Nehmen wir an, daß der Zeitstrom in einem Teil der Schöpfung rascher fließt als in einem anderen.«

»Absurd.« Clive runzelte die Stirn.

»Aber ein Wasserstrom kann in einer Region sehr rasch fließen, wo er einen abschüssigen Hang hinabläuft oder über eine Klippe stürzt. Haben Sie niemals die großen Wasserfälle in Ostafrika gesehen?«

»Habe ich gesehen, Madame.«

»Also! Und dennoch kann derselbe Strom in einer Ebene ganz langsam dahinfließen. Er mag sogar innehalten und einen See bilden. Er mag sogar an einer Mündung in ein Meer, das den Gezeiten unterworfen ist, zögern — sich ängstlich annähern, wenn die Flut ausströmt, und zurückkehren, wenn die Flut zurückkehrt.«

»Ein paar nette Bilder, Madame. Ich gratuliere Ihnen zu Ihren poetischen Fertigkeiten. Aber was hat das mit dem Dungeon zu tun — und mit du Maurier und mir?«

»Ich habe mitnichten ein Analogon benutzt, Major Folliot.« Sie lächelte ihn an.

»Zeit ist kein Wasser, und ihr Verstreichen ist nicht das Fließen eines Stroms. Es gibt keine Zeitschnellen, keine Zeitfälle, Zeitseen oder Zeittiden. Ihre Bilder sind anrührend, aber sie sind absolut falsch. Völlig, absolut falsch.«

Er wollte ihr die Hände auf die Schulter legen, aber ein Blick aus den großen Augen und ein Kräuseln des Mundwinkels hielten ihn davon ab. Er wandte sich ab und wandte ihr den Rücken zu, während er die Ellbogen mit den Händen umfaßte und nachdenklich die bleiche Gestalt ansah, die in den Kissen lag.

»Lassen Sie für diesmal Ihre Theorien beiseite. Was soll das Ganze? Solange ich durch das Dungeon reiste — und seine Ebenen und Regionen, seine Bewohner und Gefahren liegen weit jenseits aller beschreibbaren Möglichkeiten —, versuchte ich, mit George du Maurier Verbindung aufzunehmen.«

Er nahm die gebrechliche, verschrumpelte Hand, die auf der Bettdecke lag, und hielt traurig die Finger in den eigenen.

»Oftmals glaubte ich — glaubte lediglich —, daß ich ihn erreicht hätte. Da war ein Gefühl, ein Prickeln unter der Kopfhaut, ein Flüstern im Bewußtsein, das mir Hoffnung machte, er hätte meine mentale Botschaft gehört und würde mir eine eigene Botschaft als Antwort senden.«

Er fuhr erneut herum.

»Aber ich war mir dessen niemals sicher. Was ich als Antwort auf meine Botschaften erhielt, war niemals mehr als nur die leiseste Andeutung eines Kontakts. Dann, vor wenigen Stunden — wie es mir vorkommt —, sprach du Maurier ganz deutlich. Ha!«

Er durchquerte den Raum und trat zu einem steinernen Herd, wo alles für ein Feuer bereitlag, das jedoch niemals entzündet worden war. Er sah sich nach Feuerstein und Stahl um, fand statt dessen eine große Schachtel mit langen Schwefelhölzern, und ohne die Erlaubnis von du Maurier oder Madame Mesmer abzuwarten, setzte er das Stroh in Brand. Er sah zu, wie die Flamme vom Stroh zu den Zweigen übersprang, von den Zweigen zu den dickeren Ästen und dann zu den Holzscheiten, die auf einem schweren Eisengitter aufgeschichtet lagen.

»Im Dungeon gibt es ein wunderbares Ding, eine Art Zug, der sich nicht auf Gleisen bewegt wie ein normaler Zug, sondern auf einem Kurs nach Wahl. Er fährt auf dem Land, auf dem Wasser, selbst durch die Luft. Und seine Waggons sind nicht nur Wagen mit Sitzen und Reisenden. Jeder Wagen stellt eine verschiedene Epoche oder Örtlichkeit in Raum und Zeit dar. Diesen Zug hatte ich einmal zuvor gesehen, und ich hatte ein überraschendes Erlebnis in einem römischen Bad. Das ist lange her und weit von hier entfernt.«

Er sah Clarissa Mesmer an, die seinen Worten offenbar fasziniert und begierig folgte.

»Heute betrat ich erneut diesen Zug, betrat einen Wagen und fragte mich dabei, wo ich mich wiederfände, in welcher Ära und welchem Land. Als allerletztes hätte ich an George du Mauriers Schlafzimmer gedacht!«

Er stand mit gesenktem Kopf da und musterte die polierten Spitzen seiner Stiefel. »Ich könnte gehen, nehme ich an.«

Er durchquerte den Raum, zog den schweren Vorhang mit einer Hand beiseite und spähte durch das hohe Fenster auf die Londoner Straße. Es war tatsächlich Nacht — über der Stadt lag völlige Dunkelheit, und die Straßen draußen waren verlassen, abgesehen von einem unangenehm feucht wirkenden Nebel; sie wurden lediglich von den Gaslaternen und einigen schattenhaften Fenstern in anderen Häusern erleuchtet, Fenstern, die hinter den durchsichtigen Scheiben orangefarben glommen.

»Ich könnte weggehen und den Landsitz meiner Familie aufsuchen oder zu meiner Einheit zurückkehren. Ich könnte meine Geliebte, Miß Leighton, aufsuchen — wenngleich sie jetzt, verflucht noch mal!, alt genug wäre, um meine eigene Mutter zu sein! *Verflucht!* Entschuldigen Sie, Madame Mesmer. Ich könnte eine Expedition zusammenstellen und zum Sudd zurückkehren, um die Übergangsstelle zum Dungeon zu suchen und zu versuchen, meine Gefährten zu retten.«

»Oder?« drängte Clarissa Mesmer.

»Oder?« echote Clive Folliot.

»Oder was? Es ist doch klar, daß Sie nicht die Absicht haben, uns zu verlassen. Nicht wie ein gewöhnlicher Besucher durch die Tür. Nein, Major Folliot. Soviel müssen Sie mir als Kennerin der menschlichen Natur zugestehen. Ich kenne Ihre Absichten nicht, aber Sie wollen mit Sicherheit nicht dieses Haus verlassen und in die Londoner Nacht hinausgehen. Welche Absichten haben Sie dann?«

»Im Augenblick«, entgegnete Clive, »habe ich keine Ahnung.«

KAPITEL 5

»Der Tod ist das letzte, wovor man sich fürchten muß«

Nach einer Weile ertönte vom Bett her ein Rasseln. Clive Folliot und Clarissa Mesmer eilten zum Bettrand.

»Ich schlief«, verkündete du Mauriers raschelndes Wispern. »Jedesmal, wenn ich die Augen schließe, frage ich mich, ob's das letzte Mal ist. Überschreite ich die Linie, die das Leben vom Tod trennt? Stehe ich schließlich dem letzten und größten aller Geheimnisse von Angesicht zu Angesicht gegenüber? Oder stürze ich nur eine Zeitlang in die Sphären der Träume, um nach einer Weile ein wenig länger in unsere materielle Welt zurückzukehren?«

»Sie schliefen nur«, sagte Clive Folliot. »Wir sind hier, alter Freund. Sie brauchen sich nicht zu fürchten.«

»Furcht?« Die Augen des alten Mannes leuchteten auf, als er das Wort aussprach. Er wandte das Gesicht ab und blickte ins Feuer, das jetzt im Herd brannte. Er lächelte anerkennend. »Natürlich gibt es nichts zum Fürchten. Vieles mag der Tod sein, jedoch nichts zum Fürchten. Vor dem Leben muß man sich fürchten. Das Leben bietet Bedrohungen und Qualen ohne Zahl, aber der Tod ist das letzte, wovor man sich fürchten muß.«

Der alte Mann nahm Clives Hand in seine beiden Hände. »Jenseits des Vorhangs gibt es nichts zum Fürchten — soviel weiß ich.«

»Wie erreichten Sie mich?« fragte Clive. »Holten Sie mich hierher, oder tat es eine Vermittlungsstelle?«

»Überlassen Sie Madame Mesmer die Lorbeeren«, sagte der alte Mann. »Durch ihre Methoden war ich imstande, meine psychischen Kräfte darauf zu konzentrieren, Sie herzuholen. Und siehe da! Zunächst deutliche Kommunikation, dann wurden Sie aus jener anderen Zeit und von jenem anderen Ort — wo immer das gewesen sein mag — hierher versetzt! Ein Wunder, Folliot, ein Wunder!«

»Wieviel wissen Sie über meine Abenteuer im Dungeon, alter Freund?«

»Genügend. Zunächst kamen natürlich Ihre Sendungen an. Selbst Ihre Skizzen erregten einigen Aufruhr. Sie werden mir vergeben, wenn ich anmerke, daß sie etwas fehlerhaft in der Technik sind. Aber Sie sind schließlich Amateur, nicht wahr? Es wäre unfair, von einem Amateur professionelles Können zu fordern.«

»Aber die wurden alle losgeschickt, ehe wir den Sudd erreichten«, wandte Clive ein. »Sobald Smythe, Sidi Bombay und ich mich im Sumpf befanden und sobald wir das Rubinherz des Eingangs zum Dungeon passiert hatten, konnte ich keine Reportagen mehr schicken.«

»Das ist mir klar.« Der alte Mann schob sich ein wenig höher in die Kissen. Obwohl der Raum bei Clives Ankunft nicht kalt gewesen war, war die Luft doch feucht gewesen. Das Feuer, das er im Herd entzündet hatte, trug viel dazu bei, jenen Zustand abzumildern, und du Maurier sog anscheinend Kraft aus den flakkernden Flammen und der besseren Luft.

Du Maurier krümmte einen skelettgleichen Finger in Richtung auf Clarissa Mesmer. »Kommen Sie näher, meine Liebe. Sie haben die Grundlage für dieses freudige Wiedersehen geschaffen. Sie verdienen es, daran teilzuhaben.«

Die große Frau kniete neben du Mauriers Bett nieder. Der alte Mann hielt Clives Hand in der einen, nahm Clarissas Hand in die andere und zog sie zueinander, so daß die drei jetzt miteinander verbunden waren. Clive spürte, wie die Energien zusammenflossen. Ganz klar spürte Madame Mesmer die gleiche Veränderung. Sie schoß Clive einen Blick zu, und ihre Blicke trafen sich und blieben ineinander verschränkt. Selbst du Maurier, der langsam dem Tod entgegensank, war zeitweilig durch die Kraft, die er aus den anderen zog, von neuem Mut erfüllt.

Clive wandte du Maurier das Gesicht zu. »Sobald wir einmal das Dungeon betreten hatten, war ich nicht mehr länger in der Lage, Reportagen zu schicken — wie viel meiner mentalen Ausstrahlung konnten Sie empfangen?«

»In gewisser Weise, Folliot, war ich imstande, alles zu empfangen. Das Bewußtsein ist ein untergründiges und komplexes Organ. Madame Mesmers Vorfahr widmete sein Leben dem Studium, und er kratzte dennoch erst an der Oberfläche. Als Sie versuchten, mir Botschaften zu schicken, durchdrangen Sie die Barrieren, die unsere Welt vom Dungeon trennen. Aber Sie müssen sich über folgendes klarwerden, Folliot: Ihre Erlebnisse, die, sagen wir, in zwei, drei Jahren zusammengedrängt wurden, diese Erlebnisse verteilten sich für mich über eine Spanne von achtundzwanzig Jahren.«

Er ließ Clives und Clarissas Hände los und fiel in die Kissen zurück. »Könnte ich bitte eine Tasse Tee mit Brandy haben? Würden Sie bitte einem Diener läuten, Madame Mesmer?«

Clarissa stand auf. Als sie so über ihm stand, vernahm Clive ihren Duft, einen untergründigen Geruch. Er traf ihn bis ins Innerste.

»Wir wollen lieber keine Diener um uns haben, Herr du Maurier. Ich kenne mich in Ihrem Haushalt aus. Ich werde Tee und Brandy selbst holen.«

Sie huschte aus dem Zimmer.

Du Maurier winkte Clive, und er beugte sich über das Gesicht des alten Mannes.

»Seien Sie vorsichtig mit ihr, Folliot!«

Clive zog sich erstaunt zurück. »Sie ist Ihre persönliche Hilfe, oder nicht? Sie schreiben ihr wunderbare Kräfte zu.«

»Die hat sie auch!«

»Aber ...?«

»Ich bin weder bezüglich ihrer Kräfte noch ihrer Arbeit argwöhnisch. Es sind ihre Motive. Ihre Absichten.«

»Was wissen Sie von ihr?«

»Ich bestellte sie vom Kontinent hierher.«

»Und sie kam.«

»Ja — aber nicht direkt. Nach der Ankunft vom Kontinent machte Madame Mesmer erst einen Besuch auf dem Lande.«

Der alte Mann senkte die Stimme zu einem Flüstern. Er hatte bereits so leise gesprochen, daß sich Clive übers Bett beugen mußte, aber jetzt sah sich du Maurier furchtsam um und versicherte sich, daß niemand ihrer Unterhaltung lauschte. »Ehe sie zu mir kam«, erklärte er, »besuchte sie Tewkesbury.«

»Tewkesbury!«

»Ja.«

»Aber — das ist mein altes Zuhause. Es war das Zuhause meiner Kindheit. Mein Bruder Neville wird den Baron Tewkesbury beerben, falls er lebendig aus dem Dungeon zurückkehrt — und ich werde ihn beerben, falls Neville stirbt.«

»Das weiß ich alles, Folliot.«

»Und in Tewkesbury ... Was tat Madame Mesmer da?«

»Ich weiß nur, daß sie dem Landsitz der Tewkesburys einen Besuch abstattete. Daß sie dort Ihren Vater sah, den Baron, und ...«

»Sind Sie sicher?« unterbrach ihn Clive. »Ich glaubte, den Baron im Dungeon gesehen zu haben, aber dann war's offenbar doch nicht wirklich er, sondern eine erstaunliche Kopie.«

»Arthur Folliot, Baron Tewkesbury, hat während Ihrer Abwesenheit England nie verlassen. Wenn Sie einen Mann trafen, der der Baron zu sein vorgab, hatten Sie es offensichtlich mit einem Betrüger zu tun.«

»Dann muß ich nach Tewkesbury! Mein Vater ist trotz aller Fehler der Titelhalter eines Barons und Oberhaupt unserer Familie. Er ist berechtigt, einen Bericht über die Suche nach seinem Erben zu erhalten.« Clive zögerte, als ihn ein anderer Gedanke wie ein Schlag traf.

»Aber wenn dies wirklich das Jahr 1896 ist, du Maurier, müßte der Baron achtundzwanzig Jahre älter sein als das letztemal, da ich ihn sah. Er wäre ...« Er verfiel in Schweigen.

»Ja.« Du Maurier lächelte. »Er wäre ein alter Mann, wie ich. Das Altwerden ist für mich allmählich tatsächlich zur Last geworden, Folliot. Fürchten Sie sich nicht davor, es auszusprechen. Fürchten Sie sich nicht davor, es anzuerkennen. Ich versichere Ihnen, ich ziehe das Altwerden bei weitem der anderen Möglichkeit vor, die mir bekannt ist.«

Er wartete geduldig und lächelte nachsichtig, während Clive die verquere Logik seiner Feststellung entwirrte.

»Baron Tewkesbury residiert nicht allein auf Tewkesbury. Ich habe guten Grund zu der Annahme, daß Ihr Bruder bei ihm ist, der kürzlich in Begleitung eines Missionars eintraf, eines Vaters O'Hara.«

»Vater O'Hara!«

Die Worte waren kaum Clives Lippen entflohen, da schwang die Tür zu du Mauriers Zimmer auf, und Clarissa Mesmer trat ein.

»Still!« flüsterte du Maurier Clive zu. Er setzte sich wieder auf und streckte die Hand nach der Frau aus.

»Sie sind zu gütig, Madame«, sagte der alte Mann.

»Ich bin Ihnen zu Diensten, so gut ich kann, Herr du Maurier.« Sie trug ein verziertes Silbertablett zum massiven Schreibtisch hinüber. Auf dem Tablett standen Tassen und Untertassen, eine Silberkanne mit dampfendem Tee und eine kristallene Karaffe. Sie bereitete du Mauriers Tee zu und sagte währenddessen: »Herr Folliot, darf ich Ihnen eine Erfrischung anbieten?«

Clive lehnte das Angebot höflich ab.

Clarissa Mesmer turg eine Porzellantasse mit Goldrand zu du Mauriers Bett. Was ihm auch sonst in den vergangenen achtundzwanzig Jahren zugestoßen sein mag, dachte Clive, George du Maurier ist zumindest in materieller Hinsicht reicher geworden.

Aber die Worte seines Freundes und Mentors hatten Clive neue Sorgen ins Bewußtsein gesetzt. Neue Sorgen und ein neues drängendes Gefühl.

Er mußte ins Dungeon zurückkehren und sich um Annie, Horace, Sidi Bombay und die übrigen Freunde kümmern. Aber was hatte du Maurier da über Neville Folliots Rückkehr nach England gesagt? Und Vater O'Hara!

Offensichtlich konnte der Übergang von der gewöhnlichen Welt zum Dungeon in beiden Richtungen erfolgen. Clive hatte es seit den ersten Tagen in Q'oorna gewußt — oder es zumindest erwartet. Er hatte dort eine Stadt besucht, die eine verblüffende Ähnlichkeit mit einem englischen Dorf aufwies. Und dort, im Haus des ältlichen Bürgermeisters und dessen Frau, hatte er ein Hochzeitsporträt gesehen, das nicht nur das glückliche Paar zeigte, sondern auch den Geistlichen, der die Trauung vollzog.

Und dieser Geistliche war Timothy F. X. O'Hara gewesen — zwar gleichfalls jünger an Jahren, dennoch er selbst. Derselbe Vater O'Hara, dem Clive in dem ostafrikanischen Dorf Bagomoyo begegnet war!

Zu diesem Zeitpunkt war O'Hara das einzige Individuum gewesen, das Clive für fähig hielt, zwischen dem Dungeon und der Erde hin- und herreisen zu können. Clive wußte nicht einmal, wo das Dungeon sich befand. Eine Zeitlang hatte er geglaubt, es handele sich um eine Reihe von Sphären, ähnlich wie jene präkopernikanischen Sphären, die die Erde umgaben und auf den durchsichtigen Oberflächen Mond, Planeten und ferne Sterne trugen.

Nur daß das Dungeon eine Reihe von Sphären darstellte, die *unter* der Erdoberfläche lagen. Beim Durchdringen einer jeden Sphäre näherte man sich mehr und mehr dem allerletzten Zentrum des Dungeon, das vielleicht — oder auch nicht — mit dem geologischen Zentrum der Erde übereinstimmte.

Diese Theorie hatte Clive zunächst in Betracht gezogen. Spätere Erlebnisse hatten ihn jedoch dazu veranlaßt, ihren Wert in Zweifel zu ziehen. Sie war dem gewöhnlichen Bewußtsein so angenehm faßbar. Aber ach, je mehr Clive im Dungeon erlebte, desto weniger war er in der Lage, seinen Glauben an diese Theorie aufrechtzuerhalten!

Q'oorna hatte sich als ein der Erde vergleichbarer Planet erwiesen. Aber dieser existierte an der äußersten Grenze des Seins, eine mißgebildete Welt. Während sie sich drehte, zeigte sich dem Mann aus dem neunzehnten Jahrhundert in der einen Hälfte des Tagkreises eine weite See ihm bekannter astraler Objekte. Und während der anderen Hälfte kehrte Q'oorna einer unauslotbaren Schwärze das Gesicht zu, worin nur die rätselhafte Sternenspirale leuchtete.

Und falls Q'oorna tatsächlich ein Planet am Rande des Seins war — was war dann mit den übrigen Ebenen des Dungeon: den Dschungelwelten, Wüstenwelten, Welten mit rollender See und Granitfelsen? Und was war mit der letzten Ebene des Dungeon, der neunten Ebene? War sie wirklich die Erde selbst? War die ganze schreckenerregende Geometrie des Dungeon nichts weiter als eine Schleife, die nach den wildesten Windungen zu ihrem Ursprungsort zurückkehrte?

Vater O'Hara schien einen Schlüssel zu diesem Rätsel in Händen zu halten!

Und Clive hatte gerade erfahren, daß sein Bruder Neville, dessen Verschwinden ihn in die Abenteuer hineingezogen hatte, gleichfalls aus dem Dungeon zurückgekehrt war. Wenn Neville zurückgekehrt war: Was war dann mit dem Gaunertrio, Philo B. Goode und Amos und Lorena Ransome?

Clive erhob sich vom Stuhl und stürzte zur Tür.

»Herr Folliot!« rief ihm Clarissa Mesmer nach. »Herr Folliot, wohin gehen Sie? Herr Folliot!«

Clive blieb einen Augenblick lang auf der Türschwelle stehen. »Nach Tewkesbury! Ich muß nach Tewkesbury! Auf Wiedersehen, du Maurier! Ich hoffe, Sie sind nicht enttäuscht von der Antwort, die Sie auf das Rätsel des Todes erhalten! Und Sie, Madame Mesmer — es war mir ein Vergnügen Ihre Bekanntschaft zu machen!«

Die Schwärze draußen war nichts im Vergleich zu der Schwärze des Dungeon, und die Einsamkeit der verlassenen Straßen Londons war nichts gegen die Einsamkeit des Dungeon.

Nein, der Nebel, der Clive umwaberte, als er auf den Steinstufen vor du Mauriers Haus stand — und ihm ging erst jetzt auf, wie groß und prachtvoll eingerichtet dieses Haus war —, war wie ein alter Freund, der ihn daheim in England willkommen hieß. Die geisterhaft leuchtenden Gaslaternen am Straßenrand und die erleuchteten Fenster blickten wie freundliche Augen. Die Pflastersteine unter den Stiefeln fühlten sich behaglich und vertraut an.

Er setzte sich die Militärmütze auf den Kopf und schlenderte zur nächsten Kreuzung. Zum erstenmal musterte er sein Äußeres, und es war völlig in Ordnung. Er trug sogar einen Zeremoniensäbel in einer Scheide am Gürtel sowie einen Geldbeutel um den Leib, gefüllt mit dem gegenwärtigen Zahlungsmittel. Trugen die Offiziere Ihrer Majestät im Jahr 1896 die gleiche Uniform wie im Jahre 1868? Clive lächelte beim Gedanken an einen Mann aus dem Jahr 1836, der im Jahr 1868 zum Appell anträte. Erschiene er wie eine Gestalt aus der Vergangenheit, würde er Neugier und Gelächter begegnen … Aber das war im Vergleich zu den Problemen, denen er sich bisher ausgesetzt gesehen hatte, ein kleines Problem.

Von der Kreuzung führte eine Straße weg, die Clive vage vertraut war. Er war sicher, früher schon einmal hiergewesen zu sein, aber die Gebäude hatten sich offensichtlich verändert.

Natürlich! wurde ihm überrascht klar. Im Verlauf von achtundzwanzig Jahren waren die Georgianischen Gebäude abbruchreif geworden, und von Habsucht getriebene Spekulanten hatten sie gekauft, damit sie abgerissen und von den Geschmacklosigkeiten ersetzt würden, die neue und sich klüger dünkende Generationen als elegant betrachteten.

Clive schlenderte umher, und das Herz füllte sich mit quälenden Erinnerungen. Für einen Augenblick dachte er daran, Plantagenet Court aufzusuchen. In der Hoffnung, einen Blick auf Annabella Leighton zu erhaschen. Aber er wußte, daß sie nicht mehr dort war. Sein Nachkömmling Annie hatte ihm die Geschichte ihrer Familie erzählt, und er war sich bewußt, daß Annbella die Hoffnung auf seine Rückkehr aufgegeben hatte, weil er dem Kind, das er ihr hinterlassen hatte, seinen Namen nicht geben würde. Sie hatte sich längst in die Neue Welt aufgemacht. Nun, er könnte jetzt schon Großvater sein!

Er schlenderte weiter, erreichte den Eingang zu einer U-Bahn-Station und dachte kurz daran, einen Zug zu nehmen, der ihn zu einem größeren Bahnhof brächte. Aber er fürchtete sich davor, etwas derartiges zu tun. Es war zu sehr so, als beträte er erneut das Dungeon.

Er schauderte und schritt vorüber.

Er hatte angesichts der fremden Architektur des modernen London die Orientierung verloren, und als er auf dem Weg vor sich ein hellerleuchtetes Fenster erblickte und die Wirtshausgeräusche aus dem Innern vernahm, ging er zu der Gaststätte hinüber.

Wie spät war es? Es war bereits völlig dunkel gewesen, als er in du Mauriers Wohnung angekommen war, aber wenn man die Jahreszeit berücksichtigte — er war sich nicht einmal der Jahreszeit bewußt! —, mochte die Nacht irgendwann zwischen fünf Uhr nachmittags und acht Uhr abends einbrechen. Und wenn er die Zeit bei du Maurier und Madame Mesmer berücksichtigte, mochte es noch immer irgendwann zwischen einer frühen und angemessenen Stunde bis hin zur Zeit kurz vor der Morgendämmerung sein.

Sicherlich deuteten die ruhigen und völlig verlassenen Straßen, die er durchwandert hatte, darauf hin, daß es in der Tat sehr spät war.

Er stand vor einem erleuchteten Fenster und blickte hinein. Ihm fiel auf, daß sich während seiner Wanderung die Umgebung geändert hatte, und er befand sich jetzt in einem Viertel der Arbeiterklasse, nicht weit entfernt von den West India Docks.

Eine weitere Ironie! ging ihm auf. Denn er war an jenem frühen Morgen des Jahres 1868 von den West India Docks aus an Bord der *Empress Philippa* gegangen. Wo befanden sich jetzt der Kapitän und die Mannschaft des Schiffs? Wo die übrigen Passagiere, eingeschlossen den rätselhaften Mandarin, der sich als sein ehemaliger Bursche, Quartiermeister Sergeant Horace Hamilton Smythe, entpuppt hatte, sowie das Trio Philo B. Goode und Amos und Lorena Ransome?

Er schwang die Tür des hellerleuchteten Gasthauses auf und stolperte fast bei der Lautstärke und der Intensität des Lichts, des Lärms und der Geräusche, die ihn überfielen. Er war ganz offensichtlich in eine Spelunke der unteren Klasse geraten und zögerte nun, weil er es eigentlich für das beste hielt, hastig den Rückzug anzutreten und anderswo nach einer Möglichkeit zu suchen, zum Bahnhof zu gelangen.

Aber er hatte keine Chance zum Rückzug.

Noch ehe seine Augen Zeit gefunden hatten, sich auf die stärkere Beleuchtung einzustellen, wurde er an beiden Ellbogen ergriffen und halb in den Raum gebeten, halb hineingezerrt. Es war nicht so, daß die beiden Individuen mit brutaler Kraft zugepackt hätten. Nein, es waren zwei der attraktivsten — und dreistesten Frauen, denen er je begegnet war.

Er hatte Sklavenfrauen in Sansibar gesehen, die zum Verkauf angeboten worden waren; er war afrikanischen Mädchen begegnet, die sich ebenso selbstverständlich nackt wie Eva zeigten, wie sich eine englische Dame nichts dabei dachte, ihre blitzenden Augen zu zeigen. Aber er hatte nie zuvor Frauen gesehen, die so aufgetakelt waren, um die animalische Seite eines Mannes zu erregen, wie diese beiden.

Eine davon hatte blondes Haar, ein herzförmiges Gesicht, lange gebogene Augenbrauen. Rouge auf den Wangen und bemalte Lippen. Das Gewand, ein glänzendes Blau, war so tief ausgeschnitten, daß ihre üppigen Brüste für den größeren Clive Folliot deutlich zu sehen waren. Die Arme waren von der Schulter bis zum Ellbogen nackt, und die langen Handschuhe bedeckten sie von dieser Stelle bis zu den Fingerspitzen. Das Oberteil des Gewands war weit geschnitten, aber der Rest lag so eng am Rumpf an, daß jede ihrer Kurven deutlich sichtbar wurden.

Ihr Gegenstück, das Clive am anderen Arm gepackt hielt, hatte derart rote Haare, wie sie ihr von Natur aus niemals geschenkt sein konnten. Die Augenbrauen waren nachgezogen, und sie hatte Lidschatten aufgelegt, so daß die Aufmerksamkeit des Betrachters darauf und auf das Grün gelenkt wurde, das zum Haar in Kontrast stand, jedoch vollendet zu ihrem Gewand paßte. Das Gewand war gleichfalls tief ausgeschnitten, wenngleich nicht ganz so tief wie das Kleid ihrer Partnerin. Aber als sie sich umdrehte, fiel Clive auf, daß der Rücken des Gewands über die Taille hinaus ausgeschnitten war.

Er keuchte und wollte sich zurückziehen, aber die beiden Frauen zogen ihn weiter. Die Blonde sagte: »Kumma, wat wir hier ham, Süße!«

Die Rothaarige sagte: »Dat is der Hübschste von allen heut abend, nich?«

Sie lachte, und ehe Clive wußte, wie ihm geschah, war er auch schon den halben Weg in den Raum hineingegangen. Eine lange Theke aus Mahagoniholz lief an der einen Wand des Etablissements entlang, und eine Anzahl Barkeeper reichte die Getränke über die Theke und kassierte dafür. In einer entfernten Ecke stand ein Trio aus drei Frauen auf einer Bühne und sang wehmütig zu den Klängen eines Drei-Mann-Orchesters. Der Refrain des Lieds und (wie Clive vermutete) dessen Titel lautete: »Das Haar hing weit über den Rücken hinab.« Sowohl die Worte als auch der Vortrag der Sängerinnen überraschten Clive, der die zurückhaltenderen Darbietungen eines Vierteljahrhunderts gewohnt war.

Die beiden Frauen lotsten Clive zu einem leeren Tisch, offensichtlich dem einzigen leeren Tisch in diesem Etablissement.

»Trink wat, mein Süßer!« drängte der Blondkopf.

»Hol ma 'ne Pulle«, verbesserte der Rotschopf. »'ne Pulle und drei Gläser, und dann feiern mer janz für uns, nich?«

Sie beugte sich zu ihm herüber, und er roch den Gin in ihrem Atem und das Parfüm in ihrem Haar.

»Ich muß gehen«, sagte Clive.

»Noch 'n büschen, Schätzchen.«

»Wenn mer unsre Feier gehabt ham, meine Süßen.«

Die Tische rings um Clive waren vollbesetzt mit stämmigen Männern und aufgetakelten Frauen. Ein breitschultriger Rohling mit gestreiftem Hemd und der Mütze eines Seemanns wandte sich um und starrte Clive neugierig an.

»Kuckt euch ma den da an, Kumpels!« rief er seinen Gefährten zu.

»Bisse nich im falschen Stadtteil?« knurrte ein anderer Seemann.

»Du wills dich also bei uns hier unten amüsieren, un

dann zu deinen aufgeblasenen Freunden zurückgehen, Brigadier?«

Clive schüttelte stirnrunzelnd den Kopf. »Jetzt hört mal zu, Männer, ich bin nur auf der Suche nach einer Bahnstation hier reingekommen, und ich wäre glücklich, wenn mir jemand einfach den Weg zeigen würde und ich wieder gehen könnte.«

»Einfach hier reingekommen!« brüllte der erste Seemann.

»Zeig mir den Weg!« äffte der zweite nach und ließ den Worten ein höhnisches Gelächter folgen. »Wir wer'n dir den Weg schon zeigen, du Lackaffe, wenn du was wills!«

Die Seeleute standen auf und schwankten unsicher auf Clive zu. Seine beiden weiblichen Gefährten klebten ihm nicht mehr länger am scharlachrot bedeckten Arm, sondern kreischten auf und stöckelten davon, um der bevorstehenden Prügelei zu entkommen.

Clive war froh, daß er nicht die Zeit gehabt hatte, Schnaps zu trinken. Er sprang auf und sah einem möglichen Angriff entgegen. Einen Augenblick lang dachte er an den Säbel, der Teil seiner Ausstattung war, ließ ihn dann jedoch in der Scheide. Wenn es ihm gelänge, die Konfrontation auf einen verbalen Austausch zu beschränken, wäre er erleichtert. Wenn nicht, dann sollte es wenigstens nur ein Kampf mit den bloßen Fäusten sein, nicht ein tödlicher Kampf wie im Krieg.

KAPITEL 6

»Ich bin davon überhaupt nicht überrascht!«

Die beiden Raufbolde kamen mit erhobenen Fäusten auf Clive zu, und in beiden Gesichtern lag ein Ausdruck von Drohung und Entschlossenheit. Die Zecher an den umliegenden Tischen zogen sich zurück. Clives ehemalige Freundinnen waren in der Menge verschwunden. Die Sängerinnen auf der Bühne und die Musiker drückten sich eng aneinander, ehe es ruhig wurde.

Schlägereien waren in dieser Spelunke anscheinend nichts Ungewöhnliches. Wenn überhaupt, dann betrachtete man sie als gelegentliche Quelle von Unterhaltung.

Der erste Rüpel, der zu Clive gesprochen hatte, beugte sich über den Tisch zu ihm herüber. Clive, der aufgestanden war, um sich dem Mann zu stellen, bemerkte, daß der Raufbold einen guten Kopf größer und auch entsprechend breiter war als er selbst. Sein Atem schlug ihm als eine betäubende Mischung aus Tabakrauch, Alkohol und einem weiteren Geruch entgegen, den Clive für eine Art Droge hielt. Die Haut war schwärzlich, die Augen hatten ein exotisches Aussehen, das Haar trug er zu einem schmierigen Zopf geflochten, der ihm über das schmutzige gestreifte Hemd herabhing.

Der zweite erhob sich hinter dem Gefährten und schoß bedrohliche Blicke hinter dessen massiger Schulter hervor.

Der erste Raufbold sagte: »Wir mögen so 'ne wie Sie hier nich, mein Herr! Aufgeblasene Lackaffen, die glaub'n, sie wär'n was Besseres als wie wir. Kommen hier rein auf der Suche nach billigen Weibern und kostenlosem Spaß!«

Clive sah dem Mann ins Gesicht. »Ich sagte dir, mein guter Mann, daß ich nur auf der Suche nach dem Bahnhof war. Diese beiden Damen schlossen sich mir an, nicht umgekehrt.«

Er schaute sich um, aber der Rotschopf und die Blonde waren verschwunden.

»Ich werd Ihnen jetz ma 'ne Lehre geben, Herr Rotrock!« Der Rüpel hob den Tisch hoch, der ihn von Clive trennte, und warf ihn beiseite. Er krachte zu Boden, und die Zuschauer stoben auseinander.

Der Mann hob eine fleischige Faust und schlug roh nach Clives Gesicht. Clive duckte sich leicht unter dem Schlag weg, während er mit der eigenen Faust fintete, um den Burschen auf Distanz zu halten. Er sah, wie der kleinere Gefährte dem großen Mann von hinten Ratschläge gab. Clive erhaschte einen Blick auf den riesigen Spiegel, der weiter entfernt hinter der Theke hing, und auf die Barkeeper, die davor standen und die Schlägerei beobachteten.

Der Mann versuchte einen brutalen Tritt anzubringen. Die muskulösen Beine steckten in dickbesohlten Stiefeln, und Clive hatte das dumme Gefühl, daß seine Rippen — sollte er von dem Mann je niedergeschlagen werden — leicht dieser schweren Fußbekleidung zum Opfer fallen könnten.

Aber nun schlugen die Lehrstunden, die Clive im Mann-zu-Mann-Kampf erhalten hatte, zu Buche. Er hatte zahllose Boxkämpfe mit Neville ausgefochten, und während Neville der bessere Kämpfer gewesen war — und auch die weitaus stärkeren Instinkte fürs Kämpfen und Dreinschlagen besaß, während Clive eher Vorliebe für Zusammenarbeit und Hilfe zeigte —, so hatte der jüngere Zwillingsbruder doch eine Menge nützlicher Bewegungen mitbekommen. Er hatte auf Befehl von Horace Hamilton Smythe sowohl das Fechten erlernt als auch weitere Lektionen im Faustkampf erhalten, während er bei den Royal Horse Guards diente, und seine Tüchtigkeit im Kampf war wohl oder übel während der Fahrt durch die acht Ebenen des Dungeon vervollkommnet worden.

Als der riesige Rüpel den massigen Stiefel gegen Clive hob, trat Clive beiseite, schlüpfte hinter seinen Angreifer und fügte dem Vorwärtsdrall des Mannes die eigene Kraft hinzu, indem er ihn einfach so fest wie möglich mit beiden Händen anstieß.

Der Schläger stolperte nach vorn, verlor das Gleichgewicht und torkelte in die Menge.

Rufe erschollen. »Nich so gut drauf heut abend, Bruno!« »Was is los, Mann, verlierste den Anschluß?« »Bruno kriegt mal Prügel!«

Und sogar ein paar aufmunternde Zurufe für ihn selbst. »Gute Arbeit, Rotrock!« »Der Pinkel is 'n ganz Feiner, stimmt's?« »Wo haste das gelernt, Lackaffe?«

Clive wandte sich dem riesigen Bruno zu, der darum kämpfte, wieder auf die Füße zu kommen. Hinter sich hörte er ein Schlurfen, und eine Stimme — die Stimme einer Frau, vielleicht die einer seiner ehemaligen Gefährtinnen — rief eine Warnung.

Er wirbelte gerade rechtzeitig herum, um zu sehen, daß Brunos kleinerer Gefährte sich mit einem Dolch in der Hand auf ihn stürzte.

Clive trat blitzschnell beiseite und stieß den zweiten Angreifer gegen den noch immer schwankenden ersten Gegner. Es gab ein mächtiges Poltern, als die beiden Männer zu Boden stürzten, aber Clive wurde jetzt klar, daß seine Angreifer weitere Verbündete hatten. Protestgeheul stieg aus der Menge, aber die Hände hoben sich nicht zu Clives Schutz, als sich ein halbes Dutzend Schläger daran machte, Bruno und seinem Freund zu helfen.

Clive wich zurück, wobei er zu verhindern suchte, daß er umzingelt und von hinten niedergeschlagen oder -gestochen wurde, denn er war sicher, daß das sein Schicksal wäre, falls es den Feinden gelänge, ihn zu umzingeln. Er schob sich durch die schwitzenden Männer und die parfümierten Frauen, bis er mit dem Rücken zur Theke stand. Nicht weniger als acht Männer, eine Phalanx von vier Männern neben- und zweien hintereinander, stellte sich ihm entgegen. Der Hüne Bruno hatte gleichfalls einen Dolch gezückt, und er und sein Verbündeter standen geduckt hintereinander, bereit zum Angriff.

Zum erstenmal zog Clive in Betracht, sich mit einer anderen Waffe als dem eigenen Witz und den bloßen Händen zu verteidigen. Sein verzierter Säbel hing ihm noch immer um den Leib, eine Waffe, deren Bedeutung für die Diener Ihrer Majestät in wachsendem Ausmaß eher eine zeremonielle als eine praktische geworden war. Selbst in früheren Zeiten war der Säbel mit der geschwungenen Klinge und den rasiermesserscharfen Kanten zum Gebrauch für die Kavallerie bestimmt, von sich rasch bewegenden Männern zu Pferd, die in einem flüchtigen Augenblick des Kampfs auf den Feind einschlugen. Ein Rapier mit scharfer Spitze, wie es Clive vor langer Zeit im Schloß von N'wrbb Crrd'f benutzt hatte, wäre geeigneter gewesen.

Dennoch blieb der Säbel die beste Waffe, die Clive zur Verfügung stand, und er wollte sie benutzen. Er packte die Scheide mit der linken Hand, ließ die Finger in den Korb laufen und zog blank.

Ein Ruf stieg aus der Menge auf. Es war eine gemeinsame Antwort auf Clives Geste, eine Kombination von Seufzern, Wimmern, Keuchen und halbunterdrückten Ermunterungsrufen.

Dann verfiel der Raum für einen prickelnden Augenblick in ein derart vollkommenes Schweigen, daß das gemeinsame rhythmische Atmen der Zuschauer eine seltsame organische Harmonie bildete.

»Ich bin nicht zum Kampf hierhergekommen«, sagte Clive. »Ich werde noch immer friedlich gehen, wenn ihr mir den Weg freigebt.«

Er hob den Säbelkorb vors Kinn, fast wie zum Salut, und ließ dann die Spitze horizontal vornüberfallen, so daß sie zum Ausgang zeigte, der hinaus zur Straße führte.

Als Clives Klinge zitternd in der Horizontale stand, stach Brunos Gefährte von der Seite her danach, ein Hieb, der dazu gedacht war, Clive den Säbel aus der Hand zu schlagen und den Rumpf aufzuschlitzen.

Mit einer geübten Drehung des eigenen Handgelenks wirbelte Clive den Säbel des Mannes quer durch den Raum, wo er klappernd in der Nähe der leerstehenden Bühne niederfiel. Erneut erhob sich eine gemeinsame Antwort aus der Menge. Clive spürte, daß er, der als Fremder gekommen und als unwillkommener Eindringling in dem Etablissement begrüßt worden war, mit seiner Sportlichkeit und seinem Können angesichts der Rüpel an Zuspruch gewann.

Jemand in der zweiten Reihe der Angreifer reichte einem unbewaffneten Mann in der vorderen Reihe eine Flasche. Der Mann hielt die Flasche am Hals und zerschlug sie auf dem Tisch. Clive hatte von einer derartigen Taktik gehört und fragte sich, ob sie wohl Erfolg hätte. Viel eher würde die Flasche durch den Raum segeln, von der Kraft seines Angriffs dem Rüpel aus der Hand geschlagen.

Aber der Schläger wies alle Anzeichen eines erfahrenen Killers auf. Unter seiner Herrschaft wurde die Flasche auf einmal zu einer tödlichen Waffe. Der Raufbold warf sich auf Clive, und die glitzernde Glasscherbe sollte ihr Opfer aufspießen. Jetzt kam das scharfe Ende von Clives Säbel ins Spiel. Er schlug damit nach dem Angreifer und schlitzte dem Mann den Unterarm über dem Handgelenk auf. Fluchend und heulend ließ der Mann die Flasche fallen und warf sich zurück in die Menge; das Blut aus dem verwundeten Arm spritzte empor.

Zwei weitere Angreifer kamen von zwei verschiedenen Seiten auf Clive zu, und Bruno folgte geduckt und schlug mit dem Dolch nach Clives Beinen. Clive ließ den Stiefel gegen Brunos Kinnspitze sausen, und der Mann flog nach hinten, genau wie der Dolch, der über die Köpfe der Gaffer hinwegsauste und an der Wand am anderen Ende des Raums zu Boden klapperte.

Aber selbst mit seinem überlegenen kämpferischen Können — in einer ruhigen Ecke des Bewußtseins segnete Clive sowohl Horace Hamilton Smythe als auch seinen rüden Bruder Neville für die Stunden, die sie ihm gegeben hatten — wäre er nicht imstande, unendlich lange gegen die Zahl von Feinden anzugehen, denen er sich gegenübersah.

Er beugte sich zurück und hievte sich mit einer Hand auf die Theke. Einen Augenblick lang stand er auf der polierten hölzernen Oberfläche und spähte hinab auf die nackten Schultern und farbenfrohen Kleider seiner ehemaligen weiblichen Gefährten, die mitten unter den anderen standen, dann ließ er sich hinter die Theke fallen.

Der Barkeeper dort schickte Clive zum Ende des schmalen Raums. »Hier lang, Sör! Hier lang!« Sie hasteten zu einer Tür aus dunkelgebeiztem Holz mit polierter Messingverzierung. »Wir kriegen Sie hier in Nullkommanix raus, jawohl, Sör!«

Clive fühlte sich völlig leer, als der Barkeeper den Türknauf für ihn drehte, die Tür öffnete und Clive hindurchschob. Und als er in der Dunkelheit stand, den Kavalleriesäbel noch immer in Händen, blinzelte Clive und war wie betäubt von dem Gesicht, das er zurückgelassen hatte.

War dieses Zusammentreffen tatsächlich dasjenige, wofür er es hielt? War's jener Mann gewesen, der zuerst als chinesischer Mandarin auf den West India Docks erschienen war, dann erneut an Bord der *Empress Philippa*, als arabischer Wächter in der überhitzten Atmosphäre von Sansibar, als einstmaliger Duellant in der amerikanischen Stadt New Orleans?

War dies niemand anderer als Quartiermeister Sergeant Horace Hamilton Smythe?

Bevor Clive den Kopf klar bekommen konnte und bevor sich seine Augen an die erneute Dunkelheit gewöhnten, war das Geräusch eines angerissenen Zündholzes zu hören, dann ein winziges *Plopp,* als eine Gaslampe entzündet wurde.

Der Mann, der das leuchtende Gas entzündet hatte, wandte Clive das Gesicht zu. Er trug eine Seemannsjakke, ein gerüschtes Hemd mit Krawatte aus purpurroter Seide. Das Haar war kraus, und ein voller Backenbart ging in einen Oberlippenbart über.

»Ein gezogener Säbel, Major Folliot? Welch ein Melodram, wirklich!« Der Mann streckte eine elegant manikürte Hand aus, die nicht geschüttelt werden sollte, sondern nur auf einen messingbeschlagenen lederbezogenen Stuhl zeigte, der zwischen ihm und Clive stand. »Bitte, Major. Legen Sie Ihren Zahnstocher beiseite, Sie werden ihn hier drinnen nicht brauchen. Oder falls Sie's tun, träfe er nur auf einen Gegner, der seiner nicht würdig wäre. Dessen kann ich Sie versichern.«

Er hielt einen Herzschlag lang inne und sagte dann: »Bitte, Major. Ich beschwöre Sie.«

Vorsichtig in alle Richtungen blickend, um sich zu vergewissern, daß kein Dritter im Raum anwesend war, steckte Clive den Säbel wieder in die Scheide. Er ließ sich langsam auf dem Stuhl nieder.

Der Mann in der Seemannsjacke nickte zustimmend. »Sie sehen glänzend aus in Ihrer Uniform, Major. Rot ist eine Farbe, die nicht alle Männer tragen können, aber bei Ihren strengen Zügen macht sie sich ausgezeichnet.«

Clive starrte seinen Gastgeber an. Nur Augenblicke zuvor war er überrascht gewesen, ehe er den Barkeeper als Horace Hamilton Smythe erkannt hatte. Aber wenn seine Begegnung mit Smythe eine Überraschung gewesen war, so war dies nichts im Vergleich zu dem Schock des Wiedererkennens, der ihn jetzt durchlief.

»Philo B. Goode!«

»Ja«, — der Mann verbeugte sich elegant —, »zu Ihren Diensten, Sir.« In der Nähe stand ein Tisch, und Goode zog einen Stuhl herbei und setzte sich. »Wollen Sie sich bitte setzen, Major Folliot? Ich denke, daß wir eine Menge zu besprechen haben.«

Clive schwirrte der Kopf. Philo Goode! Philo Goode! Der Scharlatan, vor dessen Falschspielerei Horace Hamilton Smythe Clive im Passagiersalon der *Empress Philippa* gerettet hatte. Clive hatte Goode und dessen beide Gefährten dem Schiffskapitän übergeben, und sie waren an der Küste Westafrikas an Land gesetzt worden.

Später erfuhr Clive von Horace Smythe, daß Goode und dessen Gefährten, Amos und Lorena Ransome, ihn, Smythe, in einer komplizierten Intrige an Bord eines Mississippidampfers gefangen genommen hatten. Die Intrige hatte zu einem Duell in New Orleans geführt und Horace in eine weit größere Verschwörung verstrickt, worin die drei gleichfalls steckten. Es war eine Intrige, die sie ins Dungeon verwickelte, wie Clive wußte, wenngleich er nur die nebelhafteste Ahnung hatte, in welchem Ausmaß.

Jetzt war Clive zurück ins London des Jahres 1896 gezogen worden und hatte Horace Hamilton Smythe gefunden, der in diesem verrufenen Etablissement hinter der Theke stand, während Philo Goode dabei war, ihn als verschollenen Verbündeten im Büro zu begrüßen.

Es war zuviel, um's in einem derart kurzen Augenblick zusammenzubekommen. Clive legte das Gesicht in die Hände, rieb sich die Augen, hob dann erneut das Gesicht und saß in erwartungsvollem Schweigen da.

In dem spärlich möblierten büroähnlichen Zimmer hörte man ein paar Augenblicke lang nur das leise Zischen der Gaslampe. Geräusche aus dem Etablissement, das eine Mischung aus Taverne und Musikkneipe darstellte (mit der möglicherweise zusätzlichen Funktion als Kontakthof), drangen in das Hinterzimmer.

Clives jähes Verschwinden hatte einen größeren Aufruhr hervorgerufen. Aber nach einer Weile vernahm man die Stimme des Barkeepers, der die Ordnung wiederherstellte, indem er in knappem autoritären Tonfall eine Reihe von Befehlen gab.

Die Musik setzte wieder ein. Clive hörte ein Klavier, ein Kornett und ein Schlagzeug. Dann folgte eine weibliche Stimme, die unsicher ein Clive unbekanntes Lied anstimmte, dessen nur halbvernehmbare Verse offensichtlich von einer jungen Dame handelten und an einen Herrn gerichtet waren. »Do, do, my huckleberry, do«, hörte Clive, ohne daß ihm recht klar wurde, was diese Huckleberry* nun tun sollte. Seine Vorstellungskraft lieferte ihm eine Vielzahl möglicher Antworten.

»Sie *sind* Herr Philo Goode aus Amerika, nicht wahr, Sir?« wandte sich Clive an den Mann in der Seemannsjacke.

»Das bin ich, Sir.«

»Und das«, — Clive wandte den Kopf —, »das war Sergeant Smythe? Sergeant Horace Hamilton Smythe?«

»Es ist in der Tat Horace Hamilton Smythe, Major Folliot. Und was den Titel betrifft, womit Sie ihn bezeichneten — *Sergeant* —, so nehme ich an, daß er so tituliert wird. Aber mir ist er in einer weit wichtigeren Funktion bekannt. Einer Funktion, um die sogar Sie ihn beneiden könnten.«

»Und welcher Rang ist dies?«

»Ich fürchte, ich besitze nicht die Freiheit, Ihnen diese Information zu liefern, Major. Es gibt Organisationen und Apparate von einer derartigen Macht und Bedeutung, daß allein deren Existenz einen Mann mit Ihren durchschnittlichen Fähigkeiten überraschen würde. Entschuldigen Sie bitte meine Offenheit.«

Clive lief rot an. »Der Rang eines Majors ist kein unbedeutender Rang, Herr Goode, und die Fähigkeiten ei-

---

* Heidelbeere. — *Anm. d. Übers.*

nes Majors sind nicht unbedeutend. Auch ist es alles in allem nicht jenseits aller Vorstellungskraft, daß ich noch zum Titel eines Barons aufsteige, obgleich mein älterer Zwillingsbruder Neville gegenwärtig der mutmaßliche Erbe des Titels und der damit verbundenen Ländereien und Einkünfte ist.«

»Das verstehe ich völlig, Major Folliot.« Goode lehnte sich über den verzierten Tisch und öffnete einen Zigarrenbehälter aus poliertem Walnußholz und Messing. Er hielt ihn Clive hin. »Darf ich Ihnen eine Zigarre anbieten, Major? Ich habe sie aus Kuba importiert, und sie sind auf meinen persönlichen Geschmack hin angefertigt, rumgetränkt und sorgfältig ausgesucht.«

Clive schüttelte den Kopf.

»Sie haben sicherlich nichts dagegen.« Goode zog eine braune Zigarre hervor, entzündete sie und stieß eine Wolke schweren blauen Rauchs zur Decke hinauf. »Nun, Sir«, wandte er sich an Clive, nachdem er die Zigarre aus dem Mund genommen hatte, »ich bin überhaupt nicht überrascht zu erfahren, daß Sie einige Fragen an mich haben.«

»Ich habe Ihnen bereits die erste Frage gestellt, Herr Goode. Was tut Sergeant Smythe in diesem Etablissement — hinter der Theke stehen für Raufbolde und Huren?«

»Zum einen, Major Folliot, hat er Ihnen den Hals gerettet, wie es seine Gewohnheit ist.«

Clive errötete erneut. Er mußte zugeben — wenigstens sich selbst —, daß er mehr als einmal von Horace Hamilton Smythe gerettet worden war. Dazu sagte er jedoch nichts zu Philo Goode.

»Sie werden einsehen, daß Sie sich einer ernsthaften Schlägerei bis zum bitteren Ende von der Hand meiner — Gäste gegenübersahen.« Goode nickte in Richtung auf den benachbarten Raum. »Eine ernsthafte Schlägerei bis zum bitteren Ende«, wiederholte er, »zum Krüppel geschlagen — oder sogar totgeschlagen.«

»Ich habe mich ganz gut geschlagen, danke sehr.«

»Das haben Sie tatsächlich. Ich war äußerst beeindruckt von Ihrer Vorstellung, Major Folliot.« Goode erhob sich und schlenderte zu einem Vorhang, der von der Decke bis zum Fußboden reichte. Mit einem einzigen Schwung des Arms zog er ihn beiseite und gab damit das Innere der Kneipe dem Blick frei. Der lange Spiegel hinter der Theke war von der Rückseite her durchsichtig; jeder im Büro konnte so die Vorgänge im Etablissement beobachten, ohne selbst bemerkt zu werden.

»Sie sind nicht mehr der Schwächling, der London im Jahre 1868 verließ, um den Bruder zu suchen, Major.«

»Was wissen Sie von meinen Abenteuern, Herr Goode? Und welche Rolle spielten Sie dabei? Einen Falschspieler? Einen Scharlatan, der auf einem Mississippidampfer arbeitete?«

»Alles das, ja«, gab Goode zu. Er kehrte zum Tisch zurück, zog erneut an der Zigarre, stieß eine dicke blaue Wolke aus und tippte die Asche in einen schweren Aschenbecher. »Alles das und noch mehr, sollte ich vielleicht hinzufügen.«

»Sollten Sie vielleicht hinzufügen, in der Tat, Sir! Sie sind mit dem Dungeon verbunden. Ich sah Sie auf der Ebene, die ich nur als«, — er errötete, als er das Wort aussprach —, »Hölle beschreiben kann.«

»Nun, man hat seine Pflichten, Major Folliot. Man hat seine Pflichten.«

»Sind Sie der Herr des Dungeon?«

Goode brach vor Lachen schier im Stuhl zusammen. Als er sich wieder erholt hatte, sagte er, noch immer kichernd: »Ich — der Herr des Dungeon? Nun, eine Katze kann sehr wohl den König ansehen.* Ein Straßenjunge

---

* Altes englisches Sprichwort. Es bedeutet, daß ein Geringer sehr wohl etwas in der Gegenwart eines Höhergestellten tun kann. — *Anm. d. Übers.*

kann einen Senator beneiden. Oh, ich bin weit, weit davon entfernt, der Herr des Dungeon zu sein.«

»Sind Sie mit den Ren verbündet? Mit den Chaffri? Mit den Gennine?«

»Ah, jetzt stellen Sie mir etwas realistischere Fragen. Ja, ich bin mit — einer Gruppe verbündet.«

»Und mit welcher? Und zu welchem Zweck?«

»Sie werden alles erfahren, was Sie wissen müssen, Major Folliot — wenn Sie es wissen müssen.«

»Ich sehe, daß ich von Ihnen keine Genugtuung erhalte, Herr Goode. Es wäre verlockend, direkt gegen Sie vorzugehen — ich kenne Sie gut genug, um zu wissen, daß Sie kein gutes Ende nähmen —, aber im Augenblick will ich einfach nur Abschied von Ihnen nehmen. Guten Tag, mein Herr — oder sollte ich sagen: gute Nacht?«

Clive stand auf und schlenderte zurück zur Tür.

Philo Goode bewegte sich rascher als Clive, aber anstatt ihm den Weg zum Ausgang zu verstellen, ging er zum Spiegel, der den äußeren Raum zeigte. »Sehen Sie hinunter, ehe Sie gehen, Major Folliot! Sehen Sie genau hin!«

Clive starrte die Glaswand an. Er sah keine von Säufern und Huren erfüllte Kneipe, sondern eine Grube mit brüllenden und tanzenden Flammen.

»Das ist die Hölle!« rief Clive aus.

»Sie würden dort draußen keine fünf Minuten überleben, Major Folliot. In der Tat, nicht eine Minute. Aber es gibt einen anderen Ausgang.« Er beugte sich hinab und zog die Ecke eines Orientteppichs hoch. Darunter zeigte sich eine Falltür mit einem schweren Eisenring.

Ächzend hob Philo Goode die Falltür an. Eine steinerne Treppenflucht führte hinab in die Dämmerung.

»Ich soll da hinabsteigen? Um mich etwas Unbekanntem zu stellen? Vielleicht dem Tod?«

»Major Folliot, hätte ich Ihnen den Tod gewünscht, so wären Sie schon längst unwiderruflich tot, dessen versichere ich Sie. Nehmen Sie mein Wort dafür. Bitte, steigen Sie diese Stufen hinab. Es ist der einzige Weg hinaus — für Sie.«

Clive zögerte. Er dachte kurz daran, den gleichen Weg hinauszugehen, den er hereingekommen war. Vielleicht war der Blick auf das flammende höllische Inferno ein Trugbild, ein Trick, um ihn in die Irre zu führen. Aber daran glaubte er nicht. Er trug noch immer den Säbel. Er könnte ihn ziehen, vielleicht Philo Goode als Geisel nehmen, ihn zwingen, sein Wissen zu enthüllen, ihn zwingen, ihm einen sicheren Ausweg aus dieser Falle zu zeigen.

Aber Goode *hatte* ihm einen Ausweg gezeigt. Wenigstens behauptete er das. Je länger Clive überlegte, desto mehr war er davon überzeugt, daß Goodes Vorschlag die einzig vernünftige Vorgehensweise war.

Er stand auf, ordnete Kleidung, Säbel und Mütze und trat an die offenstehende Falltür. »Wenn dies ein Trick ist, Goode, warne ich Sie, Sir. Ich habe Gefahren überstanden, von denen Sie nicht einmal träumen würden.«

»Da muß ich Ihnen leider widersprechen, Sir. Ich weiß mehr, als Ihnen vielleicht bewußt ist. Ich würde alles glauben, was Sie mir sagen. Allein aus diesem Grund sind Sie heute nacht hier, Sir, und allein aus diesem Grund eröffnete ich Ihnen die Möglichkeit, die Ihnen jetzt zu Füßen liegt.«

»Nichtsdestoweniger: Wenn diese Stiege nur einen weiteren Akt des Verrats von Ihrer Seite darstellt, Goode, wird Sie das teuer zu stehen kommen, das garantiere ich Ihnen!«

»Und ich werde mich glücklich schätzen zu bezahlen, Major Folliot. Nun, wenn Sie keine Notwendigkeit mehr sehen, länger zu bleiben ...«

Clive setzte den polierten braunen Stiefel auf die erste der feuchten grauen Steinstufen.

KAPITEL 7

Nicht der leiseste Hinweis

Die Stufen führten spiralförmig in die Dunkelheit hinab und trugen Clive rasch ins Unbekannte. Einen Augenblick lang blieb er stehen und warf einen Blick nach oben. Die offene Falltür war zu einem winzigen Viereck zusammengeschrumpft, und zwar wesentlich rascher, als Clive es erwartet hätte.

Während er noch hinaufstarrte, verschwand das Rechteck aus Licht. Offensichtlich hatte Philo Goode die Falltür zugeworfen. Clive hatte den Verdacht, daß er, wenn er umkehrte und die Stufen hinaufstiege, die Tür von unten nicht mehr öffnen könnte.

Er hatte allerdings nicht die Absicht umzukehren. Er hatte sich fürs Handeln entschieden, und wenn er eines durch seine Abenteuer im Dungeon gelernt hatte, dann war's das Weitergehen. Immer weitergehen. Auf dem Weg mochten Gefahren liegen, vielleicht erwartete ihn das Verhängnis. Aber unabhängig vom Punktestand: Es gab immer eine Erfolgschance. Durch eine Umkehr war nichts zu gewinnen. Sicherlich nicht jetzt.

Wenngleich die Stiege durch Dunkelheit führte, leuchteten die Stufen selbst genügend, um ihn zu leiten. Clive schritt stetig voran; er zählte weder die Stufen, noch versuchte er, die vorbeistreichende Zeit abzuschätzen. Schließlich würde er das Ende des Abstiegs schon erreichen und herausfinden, was unter Philo Goodes Etablissement auf ihn wartete.

Irgend etwas wischte ihm übers Gesicht und war verschwunden. Er fragte sich, was das gewesen sein mochte — vielleicht eine Fledermaus. Irgendein Wesen hatte sich an die Dunkelheit gewöhnt und war in der unterirdischen Düsternis ebenso zu Hause, wie es Clive auf den Besitztümern des Vaters in Tewkesbury gewesen war.

Nach einiger Zeit erreichte er eine gepflasterte Ebene. Im Licht einiger Lampen sah er, daß die Stiege jäh endete. Ein wenig tiefer lag eine Art Straße.

Wie als Antwort auf Clives Gegenwart — obgleich er sich fragte, ob das Zusammentreffen auf bloßem Zufall beruhte — verspürte er das kalte Sausen eines Winds und hörte ein Geräusch, das stetig anschwoll, von einem leisen *Wusch* zum Heulen eines starken Winds.

Er wandte sich um und sah einen erleuchteten Wagen die Straße heraufkommen. Eine Kuppel aus Glas oder einem ähnlich durchsichtigem Material wölbte sich über einem metallenen Rumpf. Im Passagierabteil innerhalb des Wagens erblickte er einen einzelnen Reisenden. Der Wagen erinnerte an die Wagen des Zugs, dem er zum erstenmal auf der Ebene von Q'oorna und dann wieder im arktischen Meer der Erde begegnet war.

Der Wagen hielt an. Clive hörte den Motor pulsieren wie ein lebendes Herz.

Er sah hinüber zum Passagierabteil, zuckte heftig zusammen und rannte dann mit größter Geschwindigkeit zum Wagen. Der Passagier schwang die Türe auf und rief ihm zu: »Clive!«

»Annie!«

Er sprang ohne Zögern in den Wagen. Die junge Frau stand da, und Clive nahm sie in die Arme und schwang sie freudig im Kreis herum. »Annie, mein liebes Mädchen! Meine liebe Ururenkelin Annie!«

»Laß mich runter, Clive! Großpapa!« Sie benutzte diesen Ausdruck nur selten und blieb lieber beim Namen. Ihr Zeitalter war ungezwungener, und abgesehen davon war Clive, wenn man sein wirkliches Alter betrachtete, nur etwa ein Dutzend Jahre älter als sie, obgleich sie in Wahrheit aufgrund der verdrehten Chronologie des Dungeon sein Nachkömmling war, etwa 144 Jahre später geboren als er.

»Welche Freude!« rief Clive aus. »Zunächst fürchtete ich, du wärst für immer auf der achten Ebene des Dungeon verschollen. Für immer verschollen — oder Schlimmeres! Und dann, als ich auf dieser Eisscholle am Pol stand und die Sonne auf den Flügeln des Flugzeugs glitzern sah, worin du den Japanern entkommen warst … Ich muß dich soviel fragen, meine liebe Annie! Aber jetzt zählt lediglich, daß du heil und gesund bist. Du bist nicht …?«

»Nein, mir geht's gut — wie du siehst, Clive.« Sie knickste vor ihm. »Und du siehst glänzend aus in deinem scharlachroten Anzug und mit glattrasierten Wangen!«

Wenngleich sie sich noch immer wie eine Frau benahm, die sich darauf vorbereitete, ins einundzwanzigste Jahrhundert zu gehen, war sie wie eine hübsche junge Dame des neunzehnten Jahrhunderts zurechtgemacht. Das Haar war ihr um die weiße Stirn geflochten. Das Gesicht war dezent geschminkt. Das Kleid war hell und leicht, um den Busen herum nicht zu sehr ausgeschnitten und in der Taille enganliegend. Sie war ein völliger Kontrast zu den beiden Huren, die Clive in der Spelunke betört hatten, und ein weiterer Kontrast zu der ernsten Madame Mesmer in ihrem hochgeschlossenen langen Kleid.

»Annie! Du mußt mir alles erzählen, alles, was geschah!«

»Das wird eine lange Zeit erfordern, Clive.«

»Aber zunächst — was ist dies für ein Wagen? Was soll das Ganze überhaupt? Wie bist du ins England des Jahres 1896 gekommen? Dies ist doch 1896, oder nicht? Ich sah du Maurier. Ich sah ihn als Mann von fünfzig Jahren. Jetzt ist er alt. Er sagt, er werde sterben. Er sagt, ich sei achtundzwanzig Jahre lang weggewesen.«

»Es ist in der Tat 1896, Clive. Setz dich, oder du wirst hinfallen!« Das Pulsieren des Motors war an Kraft und Energie angeschwollen, und Clive und Annie hatten in der Tat kaum noch Zeit, sich gemütlich Seite an Seite niederzulassen, ehe der Wagen wieder anfuhr und sie gegen die gepolsterte Lehne des sofaähnlichen Sitzes drückte.

Der Wagen beschleunigte und schoß schließlich mit hoher Geschwindigkeit dahin. Sie fuhren durch einen nahezu konturlosen Tunnel. Hier und da warf ein Lichtpaneel einen schwachen Schimmer durch die Düsternis. Hier und da erhaschte Clive einen Blick auf eine Abbiegung oder einen Seitenweg, der von ihrer Route abzweigte. Er hatte keine Ahnung, wohin diese Abzweigungen führten, und er stellte sich in seinen wildesten Überlegungen vor, daß sie mit verschiedenen Ebenen oder Teilen des Dungeon verbunden waren.

Und er hatte auch keine Ahnung, wohin ihr Wagen sie trug. Sie befanden sich allein darin, und weder er noch Annie taten irgend etwas, um das Vorankommen oder den Weg zu bestimmen. Es gab keine sichtbaren Armaturen.

»Annie, mein liebes Kind ...«, begann Clive.

Ehe er weitersprechen konnte, sagte Annie: »Clive, sag mir — hast du noch immer Nevilles Tagebuch?«

Clive klopfte sich die Kleider ab und durchsuchte die Taschen nach dem kostbaren Band. »Ich fürchte nein«, sagte er. »Als ich nach London versetzt wurde ...« Er hielt inne, um die Gedanken zu sammeln. »Auf der achten Ebene ... Du erinnerst dich, daß einige von uns zu Liliputanern geworden waren, andere zu Brobdingnagianern.«

»Wie könnte ich das vergessen?«

»Glücklicherweise hatte ich, ehe ich zur neunten Ebene kam — oder zurück auf die Erde, was vielleicht dasselbe ist —, meine normale Größe zurückgewonnen.«

Sie nickte und ermunterte ihn fortzufahren.

»Ich fand mich auf dem arktischen Eis wieder, zusammen mit Chang Guafe. Kurz bevor ich ihn fand, flogst du mit der Nakajima über mich hinweg.«

Zu dem Flugzeug gab sie keinen Kommentar ab. Stattdessen fragte sie nach Chang Guafe. »Und er, Clive?«

»Wie ich annehme, liegt er dort auf dem Meeresgrund. Was aus ihm wird, weiß ich nicht.«

»Und du?«

»Der, nun, nennen wir ihn Raum-Zug, kam an, und ich kletterte an Bord und fand mich hier in London wieder. Im Jahr 1896. Umgeben nicht von Phantomen, sondern, soweit ich das sagen kann, von der Realität. Dich selbst eingeschlossen.« Er hielt inne, um Atem zu schöpfen und die Gedanken zu sammeln. Er spähte zu den durchsichtigen Wänden des Wagens hinaus.

Der Wagen hatte offensichtlich den Tunnel verlassen und fuhr jetzt auf einer ganz gewöhnlichen Eisenbahnstrecke. Die lange Nacht endete; Clive entdeckte hinter dem Wagen, der in westlicher Richtung über die Gleise jagte, die rosige Färbung der anbrechenden Dämmerung im Osten.

Als der Wagen an einem früh aufgestandenen Bauern vorüberfuhr, der mit seinem heubeladenen Wagen auf einem schmutzigen Weg neben dem Bahndamm entlangfuhr, faßte Annie nach Clives Handegelenk. »Er kann uns nicht sehen, Clive. Wir können aus diesem Wagen hinaussehen, aber wir sind davor geschützt, gesehen zu werden.«

»Was ist das für ein Wagen?« wollte Clive wissen. »Hast du dich verbündet mit — wer auch immer hinter allem steht? Mit Philo Goode und seinen Genossen?«

Sie lächelte zu ihm herauf. »Alles zur rechten Zeit, Clive. Du erzähltest gerade, was mit Nevilles Tagebuch geschah.«

»Die Botschaften, die wir erhielten, waren selten dienlich. Ich bezweifle sowohl Nevilles Motivation, sie niederzuschreiben, als auch die Echtheit zumindest einer Anzahl dieser Botschaften.«

»Du hast Neville im Dungeon getroffen.«

»Ja. Neville — oder eine Kopie.«

»Hat er zugegeben, daß er wirklich alle diese Botschaften ins Tagebuch geschrieben hat?«

»Er hat alles bestritten.«

Sie war wie betäubt und sprachlos.

Clive fuhr fort: »Aber jetzt — hat wirklich Neville die Eintragungen im Tagebuch geschrieben? Und selbst wenn er's war: Können wir ihm glauben?«

Annie runzelte die Stirn. »Vielleicht sind wir in der Lage, das irgendwie herauszufinden. Aber wo *ist* das Tagebuch jetzt, Clive?«

»Wie ich dir gerade erklärte — als ich den Raum-Zug betrat, war ich zerlumpt, unrasiert, halbverhungert, halbertrunken und halberfroren. Als ich mich in London wiederfand — im Schlafzimmer meines alten Freundes du Maurier —, war ich wohlgenährt, rasiert, glänzend ausstaffiert und knochentrocken. Und ich verstehe nicht, was geschehen ist. Ich kann es nur, wie so viele andere Rätsel, dem Dungeon zuschreiben.«

»Und Nevilles Tagebuch?«

»Ich habe keine Ahnung.«

»Hattest du's auf der Eisscholle, Clive?«

»Ich weiß es nicht. Ich kann mich nicht daran erinnern, es dort bei mir gehabt zu haben, aber ich mußte mich ja auch mit anderen, wichtigeren Dingen auseinandersetzen als mit dem Notizbuch meines Bruders.«

»Dann mag es noch immer auf der Eisscholle liegen. Oder im Zug. Oder in George du Mauriers Wohnung, schätz ich mal.«

»Oder immer noch auf der achten Ebene.«

»Macht nichts. Macht nichts. Wir müssen die Lage meistern, wie wir sie vorfinden.«

Das Licht im Osten war stärker geworden, und angesichts der grünen Felder und der knospenden Bäume, die den Bahndamm säumten, sagte sich Clive, daß es ein Frühlingsmorgen im ländlichen England war. Eine der schönsten Schöpfungen der Natur — ein englischer Frühling auf dem Land.

»Wohin fahren wir?« fragte Clive.

Annie lächelte. »Erkennst du die Gegend nicht wieder?«

Clive musterte die Vegetation und die Lage der Dinge. »Sieht aus wie Gloucestershire.«

»Gleich beim erstenmal getroffen!«

»Wir fahren nach Tewkesbury!«

»Stimmt.«

»Wer ist dort, und welche Verbindung besteht da bezüglich dir, Annie?«

»Nun, es ist dein Familiensitz, Clive. Das Haus der Tewkesburys.«

»Das weiß ich. Ich fragte nicht, *was* ist da. Ich fragte, *wer* ist da.«

»Wir werden Zugriff zu diesen Daten erhalten, wenn der Cursor die angesprochene Adresse erreicht.«

O mein Gott, dachte Clive, *sie fällt schon wieder in diesen seltsamen futuristischen Jargon.* »Annie, bitte — kannst du nicht in der Alltagssprache reden? Ist das königliche Englisch für deine Ansprüche nicht ausreichend?«

»Entschuldigung, Benutzer. Öh, Clive. Ich hab mich selbst vergessen. Wir werden's rausfinden, wenn wir dort sind, okay?«

»Sehr schön. Aber Annie — so vieles ist geschehen! Wo sind die übrigen? Finnbogg und Shriek, Tomàs und Sidi Bombay ...«

»Du erwähnst Horace nicht, Clive.«

»Ich habe Horace gesehen.«

»Am Nordpol?«

»Nein. In London. Ich war mit ihm zusammen, jedoch nur kurz, und zwar vor nicht mehr als einer Stunde.«

Annie wurde so ernst, wie sie's seit ihrem Wiedersehen in dem durchsichtigen Wagen bisher nicht gewesen war. »Du mußt mir genau sagen, wo du ihm begegnet bist. Wie er aussah. Was er tat.«

»Nun ...« Clive wußte kaum, wo er beginnen sollte.

Während er sich bemühte, seine Gedanken zu sammeln, spähte er zur Glaswand des Wagens hinaus. Der Morgen war gekommen, der englische Himmel war ein einziges leuchtendes Blau, gesprenkelt mit winzigen Wölkchen. Die Gleise liefen durch Ackerland, und glückliche Landleute folgten pferdegezogenen Pflügen, die den Boden für das Sommergetreide bereiteten.

Ehe Clive Annies Frage beantwortet hatte, wurde ihr Wagen plötzlich langsamer. Annie spähte hinaus. »Eine Schienensperre, Clive! Rasch, wir müssen uns verteidigen!«

Sie sprang vom Sitz und schob den überraschten Clive Folliot ebenfalls hinunter. Trotz des weiten Kleids kniete sie sich vor dem Sitz nieder und hob den gepolsterten Sitz. Ein Arsenal erstaunlicher Waffen war darunter verstaut.

»Hier, Clive — du kannst eine davon benutzen!« Sie reichte ihm ein Gewehr, das eine gewisse Ähnlichkeit mit einem Karabiner besaß. Er hielt es an die Schulter und senkte das Gesicht, um durch das Zielfernrohr zu spähen. Zu seinem Erstaunen blickte er durch ein unglaubliches und fremdartiges Teleskop.

Annie nahm eine andere Waffe, warf den Sitz wieder zu und nahm Clive am Ellbogen.

»Annie — ich hätte dich schon früher fragen sollen —: Hast du noch immer deinen Baalbec?«

»Ist hier, Großpapa!« Sie tippte sich mit dem Daumen ans Mieder und deutete dabei auf die Stelle im Brustkorb, wo der vielseitige Apparat installiert war. Sie ließ die übrigen Finger über die Haut des Unterarms laufen, wo die Kontrollen des Apparats in der seltsamen Welt der Zukunft, aus der sie kam, installiert worden waren.

»Werden wir angegriffen, Annie? Wer ist der Feind? Kannst du deinen Baalbec zu unserem Schutz verwenden?«

»Rasch, raus hier!« Sie schwang die Tür auf, durch die Clive zuvor hereingekommen war, und gab ihm einen heftigen Stoß. Er torkelte aus dem Wagen auf das weiche englische Gras und spürte, wie sie kurz mit ihm zusammenstieß, als sie landete.

Von einer Stelle vor dem Wagen blitzte es grünlich auf, und die Maschine verschwand in einem Blitz, der Clive einen Augenblick lang blendete. Als er wieder sehen konnte, waren Teile verbogenen Metalls, zersplitterten Glases sowie merkwürdige Stückchen eines zerbrochenen Antriebs über den Bahndamm verstreut.

»Der nächste vorüberkommende Zug wird entgleisen!« rief er aus.

»Nein, wird er nicht. Und das ist auch nicht unsere gegenwärtige Sorge, Clive. Dort kommt unsere Sorge!«

Auf der anderen Seite der Geleise näherte sich ein Trupp Wesen, die eine gewisse Ähnlichkeit mit Menschen hatten. Sie waren behelmt und steckten in schwarzen Uniformen mit grünen Insignien.

Die metallene Ausrüstung — Clive nahm zumindest an, daß es Metall war — bestand aus dem gleichen glänzenden Grün, das man kaum ansehen konnte. Es stach Clive in den Augen, bis sie tränten, und er mußte wegschauen, damit sie nicht unerträglich schmerzten.

Selbst so schienen die Soldaten zu wabern, als Clive sie ansah. Hier und da verschwand einer von ihnen gänzlich und kehrte als ein verschwommenes geisterhaftes Bild seiner selbst wieder — Hunderte von Metern von dem Punkt seines Verschwindens entfernt.

»Was — was sind sie?«

»Chaffri«, flüsterte Annie. »Wir sind ihnen jetzt so nahe, wie es ein Mensch normalerweise sonst nicht erlebt. Und wenn du ihre Aufmerksamkeit erregst, wirst du diese Begegnung nicht überleben! Bleib unten, Clive! Gib acht!«

»Ich kann sie nicht deutlich sehen. Irgend etwas stimmt da nicht.«

»Sie können uns auch nicht sehen. Nicht besser, als wir sie sehen können. Vielleicht nicht einmal so gut.«

Die Chaffri hatten das Wrack des Wagens erreicht, worin Clive und Annie gefahren waren. Der Anführer des Trupps beugte sich herab und hob ein Stück einer verdrehten Metallröhre auf. Er hielt sie nahe ans Gesicht, öffnete dann einen Beutel in der Uniform und steckte die Röhre hinein.

Noch während die Chaffri sich näherten und Clive und Annie zusahen, waberte das Wrack des Wagens und zerlief wie ein schmelzender Eiswürfel. In kürzester Zeit war es vom Boden aufgesogen worden — oder es kam Clive nur so vor.

Die Chaffri unterhielten sich in einer Sprache, die keiner Sprache ähnelte, die Clive je zuvor vernommen hatte — eingeschlossen die Umgangssprachen der meisten Dungeon-Regionen. Der Trupp der Chaffri hatte sich geteilt, und je eine Hälfte der Mitglieder ging zu beiden Seiten des Bahndamms.

Annie hatte recht gehabt. Nichts deutete darauf hin, daß sie die ehemaligen Passagiere sahen. Annie rollte sich von den Gleisen, als die Soldaten der Chaffri näher kamen, bedeutete Clive zu schweigen und zerrte an ihm, damit er gleichfalls dem näher kommenden Trupp aus dem Weg ginge.

Aber es war zu spät. Der letzte Chaffri trat Clive genau auf die Brust.

Zu Clives Erstaunen sank der Fuß des Chaffri in den Körper ein, wie ein Stiefel, der im Moor verschwindet. Das Gefühl war mit das intensivste und unangenehmste, das Clive während seines ganzen Lebens verspürt hatte. Es war kein Schmerz — es war ein Gefühl, daß etwas falsch war, ein Abscheu, Ekel, als sei er von etwas berührt, von etwas vergewaltigt worden, das nicht nur unsäglich fremd, sondern auch extrem pervers und ekelhaft war.

Der Chaffri sprang zurück, als ob seine Gefühle bei der Berührung mit Clive ähnlich gewesen seien wie Clives Reaktion auf ihn. Er gestikulierte und rief seinen

Gefolgsleuten etwas zu. Schon hielt er eine Waffe im Anschlag und fegte damit in der Absicht über den Boden, Clive das Lebenslicht auszublasen.

Aber er sollte eine Enttäuschung erleben. Clive hatte sich bereits weggewälzt und sprintete zusammen mit Annie zu einem nahegelegenen Feld.

Sprößlinge und Erde spritzten Clive um die Füße. Seine militärischen Instinkte kamen ins Spiel, und er warf sich zu Boden, wälzte sich zweimal herum und blickte zu den Chaffri zurück. Die Waffe des Chaffri feuerte erneut. Genauer. Sie zischte, und etwas wie ein Blitzstrahl trat aus. Obwohl kein stoffliches Projektil verwendet wurde, war Clive davon überzeugt, daß ein Treffer dieses elektrischen Schlags — oder was immer es war — dem Opfer nicht weniger Schaden zufügen würde als eine Bleikugel.

Annie lag in der Nähe zusammengekrümmt auf der Erde. Sie bewegte sich, aber irgend etwas stimmte offenbar nicht. Vielleicht war sie von einer der Waffen der Chaffri getroffen worden.

Clive rief ihr zu, sie solle sich enger an den Boden drücken, aber sie hatte seine Worte anscheinend überhaupt nicht gehört.

Er zielte mit der eigenen Waffe auf den nächststehenden Chaffri. Die Zielvorrichtung hatte fast ein eigenes Leben und richtete sich mit nahezu schlafwandlerischer Sicherheit auf das Ziel aus. Er zog am nicht unvertrauten Abzug der Waffe, und sie gab fast so etwas wie einen Seufzer von sich. Die Zielvorrichtung fiel von dem Chaffri weg, und Clive senkte die Waffe und sah das Ziel an.

Der Chaffri waberte und verblaßte in der Weise, wie sie Clive zuvor schon beobachtet hatte, aber diesmal tauchte er nicht wieder auf.

Clive zielte auf einen zweiten Chaffri-Soldaten. Erneut half ihm die Waffe, als besäße sie eigenes Leben und eigenen Willen. Er zog am Abzug, die Waffe seufzte und sackte weg wie ein Athlet, der sich am Ziel eines Wettlaufs entspannt. Der zweite Soldat waberte und warf die Arme in die Höhe, und seine Waffe klapperte zu Boden. Als der Chaffri im Nichts verschwand, tat die Waffe desgleichen.

Clive kroch seitlich über den grasigen Boden davon. Er erreichte Annie, wobei er seine Aufmerksamkeit zwischen ihr und den letzten Chaffri teilte. Sie waren noch immer absolut in der Überzahl, besonders da Annie, obgleich nicht sichtbar verwundet, ganz offensichtlich außer Gefecht gesetzt worden war.

Ein Soldat der Chaffri richtete die Waffe auf Clive und Annie. Clive hob die eigene Waffe, und sie feuerten gleichzeitig. Clive spürte, wie der Energieblitz an ihm vorüberflog und die Luft zum Zittern brachte. Er zog Clive an sich wie ein Eisenstück, das plötzlich einem Magneten ausgesetzt wird. Aber so nahe er auch vorübergeschossen war, der Schuß des Chaffri hatte Clive und Annie nicht verletzt.

Anders als der Schuß aus Clives Waffe. Der dritte Chaffri folgte seinen beiden Vorgängern, waberte, verblaßte und verschwand. Bei diesem Anblick rief der Anführer der Chaffri-Abteilung seinen Soldaten einen unverständlichen Befehl zu.

Der Anführer lief über den Bahndamm. Er setzte dabei einen Stiefel nieder, der nicht ganz die Erde erreichte. Der nächste Schritt endete ein wenig höher in der Luft. Mit jedem folgenden Schritt erhob er sich immer weiter, und seine Soldaten folgten ihm nicht nur den Bahndamm entlang, sondern zugleich in die Luft, bis der letzte Chaffri verschwunden war.

Clive schüttelte den Kopf. Er wandte sich Annie zu. Sie hatte sich zu einem Ball zusammengekrümmt und zitterte sichtlich. Er versuchte verzweifelt, die Ursache ihrer Qual zu ergründen. »Annie! Kannst du mir Antwort geben? Was ist los? Wie kann ich dir helfen?«

Sie richtete einen panikerfüllten Blick auf ihn. »Baalbec. Baalbec. Stromkreis durcheinander. Software — katastrophaler Irrtum — Hauptschalter zurückstellen. Hier! Hier! Hier!«

Sie zuckte von ihm weg. Ihre Hände waren zu Fäusten geballt und hämmerten wirkungslos auf die Erde. Es gelang ihr, das Mieder hochzuzerren. »Hier! Clive! Hauptschalter zurückstellen! Hier! Einzige Hoffnung!«

Clives Gesicht entflammte in dem gleichen Scharlachrot wie seine Uniform, und er folgte Annies verzweifelten Befehlen, zog ihr das Kleid herunter und griff ihr an die Brust. Er verspürte einen Schlag ihrer Faust, aber der sollte ihn nicht zurückhalten, sondern seiner Hilfe Nachdruck verleihen. Er drückte ihr hektisch die Fingerspitzen ans Brustbein, spürte zunächst nur weiche Haut, dann jedoch einen Schalter.

»Links! Links!« rief Annie. »Hauptschalter nach links zurückstellen!«

Links von ihm aus gesehen? fragte er sich. Seine Gedanken rasten. Das war jetzt ganz klar nicht die Zeit für eine ruhige Unterhaltung. Er mußte rasch nachdenken. Nein — Annie würde bei diesem Vorgang aus ihrer eigenen Perspektive reden. Links, von ihm aus gesehen, war rechts von ihr aus gesehen und umgekehrt. Sie verhielten sich zueinander wie Spiegelbilder.

Von ihm aus links — von ihr aus rechts.

Von ihr aus rechts — von ihm aus links.

»Ja! Rasch, Clive! Zurückstellen! Hauptschalter! Nach links drehen!« Sie trat mit den Fersen auf den Boden und schlug mit den Fäusten. Ihr stand das Entsetzen im Gesicht, und ihr Atem ging in verzweifelten, unregelmäßigen Stößen. Clive glaubte, ihr Herz hämmern zu hören, verzweifelt hämmern zu hören, als wäre es am Zerspringen. Vielleicht zersprang's ja tatsächlich. Die Fähigkeiten des Baalbec waren Clive völlig unbekannt. Er hatte gesehen, wie er als Waffe benutzt wurde, als Navigationsinstrument, als Apparat, um Informationen zu speichern und zu verarbeiten, und bei einer Gelegenheit als Energiequelle für eine fliegende Maschine, die in einem zukünftigen Krieg zwischen Europa und Japan von einer Südseeinsel ins Dungeon gebracht worden war. Wo war die Nakajima 97? Jetzt war keine Zeit, sich darum Sorgen zu machen!

Was tat der Baalbec jetzt mit Annie?

Clive musterte Annies Körper einen Augenblick lang und versuchte verzweifelt, nur ja keine irrtümliche — und möglicherweise verheerende — Bewegung zu machen. Aber er mußte rasch handeln, denn es war offensichtlich, daß Annie sterben würde, sollte er's nicht tun. Seine eigene Ururenkelin, diese Kindfrau, die ihm auf merkwürdige Weise zum wichtigsten Menschen auf der ganzen Erde geworden war ... Wenn er nicht rasch und richtig handelte, würde Annie mit Sicherheit sterben.

Schon zuvor hatte Clive Folliot das Leben anderer in Händen gehalten. Einige Leben hatte er gerettet, andere hatte er verschont, wieder andere hatte er nicht retten können, und einige Leben hatte er aus eigenem bewußten Willen zerstört. In den Augen mancher hatte er sich damit ein Recht angemaßt, das allein Gott zukam. Aber Clive hatte nicht die Macht gesucht, und er hatte es auch nicht bewußt tun wollen. Es war eine Handlung, die ihm aufgezwungen worden war — öfter, als er sich erinnern wollte.

Nun war ihm das Handeln erneut aufgezwungen worden. Und diesmal war der Mensch, dessen Schicksal er in Händen hielt, weder Feind noch Fremder noch Freund, sondern das eigene Fleisch und Blut, der eigene Nachkömmling, sein eigenes geliebtes Mädchen Annie. Normalerweise war Clive kein religiöser Mensch — er bezweifelte tatsächlich manchmal die Existenz Gottes —, jetzt jedoch schloß er die Augen und schickte schweigend ein kurzes Gebet zum Himmel.

Er spürte Annies weiche warme Haut unter seiner Hand, und es gelang ihm, den Schalter kurz zu fassen, und er drehte ihn ... nach rechts!

KAPITEL 8

In der Höhle des Löwen

Annie fiel zitternd auf die Wiese.

Clive zog ihr das Mieder zurecht und bedeckte den anmutigen Busen. Er hielt sie bei der Hand und sah ihr ins kostbare Antlitz. Die Hand war locker und gelöst, nicht mehr zur Faust geballt. Die Beine lagen ruhig auf der Erde und tanzten nicht mehr ihre verzweifelte Tarantella.

Die scharlachrote Färbung wich aus ihrem Gesicht. Würde sie von der normalen rosigen Färbung ersetzt werden oder durch das Weiß des Todes? Ihr verzweifeltes keuchendes Atmen hatte nachgelassen. Würde es vom ruhigen und normalen Atmen ersetzt werden oder durch Stille?

Clive drückte ihr ein Ohr auf den Busen. Er hörte das Herz schlagen, die Lungen atmen. Beides geschah gleichmäßig, ohne Zwang.

Annie würde sich erholen!

Er hatte den Schalter am Baalbec in die richtige Richtung gedreht!

Er schickte seinem Gebet um Beistand auf der Stelle ein zweites Gebet hinterher, ein Dankgebet. Er legte Annie eine Hand um die Schulter und half ihr beim Aufsetzen.

»Clive — Großvater — was ist mit mir geschehen?«

»Du bist vom Blitz einer Waffe der Chaffri getroffen worden. Ich fürchtete um dein Überleben, Annie.«

Sie klammerte sich fest an ihn. »Du mußt ... Jetzt kommt's mir wieder. Du — du hast mir das Leben gerettet, Clive. Die Energie aus der Waffe des Chaffri hat meinen Baalbec durcheinandergebracht. Du hast den Baalbec für mich zurückgeschaltet, nicht wahr?«

Clive gab dies errötend zu.

»Danke, Clive. Vielen Dank.«

»Annie, du sagtest mir, ich solle den Hauptschalter des Apparats nach links drehen.«

»Ja.«

»Was wäre geschehen, wenn ich ihn nach rechts gedreht hätte?«

Sie runzelte die Stirn. »Unter normalen Umständen gar nichts. Die SZ-Einheit des Baalbec ist gesichert, damit sie durch einen Mißgriff nicht eingeschaltet werden kann — sagen wir, durch einen Ellbogen in einem überfüllten Aufzug oder durch einen Fummler.«

»Und unter Ausnahmezuständen?«

»Falls die Sicherung gelöst ist, meinst du?«

»Ich weiß nicht, was eine Sicherung ist, aber ich glaube, das meine ich. Du sagtest, daß die Waffe des Chaffri deinen Apparat durcheinandergebracht habe. Würde das, öh, die Sicherung lösen?«

»Aber ja!«

»Nun, dann — was wäre geschehen, wenn ich den Schalter in die falsche Richtung gedreht hätte?«

»Tja, die SZ-Einheit wäre aktiviert worden.« Sie lächelte. »Ich dachte, das hätte ich klargemacht.«

»Aber was ist die SZ-Einheit, Annie?«

»Selbstzerstörung. Es wäre zu gefährlich, einen Baalbec A-9 in die falschen Hände geraten zu lassen. Also, wenn jemand versucht, daran herumzufummeln, sagen wir, mir den Baalbec chirurgisch aus dem Körper zu entfernen oder mit den Stromkreisen zu spielen, ohne den Hauptschalter korrekt zu bedienen — zerstört er sich selbst.«

»Und was geschieht dann mit dir, Annie? Wirst du davon betroffen?«

»Oh, ich wäre nicht mehr vorhanden. Wenn sich der Baalbec selbst zerstört, bin ich verschwunden. Wie alles und jedes in etwa einem Kilometer Umkreis. Es bleibt nur ein riesiges Loch in der Erde.«

Sie stand auf und zog Clive mit sich. Sie trug noch immer die Waffe, die sie unter dem Sitz des jetzt zerstörten Wagens hervorgeholt hatte, genau wie Clive.

»Laß uns von hier verschwinden, Clive!«

»Vielleicht kommt bald ein Zug vorbei«, schlug er vor.

»Wir gehen besser über die Straße, denke ich.« Sie nahm ihn bei der Hand und führte ihn vom Bahndamm weg zu der schmutzigen Landstraße, die parallel zu den Gleisen verlief.

Sie waren noch keine Stunde gegangen, da hörten sie hinter sich einen Wagen quietschen, dessen eisenbeschlagene Räder über die Wegfurchen holperten. Sie wandten sich um und warteten, während sich der Wagen allmählich in ihren Sichtbereich schob. Er war mit Gemüse beladen. Der Lenker saß allein auf dem Bock und hielt die Zügel in der Hand, und zwei Pferde stapften fügsam dahin.

Clive und Annie stellten sich mitten auf den Weg und winkten das langsam fahrende Vehikel zum Anhalten. Der Lenker spähte unter dem breitrandigen Hut zu ihnen herab. Hände und Gesicht hatten das rauhe schwielige Aussehen von jemandem, der in frischer Luft lebte; auf der Kleidung lag der Staub der trockenen Straße.

Der Mann sah weiter auf Clive und Annie herab. Das Gesicht legte sich in nachdenkliche tiefe Falten. Nach einer Weile redete er sie an. »Der junge Herr Folliot, nicht wahr?«

»Ich bin Clive Folliot.« Clive blickte dem anderen ins Gesicht. »Bauer Cawder? Der alte Herr Cawder, bist du's? Der alte Jim Cawder?«

»Nä, der alte Jim is schon 'ne Menge Jahre tot, Sir. Ich bin der junge Jamie.«

»Jamie! Ich erinnere mich an dich! Dein Vater war einer der besten Leute meines Vaters.«

»Jo! Und ein guter und treuer Bursche war mein Paps! Und ich bin den Folliots ebenso getreu, wie's jeder Cawder Tausende von Jahren war! Kann ich Sie und die gnä' Frau irgendwohin mitnehmen, Herr Folliot?«

»Sie ist nicht die gnädige Frau, Jamie. Aber wir wären dir sehr verbunden, wenn du uns zum Haus Tewkesbury mitnähmst.«

»Jo, ich hoff, daß es der jungen Dame nichts ausmacht, auf 'ner Bauernkarre mitzufahren, Sir. Aber mehr hab ich nich zu bieten.«

»Ist schon gut, Jamie«, sagte Annie.

Den ganzen Weg über zum Haus Tewkesbury erzählte ihnen Jamie langsam und eintönig alles, was in den vergangenen Jahren in Gloucestershire vorgefallen war. Zumeist ging es um Hochzeiten, Geburten und Todesfälle. Gelegentlich hatte es einen Skandal gegeben, hier und da etwas Kurioses. Bauer Mayhews Frau hatte Drillingen das Leben geschenkt, und die Kinder krabbelten jetzt herum und sprachen ein paar Kinderworte. Bauer Morgans Kuh hatte ein Kalb mit zwei Köpfen geboren, dem es nicht so gut gegangen war wie Frau Mayhews Drillingen. Bauer Horders Sohn Paul war mit Bauer Johnsons Tochter Alice durchgebrannt und hatte damit das ganze Shire verblüfft; nicht nur einmal, sondern sogar zweimal: Als sie wegliefen und dann bei der Rückkehr, als Alice wütend wie eine Hornisse ausgesehen hatte und nicht gewillt war, über die Angelegenheit zu reden, während Paul äußerst verdrießlich dreinschaute, aber ebensowenig gewillt war zu reden.

Während er so dahintratschte, äußerte er sich niemals zu Clives Rückkehr nach so vielen Jahren oder zu dessen überraschender Jugend nach einer derart langen Abwesenheit.

Jamie zügelte sein Gespann an den schmiedeeisernen Toren von Haus Tewkesbury. »Wenn es Ihnen und der jungen Dame nichts ausmacht, Herr Folliot. Mein Gespann ist alt, und der Weg von hier an steil. Wenn wir Sie selbst und die junge Dame hier absetzen dürften, Sir, wäre ich Ihnen auf ewig dankbar, Sir.«

»Natürlich.« Clive und Annie kletterten vom Wagen. »Danke schön, Jamie. Und viel Glück!«

Der Wagen quietschte davon.

»Was hältst du davon?« fragte Clive.

»Er hat uns 'nen langen Marsch erspart.«

»Ja, das hat er getan. Aber ich kenne den Mann noch als Kind. Ich war wenige Jahre älter als er. Sein Vater — ah, welch ein Mann! Er kam gelegentlich zum Haus, und Neville und ich rannten ihm entgegen. Er konnte uns hochheben, einen in jeder Hand. Und er hatte stets ein Stück Obst für jeden dabei. Dahin jetzt, dahin, und sein Sohn ist ein Mann mittleren Alters, zu sehr geschlagen vom Leben und zu sehr eingeschüchtert von den Folliots, um zu bemerken, daß ich in einem Vierteljahrhundert nicht gealtert bin.«

»Mach dir nichts draus, Clive. Laß uns weitergehen. Wir sind ja fast da.«

Die Tore schwangen unter dem Druck seiner Hände auf, und Clive und Annie schlenderten den langen Zufahrtsweg zum Haus Tewkesbury hinauf. Das Haus war ein großes Gebäude, das bis fast zu den Eroberungszügen der Normannen zurückdatierte. Clive hatte dort als Kind gespielt, war die langen Korridore auf- und abgerannt, hatte sich in verborgene Nischen gedrückt, die von Tapisserien und hochlehnigen hölzernen Stühlen verborgen wurden.

»Warst du schon einmal hier, Annie?«

Sie zögerte mit der Antwort und bestätigte dann leise.

»Darüber möchte ich weitere Einzelheiten erfahren«, sagte Clive.

»Bitte — du weißt so vieles nicht, Clive. Ich weiß gar nicht, wo ich anfangen soll. Laß uns erst mal dort sein.«

»Ich erinnere mich, als wär's gestern gewesen«, sagte Clive. »Die große Halle, die Waffenkammer, die Küche, wo Neville und ich niemals hinein durften.«

»Aber natürlich hast du's getan«, lachte Annie. Sie

war offenbar erleichtert darüber, daß Clive sich seinen Erinnerungen hingab. So lange er's tat, müßte sie sich nicht seinen bohrenden Fragen stellen.

»Stimmt. Es gab weitere Orte, wo wir nicht hineindurften. Verschlossene Zimmer. Der Unterkeller. Die innere Bibliothek.«

»Du durftest nicht in die Bibliothek?«

»Das Haus besitzt eine großartige Bibliothek, Annie. Vater hat uns dazu ermuntert, sie zu benutzen. Aber das war nur die äußere Bibliothek. Es gab aber auch eine innere Bibliothek. Deren Tür war stets verschlossen. Vater allein besaß den Schlüssel. Jeder Baron Tewkesbury seit — ach, der Ursprung dieses Brauchs liegt im Dunkel —, jeder Baron hat den Schlüssel zur inneren Bibliothek in seiner Obhut, und der Schlüssel wird zusammen mit dem Titel weitergegeben.«

»Dann hast du die innere Bibliothek niemals gesehen.«

»Niemals.«

Sie hatten den großen Eingang des Hauses erreicht. Ein livrierter Diener verbeugte sich und griff nach dem riesigen eisernen Türklopfer, ehe Clive danach greifen konnte. Der Diener schlug mit dem metallenen Instrument an die Platte, und ein Donnern hallte durchs ganze Haus.

Die Vordertür schwang auf, und Clive überließ Annie den Vortritt.

»Miß Annabelle.« Der Butler verbeugte sich und ließ sie in die Eingangshalle. »Und Major Clive. Welch eine Freude, Sie wiederzusehen, junger Herr!«

Clive sah dem Butler ins Gesicht. Der Mann war uralt, das spärliche Haar nur noch ein weißer Kranz um den nahezu kahlen Schädel, das rosige Gesicht ein Meer von Runzeln. »Jenkins?«

»Jawohl, Sir.«

»Ich freue mich, dich wiederzusehen, Jenkins. Und Frau Jenkins und die Kleinen?«

»Die Frau ist noch immer in der Küche, Sir. Sehr freundlich von Ihnen, danach zu fragen. Mit Ihrer Erlaubnis, Sir, werde ich Ihr die Grüße überbringen.«

»Aber natürlich. Und ich werde vorbeikommen.«

»Sie wird sehr glücklich sein, Sir. Und Sie haben nach den Kleinen gefragt. Sie sind jetzt erwachsen. Die junge Madeleine ist mit einem Rechtsanwalt in London verheiratet. Wir sind sehr stolz auf sie, Sir. Ich hoffe, Sie denken nicht schlecht von ihr, weil sie sich über ihren Stand erhoben hat, Sir. Und der Junge Tom ist nach Australien ausgewandert, um dort Schafe zu züchten.«

»Das ist wundervoll, Jenkins. Wundervoll!«

»Der Baron wünscht Sie in der Bibliothek zu sehen, Herr Clive. Wenn Sie sich dazu bereit fühlen, Sir. Wenn ich so frei sein darf, Sie sehen ein wenig zerzaust aus.«

Annie sagte: »Ich habe was anderes zu tun, Clive. Ich seh dich später.« Sie verschwand durch einen verhängten Bogengang. Clive hatte sich gefragt, ob sie das Haus zuvor bereits besucht hatte; die Frage war jetzt dadurch beantwortet, daß Jenkins sie prompt wiedererkannt hatte und daß sie selbst offensichtlich mit der Anlage des Hauses bestens vertraut war.

Jenkins führte Clive zur Bibliothek. Sein förmliches Verhalten war überraschend, aber Clive fragte nicht weiter nach. Interessanter war, daß Jenkins ihn augenblicklich erkannt hatte — und die Tatsache, daß er kein Wort über Clives jugendliches Aussehen verlor.

Der Butler war während der vergangenen achtundzwanzig Jahre normal gealtert, während Clive nur um Monate gealtert war. Sicher hatte Jenkins die Veränderung an dem jungen Mann bemerkt — genauer gesagt, dachte Clive, das *Fehlen* einer Veränderung. Warum äußerte er sich nicht dazu? Jamie Cawder, der Bauer, der Clive und Annie in seinem Wagen mitgenommen hatte, war eine stumpfe Seele, die vielleicht gar nichts mitbekommen hatte. Aber Jenkins war ein heller Kopf. Daran erinnerte sich Clive von seiner Kindheit her.

Es war unmöglich, daß Jenkins, der Clive im Jahre 1868 verabschiedet hatte, ihn im Jahr 1896 wieder im Haus begrüßen würde — und zwar einen Clive, der kaum älter als vor achtundzwanzig Jahren aussah —, ohne daß ihm daran etwas seltsam erschienen wäre. Vielleicht war es nur die dienstliche Zurückhaltung von Jenkins. Oder vielleicht war's — etwas anderes.

Jenkins klopfte an der Tür zur Bibliothek. Eine Stimme rief etwas von drinnen, und der Butler öffnete die Tür für Clive, trat beiseite und schloß sie hinter ihm, nachdem Clive den Raum betreten hatte.

Clive starrte wie vom Donner gerührt die beiden Männer an, die ihn erwarteten.

Sein Vater, Arthur Folliot, Baron Tewkesbury, stand neben seinem hochlehnigen verzierten Stuhl hinter dem vertrauten Schreibtisch. Als Kind hatte Clive den Stuhl für einen Thron gehalten, und er hatte endlos darüber gesponnen, daß sein Vater König sei und er selbst ein Prinz, der sich heimlich auf diesem Thron niederließ, wenn niemand da war.

Baron Tewkesbury war während der vergangenen achtundzwanzig Jahre in der Tat gealtert. Als Clive ihn zuletzt in England gesehen hatte, war der Baron ein rüstiger Mann in den späten mittleren Jahren gewesen. Im Dungeon war Clive seinem Vater erneut begegnet — oder einer Kopie des Mannes —, und er hatte sich wenig, wenn überhaupt, verändert.

Aber jetzt war der Baron schockierend gealtert. Er war grau und gebeugt. Er hatte alle Haare und fast alle Zähne verloren, und er stand da — besser: er schwankte — und blickte Clive mit bleichen milchigen Augen an. Er hielt sich mit einer Hand am Stuhl fest, hob die andere und zeigte mit einem zitternden knochigen Finger auf Clive.

»So«, brachte er mit einer Stimme hervor, die bitter klang vor Haß, trotz der zittrigen Schwäche, »der Verräter kehrt zurück.«

»Ich, Vater — ein *Verräter*? Wie kannst du mich so nennen? Ich habe dich oder die Folliots niemals verraten. Du warst's, der mich stets verachtete, der mir die Schuld am Tod der Mutter gab. Und nach unserer Versöhnung im Dungeon glaubte ich, daß jetzt Frieden zwischen uns herrsche.«

Der Baron starrte Clive wortlos an.

»Nein.« Clive hielt sich die Hand vor die Augen. »Nein, das warst nicht du, nicht wahr, Vater? Ich erinnere mich jetzt. Ich erfuhr, noch ehe ich den Palast des Morgensterns verließ, daß ich meine Liebe und Treue einer Kopie erklärt hatte. Nicht dir.«

»Stimmt«, flüsterte der alte Mann. »Du hast dich der Kopie deines Vaters gegenüber wie ein wehleidiger Hurensohn benommen. Nein, Clive«, wiederholte er, »ich war niemals im Dungeon.«

»Aber ich war da.« Die Worte wurden von einer anderen Stimme gesprochen, einer Stimme, die auf schockierende Weise in die Unterhaltung zwischen Clive und seinem Vater einbrach. So verblüfft war er vom Anblick des Vaters gewesen, und so sehr hatten ihn die Anschuldigungen des alten Mannes gequält, daß er den anderen Mann übersehen hatte.

Der zweite Mann sah aus wie eine ältere Version von Clive. Das Haar war länger, durch und durch stahlgrau, und der schwere Schnauzbart war von der gleichen metallischen Tönung. Das Gesicht war von Dekaden von Sonnenlicht gegerbt und zerfurcht von langen Jahren der Strapazen. Unter der Uniformjacke zeigte sich ein leichter Bauch, aber alles in allem gab er den Anschein eines Mannes, der für seine Jahre in ausgezeichneter körperlicher Verfassung war. Die Uniform, die er trug, erinnerte ein wenig an die von Clive, aber der Schnitt war der einer anderen Einheit, und die Rangabzeichen deuteten an, daß der Träger den Rang eines Generalleutnants bekleidete.

»Neville?«

»In der Tat.«

»Aber du ... Du bist gealtert ...«

»Ich bin ganz normal gealtert. Wie du wurde ich im Jahr unseres Herrn 1834 geboren. Jetzt schreiben wir das Jahr 1896. Sehe ich nicht aus wie ein Mann von zweiundsechzig Jahren?«

»So siehst du wahrhaftig aus. Du bist bemerkenswert gut in Form für einen Mann von zweiundsechzig Jahren. Aber ...« Die Worte ließen ihn im Stich. Statt dessen machte er eine Geste mit den Händen, womit er den Unterschied zwischen der eigenen vergleichsweisen Jugend und dem fortgeschrittenen Alter des Bruders andeuten wollte.

»Natürlich, Bruder. Du bist aus dem Jahr 1871 hierhergebracht worden. Du bist noch immer siebenunddreißig Jahre alt. Und dein charmanter Nachkömmling, wenn ich so sagen darf ...«

»Du kennst Annabelle?«

»Warst du bei unserem ersten Zusammentreffen nicht dabei, Bruder? Oder haben dich deine Begegnungen mit den Kopien durcheinandergebracht und du bezweifelst, daß es sich wirklich um mich handelte — oder um sie? Wir waren beide wir selbst, echt bis auf die Haut.« Er lächelte vieldeutig. »Oh, ich kenne sie sehr gut, wirklich, Bruder!«

Clive ballte die Fäuste und wollte sich auf den Bruder werfen, ehe er sich zurückhielt. »Nur unser Altersunterschied hält mich davon ab, dir eine Lektion zu erteilen, Neville! Sei vorsichtig damit, wie du von meiner Enkelin sprichst! Wenn schon nicht aus Gründen des allgemeinen Anstands, dann wenigstens deshalb, weil sie deine eigene Großnichte ist.«

»Aber, Bruder — was sagte ich denn dermaßen Beleidigendes? Miß Leigh ist eine charmante junge Person. Einige der Gebräuche und Gewohnheiten ihrer Generation unterscheiden sich etwas von den unseren, natürlich. Einige davon mögen sogar schockierend sein. Aber ich versichere dir, ich empfinde ihr gegenüber lediglich wie ein Onkel.«

Der alte Mann war in seinen Stuhl gefallen und brachte es jetzt fertig, die Aufmerksamkeit der anderen zu erregen. »Zum Geschäft, zum Geschäft, Neville und Clive!«

Neville zog sich einen Stuhl heran, Clive ebenfalls.

»Ich bin ein sehr alter Mann«, sagte Baron Tewkesbury zitternd. »Ich habe nicht mehr lange zu leben, und wenn ich sterbe, werden der Titel des Barons und alle seine Vergünstigungen und Verpflichtungen an einen von euch über gehen. Auf dich, Neville, wenn du mich überlebst.«

»Das beabsichtige ich zu tun, Sir.«

Der Baron wischte Nevilles Antwort mit einer Verrenkung des Kopfs beiseite. »Auf dich, Clive, wenn Neville mich nicht überlebt. Und wenn du dich von allen deinen verräterischen Handlungen und Verbindungen lossagst.«

»Aber Vater — du klagst mich weiterhin des Verrats an, und ich bin völlig unschuldig!«

»Hast du dich nicht auf der achten Ebene des Dungeon mit den Ren verbündet? Ist das nicht Verrat genug?«

»Vater — ich betrat das Dungeon unfreiwillig und nur weil Neville verschwunden war, und ich versuchte, ihm auf der Spur zu bleiben. Was ich auch immer im Dungeon tat, auf welcher Ebene auch immer, wurde aus Treue zu den Folliots getan — und aus der Notwendigkeit zu überleben.«

Lord Tewkesbury sah Clive an. Im Raum herrschte Schweigen. Die Atmosphäre war gespannt, als Generalleutnant Sir Neville Folliot und Sir Arthur Folliot, Baron Tewkesbury, darauf warteten, daß Clive fortführe.

»Ich bin anscheinend in die größte Verschwörung hineingestolpert, die die Welt jemals erlebte — oder ich wurde hineingelockt. Philo Goode, Amos Ransome, Lorena Ransome ... mein alter getreuer Bursche Horace Hamilton Smythe! Er hat mir im Verlauf meiner Abenteuer wiederholt das Leben gerettet, Vater — nur um zu verschwinden und anschließend in einer neuen exotischen Verkleidung wieder aufzutauchen. Ist der Mann ein Überläufer, oder ist er selbst Opfer einer fremdartigen Macht?«

Er schüttelte den Kopf. Wohin sollte diese bizarre Unterhaltung führen? Er würde einen anderen Kurs versuchen.

»Du, Neville.« Er wandte sich an seinen älteren Bruder. »Du bist zweiundsechzig Jahre alt?«

»Das bin ich.«

»Und ich bin noch nicht vierzig. Dennoch wurden wir nur Minuten nacheinander geboren. Wir schreiben das Jahr 1896. Ich wurde aus dem Jahr 1871 hierhergebracht. Ich bin durch Länder gekommen, die so fürchterlich waren, wie man's sich kaum vorstellen kann. Ich bekämpfte Ungeheuer, die ...«

Er musterte die Gesichter seiner beiden nächsten Verwandten, seines Vaters und seines älteren Zwillingsbruders. Der Baron ließ sich anscheinend treiben, wie es ein Mann tat, der sich den Neunzig näherte. Aber Neville Folliot, tadellos und akkurat gekleidet als Generalleutnant der Königlichen Somerset Grenadier Guards Ihrer Majestät, hörte genau zu. Sein Gesichtsausdruck war unergründlich sowohl bezüglich seiner Reaktion auf Clives Worte als auch der eigenen Absichten, aber er hörte Clive zumindest aufmerksam zu.

»Neville, mein Bruder, laß mich dir von meinen ersten Begegnungen bis zum Eintritt in das Dungeon berichten. In der Gesellschaft meines ehemaligen Burschen Smythe und seines indischen Verbündeten Sidi Bombay ...«

»Ich kenne Sidi Bombay«, unterbrach ihn Neville. »Ich hatte das Vergnügen, seine Bekanntschaft in der Stadt Sansibar zu machen.«

»Ja, und einen gewissen Ruf bei unserem Konsul in Sansibar und beim Sultan Seyyid Majid bin Said hast du auch hinterlassen!«

»Ah, einige der temperamentvollen Einwohner von Sansibar! Und des afrikanischen Festlands! Ich fürchte, daß ich derartige Leute niemals mehr treffen werde. Die Verantwortung des Rangs, die Schwäche des Alters — man hat sich verschworen, um einen alten Veteran wie mich bei der Stange zu halten. Ihr jüngeren Burschen werdet die Helden spielen.«

»Ich rede nicht von Heldentaten, Neville! Wo ich auch immer hinging, dein Ruf eilte dir voraus. Ich war als Schuft und Halunke gebrandmarkt — von völlig Fremden, Neville! —, und das alles dank des Unheils, das du angerichtet hattest.«

»Wie schade! Aber das ist alles so lange her, Clive. Damals in den sechziger Jahren, ah, wir waren schon wilde Kerle, nicht wahr? Lebhaft und rebellisch, bereit zu jedem Abenteuer, gierig nach neuen Erlebnissen. Es wird niemals mehr eine Zeit geben wie die Sechziger — zumindest nicht für uns. Aber jetzt leben wir in einem späteren Zeitalter. Die Neunziger mögen besser als die Sechziger sein — oder schlechter. Die Meinungen müssen sich unterscheiden. Aber wie dem auch sei, laß uns mit den Realitäten der Gegenwart kämpfen!«

»Du wirst mir erklären müssen, was du mit den Realitäten der Gegenwart meinst, Neville. Welche Realitäten sind das genau? Ich weiß nur, daß George du Maurier behauptet, er habe mich durch die Kraft des Bewußtseins und mit der Hilfe von Madame Clarissa Mesmer hierhergebracht.«

»Du Maurier? Du hast in Verbindung mit du Maurier gestanden?«

»Ich bin direkt von ihm hierhergekommen.«

»Was hast du da getan?« Neville sah ihn durchdringend an, die Pupillen wirkten wie glühende Kohlen. Der Ausdruck auf dem Gesicht war streng.

»Er ist einer meiner ältesten Freunde, Neville. Der Mann liegt auf dem Sterbebett. Meine Gegenwart vermochte ihm eine kleine Erleichterung zu gewähren.«

»Aber er ist mit unseren Feinden verbündet! Du Narr, Clive! Wieviel hast du ihm erzählt? Wieviel weiß er?«

»Welche Rolle spielt das, Neville? Ich sagte dir doch, der Mann stirbt bald. Und was unsere Feinde betrifft — dein Ausdruck, Bruder, *unsere* Feinde —, du handelst so, als steckten die Folliots in einer Fehde, wie irgendwelche wilden amerikanischen Bergbewohner. Du ...«

»Das hier ist viel schlimmer als eine Fehde, Clive! Krieg könnte ein angemessenerer Ausdruck dafür sein. Aber ein Krieg, gegen den die Kriege zwischen Griechen und Persern, Hebräern und Philistern, Römern und Karthagern — selbst der Kampf unserer eigenen Eltern gegen den Eroberer Napoleon — ein Nichts wären. Wir sind in einen Krieg zwischen Welten verstrickt, zwischen Realitäten, zwischen Dimensionen, die so umfassend sind, daß jeder Vergleich völlig unzutreffend wäre.«

»Daran zweifle ich nicht, Bruder. Nicht nach dem, was ich im Dungeon sah. Aber deine Worte haben wenig Bedeutung für mich. Bitte, nenn mir einige Fakten!«

Neville legte das Gesicht in die Hände. Clive sah auf den stahlgrauen Kopf des Bruders und wurde von unerwartetem Mitleid überfallen und, ja, sogar von brüderlicher Liebe. Neville hatte ihn über Jahrzehnte hinweg tyrannisiert, aber er war sein Bruder, und mehr als ein Bruder, sein Zwillingsbruder. Selbst im Dungeon hatte Nevilles Gegenwart Clives Handlungen bestimmt — manchmal auch seine Abwesenheit.

Jetzt stand Neville, mochte er auch ein rüstiger Mann und gesund für seine Jahre sein, in der Mitte des Lebens und näherte sich allmählich dem langen und unwiderruflichen Abstieg zum Alter — während Clive ein weitaus jüngerer Mann mit sehr viel mehr Lebenserwartung war.

Clive streckte zögernd die Finger aus und berührte den Bruder am Handrücken.

Neville zuckte vor der Berührung zurück wie vor der Berührung durch eine glühendheiße eiserne Hand. Er sprang auf. »Also gut, Bruder. Du willst Fakten, und du sollst Fakten erhalten.«

Neville trat zum Vater hinüber, der in dem großen throngleichen Stuhl zusammengesunken war und leise schnarchte. »Ruf Jenkins, um Vater ins Bett zu helfen. Ein Nickerchen ist gut zur Erholung.«

Clive rief den Butler. Neville half Baron Tewkesbury auf die Füße, umarmte ihn kurz und übergab ihn dann Jenkins. Der ältliche Diener führte den noch älteren zerbrechlichen Baron sanft an der Hand aus der Bibliothek hinaus.

Neville Folliot sah Clive ins Gesicht. »Folg mir, Bruder!« Er hob die Hand und zeigte den riesigen verzierten Schlüssel, von dem Clive wußte, daß er die Tür zu dem versiegelten Sanctum Sanctorum öffnete, der rätselhaften Geheimbibliothek des Hauses Tewkesbury.

KAPITEL 9

Der Erste der Folliots

Clive sah seinen Bruder mit offenem Mund an. »Der — der Schlüssel! Du besitzt den Schlüssel zur versiegelten Bibliothek, Neville?«

»Ist das nicht offensichtlich?«

»Aber dieser Schlüssel soll unter der ausschließlichen Obhut von Lord Tewkesbury verbleiben!«

»Wirklich?«

Die sardonische Note in Nevilles Stimme schmerzte Clive, aber er überhörte sie und setzte seine Befragung fort. »Ist das ein Duplikat? Oder hast du Vater den Schlüssel abgenommen?«

»O Clive, Clive, kleiner Bruder ... Welchen Unterschied macht das? Ich besitze den Schlüssel. Der versiegelte Raum steht offen. Du bist so voller Fragen — aber komm mit, und du wirst einige Antworten erhalten!«

Er verschwand im Eingang. Clive folgte.

Die versiegelte Bibliothek war völlig dunkel. Clive hörte ein Streichholz kratzen und sah, wie es zu schwefligem Leben entflammte. Dann wurde das Licht des Streichholzes durch das wärmere, sanftere Licht einer Kerze ersetzt. Clive sah das Gesicht des Bruders, wie es von unten vom goldenen Licht der Kerze erhellt wurde.

»Schließ bitte die Tür hinter dir und überzeug dich, daß der Riegel vorgeschoben ist, Clive. Ich möchte nicht, daß sonst noch jemand diesen Raum betritt. Ah ja, danke, kleiner Bruder. Und dort neben dir wirst du einen bequemen Stuhl finden. Wenn du bitte ...«

Clive fügte sich und setzte sich auf einen lederbezogenen Stuhl. Neville tat desgleichen, nachdem er zunächst den Kerzenhalter auf einen Tisch gestellt hatte. Der Raum hinter Neville verblieb in Dunkelheit. Hier und da brachte ein verirrter Luftzug die Kerzenflamme zum Flackern, und dann tanzten riesige Schatten vor einem unbestimmbaren Hintergrund.

»Du bist mit diesem Raum offenbar ganz vertraut, Neville. Ich nehme also an, daß du öfter hier bist.«

»Vielleicht nicht allzuoft, Clive. Aber von Zeit zu Zeit komme ich hierher. Wie die Pflicht es erfordert.«

»Welche Pflicht? Ich sehe an deinen Schultern und am Kragen, daß du in den Diensten Ihrer Majestät aufgestiegen bist. Du bist nicht mehr länger nur bei den Grenadier Guards, sondern Offizier im Generalsrang.«

»Es ist mein Privileg, Krone und Vaterland zu dienen, Clive.«

»Dann mußt du die meiste Zeit damit verbringen, die Einheiten zu inspizieren.«

»Gute Arbeit im Stab, Bruder, sorgfältig ausgewählte und gut eingearbeitete Mitarbeiter, und ein Kommandant kann kommen und gehen, wie er will. Glücklicherweise, denn ich gestehe, daß ich häufig abwesend bin von meinem Kommando.«

»Daran habe ich keinen Zweifel.«

»Dennoch bin ich ein Mann mit patriotischen Regungen. Ich hatte mehrere Audienzen bei Ihrer Majestät, Clive. Und darauf bin ich sehr stolz.«

»Deine Treue gehört nicht dieser königlichen Insel, Neville.«

»Man kann es so ausdrücken, Bruder. Ein Mann mag sowohl Mutter wie Gattin lieben. Mag beide wahrhaftig und treu lieben. Dennoch sind das verschiedene Arten von Liebe und Treue.«

»Sehr schön, Neville. Wenn Britannien deine Mutter ist, wer ist dann deine Gattin?«

»Eine größere Macht als jedwedes Reich dieser kleinen Erde, Clive.«

Clive schüttelte traurig den Kopf. »Die Ren, Neville, oder sind's die Chaffri? Zählt das überhaupt? Wer sind die wahren Herren des Dungeon? Fremdartige Wesen, herzlos und grausam. Deine Treue gehört ihnen, stimmt's? Diesen Entführern, Tyrannen, Mördern? Deine Treue zu ihnen beschämt dich, Bruder. Sie beschämt mich und unser ganzes Blut.«

Es fiel schwer, in Nevilles nur vom Kerzenlicht erleuchtetem Gesicht zu lesen. Dennoch sah Clive das ärgerliche Aufblitzen in den Augen des Bruders.

»Du weißt nicht, wovon du sprichst, kleiner Bruder! Du glaubst, du hättest das Dungeon gesehen, und weil du das Dungeon gesehen hast, glaubst du, du hättest alles Schreckliche und Seltsame dieses Universums gesehen. Aber jetzt hör mir gut zu, Bruder! Ich sage dir: Du hast lediglich eine winzige Kostprobe des Dungeon erhalten. Du bist wie ein Mann, der eine Stunde am Strand von Dar es Salaam verbringt und glaubt, damit alles über Afrika zu wissen. Glaub mir — ich weiß, wovon ich spreche. Du hast nur die Schrecken und Gefahren des Dungeon erlebt. Und das Dungeon ist lediglich ein winziger Mikrokosmos, die winzigste Kostprobe der Gefahren und Schrecken dieses Universums!«

Seine Augen spiegelten das Kerzenlicht heller und heißer wider, als die Flamme selbst leuchtete. »Ich weiß, wovon ich spreche, Clive. In diesem Fall — wenn schon in nichts sonst — mußt du mir glauben.«

»Dann zurück zu meiner Frage, die du so geschickt umgangen hast, als ich sie dir stellte.«

»Welche Frage ist das?«

»Im Dungeon — auf Q'oorna — begegnete ich einem schrecklichen Ungeheuer jenseits alles Beschreibbaren. Es überquerte eine Brücke von mitternachtsfarbenem Obsidian über dem Abgrund in der Nähe der Stadt des Turms.«

Neville nickte. »Ah ja — ich erinnere mich gut.«

»Das Ungeheuer war mit Tentakeln, Fühlern, Klauen, Mündern und Fängen ausgestattet — mit jedem nur denkbaren Zubehör, womit es seine Opfer erschreckte und anschließend zerstückelte.«

Hinter Neville, in der Dunkelheit der abgeschlossenen Bibliothek, in der Sicherheit des Hauses Tewkesbury, vermochte Clive noch immer das Ungeheuer zu sehen — wie es bedrohlich über ihm aufragte und wie seine ekligen Absonderungen herabtropften. Fast sah er Sidi Bombay, wie er an der Flanke des Ungeheuers hinaufkletterte und in den Trauben um sich schlagender Tentakel verschwand wie ein Südseeinsulaner, der den Stamm einer windgepeitschten Kokospalme hinaufkletterte und im Laub verschwand.

»Wir kämpften mit dieser Ungeheuerlichkeit, kämpften damit bis zur absoluten Erschöpfung. Kämpften damit — nun, nicht bis zum Sieg; aber wir erreichten wenigstens ein Patt, so daß es schließlich von der Brücke taumelte und in der Schwärze unterhalb der Brücke verschwand. In der Schwärze des Abgrunds.«

»Ja, Clive, ja. Aber du sagtest, du habest eine Frage.«

»Als das Ungeheuer hinabstürzte, gelang es mir, einen Blick zunächst auf seine Unterseite, dann auf die Oberseite zu erhaschen.« Clive glänzte der Schweiß auf der Stirn, und seine Hände knoteten sich unbewußt zusammen, als er innerlich erneut die titanische Schlacht durchlebte. »Die Unterseite war ein Schrecken für sich. Eine durchsichtige Membran hielt eine Abteilung verschlossen, worin Miniaturausgaben des Ungeheuers trieben. Ich hielt sie für dessen Junge.«

Neville nickte, und bei der Bewegung des Kopfs tanzte sein Schatten bedrohlich. »Das stimmt.«

»Zwischen diesen Jungen«, fuhr Clive fort, »sah ich weitere Wesen, Opfer des Ungeheuers, wie ich annehme, die vom Elternteil verschluckt und als Nahrung für die schreckliche Brut gehalten wurden.«

»Stimmt erneut, Bruder.«

»Aber das Schrecklichste von allem geschah, als das Ungeheuer von der Brücke taumelte. Auf der Spitze sah ich eine riesige Kopie eines menschlichen Gesichts. Deines Gesichts, Neville! Und als es hinabstürzte, sprach das Gesicht zu mir. Es verfluchte mich. Es verfluchte mich, Neville — mit deinem Gesicht und deiner Stimme!«

Neville barg das Gesicht in den wohlgepflegten Händen. »Deine Erinnerung täuscht dich nicht, Clive. Die Kreatur hatte mein Gesicht, und sie verfluchte dich tatsächlich, damals auf Q'oorna. Ich kann nur sagen, daß die Kreatur nicht ich war, obwohl sie aussah wie ich und mit meiner Stimme sprach. Sie trug mein Gesicht — oder jedenfalls eine Kopie davon. Sie besaß sogar meine Erinnerungen, mein Bewußtsein — oder zeitweilig einen Teil meines Bewußtseins. Aber sie war nicht ich, noch war ich sie. Ich will mich nicht entschuldigen, denn es war nicht mein Wille, daß dies geschah. Nein. Ich hätte so etwas niemals getan und würde es auch nicht tun. Als Brüder haben wir unsere Meinungsverschiedenheiten, Clive — jedes Geschwisterpaar hat seine Meinungsverschiedenheiten —, aber ich würde meinen Bruder nicht so behandeln, wie du's beschrieben hast.«

Clive Folliot dachte nach und sagte dann: »Ich kann keine Entschuldigung annehmen, die mir nicht angeboten wurde. Laß es damit genug sein, daß ich deine Erklärung verstehe, und damit soll die Sache erledigt sein.«

»Gut!« Ein schwaches Lächeln huschte über Nevilles Gesicht. »Nun — was willst du sonst noch wissen?«

»Wer sind die Ren, Neville? Wie bist du mit ihnen zusammengekommen? Weiß Vater von deiner Verbindung?«

»Clive, ich werde mich bemühen, dich zufriedenzustellen. Aber zum besseren Verständnis mußt du zunächst einige Vorinformationen erhalten. In unserer Jugend besuchte ich Sandhurst und erhielt eine Ausbildung in den Militärwissenschaften und -techniken. Diese Ausbildung — plus meine Dienste während der Feldzüge Ihrer Majestät — trug dazu bei, daß ich ein starrköpfiger pragmatischer Mann wurde. Ich kann mir einen Revolver ansehen, eine Festung — oder einen fernen Stern —, und ich versuche, ihn oder sie auf praktische, realistische Weise zu verstehen.«

Er schüttelte den Kopf und fuhr fort. »Du besuchtest Cambridge, Clive. Deine Studien führten dich in die Welt der Kunst, Literatur, Musik und Philosophie. Erinnerst du dich an unsere Debatten, wenn wir in den Semesterferien zu Hause waren, Clive? Erinnerst du dich, wie uns Vater bat, ihm zu berichten, was wir gelernt hatten, und wie ich Schlachten und Festungsanlagen und Versorgungslinien durchdiskutierte und du von Homer und Vergil, von Spenser und Marlowe und Michelangelo und Mozart sprachst?«

»Daran erinnere ich mich nur zu gut, Neville.«

»Ich erinnere dich nicht deshalb daran, um es herabzusetzen, sondern weil du vielleicht einfach nicht verstehst, was ich dir sagen will, Bruder. Aber versuch zu akzeptieren, was ich sage.«

»Bitte, fahr fort!«

»Du weißt, daß die Griechen daran glaubten, daß die Fixsterne im Himmel Sonnen wie unsere eigene Sonne seien, nur unglaublich weit von der Erde entfernt. Und daß sie glaubten, daß die wandelnden Planeten Welten nicht unähnlich der unsrigen seien. Und sogar jene seltsame Fabel …«

»Die ich besser als du kenne, Neville. Lukians *Wahre Geschichte* von den bewohnten Sonnen und Mond und Venus, den intelligenten Kohlköpfen und dem Schiff, das durch die Leere zwischen den Welten fuhr.«

»Genau, Clive! Nun, ich sage dir, daß die *Wahre Geschichte* mehr Wahrheiten enthält, als ihrem Autor bewußt gewesen sein mochte. Nicht, daß Sonne und Mond bewohnt sind. Aber es gibt weitere bewohnte Welten, mehr, als wir armselige Menschen uns vorstellen können, mehr, als wir zählen können, mehr, als wir sogar verstehen können. Die Zahl der Sterne ist so gewaltig, daß sie sich nicht schätzen läßt, und zwischen diesen unzähligen Sternen liegen unzählige Welten, und auf diesen unzähligen Welten leben unzählige menschliche Rassen. Menschliche Rassen und menschenähnliche, wenngleich nichtmenschliche Spezies. Und Spezies, die uns dermaßen unähnlich sind, daß das Ungeheuer, welches du gesehen hast und das mein Gesicht trug, im Vergleich dazu so vertraut aussähe wie eine gestreifte Katze.«

»Eine Erzählung, die ich jetzt nach meinen Fahrten und Mühen im Dungeon besser akzeptieren kann als je zuvor, Neville. Ich setze die Wahrheit all dessen voraus, was du sagtest. Wohin passen da die Ren und die Chaffri? Und, noch immer, welche Verbindung unterhältst du zu ihnen? Und was ist das Dungeon? Was ist der Zweck des Dungeon, Neville?«

»Du kannst dir denken, daß die Ren und die Chaffri nichts weiter als zwei der unzähligen über unser Universum verstreuten Rassen sind, die — wenigstens in einem poetischen Sinn, um deine Art der Debatte zu übernehmen — die Sterne bewohnen. Davon existieren endlose Varianten. Einige sind primitiver als der nackte Buschmann in den abgelegensten Regionen unserer Erde. Andere sind so fortgeschritten, daß sie Faraday oder Herschel aussehen lassen wie kleine Kinder, die in Pfützen herumsuchen und sich über die Würmer wundern, die sie aus dem Matsch graben.«

»Dann sind die Ren also eine derartige Sternenrasse?«

Neville nickte.

»Ich bin nicht so überrascht davon, dies zu hören, wie du vielleicht denkst, Bruder. Im Dungeon bin ich Wesen aus vielen Welten begegnet. Der getreue hundeähnliche Finnbogg, die spinnenhafte Shriek und Chang Guafe, der Fremdartigste von allen.«

»Es gab auch welche, die nicht so fremdartig waren.«

»Stimmt. Die Lady 'Nrrc'kth und ihr falscher Gatte

N'wrbb Crrd'f. Ich hätte die Lady 'Nrrc'kth vielleicht lieben können. Sie war von einer exotischen Schönheit — die Haut so bleich wie frisch gefallener Schnee, das lange Haar und die tiefen Augen vom Grün eines Waldes, der sich aus dem Schnee erhebt. Auf allen meinen Reisen bin ich niemandem begegnet, der sich mit der Lady 'Nrrc'kth vergleichen ließe.«

»Und wo ist sie jetzt, Bruder?«

»Tot«, flüsterte Clive. »Abgestürzt während eines gefahrvollen Abstiegs von einer Ebene des Dungeon zur nächsten. Dafür allein, Neville, verachte ich die Ren. Wenn sie die Herren des Dungeon sind, dann sind sie verantwortlich für Lady 'Nrrc'kths Hinscheiden. Das werde ich ihnen niemals vergeben, Neville!«

»Aber du akzeptierst die Chaffri?«

»Ich weiß zu wenig von ihnen, aber die wenigen mir bekannten Tatsachen deuten darauf hin, daß sie nicht besser sind als die Ren. Nicht besser.«

Neville hielt eine Hand hoch. »Die Ren sind nicht die Herren des Dungeon, Clive! Laß dich nicht täuschen!« Er stieß ein sardonisches Gelächter aus, sein größter Gefühlsausbruch seit der Wiedervereinigung mit dem Zwillingsbruder. »Die Ren sind nichts weiter als eine der kämpfenden Mächte im Dungeon. Und die Chaffri eine andere.«

Clive äußerte sich nicht weiter dazu. In den Worten des Bruders war für ihn nur wenig Neues enthalten. Vieles davon wußte er längst — aber es aus dem Mund des Bruders zu hören, war noch erschreckender als die Wirklichkeit der eigenen lebhaften Erinnerungen.

Nach einer Weile ergriff Neville erneut das Wort. »Und was dein Liebchen betrifft, wie war doch ihr Name — 'Nrrc'kth: Laß die Hoffnung nicht fahren. Du sagtest mir, sie sei im Dungeon gestorben, aber was ist, wenn wir einen Augenblick vor ihrem Tod eingreifen? Was ist, wenn eine Macht die Linie zwischen den Ebenen des Dungeon betritt und sie an einen anderen, sicheren Ort im Dungeon bringt — oder sogar aus ihm hinaus?«

»Kann das geschehen? Neville, ist's möglich?«

»Aber Bruder — ich dachte, du seist mit einer Miß Annabella Leighton verlobt.«

»Mir wurde gesagt, daß Miß Leighton London im Jahr 1868 verließ, kurz nach meiner Abreise nach Sansibar. Gegenwärtig hat sie sich in Boston in den Vereinigten Staaten etabliert. Laut Miß Leighs — Annies — Aussage will Annabella nichts mehr mit mir zu tun haben.«

»Aber denk doch nach, kleiner Bruder — wenn du in einem Augenblick kurz vor ihrer Abreise von London eintreffen könntest ...?«

»Darüber habe ich nachgedacht, Neville. Es ist eine verlockende und zugleich faszinierende Aussicht, aber ich will nicht mehr in Annabellas Leben herumpfuschen. Um 'Nrrc'kth zu retten — nun, eine unschuldige Frau vor dem unverdienten Tod retten: das ist eine Aussicht, die mich reizen könnte. Aber die Angelegenheit mit Miß Annabella Leighton liegt ganz anders. Nicht nur die Tatsache, daß eine derartige Einmischung ein Herumpfuschen in ihrem Leben bedeutete — sie würde gleichfalls das Entstehen einer ganzen Linie von Abkömmlingen verhindern, die von ihr zu Annabelle Leigh führt. Nein.« Er schüttelte den Kopf. »Nein, Neville. Es reizt mich, aber ich werde widerstehen.«

Neville erhob sich und trug die tropfende Kerze hinüber zur anderen Seite des Raums. Er griff nach einer Gasdüse, die hoch oben an der Wand befestigt war, drehte den Hahn, damit das Leuchtgas ausströmen konnte, und hob die Kerze, um das Gas zu entzünden.

»Bist du dann also bereit zum Weitergehen, Clive?«

Der Raum wurde von dem Gaslicht erleuchtet, und während Neville auf Clives Antwort wartete, ging er im Raum umher und entzündete weitere Gaslampen.

»Weitergehen — wohin, Neville?«

»Zu den Ren.«

»Du meinst, zurückkehren ins Dungeon? Wird Annie mich begleiten? Ist sie gleichfalls ein Teil deiner Verschwörung?« Nevilles Gesicht verdunkelte sich, die Mundwinkel bogen sich nach unten und zogen die Spitzen des Schnurrbarts herab, als ob dies die Kraft des ärgerlichen Stirnrunzelns verstärken sollte. »Ich brauche dir wohl nicht zu sagen, daß ich deine Redeweise und deine Anspielungen beleidigend finde, kleiner Bruder!«

Clive spürte, wie er selbst als Reaktion auf Nevilles Benehmen in wachsendem Ausmaß ärgerlich wurde. Er stand auf und beugte sich zu seinem Bruder hinüber. »Ich habe mich in dieser Affäre anständig benommen, Neville! Ich brach in der Hoffnung auf, dich zu retten ...«

»Oder mich tot aufzufinden«, unterbrach der Ältere, »um dir somit die Rechte am Familientitel und die Besitztümer nach dem Tod unseres Vaters zu sichern.«

Clive errötete bei der berechtigten Anschuldigung und fuhr fort: »Ich erlitt Schiffbruch und erhielt die fast tödliche Dosis eines Spinnengifts. Ich kämpfte mich durch Dschungel und Sumpfland, hielt tropische Hitze aus und riskierte den Angriff durch Löwen, Krokodile und Schlangen. Dies alles geschah, ehe ich das Dungeon überhaupt betrat! Während du, Neville, am Anfang dieser — dieser Verschwörung standest! Den Ausdruck *Verschwörer* auf dich anzuwenden, ist nicht nur zutreffend, Bruder, es ist noch nachsichtig.«

Neville wandte sich von ihm ab. Das einzige Geräusch im Raum war das leise *Zischen* des Gases. Als sich Neville wieder umdrehte, um Clive ins Gesicht zu blicken, schien er in der einen Minute, als er sich abgewandt hatte, um weitere fünf Jahre gealtert zu sein.

»An deinen Worten ist etwas Wahres, Clive. Ich war mit den Ren verbündet — seit ich erwachsen war, ja, schon seit meiner Kindheit. Das sollte ein Geheimnis bleiben, das nur Vater und ich teilten. So war's, Generation um Generation, seit es auf Tewkesbury Folliots gab. Um die Wahrheit zu sagen, Clive, unsere Verbindung mit den Ren reicht in die ferne Vergangenheit zurück, als der erste Baron Tewkesbury von Richard III. im Jahr 1483 geadelt wurde.«

»Neville ging jetzt im Raum hin und her, und Clive ertappte sich dabei, daß er dem Bruder folgte, vor und zurück, vor und zurück, wie eine ägyptische Kobra der Flötenmusik eines Schlangenbeschwörers folgt. »Das Blatt auf unserem Wappen, das Wort *Folliot* selbst, verkündet unser Bündnis mit und unsere Treue zu den Plantagenets. Seit Richards Tod im Jahr 1485 nahmen Usurpatoren den Thron von England ein. Wenn die Ren im Dungeon triumphieren, werden sie einen Plantagenet auf den Thron von England setzen. Der Thron wird in die Hände der rechtmäßigen Erben übergehen. Clive, dieser Erbe wird ein Folliot sein!«

»Verrat!« Clive konnte sich nicht mehr länger zurückhalten. »Sie sprechen Hochverrat, Sir! Sie, der den Titel des Barons anstrebt, der das Geld Ihrer Majestät annahm und bei den Grenadier Guards diente, der königliche Truppen im Kampf befehligte und sie bei der Verteidigung von Krone und Vaterland sterben sah. Sie waren die ganze Zeit über Verräter an der Königin Victoria!«

»Kein Verräter, Sir! Ein Patriot!«

Clive drehte sich auf dem Absatz um und wandte sich zur Tür.

»Ich habe sie abgeschlossen, kleiner Bruder.«

»Dann werde ich sie einschlagen oder dir den Schlüssel abringen. Keine Minute länger werde ich in der Gegenwart von derart stinkendem Verrat bleiben.«

»Das wird auch nicht nötig sein, Clive. Es stimmt, daß du unfreiwillig und meistenteils ohne Kenntnis dessen, worin du stecktest, durch diese ganze Affäre hindurchgeschleust wurdest.«

»Ja — und was schlägst du nun vor, Neville? Ich sage

dir, ich wünsche nicht, Teil deines verräterischen Plans zu werden, und wenn die Gerechtigkeit ihren Lauf nimmt, werde ich dich noch mit einer seidenen Schnur erwürgt auffinden.«

»Danach habe ich kein Verlangen, Clive. Aber du magst recht haben. Du magst recht haben. Je mehr wir von den Dingen lernen, selbst denen der Vergangenheit oder Zukunft, desto weniger sind wir in der Lage, das Verhängnis abzuwenden. Aber ich werde die Tür aufschließen und dir zu gehen erlauben, wenn du damit einverstanden bist, mit mir zur Heimat der Ren zu fahren und dort mit ihnen zu reden. Sobald du das getan hast, bist du frei, deine eigene Wahl zu treffen. Ich werde keinen Versuch unternehmen, deine Wahl zu erzwingen, Clive.«

Clive stand schweigend da und musterte die seltsame Installation hinter seinem Bruder, und er wartete darauf, daß Neville fortfuhr.

»Wirst du mir dein Versprechen geben, Clive? Wirst du zum Haus Tewkesbury zurückkehren und mit mir zur Heimat der Ren fahren?«

»Ich muß zuvor etwas Geschäftliches in London erledigen. Ich bin erst gestern abend dort angekommen, verließ du Mauriers Haus und wurde von deinen Agenten gekidnappt, Neville. Ich habe in der Hauptstadt noch etwas zu erledigen.«

»Du hast mir noch nicht das Versprechen gegeben, zum Haus Tewkesbury zurückzukehren, Clive, aber ich werde deine Worte stillschweigend als Versprechen nehmen. Dann geh!« Er griff um seinen Bruder herum und schloß die Tür auf. »Erledige deine Geschäfte, Clive Folliot, und glückliche Reise, und ich bete darum, dich wiederzusehen.«

Clive blieb für einen Augenblick im Eingang stehen und funkelte seinen Bruder an. »Sehr wohl magst du beten, Bruder. Aber überleg dir zunächst, worum du betest!«

Er fand Annabelle in der Küche bei Frau Jenkins. Annie hatte Clive gegenüber ihre früheren Besuche im Haus Tewkesbury zugegeben, und es war klar, daß sie bei einem früheren Besuch die Bekanntschaft der getreuen Köchin und Haushälterin gemacht hatte, und die beiden waren auf der Stelle feste Freundinnen geworden. Soviel zu den liberalen Sitten in Annies Heimat, der amerikanischen Stadt San Francisco des Jahres 1999.

Der Anblick von Frau Jenkins erregte tiefgreifende Gefühle in Clive. Seine Mutter war während seiner Geburt gestorben. Er und Neville waren von ihrem Vater und mit der Unterstützung einer Reihe von Kindermädchen, Gouvernanten und Hauslehrern aufgezogen worden, einer strenger und unnachgiebiger als der andere. Baron Tewkesbury hatte die eigene Zuneigung für seinen Erstgeborenen Neville reserviert. Obwohl die beiden Brüder nur Minuten nacheinander geboren worden waren, hatte ihr Vater den älteren der beiden Brüder mit Zuneigung überschüttet, während er dem zweiten Bruder die Schuld am Tod der Mutter gegeben und ihn vom Tag der Geburt an mit Feindseligkeit behandelt hatte.

Frau Jenkins hatte einer Mutter mehr geähnelt als jeder andere Mensch in Clives Leben. Sie war seine liebste Gefährtin und stärkste Verbündete gewesen. In schwierigen Zeiten war ihre Küche stets eine Zufluchtsstätte gewesen. Sie hatte immer eine Umarmung und eine Süßigkeit für ihn übrig gehabt. Ihre Schürze hatte ungezählte Tränen aufgesogen, und ihre Hände hatten unzählige Verletzungen weggestreichelt.

Heute hielt sie Clive auf Armeslänge vor sich. »Wie wunderbar, Herr Clive! Mein kleiner Clive, mein kleiner Freund! Sie sehen, verglichen mit Neville, so jung aus. Natürlich weiß ich, daß er der ältere ist.« Sie kicherte über ihre witzige Bemerkung. »Miß Annabelle ist eine wundervolle junge Dame, Herr Clive. Haben Sie etwa die Absicht …?« Sie zwinkerte und neigte vieldeutig den Kopf.

»Ich fürchte, nein, Frau Jenkins. Ich bin so stolz auf Annie, wie man nur sein kann, aber es gibt Gründe ... Gründe, die ich nicht erläutern kann.« Er wandte sich an Annie. »Ich muß nach London zurück. Du hast mir viel zu erklären, Annie.«

»Ich weiß. Ich tu mein Bestes.«

»Bist du mit den ...«

»Bitte«, sagte sie und schnitt ihm das Wort ab. »Diese Dinge werden am besten unter vier Augen besprochen. Das verstehst du sicher.« Sie rollte beinahe unmerklich die Augen in Richtung auf Frau Jenkins.

»Natürlich. Verstehe ich völlig«, sagte Clive. »Möchtest du mich auf meiner Reise nach London begleiten?«

»Wirst du nach Tewkesbury zurückkehren?«

»Sehr bald.«

»Dann werde ich dich hier erwarten, Clive.«

KAPITEL 10

Er ist schon längst tot

Jenkins besorgte einen Einspänner, um Clive zum Bahnhof der Stadt Tewkesbury zu bringen, und von dort aus fuhr er ungehindert nach London. Es war eine Reise, die in völligem Kontrast stand zu seiner wilden Fahrt mit Annabelle Leigh von London nach Tewkesbury. Diesmal erfolgte kein Angriff der Chaffri, und Clives Mitreisende waren die typischen Landleute, die nach London fuhren, um dort ihre Geschäfte abzuwikkeln.

Als Clive die große Hauptstadt erreicht hatte, machte er sich sofort zum Büro des *Illustrated Recorder and Dispatch* auf. Bei Clives letztem Besuch hatten sich die Redaktionsräume in schäbigen Kabuffs befunden. Überalterte Schreiber, gescheiterte Möchtegern-Dichterlinge, Hochstapler und Lohnschreiber hatten in einem ausgedehnten Gebäude Hof gehalten, das nach alten Mahlzeiten unbestimmter Herkunft sowie nach muffiger Kleidung und Männern roch, die beide gleichermaßen einer Reinigung und Entlüftung bedurft hätten.

Jetzt stand ein hohes modernes Gebäude an der Stelle des alten *Recorder and Dispatch,* und ein modernes Schild an auffälliger Stelle der Gebäudefront verkündete, daß dies noch immer die Heimat des ehemals anrüchigen Blattes war.

Clive hatte die etwas zerrissene Uniform gegen Zivilkleidung ausgetauscht, die noch immer in seinem Zimmer in Haus Tewkesbury aufbewahrt worden war. Er lächelte darüber, daß die Visitenkarten noch immer in der Schachtel bereitlagen, und er verließ das Haus mit einer gefüllten Börse und einem Stapel Visitenkarten. Die so lange nicht getragene Kleidung paßte ihm noch immer gut. Aber sie war um ein Vierteljahrhundert veraltet, und neugierige Blicke trafen ihn sowohl im Waggon der Eisenbahn, die ihn von Gloucestershire wegbrachte, als auch auf den Straßen von London.

Er betrat den *Recorder and Dispatch* und wurde von einer tüchtigen jungen Dame hinter einem Empfangstisch in der Nähe des Portals begrüßt.

Sie fragte, ob sie ihm behilflich sein könne. Clive fiel auf, daß ihr langes Haar in einem äußersten anziehenden Kastanienbraun schimmerte. Sie hatte es auf dem Kopf aufgetürmt, damit es sie nicht bei der Arbeit störte. Ihre Figur fand gleichfalls Clives Wohlgefallen, vielleicht gerade aufgrund des sittsamen Schnitts, womit sie vergebens versuchte, ihre Formen zu verbergen.

»Ich suche den Herausgeber dieses Blatts, Herrn Carstairs, junge Dame. Ist er anwesend?«

»Haben Sie einen Termin, Sir?«

»Nein.«

»Darf ich Sie dann bitte fragen, was Sie von Herrn Carstairs wünschen? Er ist sehr beschäftigt, und wenn Sie Vertreter sind, gibt es hier andere Leute, mit denen Sie sprechen können.«

»Ich bin ein Korrespondent dieses Blatts, junge Dame, und Herr Carstairs ist mein Herausgeber.« Er nahm eine Visitenkarte aus der Tasche und überreichte sie der jungen Frau.

Nachdem sie die Karte betrachtet hatte, hob sie erneut den Blick und ließ ihn dann wieder sinken. »Major Folliot, Fünfte Herrschaftliche Horse Guards«, las sie.

»Vielleicht sind Ihnen meine Arbeiten bekannt — meine Artikel und Illustrationen.«

»Nein, Sir. Ich fürchte, das ist nicht der Fall.«

»Aber sie sind erst kürzlich hier ... Aber nein, ich bitte um Vergebung.« Clive verfluchte sich im stillen. Natürlich hatte die junge Frau seine Artikel im *Recorder and Dispatch* nicht gelesen. Sie waren noch vor ihrer Geburt erschienen! »Schon gut. Wenn ich bitte zu Herrn Carstairs dürfte.«

»Also gut, Sir.« Sie rief einen jungen Mann heran, der Clive den Weg zu Carstairs' Büro zeigen sollte, wobei sie ihm zunächst Clives Visitenkarte übergab. Clive folgte dem Burschen einen Korridor hinab, eine Treppe hinauf und in eine palastartige Suite von Büros, die ohne weiteres alle Angestellten und etliches Personal des Herstellungsbetriebs vom *Recorder and Dispatch* einer früheren Ära hätte aufnehmen können.

Clives Führer klopfte mit saubergeschrubbten Fingerknöcheln an eine polierte Mahagonitür, erhielt ein Summen als Antwort und verschwand durch die Tür. Clive vernahm eine kurze unterdrückte Unterhaltung, dann öffnete sich die Tür, und der Jüngling erschien erneut. Der Bursche nickte Clive zu und hielt ihm die Tür auf, als er das Allerheiligste des Herausgebers betrat.

Ein sehr junger Mann — er mochte kaum fünfundzwanzig Jahre alt sein — sah von einem papierübersäten Schreibtisch auf. Er war gut, sogar wohlhabend gekleidet. Das Haar lag ihm in dichten Locken um den Kopf. Er kniff wie kurzsichtig die Augen zusammen, als er Clive ansah, fingerte zwischen den Papieren herum, zog eine Brille mit Stahlfassung hervor, runzelte die Stirn und stand zögernd auf.

»*Herr*«, — er hob Clives Karte mit einer Hand auf und hielt sie nahe an die Augen, um sie zu mustern —, »oder ist es *Major* Folliot?«

»Beides wird's tun, Sir. Aber darf ich fragen, wer Sie sind?«

»Carstairs. Ich bin der Herausgeber vom *Recorder and Dispatch*. Darf ich fragen, Sir, was Sie von mir wünschen?«

»Vielleicht habe ich den falschen Carstairs erwischt. Ich suche Herrn Maurice Carstairs.«

»Das bin ich, Sir.«

»Unmöglich. Maurice Carstairs engagierte mich, um

dem *Recorder and Dispatch* eine Reihe von Berichten meiner Expedition nach Äquatorialafrika auf der Suche nach meinem verschollenen Bruder zu liefern.«

»Das tut mir sehr leid, Sir. Ich erinnere mich weder an eine derartige Abmachung, noch erinnere ich mich an Sie. Wann, behaupten Sie, wurde diese, öh, Abmachung getroffen?«

»Es war im Monat Mai, Sir. Ende Mai.«

»Dieses Jahres, Herr Folliot?«

»Es war der Mai des Jahres 1868, Sir.«

Der bebrillte junge Mann rutschte jäh in seinen Stuhl zurück. »Sie sind sich bewußt, welches Jahr wir gegenwärtig schreiben, nicht wahr, Herr Folliot? Wenn Sie jemals einen derartigen Auftrag erhielten, wäre das kaum von meiner Hand erfolgt. Ich erblickte im Jahr 1871 das Licht der Welt.«

»Und der Maurice Carstairs, der Herausgeber des Blatts im Jahr 1868 — wo ist er, Sir?«

»O je«, sagte der junge Mann, »jener Maurice Carstairs war mein Vater. Ich bedauere — er ist schon lange tot. Längst tot und begraben, Herr Folliot. Ich fürchte, daß in den Jahren nach seinem Tod ...«

»In welchem Jahr starb Maurice Carstairs?« unterbrach Clive.

»Das war im Jahr 1886. Damals war ich fünfzehn, und ich mußte mit Zähnen und Klauen um meine Stellung als Eigentümer und Herausgeber dieser Zeitung kämpfen. Aber wie Sie sehen, war ich erfolgreich.«

»Oh!« Mehr konnte Clive gegenwärtig nicht herauskeuchen. Er nahm unaufgefordert Platz auf einem Stuhl und starrte den jungen Carstairs schweigend an. Dann sagte er: »Maurice war Ihr Vater.«

»Das war er, Sir.«

»Der *Recorder and Dispatch* war im Jahre 1868 ein weit weniger glänzendes Unternehmen, als es das heute offenbar ist. Ich fürchte, das Blatt und sein Herausgeber waren damals beide etwas anrüchig.«

»Ich mache mir keine Illusionen über den Charakter meines verstorbenen Vaters.« Der junge Mann lächelte wunderlich. »Aber er war ein Mann mit echtem Talent und besaß eine gewisse exzentrische Souveränität, Herr Folliot. Er hat mir eine Menge vom Geschäft des Zeitungsmachens beigebracht — entschuldigen Sie bitte, wenn ich ein Klischee gebrauche, aber ich möchte sogar sagen, daß er mir alles beibrachte, was ich weiß. Aufgrund dieser nützlichen Lektionen und auf der Grundlage, die er mit dem *Recorder and Dispatch* legte, war ich in der Lage, das Blatt auf den gegenwärtigen Stand von Reichtum und Ansehen zu bringen.«

Der junge Mann öffnete eine Schublade im Schreibtisch. Er beugte sich sehr dicht über die Lade und blinzelte hinein. Schließlich sah er zu Clive auf. »Wenn Sie wirklich eben jener Major Folliot sind, den mein Vater im Jahr 1868 beschäftigte, werden Sie vielleicht in der Lage sein, ein oder zwei Fragen zu beantworten, um Ihre Identität klarzustellen.«

»Reichen weder meine Karte noch mein Wort aus?«

»Ah, da liegt eben das große Paradoxon, Sir. Wenn Sie wirklich Major Folliot sind, wäre Ihr Wort natürlich ausreichend. Ihre Karte ist nur ein überflüssiges Beiwerk. Aber wenn Sie ein Betrüger sind, würden Sie mich über Ihre Identität belügen, und Sie könnten sich sicher mit einer falschen Visitenkarte ausstatten. So sind wir zwischen Scylla und Charbybdis gefangen, Major Folliot. Wenn Sie er sind.«

»Sehr schön. Wie lauten Ihre Fragen?«

Carstairs spähte erneut in die Schreibtischschublade. Es sah fast so aus, als wolle er hineinklettern, aber schließlich richtete er sich auf. »Zunächst, Sir: Wie lautet der Name des Missionars, dem Sie im Dorf Bagomoyo begegneten? Und zweitens: Wer war der indische Herr, der sich Ihrer Gruppe anschloß, die aus Ihnen und dem verräterischen Sergeanten Horace Hamilton Smythe bestand, kurz bevor Sie den Sudd betraten?«

Clive sprang vor Wut kochend auf. »Ihre Fragen sind leicht beantwortet, Sir. Diese beiden werde ich niemals vergessen — obgleich aus sehr verschiedenen Gründen, Sir. Der Priester war Reverend Vater Timothy F. X. O'Hara. Und der Inder war eine äußerst bemerkenswerte Person, die sich Sidi Bombay nannte.«

Carstairs nickte kommentarlos.

»Aber Ihr Gebrauch des Wortes *verräterisch* auf Sergeant Smythe ist äußerst beleidigend«, fuhr Clive fort. »Wenn es mir möglich wäre, mich mit einem Mann zu schlagen, der eine Brille trägt, würde ich sofort um Genugtuung für diese Beleidigung meines Gefährten ersuchen. Horace Smythe ist — war — ein ehrbarer und tapferer Mann, solange es mein Privileg war, in den Guards Ihrer Majestät zu dienen. Und während unserer Abenteuer im Dungeon vollbrachte er unzählige Heldentaten. Sein Benehmen war unbeständig und mag manchmal ungetreu *erschienen* sein. Aber er war Opfer gemeiner Vorgänge und handelte damals unter unwiderstehlichem Zwang!«

Er holte tief Luft und fügte hinzu: »Sergeant Smythe ist ein aufrechter Mann, und ich werde es nicht zulassen, daß er von einem tintenklecksenden Schreiberling der Fleet Street verleumdet wird. Wirklich ...«

Clive hielt erstaunt inne, als der junge Carstairs, ohne daß sich der Gesichtsausdruck veränderte, erneut unter der Tischplatte verschwand. Daraufhin erfolgte eine Pause, durchsetzt von dumpfen Schlägen und unterdrückten Ausrufen.

Der Stuhl hinter dem Schreibtisch wurde zurückgezogen, und Quartiermeister Sergeant Horace Hamilton Smythe stand mit strahlendem Lächeln da und hielt Clive die Hand entgegen.

Ein Augenblick betäubter Bewegungslosigkeit. Dann sprang Clive auf, umrundete den Tisch und umarmte den Mann. »Smythe! Smythe! Ich wußte, daß du nicht zu Philo Goode übergelaufen warst!«

»Natürlich nicht, Sör. Und ich bin sicher, Sie vergeben mir meine kleine Maskerade. Sehen Sie, was ich sagte — was Herr Carstairs sagte —, traf völlig zu, Sör. Es sind Kräfte im Spiel, Sör, für die die Geheimnisse der Verkleidung ein offenes Buch sind und für die die Erschaffung einer offensichtlich lebendigen perfekten Kopie nur wenig mehr als ein Kinderspiel bedeutet.«

»Das weiß ich, Smythe, nur zu gut. Ich bin sowohl Kopien meines Vaters als auch meines Bruders begegnet, ebenso mindestens einem weiblichen Mitglied meiner Familie, und alles zu meinem Bedauern. Aber sag mir bitte — warst du der Barkeeper, der mich neulich abends vor dem Mob von Schlägern gerettet hat, nur um mich völlig der Gnade von Philo Goode auszuliefern?«

»Nein, Sör — das war ich nicht. Und bei Ihren Worten beginnen die Alarmglocken in mir zu schrillen!«

»Wo warst du dann? Wenn du nicht als Barkeeper beschäftigt warst, warst du dann ins Zeitungsgewerbe verwickelt? Ist diese Identität als junger Maurice Carstairs eine fiktive Persönlichkeit, die du angenommen hast?«

»Nein, Sör. Der junge Herr Carstairs ist eine ganz reale Person, und er ist in der Tat der Herausgeber dieses Blatts. Er ist ein guter Mann, Sör! Einer von uns, Sör! Ich nehme von Zeit zu Zeit seine Identität an, wenn es die Notwendigkeit erfordert. Sie könnten es so ausdrücken, daß ich gelegentlich als Herrn Carstairs Schatten handle.«

»Sein Schatten, hm? Nun, Schatten, sag mir — was meinst du mit dem Ausdruck *einer von uns?*«

»Ich will Ihnen gern alles erzählen, was ich weiß, Sör. Ich bin wie stets Ihr Verbündeter. Sie werden sich an meine gelegentlichen Fehler erinnern.« Ein Ausdruck von Entmutigung erschien auf dem Gesicht des Mannes. »Derlei Vorfälle waren das Ergebnis von Apparaten, die man mir ins Gehirn gepflanzt hatte. In mein eigenes Gehirn, Sör! Aber es ist mir gelungen, ihren Einfluß auszuschalten. Ich bin wieder ich selbst, mein echtes Selbst. Ich hoffe, daß mir der Major glaubt!«

»Ich glaube dir, Horace.«

»Der Major besitzt meine Dankbarkeit. Und ich werde Ihnen sagen, was ich mit *einer von uns* meinte, Sör. Aber zunächst, Sör, gibt es hier beim *Recorder and Dispatch* einen anderen Mann, den Sie treffen müssen. Ein lebhafter Herr. Wie ich glaube, der erste seiner Art, der von einer Londoner Tageszeitung auf einem Posten von Autorität und Ansehen beschäftigt wird.«

Clive begleitete Smythe zu einem angrenzenden Büro, wo ein Mann mit dunkler Haut, schwarzem Haar und Schnauzbart hinter einem Schreibtisch arbeitete. Er blickte auf, als die beiden eintraten.

»Major Folliot«, sagte Carstairs-Smythe, »darf ich Sie unserem Chefredakteur für Überseenachrichten vorstellen, Herrn Pandit Singh?«

Der Inder stand auf. Er war mit Gehrock, Stehkragen und Krawatte bekleidet. Als er hinter dem Schreibtisch hervortrat, zeigten sich gestreifte Hosen, Gamaschen und glänzend polierte Schuhe.

Clive blieb der Mund offenstehen. »Sidi Bombay!« Ein weiteres Mal umarmte er jemanden. Dann sagte er: »Seit meiner Rückkehr nach London habe ich bereits Miß Annabelle Leigh, meinen Bruder Neville, meinen Vater und Philo Goode gesehen. Ich schätze, daß als einziger für ein wundersames Wiedersehen noch Vater O'Hara übrig bleibt.«

Es war, als hätte sich ein Vorhang über den Raum gesenkt. Horace Smythe und Sidi Bombay sahen einander schweigend an. Clive spürte, daß er etwas schrecklich Falsches gesagt hatte.

Horace Hamilton Smythe brach das lange Schweigen. »V'leicht erklär ich's besser, Sör. Ich hab versprochen, daß ich Aufschluß geben werde über den Ausdruck einer von uns. Ich sollte vielleicht damit beginnen, Sör, daß Philo Goode *keiner* von uns ist. Er ist das genaue Gegenteil von einem von uns, Sör. Die absolute Antithese, Sör.«

»Du meinst, er ist von den Chaffri?«

»Ich wünschte, es bedeutete nur das, Sör. Es ist weit schlimmer als das — obgleich ich nicht weiß, wieviel Sie von den Chaffri wissen, Sör.«

»Ich kenne die Chaffri. Und die Ren. Und ich weiß etwas von den Gennine, allerdings fast nichts außer der Tatsache, daß sie existieren und daß ihre Heimatwelt ein Gebiet ist, das nur flüsternd und furchterfüllt erwähnt wird.«

»Wenn der Major entschuldigen möchte, daß ich jetzt den Schulmeister spiele: Was weiß der Major denn genau von den Chaffri und den Ren und den Gennine? Einzelheiten, Sör, wenn es dem Major nichts ausmacht.«

»Also: Die Q'oornans und andere, denen wir im Dungeon begegneten, sind die Bauern, davon gehören einige zu zwei großen miteinander im Streit liegenden Reichen, andere sind Agenten. Die Reiche sind die der Chaffri und der Ren. Deren Heimat liegt auf Planeten weit jenseits der Grenzen unserer astronomischen Kenntnisse. Sie sind in einen langdauernden tödlichen Kampf verwickelt. Ihre Macht ist so groß, daß man sie oftmals als Grundlage für die Zarathustrasche Tradition des Kampfs zwischen Ahriman und Ahura Mazda ansieht.«

Pandit Singh — oder Sidi Bombay — nickte. »Du kennst also den Glauben der Anhänger des Zarathustra?«

»Zurückgekehrte Reisende aus Persien und dem Irak haben diese faszinierende Religion beschrieben. In Cambridge hätte man sie vielleicht mit einer der Ketzerlehren verglichen, die die frühchristliche Kirche zugrunde richteten.«

Während sie Clive anhörten, tauschten Horace Smythe und Sidi Bombay bedeutsame Blicke aus. Jetzt sagte Smythe: »Das ist sehr zutreffend, Sör. Und das Dungeon ist natürlich ihr Hauptkampfplatz, mit unzähligen Personen und unzähligen anderen Wesen, die von dieser oder jener Welt, aus dieser oder jener Ära herausgerissen und ins Dungeon gebracht wurden, um dort als Bauern im großen Schachspiel zu dienen.«

»Aber was ist mit den Gennine, Smythe?«

»Die Gennine sind am unangenehmsten, Sör. Sie betrachten die Chaffri und die Ren offenbar gleichfalls als Feinde — oder als rebellische Untergebene. Konsequenterweise haben sich die Chaffri und die Ren von Zeit zu Zeit miteinander gegen die Gennine verbündet, Sör. Etwa nach dem Motto: Der Feind meines Feindes ist mein Freund.«

»In der arabischen Welt gibt es eine Maxime«, warf der Mann ein, der Sidi Bombay war. »Ich kämpfe gegen meinen Bruder, bis unser Vetter auftaucht, dann bekämpfen wir ihn gemeinsam, bis ein Nachbar auftaucht, dann bekämpfen wir *ihn* gemeinsam, bis ein Fremder auftaucht, und dann kämpfen wir *alle* gemeinsam gegen den Fremden.«

»Welchen Sinn hat das alles?« fragte Clive.

»Der Sinn ist der, Sör, daß es eine große Organisation mit dem Zweck gibt, gegen die Chaffri und die Ren zu kämpfen — *und* gegen die Gennine. In jeder Ära und in jeder Region hat sie Agenten eingesetzt. Im Dungeon und auf der Erde und ebensogut auf anderen Planeten. Sie sind unter den Finnboggi, unter Shrieks Leuten, unter Chang Guafes Leuten, unter den Leuten der Welt von Lord N'wrbb und Lady 'Nrrc'kth.«

»Und Name und Ziel dieser Organisation?«

»Sie ist bekannt — ein wenig ironisch, wenn ich hinzufügen darf — als die Gesellschaft zur Förderung der Universellen Nachbarschaft. Ihr Zweck ist einfach der, allen hegemonistischen Bestrebungen der anderen entgegenzutreten — gleichgültig, ob seitens der Chaffri, der Ren oder der Gennine. Unsere Feinde besitzen gleichermaßen Agenten. Wir sind ihnen bereits begegnet, Major. Philo Goode, die Ransomes, Vater O'Hara ...«

»Aber — ein Priester? Ein Mann Gottes? Ob man Vater O'Haras Glauben nun anerkennt oder nicht, die Tatsache, daß er sein Leben dem Dienst am Allerhöchsten ...«

»Priester oder nicht, Timothy F. X. O'Hara ist noch immer ein Mann. Ob er sich dem Feind freiwillig angeschlossen hat oder irgendwie hereingelegt oder erpreßt oder hypnotisiert wurde — er ist immerhin noch jemand, auf den es ankommt.« Sergeant Smythe hielt nachdenklich inne. Dann sagte er: »Sie können das Bewußtsein eines Mannes durcheinanderbringen, Major Folliot. Das Gehirn umwölken. Ich weiß, wovon ich rede, Sör.«

»Ja, Smythe, ich erinnere mich an dein abwesendes Verhalten, als du dich an die Vorfälle auf deiner Reise zu der aufblühenden amerikanischen Metropole New Orleans erinnertest. Es tut mir leid.«

»Nichts mehr davon, Sör! Vielleicht ist Vater O'Hara eher bemitleidens- als verachtenswert, aber er ist nichtsdestoweniger ein Feind. Wenn wir ihn zurückgewinnen können — das heißt, den Mantel von seinem Bewußtsein herunterreißen und ihm seine Treue zur menschlichen Gattung und den Respekt vor allen intelligenten Wesen zurückgeben können —, um so besser. Wenn wir's nicht können, müssen wir ihn ebenso bekämpfen, wie wir die Ren und die Chaffri und die Gennine bekämpfen.«

»Was sollen wir dann tun?«

»Als ersten Schritt erst einmal hier rausgehen, Sör. Wenn der Major vielleicht freundlicherweise ein paar Sekunden warten würde, während ich eine sichere Identität annehme ...«

Smythe trat durch die Verbindungstür, die zu Maurice Carstairs' Büro führte. Er kehrte sofort in der Verkleidung als adrett gekleideter kurzsichtiger Carstairs zurück, der die schwachen Augen zusammenkniff und blinzelte und in Mobiliar und Türrahmen hineinlief. Er trug einen Spazierstock mit Goldkappe und benutzte ihn fast so, wie ein Blinder den Stock benutzt.

»Herr Singh, bitte — würden Sie Herrn Folliot und mich begleiten?«

»Natürlich, Herr Carstairs«, entgegnete Sidi Bombay.

Sie verließen die Büros des *Illustrated Recorder and Dispatch* und stiegen in einen Hansom*, der vor der Tür wartete. Der Kutscher blickte über das Verdeck herab, und ›Carstairs‹ gab ihm Anweisungen.

»Kannst du einem Droschkenkutscher vertrauen?« wollte Clive wissen.

»Er ist einer von uns«, entgegnete Smythe.

»Aber der Feind ist imstande, Menschen zu hypnotisieren, ihnen Kontrollapparate ins Gehirn zu pflanzen oder sie zu entführen und durch Kopien zu ersetzen — wie kannst du das unterscheiden?«

»Eine gute Frage, Major«, warf Sidi Bombay ein. »Es gibt immer Wege, ein natürliches Wesen von einer Kopie zu unterscheiden, wenngleich sie alles andere als sicher sind und es stets ein Gefahrenelement gibt. Entsprechend unterscheidet sich das Benehmen eines hypnotisierten Menschen, Sir, häufig vom Benehmen seiner wahren Natur. Aber man sieht sich immer Risiken gegenüber, und man muß stets Vorsichtsmaßnahmen treffen. Wie Sie selbst sehen werden, Major.«

Clive senkte den Kopf, als der Hansom sich von der Bordsteinkante wegbewegte. Er schloß die Augen und drückte Zeigefinger und Daumen auf die Lider. Wie sollte er Wirklichkeit von Illusion unterscheiden? Wem sollte er vertrauen? Waren diese beiden, Horace Smythe und Sidi Bombay, wirklich die alten Gefährten, oder

---

* Zweirädrige Kutsche. — *Anm. d. Übers.*

waren sie Illusionen, die ihn in die Irre führen sollten? Wenn Smythe einen Mandarin darstellen konnte, einen Araberjungen, einen kurzsichtigen Herausgeber — könnte sich ein Feind nicht als Smythe ausgeben?

Die Räder des Hansom holperten über das Kopfsteinpflaster.

Eine weitere Frage verwirrte Clive. Wenn es George du Mauriers — durch Madame Mesmers Einfluß erweiterte — mentale Kräfte gewesen waren, die Clive durch Zeit und Raum in das London von 1896 gezogen hatten, wie waren dann Smythe und Sidi Bombay hier angekommen? Sie hatten nichts von einer Reise durch die Jahre gesagt, aber wenn sie diese achtundzwanzig Jahre über kontinuierlich hier gelebt hätten, wären sie genau wie Clives Bruder gealtert. Und dennoch war keiner der beiden älter als damals im Dungeon.

Clive überlief ein Schaudern. Es gab anscheinend keine fertige Lösung dieses Problems. Er setzte sich aufrecht hin, ließ die Hand herabfallen und sah sich um. Der zum Teil vertraute, zum Teil veränderte Anblick Londons umgab ihn noch immer.

Der Hansom kam vor einem Gebäude zum Stehen, das Clive seit 1868 nicht mehr gesehen hatte — dem Herrenklub, wohin George du Maurier ihn und Miß Leighton zur Premierenfeier von *Cox und Box* gebracht hatte und wo Clive Maurice Carstairs senior zum letztenmal gesehen hatte.

An der Eingangstür zum Klub hing ein schwarzer Kranz.

›Carstairs‹ schickte die Kutsche weg, und die drei Männer standen einen Augenblick lang still vor dem Kranz. Eine kleine Karte mit Trauerrand war darin befestigt. Sie trug die Inschrift: GEORGE DU MAURIER, 1834—1896.

›Carstairs‹ klopfte mit dem goldkappigen Spazierstock auf das polierte Holz neben dem Kranz. Ein livrierter Diener öffnete die Tür, verbeugte sich und bat sie hinein, wobei er überraschte Blicke erst auf Horace Smythe, dann auf Sidi Bombay und zuletzt auf Clive warf.

Sergeant Smythe sah den Mann mit kurzsichtigen Augen an. »Bist du's, Browning?«

»Ja, Sir.«

»Ist irgend etwas vorgefallen, Mann?«

»Nein, Sir. Ich ... ich ...«

»Heraus damit, Mann!«

»Ich hätte schwören können, daß Sie vor nur wenigen Minuten den Klub betraten, Sir. Aber das ist unmöglich, denn Sie sind ja hier.« Der Diener brachte ein klägliches Lächeln zustande.

»Meine Gefährten und ich werden für eine kurze Weile mein Privatzimmer benutzen. Wir möchten nicht gestört werden.«

Smythe schritt resolut an dem verdutzten Diener vorbei, stolperte über einen Polsterstuhl, brummte etwas über die Dienerschaft, die das Mobiliar verstellt hatte, stieß mit einem älteren Herrn zusammen, der verzweifelt — wenngleich erfolglos — versuchte, dem kurzsichtigen Mann auszuweichen; und es gelang ihm schließlich, die übrigen in einen unauffälligen Korridor zu führen. Dieser brachte sie in einen noch unauffälligeren Raum.

Smythe zog einen Schlüssel aus der Westentasche, schloß die Tür auf und bat die übrigen hinein. Hinter sich verschloß er die Tür wieder.

»Hier darf niemand hereinkommen«, erklärte er. »Niemand, niemals.« Während sich Clive umsah, meinte Smythe: »Tut mir fürchterlich leid, dieses Zusammentreffen mit dem Türdrachen. Der echte Carstairs muß sich im Gebäude aufhalten. Das ist nie zuvor geschehen — mein Fehler, Major. Unvorsichtig. Dafür gibt's keine Entschuldigung.«

»Verschüttete Milch, Smythe. Was nun?«

»Jetzt werden wir unsere Identitäten ändern, Major.

Ich sagte Ihnen, daß wir Vorsichtsmaßnahmen ergreifen müssen, und das ist eine davon.«

»Wäre das nicht merkwürdig — drei Personen betreten dieses Zimmer, und drei andere verlassen es?«

»Wir verlassen es auf einem anderen Weg, Sör.«

Minuten später traten drei Gestalten aus einem Blumengeschäft in einer Straße nahe bei Carstairs Klub. Die eine Gestalt war ein Offizier des zaristischen Diplomatencorps. Die zweite war offenbar ein arbeitendes Mitglied einer der farbigen Rassen. Die dritte war ein flott gekleideter Herr, dessen Schnurrbartspitzen nachlässig gewachst und geformt waren und dessen rechtes Auge von der dicken Linse eines Monokels grotesk vergrößert wurde.

»Wir verstecken uns also vor unseren Feinden, indem wir uns verdächtig machen. Hat der amerikanische Schriftsteller Poe schon so meisterhaft beschrieben.« Horace Smythe nickte beifällig, als er die übrigen ansah. »Dann kommt, meine Freunde! Vor uns liegt ein wunderbares Spiel.«

KAPITEL 11

Weder Fang noch Klaue oder giftiger Stachel

Die drei höchst unterschiedlichen Gestalten — der zaristische Diplomat, in Wahrheit ein Quartiermeister-Sergeant, der unauffällige Arbeiter, in Wahrheit ein Meister der Intrige und der esoterischen Studien, und der kontinentale Stutzer, in Wirklichkeit der Sohn eines Edelmannes aus Gloucestershire — warfen unheimliche Schatten im Licht der seltsamen Instrumente, die eine ganze Wand des Raums bedeckten.

Sie hatten eines von Londons berühmtesten Hotels betreten, sich auf ein Zimmer begeben, das auf den Namen eines Herzogs Splitovsky gebucht war, und waren in einem privaten Aufzug zu einer Kammer tief unter den Straßen der Metropole gefahren.

»Dies ist ein seltsam zeitloser Ort«, meinte Sidi Bombay. »Ich empfinde ihn als friedlich, er erfrischt mir die Seele. Hier gibt es weder Nacht noch Tag, weder Sommer noch Winter. Die Beleuchtung, die Temperatur und die Luftfeuchtigkeit ändern sich niemals. Man kann sich hier auf die Unendlichkeit und die Ewigkeit einstimmen.«

»Gleichfalls auch gut für die Ausrüstung«, warf Smythe pragmatisch ein. »Dies hier stammt aus einer späteren Zeit — v'leicht würde sich Miß Annie hier zu Hause fühlen. Könnte vielleicht sogar ein paar der Apparate erkennen. Die Experten, die das hier installierten, sagten, daß unveränderliche Temperaturen und Feuchtigkeit für die Apparate das beste seien.«

»Was ist mit Annie?« fragte Clive. »Sie ist mein eigener Nachkömmling, Smythe, wie du erfuhrst, als wir ihr im Dungeon begegneten. Ist sie vom Feind hereingelegt worden? Steht sie unter hypnotischem Einfluß?«

»Wann haben Sie Miß Annie zum letztenmal gesehen, Major?«

»Nun, vor nur ein paar Stunden. Sie war auf Tewkesbury. Sie blieb dort, als ich nach London fuhr, um Herrn Carstairs zu treffen. Den richtigen Herrn Carstairs meine ich — Maurice Carstairs senior.«

»Versteh schon, Sör. Tut mir sehr leid, Sör. Das kann nicht Miß Annie gewesen sein. Sie hatten es mit einer Kopie zu tun. Wo haben Sie sie zuerst getroffen, Sör, wenn ich fragen darf?«

»Sie tauchte in einem eigenartigen Eisenbahnwaggon auf, in einem Tunnel unter einer Kneipe, wo ich zuvor Herrn Philo Goode begegnete. Der Barkeeper in dieser Kneipe, das warst — du selbst, Sergeant Smythe.«

»Ja, Sör. Wie ich bereits sagte, Sör, es gibt Kopien, mit denen man umzugehen hat. Ich versichere dem Major, daß ich keinerlei Erinnerung an den von ihm beschriebenen Vorfall besitze, noch habe ich unter dem kontrollierenden Einfluß der Ransomes und ihres hypnotischen Talents gestanden. Mein Bewußtsein ist wieder in Ordnung. Ich habe lange und schwer mit Sidi Bombay daran gearbeitet, und das Gewebe des hypnotischen Einflusses befindet sich nicht mehr unter der Hirnschale. Dessen versichere ich Sie, Sör!«

Horace Smythe schob das Haar aus der Stirn und zeigte eine Operationsnarbe, die sich weiß und dick gegen die dunklere Haut abhob. »Es brauchte die Geschicklichkeit der alten Ägypter, um mir diese Apparate aus dem Gehirn rauszuholen, Sör. Es war ein schmerzhafter Prozeß, und auch ein riskanter. Aber ich bin sie los, und das waren die Schwierigkeiten wert, Sör.«

Sidi Bombay nickte zustimmend.

Clive nahm den Kopf zwischen die Hände. »O mein Gott! Und mein Bruder und Vater — auf Tewkesbury?«

Smythe wechselte einen Blick mit Sidi Bombay. »Man

kann sich nicht sicher sein«, entgegnete der Inder, »aber es gibt Gründe für die Annahme, daß keiner der beiden Männer echt war. Die Folliots befinden sich mitten im Kampf der Chaffri, der Ren, der Gennine und der Nachbarn.«

»Nachbarn?«

»Ein kleiner Scherz, Sör«, sagte Smythe. »Ein Sinn für Ironie. Die große Allianz, die als Opposition zu den Chaffri, Ren und Gennine zusammengeschmiedet wurde, ist als die Gesellschaft zur Förderung der Universellen Nachbarschaft bekannt. Wie ich dem Major bereits früher sagte, Sör. Wohin Sie auch reisen, Sör, wenn Sie ein Büro der Gesellschaft finden — ihre Mitglieder sind einfach als die Nachbarn bekannt —, haben Sie es mit unserer Allianz zu tun.«

»Aber Annabelle, Neville, der alte Baron — wenn in Tewkesbury nur Kopien sind, wo befinden sich dann die echten Personen? Wie kann ich sie finden?«

»Das ist ein schwieriges Problem, Sör. Sie sind sich sicher, daß Sie Miß Annie nur in dieser Untergrundbahn und danach auf Tewkesbury sahen?«

»Als ich auf ... Sergeant, Sidi Bombay — ist dies die neunte Ebene des Dungeon? Ist die Erde die neunte Ebene?«

Der zaristische Diplomat und der indische Arbeiter tauschten Blicke aus. Sidi Bombay sagte: »Sie müssen versuchen zu verstehen, Clive Folliot, daß die Ebenen des Dungeon nicht einfach nur Dinge sind. Ihr Vordringen — das Vordringen unseres gesamten Trupps — erfolgte nicht so, als steige man in einem hohen Gebäude hier in London von einem Stockwerk zum nächsten ab. Wie erreichten Sie London? Wo befanden Sie sich zuletzt im Dungeon?«

»Das — das ist alles so verwirrend«, Clive hielt sich den Kopf. »Auf der achten Ebene sah alles danach aus, als baute es sich zu einem Höhepunkt auf. Die Ren und die Chaffri hatten sich schließlich selbst gezeigt. Auf den übrigen Ebenen operierten sie mittels Agenten und Kopien. Aber auf der achten Ebene waren sie als *propriae personae* gegenwärtig. Daraufhin fand ich mich auf fast wunderbare Weise am Nordpol gestrandet.«

Er ging im Raum hin und her und sah dabei hinauf zu der großen Instrumententafel, die die Wand bedeckte. Welch einen Zweck hatten die Anzeiger mit den hin- und herschwingenden Pfeilen, den winzigen verschiedenfarbigen Lampen, die an- und ausgingen, den Tafeln, auf denen rätselhafte Botschaften auftauchten und wieder verschwanden, einige davon in Englisch, andere in Sprachen, die Clive zumindest erkannte, noch andere in Symbolen, die dem Auge so fremdartig waren, daß er nur vermuten konnte, es handele sich um eine Sprache?

»Dort auf dem Eis sah ich Annie. Du erinnerst dich an die japanischen Marinesoldaten, die wir im Dungeon trafen?«

»Aber ja, Sör!« entgegnete Smythe.

»Und du erinnerst dich sicherlich auch an die fliegende Maschine — das Flugzeug —, worin Annie ihnen entkam und worin sie uns am Schloß von N'wrrb traf. Smythe, Sidi Bombay — ich sah Annie am Pol über mich hinwegfliegen. Ich winkte ihr zu, und ich bin sicher, daß sie mich sah. Sie wackelte mit den Flügeln des Flugzeugs. Sie hatte wohl die Absicht, zu landen und mich zu retten, nur um dann in Blitzesschnelle zu verschwinden.«

Bei der Erinnerung stieg ihm ein Klumpen in die Kehle. Er war davon überzeugt, daß die Frau in dem Flugzeug die *echte* Annabelle Leigh gewesen war. Die Frau in dem unterirdischen Wagen, die Frau, die er auf Haus Tewkesbury mit dem Versprechen zurückgelassen hatte, nach dem Besuch bei Carstairs zurückzukehren — diese Frau war fast mit Sicherheit eine Fälschung. Er versuchte sich zu erinnern: Hatte er ihr gegenüber die Begegnung am Pol erwähnt? Hatte sie sich daran erinnert? Oder hatte sie die Erinnerung vorgetäuscht und ihn somit sich selbst in die Irre führen lassen in seinem Eifer, ihr zu glauben?

Wo war die echte Annabelle Leigh? Gefangen im Dungeon? Hier auf Erden, jedoch gestrandet im Jahr 1868, während Clive und Horace Smythe und Sidi Bombay sich im Jahr 1896 befanden, kaum einen Tag älter, als sie's achtundzwanzig Jahre zuvor gewesen waren?

»Wir wollen mit Vorsicht an die Sache herangehen, Sör.« Horace Hamilton Smythe hatte sich vor eine kleine Schalttafel mit Knöpfen und Tasten gesetzt, nicht unähnlich denjenigen, welche die Schreibkräfte bei Verlagen und Zeitungsverlagen benutzten. Clive hatte ähnliches während seines Besuchs beim *Illustrated Recorder and Dispatch* gesehen.

»Was hast du vor, Smythe? Diese Maschine erinnert an jene, die Chang Guafe und ich auf der achten Ebene sahen. Wunderbare Maschinen, dazu imstande, erstaunliche Mengen an Informationen zu speichern, sich hindurchzufinden und sie auf vielerlei Weise zu sichten und sich uns anschließend auf Anfrage zurückzugeben. Ganze Bibliotheken und Unmengen von Forschungsergebnissen sind wie das Gebet des Herrn auf einer Nadelspitze konzentriert.«

»Ja«, sagte Smythe, »ich weiß, wovon der Major spricht. Ich kenne solche Maschinen. Und das hier ist die größte von allen. Oder sie verbindet uns zumindest mit der größten von allen. Wo sich die große Hauptmaschine befindet, das weiß ich nicht genau, Sör. Aber was wir hier haben, ist für die meisten Arbeiten gut genug, und sie verbindet sich mit der *wirklich* großen Maschine, falls ihr eine Aufgabe gestellt wird, die sie nicht bearbeiten kann.«

»Und du wirst der Maschine jetzt, öh, meine Geschichte erzählen? Und sie nach der Bedeutung meiner Erlebnisse befragen?«

»So was ähnliches, Sör.«

Noch während des Gesprächs waren Horace Hamilton Smythes flinke Hände über die Oberläche der Tastatur gehuscht, hatten auf Tasten geschlagen und Schalter ein- und ausgeschaltet. Die Lichter auf der Wand vor ihm flackerten in verwirrenden Mustern. Der Bildschirm, auf dem Clive eine so verwirrende Menge von Sprachen erblickt hatte, führte einen eigenen Dialog mit Smythes kleiner Tastatur.

»Vielleicht ist der Major so nett und erzählt uns, was geschah, nachdem das Flugzeug verschwunden war.« Diese Worte kamen von Sidi Bombay. Clive wunderte sich über den unerschöpflichen Gleichmut des Inders. Bei seiner ersten Begegnung mit dem Inder hatte der Mann eine alte und verschrumpelte Hülle eines Mannes dargestellt. Er war den Schrecknissen des Dungeon entkommen und war nur ein Drittel so alt wie früher – jung, kräftig, energisch. Er war während der Zeit, da Clive ihn gekannt hatte, wie ein bescheidener Händler, ein Herr im Gehrock und wie ein zerlumpter Arbeiter gekleidet gewesen. Und er hatte dennoch niemals seine Ruhe verloren.

Clive erzählte erneut seine Erlebnisse mit Chang Guafe und beschrieb das Verschwinden des fremdartigen Cyborgs in den arktischen Gewässern. Er beschrieb seine Begegnung mit dem schreckenerregenden Ungeheuer, das Dr. Frankenstein gebaut hatte, die Ankunft des Raum-Zugs und wie die beiden, Clive Folliot und das schwerfällige Ungeheuer, weit entfernt voneinander liegende Wagen des Zugs betreten hatten. Horace Smythes Finger flogen über Tasten und Knöpfe. Der Bildschirm zeigte eine Antwort, verschlüsselt und unlesbar für Clive, aber offensichtlich bedeutsam für Smythe. Der Pseudo-Herzog Splitovsky sagte: »Chang Guafe hat dieses Experiment überlebt, Major, und ihm geht es gut. Was geschah dann, Sör?«

»Was dann, Smythe? Ist das alles, was du zu sagen hast? ›Chang Guafe geht es gut.‹ Wo ist er, Mann? Was tut er? Wie entkam er unter dem Pol?«

»Ruhig, Sör, ganz ruhig!« bat Horace Smythe und versuchte Clive zu beruhigen.

Aber Clive wollte sich nicht beruhigen lassen. »Und woher weißt du, wo er ist? Ich verlange, daß du's mir sagst, Sergeant Smythe, ehe wir sonst etwas tun.« Als Smythe mit der Antwort zögerte, ergriff ihn Clive bei den Rockaufschlägen. »Sag mir's, Mann!«

Bevor Smythe antwortete, spürte Clive die Hand von Sidi Bombay auf der Schulter. »Beruhige dich, Clive Folliot. Man gewinnt nichts dabei, wenn man den eigenen Freund wie einen Feind behandelt.«

Clive lockerte den Griff. Er zitterte. »Du hast recht, Sidi Bombay. Sergeant Smythe, ich entschuldige mich. Ich hätte nicht — nicht so handeln dürfen. Aber wenn du weißt, was aus Chang Guafe geworden ist, mußt du's mir sagen. Auf der Stelle!«

»Schon gut, Major Folliot.« Horace Smythe, noch immer als der zaristische Herzog Splitovsky verkleidet, glättete den Mantel und ordnete die Aufschläge. »Ich kann dem Major viel deutlicher zeigen, was aus Chang Guafe geworden ist, als ich's ihm je erklären könnte, Sör. Mit der Erlaubnis des Majors ...«

Clive nickte; er war außerstande zu sprechen.

»Wenn der Major bitte Platz nehmen würde.« Smythe legte eine Reihe von Schaltern um und justierte eine Reihe von Hebeln an der Maschine. Das Licht im Raum schwächte sich ab. Vor Clives erstaunten Augen hob sich eine Nebelwolke oder ein rauchartiger Stoff und trieb auf Augenhöhe dahin. Mittendarin nahm langsam eine Szenerie Gestalt an.

»Aber — aber das bin ja ich selbst! Ich selbst und Chang Guafe und die ungeheuerliche Schöpfung der Witwe Shelley! Seht doch, wie wir uns über die Eisscholle vorankämpfen! Und seht doch, wie wir jetzt im arktischen Zephir segeln! Sergeant Smythe, wie ist das möglich? Was sehe ich da?«

Er streckte die Hand in den Nebel — oder versuchte

es zumindest. Es hatte keinen Zweck, denn der Nebel widerstand nach und nach. Er konnte die Fingerspitzen leicht hineinschieben, fühlte dann jedoch nach den ersten Zentimetern einen Gegendruck, und je stärker Clive drückte, je weiter er in den Nebel eindrang, desto stärker wurde der Widerstand. Nach den ersten fünf oder sechs Zentimetern drückte er mit aller Kraft, der Schweiß brach ihm aus, und er war dennoch außerstande, eine der Gestalten im Innern zu erreichen.

Er ließ in seinen Bemühungen nach, zog die Hand heraus und fiel auf den Sitz zurück.

»Wenn du nur einfach zusähst, Clive Folliot«, drängte Sidi Bombay, »würdest du mehr erreichen als bei dem Versuch, dich einzumischen. Das ist schließlich das Karma derer, die du dort erblickst. Es ist der Wille des Himmels. Man darf sich nicht einmischen.«

»Aber — aber das bin ich selbst!«

»Allerdings.«

»Es ist nur ein Bild?«

»Ich glaube nicht, Clive Folliot«, sagte der Inder.

»Ich auch nicht, Sör.« Horace Smythe drehte an einem Knopf, und die Gestalten im Nebel wuchsen, bis sie so groß wie die Puppe eines Kinds waren. »Ich glaube, wir sehen wirklich den Major, zusammen mit Chang Guafe und jenem anderen Burschen, dem großen bleichen.«

»Du *glaubst,* Smythe?« Clive sah, wie der Raum-Zug auf den arktischen Gewässern zum Stillstand kam. Er sah sich selbst und das Frankenstein-Ungeheuer in die Wagen klettern. Er sah Chang Guafe unter die Oberfläche des eisigen Polarmeers gleiten. »Können wir nichts zu seiner Hilfe unternehmen?« rief er aus.

»Wir dürfen uns nicht einmischen, Clive Folliot.« Sidi Bombays Stimme war so gelassen wie stets. »Wir könnten's auch nicht. Du hast gesehen, was beim Versuch geschah, in den Nebel einzudringen.«

»Sie wissen nicht, daß wir sie beobachten. Sehen wir

wirklich die Vergangenheit, wie sie gewesen ist, oder ist dies nur ein Bild davon?«

»Weiß nicht, ob das zählt, Sör.«

»Der Major spekuliert über Angelegenheiten der Metaphysik.« Sidi Bombay lächelte.

»Können wir alles sehen, was wir wollen? Jede Szene in Raum oder Zeit?« wollte Clive wissen.

»Das is nich leicht, Sör. Die Kontrollen dieses Dingsbums hier sind teuflisch schwer zu handhaben. Ich kann nur hier und da eine Abstimmung vornehmen. Aber ich erreichte Chang Guafe wohl deshalb, weil Sie dabei waren, Sör. Und jetzt sind Sie hier. Es ist alles irgendwie miteinander verbunden, Sör.«

»Aber du hast ihn zuvor schon gesehen, sagst du?«

»Ja, Sör. Aber Sie, Sör, Sie sind jetz hier, nich wahr?«

Clive nickte wie betäubt. In der Tat Metaphysik. Alles ringsumher. »Was geschieht mit Chang Guafe? Kannst du ihn mir zeigen?«

Horace Smythe bediente wortlos die Kontrollen der Maschine. Wasser floß herauf und erfüllte den Nebel in der Mitte des Raums. Dunkelheit erfüllte das All. Ein Gefühl von Kälte und Feuchtigkeit durchdrang den Raum. Dunkle grüne Gestalten waberten, und silbrige Gestalten flitzten vorüber wie Kugeln. Clive wurde sich bewußt, daß er den Grund des Polarmeeres erblickte. Eine große Gestalt, zum Teil von einem glatten metallenen Schild eingehüllt, kroch voran.

»Es ist Chang Guafe!« rief Clive aus. »Er ist heil!«

Weder Horace Smythe noch Sidi Bombay sprachen ein Wort.

Der phantomgleiche Chang Guafe kroch wie eine Krabbe über den Grund der See. Das Wasser wirbelte hoch und kochte kurz. Clive ließ sich nieder, sah hinauf zu der nebligen Stelle und erblickte die aufgewühlte Oberfläche des Meeres, darüber den Raum-Zug, wie er sich in den eisigen Himmel hob. Clive richtete die Aufmerksamkeit wieder auf Chang Guafe.

Der fremdartige Cyborg streckte ein schaufelähnliches Gerät aus und hob einen Klumpen vom Meeresgrund. Mit winzigen Werkzeugen, die er aus dem Körper ausstreckte, schabte er das Material in eine Röhre und schickte diese hinauf zur Meeresoberfläche. Er saugte Luft ein und pumpte damit elastische Säcke auf, die in der Öffnung des Schilds erschienen.

Chang Guafe erhob sich anmutig zur Oberfläche. Er änderte erneut sein Äußeres und füllte eben hergestellte Brennstofftanks mit Wasser. Das Wasser floß in Chang Guafes Körper und trat als glitzernde Teilchen durch Röhren unter dem Körper des Cyborgs wieder aus.

Chang Guafe hob sich in die Luft, jagte von der Erde weg und verschwand.

Der Nebel verdunkelte sich, als sei die Nacht eingebrochen.

»Das ist alles, Sör.«

»Aber wohin ist er verschwunden, Smythe?«

»Das weiß ich nicht, Sör. Scheint so, als wär der Major zu weit weg von Chang Guafe. Oder Chang Guafe vom Major, Sör. Wie dem auch sei, ich kann das Bild nicht über diesen Punkt hinaus festhalten, Sör.«

»Ich nehme an«, warf Sidi Bombay ein, »daß Chang Guafe auf die Suche nach seinen Leuten gegangen ist. Oder er will vielleicht sonstwohin.«

»Und dies geschieht — jetzt?« wollte Clive wissen.

»Dies geschah vor langer Zeit.«

»Und wo ist Chang Guafe jetzt — im Jahr 1896?«

Der Inder hob die Schultern. »Sergeant Smythe sagte dir, daß es Chang Guafe gutgehe, Clive Folliot. Aber das war zum Teil eine Mutmaßung. Ich glaube gleichfalls, daß wir ihn wiedersehen werden, wenngleich ich nicht weiß, wann und wo das sein wird.«

Horace Smythe hantierte an den Kontrollen der Maschinerie herum, aber das Bild im Nebel verblaßte, und er war außerstande, es zurückzurufen. »Was ist danach geschehen, Sör?« fragte er. »Ich meine, Sör, nachdem der Major an Bord des Zugs geklettert war und nachdem sich der Zug in den Himmel erhoben hatte. Was dann, Sör?«

»Danach fand ich mich in London wieder, im Haus meines sterbenden Freundes George du Maurier. Ich hatte mit ihm aus dem Dungeon heraus gesprochen. Mir war niemals klar, ob wir wirklich in Verbindung miteinander gestanden hatten oder ob es eine Illusion gewesen war, ein Traum oder ein Bild, oder eine Halluzination. Aber es war keine Illusion — es war Wirklichkeit.«

»Herr du Maurier ist tot«, sagte Sidi Bombay.

»Jetzt, ja.«

»War er allein, als Sie ihn sahen? War er bei Bewußtsein? War er im Besitz seiner Fähigkeiten?« fragte Horace Smythe.

»Er war nicht allein. Madame Clarissa Mesmer war bei ihm, die Enkelin des berühmten Anton Mesmer. Er war bei klarem Bewußtsein, als ich ihn verließ.«

Horace Smythe und Sidi Bombay tauschten einen weiteren Blick aus. Smythes Finger flogen. Rätselhafte Worte und Symbole blitzten über den Bildschirm.

»Madame Mesmer ist eine sehr mächtige Frau, Major Folliot«, sagte Sidi Bombay.

»Mächtig?« entgegnete Clive. »Meinst du psychisch oder in der Beeinflussung eines Menschen, Sidi Bombay?«

»Beides, Major Folliot. Und mehr.«

»Mehr, Sidi Bombay? Erklär dich genauer!«

»Ihr Einfluß erstreckt sich nicht nur auf menschliche Tätigkeiten, Major Folliot. Das meinte ich damit.«

»Sidi Bombay, Sergeant Smythe — ich fürchte, ich bin in eine Situation geraten, die weit jenseits meines Bewußtseins liegt. Es gibt Zeiten, da fühle ich mich wie ein einsamer Abenteurer, ein Herkules oder Parzival, der sich auf der einen Seite Ungeheuern und auf der anderen Verrätern gegenübersieht. Aber selbst damit komme ich klar. Es gab eine Zeit in meinem Leben, da hätte ich derlei Merkwürdigkeiten hilflos gegenübergestanden. Das ist nicht länger der Fall. Das Dungeon hat mich verändert, mich stärker gemacht, mich zum Besseren hin geändert.«

Er blickte von Horace Hamilton Smythe zu Sidi Bombay. »Zu anderen Zeiten jedoch fühle ich mich wie eine Figur auf einem Schachbrett, wie ein hilfloser Bauer, der in einem Spiel eingesetzt wird, das er weder versteht noch beherrscht.«

»Schach ist ein altes Spiel«, entgegnete Sidi Bombay. »Im mittleren Osten und in meinem eigenen Land kannte man es lange, bevor es Europa erreichte. Wir sind vielleicht alle Schachfiguren im Schachspiel der Götter. Aber wir sind keine Bauern. Sergeant Smythe halte ich für einen Turm — mächtig, direkt vorgehend, tapfer. Und ich selbst — nun, vielleicht ein Läufer, der die Pfade der anderen schneidet und ferne Ziele schlägt, die so etwas nicht erwarten, Major Folliot.«

»Und ich? Welche Figur bin ich? Was meinst du, Sidi Bombay?«

»Sie, Sir? Für mich gibt es da keine Frage, Sir. Sie sind ein Pferd. Ihre Macht ist nicht so offensichtlich, aber, Sir, ebensowenig Ihre Absichten. Sie scheinen sich geradeaus zu bewegen, nur um sich dann seitlich zu schlagen. Dann wiederum bewegen Sie sich nach rechts oder links, dann ändern Sie die Richtung und fallen dort hinein, wo man Ihren Angriff nicht erwartet. Oder Sie ziehen sich zurück und wenden sich im letzten Augenblick um und schlagen Ihren Verfolger. Sie mögen niemals ein Baron werden, Major Folliot, aber im Schachspiel sind Sie bereits ein Ritter, ein Pferd!«

Clive vermochte ein Lächeln nicht zu unterdrücken. Er sah von Sidi Bombay hinüber zu Horace Hamilton Smythe. »Wir drei betraten gemeinsam das Dungeon. Du, Horace, und du, Sidi Bombay — und ich. Der Turm, der Läufer und der Springer — vielleicht. Aber wer ist der König? Baron Tewkesbury? Mein Bruder Neville? Baron Samedi? Vater O'Hara? George Du Maurier?«

»Der König ist tot, lang lebe der König!« intonierte Sidi Bombay mit feierlicher dunkler Stimme.

Clive schoß ihm einen Blick zu.

Sidi Bombay entgegnete den Blick, sagte jedoch nichts weiter.

»Und wer ist die Königin?« fuhr Clive fort. »Lady 'Nrrc'kth? Meine Ururenkelin Annabelle Leigh? Madame Mesmer? Lorena Ransome?«

Sidi Bombay spreizte schweigend die Hände.

»Immer und immer wieder bin ich im Dungeon auf Schachspiele getroffen«, sagte Clive. »In Greens Haus, zum einen. Und in dem merkwürdigen Zimmer, das wie eine Szenerie der Phantasien des Dr. Dodgson* aussah, zum anderen. Schachfiguren, wirklichen Personen nachgebildet. Ich appelliere an euch. Ihr wißt anscheinend weit mehr über unsere gegenwärtige Situation als ich. Teilt mit mir eure Informationen!«

Sergeant Smythe sagte: »Das werden wir tun, Sör. Das werden wir tun!« Er faßte Clive beim Ellbogen und führte ihn zu dem Stuhl, den er, in der Verkleidung als junger Maurice Carstairs, gerade verlassen hatte. »Wenn Sie sich nur gleich hier hinsetzen woll'n, Sör, werden Sie eine Menge an Informationen erhalten. V'leicht mehr, als Ihnen lieb ist.«

Clives Blick krallte sich in den des Gefährten. »Anschließend, meine Freunde, werde ich die weitere Vorgehensweise vorschlagen.«

»Ja, Sör. Wie Sie sagten, Sör.«

»Sergeant, ich wäre dir dankbar, wenn du mich nicht beschützen würdest. Wir drei haben das Dungeon gemeinsam betreten, dort in dem Rubinherz mitten im Sudd. Was uns daraufhin alles im Dungeon zustieß, ist Folge dieses Vorfalls. Ich schlage daher vor, daß wir drei

---

* Lewis Carroll. — *Anm. d. Übers.*

unsere Kräfte vereinigen — oder wiedervereinigen — und sehen, daß wir alles bis zum Ende bringen. *Jetzt*, Sergeant Smythe und Sidi Bombay. *Jetzt* und ohne weitere Verzögerung oder Ablenkung. Wir haben viel durchgemacht, gemeinsam und voneinander getrennt. Wir litten unter Fängen und Klauen und giftigen Stacheln. Wir sind gefangengehalten worden, haben Einsamkeit und Schmerz erfahren.«

Er schlug mit der Faust in die Handfläche. »Ich schlage vor, daß wir drei einen Pakt bilden, daß wir einen großen Eid schwören, als Blutsbrüder — jawohl, als Blutsbrüder, trotz der Verschiedenheit unserer gesellschaftlichen Stellung und der Verschiedenheit unserer Rassen —, und alles zu einem Ende bringen!«

Ohne weiteres Wort schlugen die drei Männer, ein aristokratischer Engländer, ein Yeoman* und Berufssoldat und ein mystischer dunkelhäutiger Inder, die Hände ineinander.

Es folgte ein Augenblick des Schweigens. Dann blinzelte Horace Hamilton Smythe. »Hab gehofft, daß Sie so was wie das da sag'n würd'n, Sör. So was, genau wie das da! Danke sehr, Sör! Danke sehr! Also gut, dann ist's Zeit, an die Arbeit zu gehen, Sör!«

»Sehr schön. Unsere erste Aufgabe wird es sein, unseren Trupp von Abenteurern wieder zusammenzubringen, der die meisten unserer Erlebnisse im Dungeon geteilt hat.«

»Ich dachte, es ginge nur um uns drei, Sör. Den Major und Sidi Bombay und mich selbst, Sör.« Smythes Stimme und der Ausdruck auf dem Gesicht zeigten eine gewisse Enttäuschung.

»Ich verstehe deine Gefühle, Sergeant Smythe«, sagte Clive. »Wir drei sind mehr als nur Verbündete, mehr als Mitglieder eines Geschäftsunternehmens oder eines Sportvereins oder einer Militäreinheit. Ja, wir sind Brü-

---

* Berittener Milizsoldat. — *Anm. d. Übers.*

der! Aber wir drei können diese Aufgabe nicht ohne Hilfe angehen.«

»Da gibt's die Gesellschaft zur Förderung der Universellen Nachbarschaft.«

»Allerdings. Und wir werden unter deren Vorzeichen handeln, wenn es dir und Sidi Bombay nützlich erscheint. Aber du mußt mich für das Gefühl entschuldigen, daß wir besser daran täten, wenn wir erst einmal unsere Kameraden auffänden. Jene wenigstens, die überlebt haben und gewillt sind, uns darin zu unterstützen, was mit Sicherheit das letzte Gefecht zwischen den Verteidigern alles Gerechten und Richtigen und Moralischen werden wird — und deren eingeschworenen Feinden.«

»Wen hat der Major denn nun im Hinterkopf, Sör?« Horace sah mehr und mehr verdrossen drein. »Wir werden sicherlich unsere Gruppe nicht auseinanderreißen müssen, hoffe ich.«

»Niemals.« Clive schüttelte den Kopf. Er sah den Ausdruck von Erleichterung auf Horace Smythes Gesicht. Selbst der normalerweise stoische und reservierte Sidi Bombay lächelte und nickte.

»Aber seht mal, Horace, Sidi Bombay!« fuhr Clive fort. Er drückte den Daumen an die eine Seite der Nase, den Zeigefinger an die andere. Vor dem inneren Auge erschienen Bilder ungezählter Abenteuer, unermeßlicher Gefahren und Einsamkeiten im Dungeon. Und dennoch erschien ihm all das Leiden im Rückblick merkwürdig süß.

»Aber seht mal«, wiederholte er, »ich will euch nur ein paar ins Gedächtnis zurückrufen. Horace, Sidi Bombay — ist dieser wunderbare Mechanismus nicht imstande, eine Handvoll Individuen aufzuspüren?«

»Das weiß ich nicht, Clive Folliot.« Der Inder sah zweifelnd drein. »Du mußt mir so viel erzählen wie möglich, und ich werde so viel zu tun versuchen wie möglich.«

Ganz offensichtlich, dachte Clive, ist Sidi Bombay der Beherrscher der Maschine.

»Chang Guafe hast du mir bereits gezeigt.«

Sidi Bombay nickte.

»Und Annie, mein Liebling Annabelle Leigh. Wenn wirklich sie das Flugzeug über dem Polareis steuerte — aber nicht wirklich sie, die ich in Gloucestershire zurückließ —, wo ist Annie jetzt? Und wo ist das Flugzeug?«

In einer merkwürdig westlichen Geste hielt der Inder die Handflächen vor sich. Es war für ihn nicht notwendig zu sagen, daß er die Antwort auf Clives Frage nicht kannte.

»Du weißt es nicht, aber du kannst es herausfinden?«

Der Inder runzelte die Stirn.

»Ehe du's versuchst«, sagte Clive, »will ich die Liste vervollständigen. Da haben wir Shriek ...«

»Die verdammte riesige Spinne?« Horace Smythes Gesicht rötete sich.

»Ja, Horace, ein seltsames und fremdartiges Wesen, aber ein Wesen, das uns bei allen Gefahren und Einsamkeiten zur Seite stand. Als ich sie zum letztenmal sah, war das arme Ding auf die Größe einer gewöhnlichen Hausspinne geschrumpft. Aber wo ist sie jetzt? Können wir sie irgendwie herholen? Und können wir ihr ihre Größe zurückgeben?«

»Das mag sein, wie es sein mag«, sagte Sidi Bombay. »Wir werden sehen. Aber hast du deine Liste vervollständigt, Clive Folliot?«

Clive schüttelte den Kopf. »Nicht im geringsten, Sidi Bombay. Dann ist da Finnbogg — ein liebes, vertrauensvolles Wesen und ein getreuer Verbündeter. Ihm ist's gelungen, auf die eigene Welt zurückzukehren, oder nicht? Dort wäre er mit der eigenen Art wiedervereinigt, aber hat er seine Geschwister gefunden, die er so verzweifelt suchte? Ist er glücklich geworden, oder leidet er noch immer an den Wunden, die ihm das Dungeon geschlagen hat? Ach, Sidi, ich vermisse Finnbogg. Er war nicht der Klügste, damit kein Mißverständnis aufkommt, aber in ihm brannte eine Flamme der Reinheit, die wir komplizierten Leute längst verloren haben.« Er hielt inne, ehe er fortfuhr: »Und da ist Tomàs …«

»Tomàs!« Horace Smythe explodierte. »Er hat sich nicht um uns gekümmert, Major, nicht mal um Sie! Und Sie sagten mir, daß er Ihr Blutsverwandter sei, ein Folliot!«

»Ja, Horace, das ist er. Auch das vornehmste Haus kann von Zeit zu Zeit einen Gauner hervorbringen. Tomàs wäre auf keinen Fall der erste. Und dennoch ist Tomàs nicht durch und durch ein Halunke. Gut und Böse kämpfen ständig in der Seele eines jeden Menschen. Warum sollte ein Folliot da eine Ausnahme machen? Und ob zum Guten oder zum Bösen: Tomàs ist und bleibt ein Folliot.«

»Mag sein, Major — mag sein! Warum sollten wir uns um ihn kümmern, wenn er sich nicht um uns kümmerte? Nun, unseres Wissens wird er uns erneut verraten, wie er's tat, als wir ihn zum erstenmal trafen!«

»Das trifft alles zu, Horace. Ich kann's nicht leugnen. Aber er ist immer noch von meinem Blut — und er war unser Gefährte. Ich sehe nicht ein, warum wir Tomàs einfach seinem Schicksal überlassen sollen. Wenigstens nicht, solange wir nicht etwas für ihn tun können.«

Sidi Bombay mischte sich ein. »Ist damit Ihre Liste komplett, Clive Folliot?«

Clive stand mit gesenktem Kopf da, als mustere er die Stiefelspitzen. Er rieb sich das Kinn zwischen Zeigefinger und Daumen. »Es gibt noch einen, meine Freunde.«

»Nicht Lady 'Nrrc'kth, Sör! Ich weiß, wie der Major fühlt, aber die Lady ist tot, Sör. Daran können wir nichts ändern, Sör.«

»Nicht Lady 'Nrrc'kth.« Clive hob die Augen zu seinen Gefährten und senkte die Hand. »Nein, nicht sie. Ich werde ihr Bild für immer im Herzen tragen, meine

Freunde, aber ich weiß, daß ich dieses geliebte Gesicht niemals mehr sehen werde, daß ich diese kostbare Berührung niemals mehr verspüren werde. Nicht in dieser Welt. Vielleicht in einer anderen.«

»Dann wen, Sör?«

»Baron Samedi.«

»Das Geschöpf des Hades?«

»Wir wissen nicht, ob er ein Geschöpf des Hades ist.«

»Aber wir sahen ihn dort!«

»Wie er uns auch! Hast du während deiner Reisen durch New Orleans niemals von ihm gehört, Horace?«

»Ich ... ich bin nicht sicher, Sör. Sollte ich das?«

»Dort gibt es einen Kult — wenigstens lernten wir das in Cambridge —, Hoodoo oder Voodoo oder Vodun genannt. Aus der Gegend von Louisiana, von den Sklaven aus Haiti importiert. Der Kult verbindet christlichen und animistischen Glauben aus der afrikanischen Region von Senegal. Afrikanische Götter und Naturgeister, christliche Gestalten, Opferungen und Zauberei ... eine fremde und wundervolle Religion.«

»Ja, Sör. Dessen bin ich mir sicher, Sör. Ich bin mir sicher, daß die Professoren des Majors in Cambridge etwas Faszinierendes daraus machten, Sör. Aber was hat das mit mir zu tun?«

»Baron Samedi ist eine wichtige Gestalt im Hoodoo-Kult. Mit dem Zylinderhut und dem Schwalbenschwanz und der Zigarre — mit dem großspurigen und gespreizten Gehabe — er spottet dem Tod und allen Kräften des Bösen. Er half uns auf unserer Flucht in die niederen Regionen — oder von der Ebene des Dungeon, die wir dafür hielten. Ich wäre stolz darauf, ihn während der letzten Auseinandersetzung mit unseren Feinden zur Seite zu haben.«

»Und das sind alle, Sör? Der Major wünscht nicht noch einen?«

»Sergeant Smythe, entdecke ich da etwa eine Spur von Sarkasmus in deiner Stimme?«

»Sarkasmus, Sör? In *meiner* Stimme? Sör, ich bin ein Bauernjunge, geradeheraus, der in der Armee 'n Zuhause gefunden hat. So etwas wie Sarkasmus ist einem einfachen Soldaten wie mir fremd, Major.«

»Also gut. Dann los!« Clive fuhr zu dem Inder herum. »Sidi Bombay, was meinst du? Du scheinst mehr als befähigt zu sein, diese Instrumente zu bedienen. Ist's möglich, unsere ehemaligen Gefährten zu orten?«

»Vielleicht, Clive Folliot.«

»Und sie zu erreichen? Mit ihnen in Verbindung zu treten, sie herzuholen?«

»Vielleicht, Clive Folliot. Ich werde sehen, was ich tun kann. Vielleicht würden Sie und Horace Smythe mich während dieses Versuchs allein lassen?«

Clive spürte Horaces Hand am Ellbogen. »Sidi bringt's hin, wenn überhaupt jemand, Major.«

»Aber der Raum-Zug ...«

»Dies wäre eine völlige andere Methode, Clive Folliot«, sagte Sidi Bombay leise. Er wandte den beiden den Rücken zu und beschäftigte sich mit der Maschinerie.

»Wenn Sidi alleingelassen wer'n will, Sör, glaub ich, daß wir 'n besser allein lassen.«

»Was hast du im Sinn, Horace?«

»Das weiß ich nich, Sör. V'leicht 'n Glas Ale. Ich kenn 'n hübsches Pub nich weit von hier.«

KAPITEL 12

Der Stutzer und der Herzog

Der Stutzer vom Kontinent und der unechte zaristische Herzog verließen das Gebäude über eine kopfsteingepflasterte Allee. Eine Horde Katzen, die über einen Müllhaufen stakte, fauchte kämpferisch und machte schließlich den geschwungenen Stöcken der beiden Männer Platz.

»Werden wir einen Hansom nehmen, Sergeant?« fragte Clive, als sie den Bürgersteig erreichten.

»Herzog Splitovsky, bitte, Sör!«

Clive grinste. »Entschuldigen Sie bitte, Euer Exzellenz! Und Sie dürfen mich«, — er dachte einen Augenblick lang nach —, »Monsieur Terremonde nennen.«

»Ist nur ein kurzer Weg, M'sieur. Gehen wir lieber zu Fuß!«

Horace Hamilton Smythe — Herzog Splitovsky — ließ den Arm unter den des Gefährten gleiten und führte ihn aus der Mündung der Allee hinaus in das geschäftige Treiben eines Londoner Spätnachmittags. Als sie in die vorübereilende Menge traten, zog sich ein gutgekleidetes Paar zurück, warf ihnen feindselige Blicke zu und tauschte hinter den vorgehaltenen Händen Worte aus.

Splitovsky führte Terremonde durch die grauen Straßen. Von der Themse her hatte sich bereits ein Nebel erhoben, und die Luft war düster und kalt. Die verschwommene Sonne war nichts weiter als eine milchige Scheibe im graubraunen Himmel. Kutschen, Postkutschen, Broughams* und Hansoms bevölkerten die Straßen; das Holz quietschte, und die eisernen Räder knirschten auf den Pflastersteinen.

---

* Geschlossene vierrädrige und zweisitzige Kutsche. — *Anm. d. Übers.*

An einer belebten Kreuzung wedelte ein Bobby in der eleganten Uniform und dem kupferroten Helm der städtischen Polizei hektisch mit den Händen und versuchte, den heranströmenden Verkehr in Ordnung zu bringen. Als Splitovsky und Terremonde an ihm vorübergingen, salutierte der Bobby. Splitovsky und Terremonde erwiderten diese Geste mit fast militärischer Präzision, indem sie die Spazierstöcke zur Krempe der seidenen Hüte hoben.

Überraschend plötzlich änderte die Umgebung ihren Charakter. Was ein geschäftiger Stadtteil mit ordentlichen Büros und hübschen Geschäften gewesen war, wich nun einem schmutzigen Viertel mit billigen Pensionen, Vorratsschuppen, Getreidespeichern und Spelunken. Zu einer der letzteren führte der Herzog Splitovsky den Monsieur Terremonde.

»Sind Sie sich sicher?« wollte Terremonde wissen. Aber ehe Splitovsky etwas entgegnen konnte, rief der andere aus: »Ich kenne diesen Ort! Nun, das ist die Kneipe, wo sich mir die beiden Frauen anschlossen — wo sich der Barkeeper befand...«

»Sprechen Sie's nicht aus!« zischte Splitovsky.

Clive/Terremonde hielt den Mund.

Die schwere Tür schwang hinter den beiden Männern zu. Terremonde stand nur da und schaute sich um, während Splitovsky an ihm vorbei zu der langen hölzernen Theke ging, wo ein Barkeeper mit Schürze lümmelte, der in eine Unterhaltung mit einer Frau vertieft war. Diese Frau hatte Terremonde nie zuvor gesehen, aber sie war von dem Typus, womit er kürzlich eine schmerzliche Bekanntschaft gemacht hatte.

Splitovsky schlug mit dem Spazierstock auf die hölzerne Theke. »Bedienung bitte, Sir!« Er sprach mit hartem Akzent.

Folliot/Terremonde spähte durch einen Nebel aus Tabakrauch, Ausdünstungen destillierten Alkohols, Rosenöl, Moschus, abgestandenem Schweiß und Londoner

Smog. Der Barkeeper hatte hochgeblickt und unterhielt sich jetzt mit Smythe/Splitovsky.

Konnte Terremonde den eigenen Augen trauen? Er rieb sie sich mit den Fingerknöcheln, die in grauen Handschuhen steckten. Er bahnte sich mit dem Spazierstock einen Weg durch die dichtgedrängte Stammkundschaft der Kneipe.

»Horace!«

Kaum war Terremonde der Ausruf über die Lippen gekommen, da wurde ihm auch schon klar, daß er möglicherweise einen gefährlichen Faux-pas begangen hatte. Er wußte nicht, wer die Stammgäste der Spelunke waren und zu wem sie gehörten, aber nach seiner ersten Begegnung mit den beiden lockeren Damen, deren rüpelhaften Verbündeten und dem undurchsichtigen Barkeeper und ›Besitzer‹ des Etablissements fürchtete er, daß allein das Nennen von Graf Splitovskys wirklichem Namen den Mann in Gefahr bringen könnte.

Aber im Lärm und Gewimmel der Kneipe gingen Terremondes Worte unter.

Splitovskys Hand war zwischen zwei bulligen Typen hervorgeschossen, hatte Terremonde beim Ellbogen gepackt und ihn zur Theke gezogen. Terremonde schoß erst Splitovsky und dann dem unheimlich vertraut aussehenden Barkeeper einen Blick zu. »Wer bist du, Mann?« zischte Terremonde.

»Smith, Sir.«

»Das ist Smith mit einem *i* und nicht mit *ye*«, warf Graf Splitovsky ein.

»Das stimmt, Milord.« Der Barkeeper zerrte an seiner Stirnlocke. »Matthew McAteer Smith.«

»Und wer ist der Besitzer dieses Etablissements?«

»Das wäre Herr Smithson, Milord. Herr Oliver Oscar Smithson.«

»Und die Frau, mit der du gerade gesprochen hast?«

Smith sah an Terremonde vorbei. »Die Dame mit der Feder im Haar? Das wäre Miß Smithers, Milord. Miß

Dorothy Daphne Smithers. Und sie ist ein hübsches Mädel, finden Sie nicht auch, Milord, wenn ich meine Meinung sagen darf?«

Terremonde drückte die Hand an die Stirn. Die Haut fühlte sich klamm an, und in seinen Ohren rauschte es. Wie aus der Entfernung hörte er den Barkeeper Smith mit Graf Splitovsky reden. »Seine Lordschaft sieht ein wenig angegriffen aus. Wir sollten ihm vielleicht ins Hinterzimmer hinüberhelfen.«

Splitovsky knurrte zustimmend.

Terremonde spürte, wie er ausrutschte und wie ihm ein Paar starker Hände unter die Arme griff. Er verlor nicht völlig das Bewußtsein, spürte jedoch, wie man ihn durch die dichtgedrängte Menge der Stammgäste der Kneipe lotste. Das Gaslicht fauchte und waberte, Rauch trieb durch die giftige Atmosphäre. Er spürte, wie er auf ein Sofa gelegt wurde, roch das Leder der Polsterung, versuchte, den Blick auf die hölzernen Leisten über sich zu konzentrieren.

Er ertappte sich bei der Frage, was wohl aus seinem seidenen Hut und dem polierten Spazierstock geworden war. Gesichter spähten auf ihn herab. Stimmen summten, Kleider raschelten.

»Sind Sie in Ordnung, Sör?«

Clive kämpfte sich in eine sitzende Stellung. Starke Hände halfen ihm dabei. Ihm schwirrte noch immer der Kopf, aber er spürte, wie er seine Kräfte allmählich wieder zurückgewann. Ein Glas wurde ihm an die Lippen gedrückt. Er schluckte eine brennende Flüssigkeit, spürte, wie die Kraft vom Magen her ausstrahlte, noch während er den Drink austrank. Brandy.

»Mir ... Mir geht's gut. Ich ... Es war nur alles zuviel für mich.« Clive hob eine Hand an die Stirn und merkte, daß er noch immer den grauen Handschuh trug, der für einen Nachmittag in der Stadt angemessen war. Jetzt mußte es Abend sein, und er war noch immer in der Tageskleidung!

»Horace?« Er spähte in das Gesicht, das ihm am nächsten war. War's das Gesicht des Herzogs Splitovsky oder das Gesicht von Horace Hamilton Smythe?

»Versuchen Sie, tief zu atmen, Sör. Sie sehen schon besser aus, Major Folliot.«

»Ich — ich fühle mich beschämt, Horace. Ohnmächtig zu werden wie eine schwache Frau!«

»Das kann jedem passieren, Sör. Wie der Major sagt, manchmal ist's zuviel. Sie werden jetzt wieder in Ordnung sein, Sör. Wünscht der Major etwas Stärkung?«

Clive nickte, nahm einen tiefen Zug und schluckte. »Danke, Horace.« Sein Kopf war jetzt klar genug, um zu bemerken, daß Hut und Stock gleichfalls mitgebracht und in der Nähe des Tischs abgelegt worden waren. Er blickte von Horace Hamilton Smythe — ja, selbst in seiner Identität als Herzog Splitovsky zweifelte Clive nicht im geringsten daran, daß der Mann Horace Smythe war — zu den anderen ringsum. Der Barkeeper, der ihm als Matthew McAteer Smith vorgestellt worden war. Die Frau, Dorothy Daphne Smithers. Und der würdevolle und stattliche Mann, sicherlich Oliver Oscar Smithson.

»Ihr — ihr seht alle gleich aus!« hörte Clive die eigene Stimme rufen.

»Wie man so sagt, Sir, tun wir das tatsächlich.« Smithson hatte gesprochen.

»Aber wir sind genausogut voneinander verschieden«, sagte die Frau Dorothy Daphne Smithers.

Clive sah sie sich jetzt etwas näher an. Ihr Haar war lang und üppig, schwarz wie Jett und lockte sich sehr zu ihrem Vorteil in anmutigen Wellen ums Gesicht. Die Brauen hatten die gleiche Schattierung und kontrastierten verblüffend mit einem bleichen Teint, der durch den Gebrauch weißen Puders noch bleicher geworden war. Die Augen waren von einem tiefen und glänzenden Blau, die Züge hübsch und anmutig. Die Figur, wie sie sich im tiefgeschnittenen Mieder und dem in der Taille enganliegenden Gewand zeigte, war üppig.

Clive blinzelte bewundernd und lächelte sie an. »In der Tat, meine Liebe. Aber Horace«, wandte er sich an den Grafen Splitovsky, »wer sind diese Leute? Wo sind wir hier? Es war schon merkwürdig genug, als ich in diesem Zimmer Philo Goode begegnete — ich glaube, daß es genau dieser Raum hier war. Aber jetzt sehe ich nur leicht veränderte Züge deines Gesichts in jedem Gesicht, dem ich begegne. Was geht hier vor?«

»Wenn ich Antwort geben dürfte, M'sieur Terremonde.« Der imponierende Oliver Oscar Smithson ergriff das Wort. Er sog an einer schwarzen Kuba. Das Gesicht war von blühender Farbe, und die Bartkoteletten zu beiden Seiten trafen sich mit dem ergrauenden Schnauzbart. Das Haar war dünn, der Bauch dagegen nicht im geringsten. Die Brokatweste und die Kleidung kennzeichneten ihn als einen Mann von Bedeutung.

»Bitte!« entgegnete Clive.

»Willkommen, Clive Folliot, in der Bathgate-Abteilung der Gesellschaft zur Förderung der Universellen Nachbarschaft! Sie werden von uns gehört haben, nehme ich an, Sir?«

»Von Ihnen gehört?« Clive brachte es fertig, sich hinzustellen. Die Knie waren noch immer weich, aber die Benommenheit war jetzt verschwunden. Er streckte Dorothy Daphne Smithers die Hand entgegen. Sie reichte ihm die Brandy-Karaffe. Die hatte er nicht haben wollen, aber er nahm dennoch einen weiteren Schluck von dem Schnaps und setzte die Karaffe auf den Tisch zurück. »Ja, ich habe von Ihnen gehört, Herr Smithson. Horace — Graf Splitovsky — hat mir von der Gesellschaft erzählt. Horace und Sidi Bombay. Das meinte ich nicht, Sir. Ich meine: Sind Sie alle miteinander verwandt? Sind Sie Kopien oder jene merkwürdigen Wesen, die, wie ich hörte, *Klone* genannt werden?«

»So etwas Ähnliches«, sagte Smithson.

»Aber nicht ganz.« Das war Miß Smithers. Clive fiel auf, daß ihre Stimme genauso charmant war wie ihre gesamte Erscheinung. Kühl, dunkel, weich — wenn auch mit einem Hauch von Wärme, als ob glühende Asche beiseite gelegt worden wäre, bis man sie wieder der leidenschaftlichen Flamme übergeben würde.

»Nicht ganz? Wenn Sie dann bitte ...«

Miß Smithers tauschte Blicke aus mit Smythe, Smith und Smithson. »Es gibt mehr Welten, als Sie zu erträumen vermögen, M'sieur Terremonde.«

»Soviel lernte ich bereits im Dungeon, Miß Smithers.«

»Daran hege ich keinen Zweifel, Monsieur. Ich las Ihre Berichte mit Vergnügen und Bewunderung.«

Clive spürte, wie er errötete, spürte jedoch zugleich eine bemerkenswerte Zufriedenheit dabei, daß seine Mühen Anerkennung gefunden hatten. »Dann kennen Sie meine Abenteuer.«

»Ihre Abenteuer, Monsieur, machten Sie auf mehr Welten berühmt, als Sie sich vorstellen können. Diejenigen, die davon Kenntnis besitzen, von Ihnen, Ihren Gefährten ... Sie leben weit verstreut. Sie könnten eine Straße in Buenos Aires, in St. Petersburg, in Istanbul oder in Tokio entlanggehen — kaum einer von tausend Menschen würde Sie erkennen. Aber dennoch gäbe es da diesen einen unter zehntausend. Und das trifft nicht nur auf jede Großstadt dieses Planeten zu, sondern auch auf den Mars, auf die Welten, die die großen Sterne Procyon und Deneb umkreisen, auf Planeten, die Sonnen umkreisen, so weit entfernt von hier, daß sogar die Galaxien, zu denen sie gehören, mit bloßem Auge nicht erkennbar sind. O ja, M'sieu Terremonde! O ja! Wohin der Mensch den Fuß setzt — und sogar auf Welten, auf welche bislang noch kein Mensch den Fuß gesetzt hat, wo jedoch der Funke des Bewußtseins in Gestalten erstrahlt, die fremder sind als alles, was Ihnen bislang begegnete — dort sind Sie bekannt.«

»Aber wegen der Smiths«, warf Graf Splitovsky ein. »Wäre da nicht ein Wort der Erklärung angebracht?«

»Wäre es tatsächlich.« Oliver Oscar Smithson betrat mit blühendem Gesicht und übertriebenem Gehabe die Bühne.

»Jede Station der G.F.U.N. soll einem bestimmten Sektor irgendeiner Welt dienen. Abgesehen von denen in eher spärlich bewohnten Region des Universums. Dort kann eine Station einem ganzen Planeten dienen — oder vielen Planeten. Und jede dieser Stationen ist, wann immer es möglich ist, mit blutsverwandten Personen besetzt. Die Gesellschaft weiß schon seit langem aus Erfahrung, daß die Bande des Bluts die Bande politischer und anderer Loyalitäten verstärken. Daher ist diese Station also von Smiths besetzt sowie Smythes und Smithsons und Smithers ...«

»Unsere Station in der amerikanischen Stadt New York«, setzte Dorothy Daphne Smithers fort, »ist mit Joneses besetzt. Joneses, Johns, Johnsons, Johansons, Jacksons.«

»Und unsere Station in Marsport Central ...«, fügte Matthew McAteer Smith hinzu. Die anderen wandten sich ihm zu. »Nun, die marsianischen Namen sind für menschliche Zungen nicht leicht auszusprechen.«

»Sind die Marsianer selbst nicht menschlich?« wollte Terremonde wissen.

Smith lächelte. »Nicht — öh, nicht ganz, M'sieur Terremonde.«

»Aha. Aber ... Ich habe mich in der Vergangenheit mit Wesen verbündet, die weder von menschlicher Gestalt waren noch von irdischer Herkunft. In welcher Gestalt manifestieren sich jene Bewohner des roten Planeten?«

Smith schoß Smithson einen fragenden Blick zu. Letzterer nickte bestätigend, und der ehemalige Barkeeper drückte auf einen verborgenen Knopf in der Holzverschalung der Wand. Ein Teil des festen Walnußholzes schien durchsichtig zu werden, so durchsichtig wie klares Fensterglas. Terremonde starrte auf ein Wesen, das so ähnlich aussah wie eine tropische Qualle, die hoch in der dünnen Atmosphäre einer anderen Welt dahintrieb.

»Wenn ich den Namen des Stationsleiters auszusprechen versuche«, fuhr Matthew McAteer Smith fort, »dann hört er sich etwa so an ...« Und er gab ein Geräusch von sich, das mit nichts Ähnlichkeit hatte, was Terremonde je im Leben vernommen hatte; eine Mischung zwischen einem Raspeln und Zischen und einem trockenen gequälten Rasseln. »Jedes Mitglied der Station ist mit dem Leiter verwandt, und ihre Namen weisen darauf hin — wenngleich Sie mich entschuldigen werden, daß ich nicht den Versuch unternehme, sie für Sie wiederzugeben.«

Terremonde gab einen zustimmenden Laut von sich.

»Daraus erkennen Sie also die Wichtigkeit der Folliot-Familie für die Gesellschaft zur Förderung der Universellen Nachbarschaft.« Graf Splitovsky hatte gesprochen. »Und wir täten vielleicht gut daran«, fügte er hinzu, »wenn wir uns auf den Weg dahin zurückbegäben, wo unser Verbündeter auf uns wartet.«

Terremonde blinzelte. »Ja. Ja, öh, das wollen wir tun.«

»Fühlen Sie sich gut genug?« fragte Splitovsky.

Terremonde deutete an, daß er sich gut genug fühlte. An der Seite des Russen ging er zur Tür. Oliver Oscar Smithson und Matthew McAteer Smith boten beiden die Hand. Dorothy Daphne Smithers tat desgleichen — mit Splitovsky. Sie behandelte Terremonde anders, hielt ihn in den Armen und bot ihm die üppigen Lippen an. Terremonde zögerte nur für den Bruchteil einer Sekunde, dann senkte er das Gesicht dem ihren entgegen. Die Wärme ihrer Reaktion erregte ihn. Er zog sich zurück. Eine unausgesprochene Botschaft war zwischen den beiden hin- und hergegangen.

Er atmete aus und ließ sie los. Er fragte sich, ob er sie jemals wiedersähe — und falls er's täte, was dann das Ergebnis wäre.

Oliver Oscar Smithson legte die Hand auf den kunstvoll ausgearbeiteten Messingknauf der Tür. »Ehe ihr geht, meine Freunde ...«

Terremonde und Splitovsky hielten inne.

»... muß ich euch warnen. Das Gebäude steht auf einer Instabilität.«

»Ja, das weiß ich«, sagte Splitovsky.

»Als ich das letztemal hier war ...«, begann Terremonde, aber ein Blick von Smith sagte ihm, daß er nicht weiterreden brauchte.

»Ich werde M'sieur Terremonde als Führer dienen«, sagte Splitovsky.

»Sehr schön. Seid — vorsichtig, meine Freunde. Und gute Reise!« Smithson drehte den Türknauf, und Clive Folliot und Horace Hamilton Smythe traten durch das Portal der Hölle.

Ich bin schon einmal hiergewesen! dachte Clive. Flammen leckten um ihn herum. Winzige Vulkane, die über einer Landschaft unähnlich einer Landschaft der Erde verstreut waren, stießen Rauchwolken aus. Der Gestank des Schwefels stach ihm in der Nase, und die saure Atmosphäre trieb ihm heiße Tränen in die Augen. Es gab keinen sichtbaren Himmel. Statt dessen flackerten über ihren Köpfen die Flammen, und sich dahinwälzende Wolken schwarzen Rauchs brachen sich an zerklüfteten Spitzen — eine höllische Umkehrung der monströsen Landschaft. Sie sah zornig und furchterregend nieder und drohte herabzufallen und alles dort unten zu zerstören.

Irgendwoher aus der Ferne drang ein Kreischen herüber. In Wahrheit und bildlich gesehen war's der verzweifelte Schrei der Verdammten.

Clive Folliot spürte, wie ihn eine Hand am Ärmel ergriff. Er wandte sich um und sah Horace Hamilton Smythe ins Gesicht.

»Sagen Sie, daß es nich so is, Major! So sicher, wie Ma'am mich gewarnt hat, so sicher ist das hier Satans ureigenstes Gebiet, und wir sin verloren. Wir werden für das Mahl des Teufels gekocht!«

Das kosmopolitische Gehabe des Herzogs Splitovsky war abgefallen, und wenngleich der Mann noch immer die formelle Kleidung eines zaristischen Diplomaten trug, benahm er sich erneut so wie in seiner wahren Identität.

Gleichermaßen war M. Terremonde wieder Clive Folliot geworden, jüngerer Sohn eines Landadeligen, Major in den Diensten Ihrer Majestät der Königin.

»Das ist die Hölle, stimmt schon, Sergeant. Aber wir sind nicht verdammt! Reiß dich zusammen, Mann! Du bist durchs Dungeon durch; du weißt, daß die Hölle — diese Hölle, zumindest — nur eine weitere Ebene des Dungeon ist.«

»Ich erinnere mich, Sör.« Smythe war sichtlich ruhiger. Er ließ Clives Ärmel los. »Tut mir leid, Sör.«

»Ist schon gut, Horace. Ich versteh schon.«

»Ich wußte, daß dies ein veränderlicher Ort war, Major Folliot, aber ich hätte nie erwartet, direkt von einem Büro der Gesellschaft in den Hades selbst zu stolpern.«

»Stimmt schon, Smythe. Aber jetzt müssen wir hier wieder herausfinden. Du nimmst nicht an, daß Sidi Bombay zufällig ein Auge auf uns gerichtet hält?«

»Glaube kaum, Sör. Er versuchte, unsere verschollenen Gefährten zu orten. Obwohl — wenn wir nicht zurückkehren ...«

»Schon gut. Aber wir können auf Beistand aus dieser Ecke nicht zählen.«

Ihre Unterhaltung wurde von einem Kreischen unterbrochen, als eine teuflische Gestalt einen Dreizack auf sie schleuderte. Clive tauchte nach links weg, Horace nach rechts. Der Dreizack zischte zwischen ihnen durch, und er sprühte und knisterte und hinterließ die Spur eines giftigen Gestanks.

Clive war auf Händen und Füßen gelandet. Noch während er versuchte, wieder auf die Füße zu kommen, sah er, daß sich Horace in entsetzlicher Gefahr befand. Die beiden hatten sich auf einem steinernen Weg wiedergefunden, der kaum breiter war als Manneslänge. Als sie weggetaucht waren, um dem flammenden Dreizack zu entgehen, war Clive am Rand des Wegs gelandet, Horace jedoch, ganz im Gegensatz dazu, war am Rand ausgerutscht und hing zappelnd an den Fingerspitzen und kämpfte darum, den immer schwächer werdenden Halt wiederzufinden.

Wenn er den Halt verlöre, würde er in eine Grube voll tosender Flammen stürzen.

Clive flog durch die schwefelerfüllte brodelnde Luft über den Weg. Er stürzte gerade dann am Rand des Wegs nieder, als die Finger von Horaces linker Hand den Halt verloren. Clive packte Horace bei der rechten Hand.

»Halt durch, Horace! Ich hab dich!«

Clive hielt Horaces rechte Hand mit beiden Händen.

Horace griff mit der linken Hand nach Clive und packte ihn am Handgelenk. »Helfen Sie mir! Major, helfen Sie mir!«

Clive faßte Horace am Arm und kroch auf den Ellbogen zurück, wobei er Horace wieder auf den Weg zog. »Keine Bange, mein Freund! Nicht in Panik geraten!«

Er war bereits wieder die halbe Länge eines Unterarms vom Rand des Wegs entfernt. Der Ausdruck von Panik schwand allmählich aus Horaces Gesicht. Hinter und unter Smythe leckten Flammen, und erstaunlicherweise tollten und tänzelten dämonische Gestalten darin umher, die ihre Enttäuschung über den Verlust des Opfers hinausheulten, das sie bereits als ihr Eigentum betrachtet hatten.

»Schieb jetzt die Hände vor! Faß mich an der Schulter, Horace!«

Smythe gehorchte.

Clive hatte jetzt eine Hand frei. Er stemmte sie auf den Weg und hob sich auf die Knie, und zugleich gelang es ihm, Horace Smythe ganz zurück über die Kante zu ziehen. Die beiden Männer richteten sich mühsam auf. Horace stand die Erleichterung ins Gesicht geschrieben, Clive die Befriedigung.

Ein wütender Dämon kreischte in dem Abgrund hinter Horace seine Wut hinaus und schleuderte dem verschwindenden Opfer einen Dreizack nach. Clive schob Horace beiseite — er hatte keine Zeit für einen Warnruf und die nachfolgende Reaktion —, und er packte den Dreizack aus der Luft mit Reflexen, die durch langen und ausdauernden Umgang mit der Gefahr geübt waren.

»Dann wollen wir doch mal sehen, was wir hier haben.« Clive musterte die Waffe. Der Schaft war von der Länge eines Mannes, die Zinken so groß wie das Bajonett am Karabiner eines Pioniers und ebenso giftig behandelt wie der Jagdspeer eines Bewohners des Äquators. Die Waffe bestand ganz aus Metall, und ihre Hitze pulsierte Clive durch die Hand — aber er ließ sie nicht los.

»Sergeant Smythe — können wir zum Büro der G.F.U.N. zurückkehren?«

Horace drehte sich einmal um die eigene Achse. »Ich weiß nicht, wie, Sör. Ich sehe keinen Eingang, der uns zurückbringen könnte.«

Clive nickte. »Das ist nicht sehr überraschend. Wir sind bereits zuvor auf Eingänge gestoßen, die nur in eine Richtung führten und verschwanden, sobald man hindurchgetreten war. Nun, dann gibt's nur eins zu tun — weitergehen! Wir werden unseren Weg hier herausfinden und unsere Mission fortsetzen!«

Sie gingen weiter den Weg entlang. Zu beiden Seiten gab es nichts weiter zu sehen als Szenerien des Schrekkens und der Qual. Flammen schossen empor, Ströme giftigen Rauchs beleidigten ihre Nase, das Kreischen der Verdammten und die gellenden Schreie der Peiniger zerrten ihnen am Trommelfell.

Die grellen Flammen und die schwarzen Wolken schmutzigen Rauchs, der sich aus den Gruben erhob, verschlechterten die Sicht, aber ein Strom fauliger Luft teilte hier und da die Flammen und den aufsteigenden Rauch, und Clive und Horace konnten in die Gruben hineinspähen. Die Gesichter der Gequälten zerrissen ihnen das Herz, und die stummen Bitten um Erlösung waren nicht zu übersehen.

Clive hielt inne und beugte sich über den Rand, wobei er den Dreizack mit nach oben gekehrten Zinken hielt.

»Nicht anhalten, Sör! Wir können ihnen nicht helfen! Wir gehen am besten weiter!«

»Aber — ich erkenne ein Gesicht! Diese Augen, dieses Haar! Ich kann sie nicht hierlassen, um ...«

»Wir können ihnen nicht helfen, Sör! Und soweit wir wissen, sind das entweder Kopien oder Illusionen. Wir sind schon vielen von ihnen begegnet, nicht wahr, Sör?«

Ein wunderschönes Gesicht spähte zu Clive herauf, und in den Augen stand eine Bitte.

»Sie liegt auf den Knien, Horace! Sieh dir ihre Qualen an! Wir können nicht ...«

»Wir müssen, Sör!« Horace zerrte Clive am Ellbogen, zog ihn mit aller Kraft von der gequälten Frau weg. Ehe sie ein halbes Dutzend Schritte entfernt waren, brüllten die Flammen mit neuer Intensität auf. Die Frau verschwand.

»Das war ...«

»Kümmern Sie sich nicht drum, wer's war, Sör! Quälen Sie sich nicht selbst, Major Folliot!«

Eine riesige Gestalt mit Fledermausflügeln löste sich aus den Wolken und schwang sich auf Clive und Horace zu. Nur das Schlagen der Schwingen, das Knallen beim Öffnen und Schließen sowie der heiße stechende Schwefelqualm warnten die beiden Männer.

Clive wandte das Gesicht nach oben und blickte die Erscheinung mit einem erneuten Schock an. »Tomàs!«

Das Ding blieb auf halber Höhe vor Clive und Horace stehen. Der behaarte Körper war die obszöne Parodie eines menschlichen Rumpfs, aber die Beine waren abgestumpft und endeten in Füßen, die diejenigen eines großen und häßlichen Vogels glichen. Sie hatten rasiermesserscharfe Klauen. Statt der Arme hatte die Gestalt Flügel wie eine Fledermaus, und die rudimentären Fingerspitzen waren gleichfalls mit sichelscharfen Klauen bewehrt.

Und das Gesicht — oh, das Gesicht war das eines Mannes!

»Tomàs!« wimmerte Clive ein zweitesmal.

Das Ding schwang sich davon und erhob sich in Richtung auf die fauligen Flammengruben und die schrecklichen Felsformationen des Daches des Hades. Es war so klein wie ein Kalb, dann so klein wie eine Ente, dann drehte es sich erneut herum und tauchte direkt auf die beiden Männer herab.

»Kämpfen Sie, Sör!« Horace Hamilton Smythe hatte seine Betäubung abgeschüttelt und die Stimme wiedergefunden. »Es wird uns töten, Sör — und ich habe keine Waffen!«

Das Ungeheuer tauchte zu ihnen herab und schlug immer rascher mit den Schwingen. Ihre Gestalt erfüllte Clive mit einer Mischung aus Entsetzen und Ekel; im Gesicht standen ihr dämonische Wut und ungesunder Haß, und die Augen glänzten wie gelbweiß glühende Kohlen.

Und die Stimme — die Stimme kreischte so laut und durchdringend wie die kreischenden Bremsen einer großen Dampflokomotive: *»Stirb, Clive Folliot! Stirb und sei verdammt hier zwischen den Verdammten!«*

Clive duckte sich, als das Ungeheuer über ihn hinwegflog, und aus dem Augenwinkel sah er, daß Horace Hamilton Smythe desgleichen tat.

Das Ungeheuer zog sich hoch und schwang sich erneut weg, aber nicht bevor es die Krallen über den Rükken beider Männer gezogen hatte. Die Klauen rissen Clive die Kleidung und die darunterliegende Haut auf. Es fühlte sich an, als ob er mit zwei weißglühenden Stacheln gepeinigt worden wäre. Er stieß einen unwillkürlichen Schmerzensschrei aus und vernahm das Echo dieses Schreis von Horace Hamilton Smythe.

»Es wird wiederkommen, Sör! Es wird wiederkommen! Kämpfen Sie!«

»Aber es ist Tomàs! Er stammt aus meinem eigenen Geschlecht! Horace, wie kann ich ...«

Für die restliche Frage blieb keine Zeit. Das schreckliche Wesen schlug mit den Flügeln und stieg erneut auf, und es tauchte jetzt wieder herab und warf sich auf den Weg. Es streckte die Klauen aus, um zu reißen und zu zerren, und der Mund öffnete sich zu einem Wutgeschrei, der halb menschlich und halb dämonisch war.

Clive sank in die Knie, griff den Dreizack mit beiden Händen und sah dem heranstürmenden Ungeheuer direkt in die Augen. »Runter, Horace!« rief er.

Genau in diesem Augenblick schossen die Klauen des Wesens dort durch die schweflige Luft, wo sich Smythe befunden hatte. Smythe plumpste auf den Weg hinab. Tomàs — vielmehr das Wesen mit Tomàs' Gesicht und einer Parodie von dessen Stimme — schwang sich durch die dampfende Luft, zog sich mit einem erneuten kräftigen Schlag der Flügel voran, hob sich dann mitten in der Luft und streckte die rasiermesserscharfen Klauen unmittelbar vor Clives entsetztem Gesicht aus.

Clive warf sich nach vorn und hielt den ausgestreckten Dreizack vor sich hin. Das fledermausflügelige Ungeheuer und die geschärften Zinken trafen sich mit einem Schlag, der Clive den Arm hinablief und ihn von den Füßen warf — und das Ungeheuer war von dem Dreizack aufgespießt.

Rauchende grünschwarze Flüssigkeit spritzte aus dem Rumpf des Ungeheuers.

Clive ließ den Dreizack fallen.

Das Ungeheuer taumelte auf den Weg und plumpste auf den Rücken, und der Schaft des Dreizacks stach aus dem fleischigen Rumpf heraus.

Entsetzt, verwirrt, wenngleich bewegt von dem Pathos des verwundeten Wesens, kniete Clive an seiner Seite nieder. »Tomàs? Tomàs? Bist du's wirklich? Warum hast du — wie — deine eigene Art, Tomàs ...«

Er hielt inne angesichts des nackten Hasses, der ihm aus den Augen des Ungeheuers entgegenblitzte. »Besser, in meiner wahren Gestalt sterben ...« Die Stimme, die halb die von Tomàs und halb die der kreischenden Bestie war, zerrte Clive in den Ohren. »Besser, in meiner wahren Gestalt sterben, als noch länger als verfaulter Mensch zu leben, als korrupter Folliot!«

»Aber du warst ...« Clive redete nicht weiter. Das Gesicht von Tomàs Folliot, dem portugiesischen Seemann, verzerrte sich im Todeskampf. Die Lippen schürzten sich; Clive fragte sich, ob Tomàs zu pfeifen versuchte, aber statt dessen spie Tomàs einen Klumpen Speichel aus. Nur daß es kein Speichel war — es war die gleiche Flüssigkeit, die noch immer von den Zinken des Dreizacks tropfte, der im Rumpf steckte. Die stinkende schleimige Substanz brannte, wo sie Clive im Gesicht getroffen hatte, und er wischte sie mit dem Ärmel weg.

Tomàs' Augen wurden glasig, und das angestrengte Atmen hörte auf.

Clive spürte, wie ihn Horace sanft an der Schulter zerrte. »Kommen Sie, Sör. Kommen Sie. Er ist tot.« Clive ließ es zu, daß er auf die Füße gezogen wurde. Er sah zu, wie Horace Tomàs einen Fuß auf den Rumpf setzte und den Dreizack auf eine Weise herauszog, wie es den Soldaten Ihrer Majestät beigebracht worden war, wenn sie ihre Bajonette aus den Körpern der feindlichen Soldaten herausholen sollten.

»Kann ich nichts für ihn tun?« murmelte Clive leise. »Er war immerhin von meinem Blut.«

»Wir können nur das tun, Sör. Entweder ihn hier liegen lassen oder ...« Smythe machte eine Geste.

Clive zögerte einen Augenblick lang, nickte dann und stieß ein schweigendes Gebet zu weiß der Himmel welcher Gottheit aus, sich der wie auch immer gearteten Seele von Tomàs anzunehmen.

Horace Hamilton Smythe stieß den Körper mit der Stiefelspitze über den Rand des Wegs. Der Körper taumelte in die flammende Grube unten und verschwand.

Clive Folliot versuchte das freudige Gekreisch aus der Grube unten zu überhören und nicht zu sehr darüber nachzudenken, was es bedeutete.

Sie gingen weiter den Weg entlang. Horace Smythe trug jetzt den Dreizack, den er Tomàs aus dem Körper gezogen hatte. Clive und Horace vermochten noch nicht einmal abzuschätzen, wie viele Kilometer sie gegangen waren. Der Pfad, den sie passierten, änderte sich stetig in der Zusammensetzung, zeigte jetzt eine Oberfläche aus Marmor, dann eine wie Basalt. An einer Stelle wurde er zu Metall, ein Netzwerk von Trägern, ähnlich einer Eisenbahnbrücke. Unter ihnen fiel ein Abgrund in die Tiefe, und auf dessen Grund lagen Seen schmelzenden Schwefels.

Flammen und Wolken fauligen Gases stiegen zwischen den Trägern auf. Clive richtete den Blick nach oben. Die höllische Grube zu seinen Füßen fand ihr Gegenstück über ihm, und er sah Scharen der schrecklichen fledermausgeflügelten Wesen um Gruben und glimmende Berge aus schwefeliger Lava versammelt, die wie Vulkane aus den heißen Felsen zu ihren Füßen emporragten.

Die Wesen trugen menschliche Gesichter, und Clive erblickte die haßerfüllten Gesichter von Männern und Frauen, gegen die er sich Ebene um Ebene im Dungeon durchgekämpft hatte.

Besonders eines der fledermausflügeligen Wesen erregte Clives Aufmerksamkeit. Es war kleiner als die übrigen, und einen Augenblick lang fragte sich Clive, ob sie sich wie Menschen vermehrten, und falls das der Fall sei, ob dies ein heranwachsendes Kind sei.

Ihre Blicke krallten sich ineinander. Das Gesicht hätte das eines Engels auf irgendeinem mittelalterlichen Gemälde sein können, wenngleich ein Gesicht von derartiger Bösartigkeit, daß es Clive einen Schauder den Rükken hinabjagte, trotz der Hitze ringsum. Plötzlich erkannte Clive die Szenerie vor sich wieder. Es war nicht das Werk eines mittelalterlichen Meisters, sondern ein Werk des phantastischen Malers Hieronymus Bosch.

Der Dämon lächelte und erhob sich in die Luft. Die Schar von Gefährten folgte — Dutzende, schließlich Hunderte. Sie nahmen nicht direkt Ziel auf Clive und Horace, sondern umkreisten sie, wobei sie mit den schrecklichen halbmenschlichen Stimmen krächzten und kreischten.

»Rasch weiter, Sör!« drängte Horace. Er beschleunigte den Schritt zu einem gleichmäßigen Trab und eilte auf das weit entfernt liegende Ende der Bogenbrücke zu, aber einer der Dämonen landete mitten auf dem Weg. Ein weiterer folgte, dann noch einer, bis ein volles Hundert der Ungeheuer die Brücke versperrte.

»Zurück, Horace — den anderen Weg!« Clive und sein Gefährte fuhren herum und wollten zurückgehen, nur um den Weg von einer weiteren Menge der Dämonen versperrt zu finden.

Die beiden Trupps von Dämonen hüpften wie Vögel, schlugen dabei die großen lederartigen Schwingen wie riesige Fledermäuse, streckten begierig die Klauen aus und schlossen Clive und Horace immer enger ein.

»Das ist das Ende, Sör! Ich hab' da den Dreizack, und ich werd' so viele mitnehmen, wie ich kann. Aber dennoch, Sör — das ist das Ende!«

Clive ergriff Horace bei der Hand. »Wir werden kämpfend untergehen, Sergeant, wenn es denn sein muß. Aber ...«

Er spähte in die flammende Grube neben der Brücke. Krater rauchten, Flammen flackerten empor, Wolken eines schwarzen, Übelkeit erregenden Rauchs waberten um sie her. Das Kreischen der Verzweiflung und die peitschenden Schreie schmerzten ihnen in den Ohren.

Und in einer besonders dunklen und massiv wirkenden Rauchwolke tanzte eine feierlich gekleidete Gestalt eine Gigue, tippte sich an den schwarzen Zylinderhut und vollführte eine spöttische Verbeugung. Aus der Tasche im Schwalbenschwanz zog der Fremde eine krumme Zigarre. Er biß die Spitze ab und spie sie dem Ungeheuer entgegen, das Clive und Horace am nächsten stand. Er steckte die Zigarre zwischen die Zähne, beugte sich zu einer prasselnden Flamme hinüber und entzündete sie.

Er blies eine Rauchwolke in die Menge der fledermausflügeligen Ungeheuer. Hustend und kriechend zogen sie sich zurück. Er drehte sich um, zog an der Zigarre und blies den Ungeheuern, die Clive und Horace von der anderen Seite her bedrohten, eine weitere Rauchwolke entgegen.

»Willkommen, meine Freunde!« lächelte er.

»Baron Samedi!«

»Major Folliot. Sergeant Smythe. Es freut mich, euch im Hades willkommen zu heißen.«

»Du hast uns das Leben gerettet.«

»Kleinigkeit. Diese Dämonen sind ein Ärgernis. Nicht ernst zu nehmen.«

»Aber einer davon war mein Gefolgsmann, der Seemann Tomàs. Ich — ich habe ihn getötet.«

»Bedauerlich.«

»Wir müssen hier heraus, Baron. Kannst du uns zurück nach London bringen? Wirst du uns begleiten?«

»Euch begleiten? O nein, nein, nein! Ich bin viel zu beschäftigt. Ich hab' hier unten meine Pflichten. Ich besuche eure Welt nur selten — wenngleich ich eine interessante Zeit auf der Insel Haiti verbrachte. Und es gibt da eine hübsche Stadt mit Namen New Orleans, der ich gelegentlich einen Besuch abstatte.«

»Ich glaube, davon ist mir ein wenig bekannt, Euer Gnaden.« Das war Horace Hamilton Smythe.

»Stimmt, Kollege.«

Clive fragte: »Kollege?«

»Ich glaube, daß der Baron Samedi für die G.F.U.N. arbeitet.«

»Stimmt, Kollege. In Port-au-Prince. Und in New Orleans. Wie ich mich erinnere, Horace, kreuzten sich unsere Wege zum erstenmal in New Orleans. Du stecktest dort ein bißchen in der Klemme.«

»Ja, stimmt, Euer Gnaden.«

»Du möchtest bestimmt nicht mit uns kommen, Baron Samedi?« Clive fragte sich jetzt, ob sich seine Wege mit denen der G.F.U.N. auf den verschiedenen Ebenen des Dungeon gekreuzt hatten. Immer wenn die Dinge hoffnungslos erschienen waren, wenn er sich verloren geglaubt hatte, stellte sich plötzlich und überraschend der Sieg ein: war es reines Glück gewesen oder reiner Mut — oder das heimliche Eingreifen der Gesellschaft zur Förderung der Universellen Nachbarschaft?

»*Non, mes amis,* ich kann euch nicht begleiten. Aber ihr wollt den Hades verlassen? Trotz des gesunden Klimas, der farbigen Szenerie, des aktiven gesellschaftlichen Lebens und der Gegenwart so berühmter Personen? Sehr schön. Ihr wollt nach London zurückkehren?«

»Um zu sehen, ob Sidi Bombay Finnbogg gefunden hat ...«

»Finnbogg?« Baron Samedi winkte mit der Zigarre in einer Weise, wie ein Bühnenzauberer mit der magischen Wand winkt.

Die Hölle verschwand.

Clive Folliot fand sich von blauen Bäumen umgeben. Von oben, gefiltert durch das Blätterdach, schienen drei grüne Sonnen von einem roten Himmel herab.

KAPITEL 13

Wie ein Fremdling in Eden

Er fuhr herum, hielt Ausschau nach Horace Smythe, nach Baron Samedi, nach den Ungeheuern und Dämonen, die ihn nur einen Sekundenbruchteil zuvor umzingelt hatten. Sie waren nirgendwo zu sehen.

Die Schreie der Verdammten, das höhnische Gelächter ihrer Peiniger … alles war verschwunden. Ringsumher nur Stille. Die Luft war angenehm, das einzige Geräusch war das leise Rascheln des Windes in den hohen, freundlichen Bäumen.

Irgendwo sang ein Vogel. Sein trillerndes, schmetterndes Lied war so schön, daß es Clive Folliot die Tränen in die Augen trieb. Er hob die Hände, um die Tränen abzuwischen, sah dann an sich herab und entdeckte, daß er völlig neu eingekleidet war — in ein loses grünes und braunes Gewand.

Er fragte sich laut, wo er sich wohl befände.

Niemand antwortete.

Es hatte keinen Zweck stehenzubleiben. Er sah hinauf zu den drei grünen Sonnen über der Blätterkuppel und suchte etwas, woran er sich orientieren konnte. Er war alles andere als ein Pfadfinder. Wenn er nur die Geschicklichkeit eines Indianers besessen hätte! Aber in Cambridge hatte er ein wenig Geographie gelernt und sich überdies einiges an geographischem Wissen während seiner Zeit im Dienste Ihrer Majestät angeeignet, und sobald er einigermaßen im Bilde war, schritt er stetig voran.

Während er so dahinging, untersuchte er sich selbst, seine Kleidung und seine Habe. Die Kleidung bestand aus festem Stoff, war sorgfältig geschnitten und paßte ausgezeichnet. Weder in dem enganliegenden Hemd, noch in der losen Jacke und der Hose befanden sich Taschen. Er besaß weder Waffe noch Werkzeug, war demnach mit lediglich den sprichwörtlichen Kleidern am Leib hierher gebracht worden.

Die Stiefel jedoch waren fest, die Temperatur angenehm, und er war unverletzt. Eine nette Flucht aus dem Hades!

Baron Samedi war nirgendwo zu erblicken. Er hatte gesagt, er könne — oder wolle — die Hölle nicht zusammen mit Clive und Horace Smythe verlassen.

Clive blieb stehen. Horace — wo war er? Der Mann hatte Clive zu dem Etablissement begleitet, das die Station der G.F.U.N. beherbergte. Wo befand er sich jetzt — noch immer auf der Ebene von Pech und Schwefel gefangen? Oder war er in das Quartier zurückgekehrt, wo sie Sidi Bombay zurückgelassen hatten?

Clive hatte keine Möglichkeit, es herauszufinden.

Er setzte den Marsch fort, überquerte Lichtungen, Wiesen, kehrte jedoch stets in den Wald zurück. Dieser Ort — diese Welt — mochte ein ganz eigentümliches Paradies sein, aber Clive ermüdete zunehmend, und er wurde von Hunger und Durst gequält. Er hatte noch immer keine Vorstellung davon, wo er sich befand, ob dies hier lediglich eine weitere Ebene des Dungeon war, ein exotischer Ort der Erde oder ein Land der Phantasie — oder der Illusion —, wohincin Baron Samedi ihn geworfen hatte.

Er erreichte eine Stelle, wo der Wald weniger dicht war und wo ein klarer und einladender Bach durch ein Bett mit feinem Sand und kleinen Steinen plätscherte. Er blieb stehen, ließ sich in das merkwürdig bläuliche Gras hinab und musterte den Bach. Er sah aus wie klares Wasser, aber er hatte keinerlei Kenntnis der örtlichen Umgebung, der Lebensbedingungen und der Beschaffenheit seines Aufenthaltsortes. Seiner Vermutung nach mochte der Bach nicht nur Wasser enthalten, sondern irgendeine verhängnisvolle Chemikalie, die sich als tödlich erwiese, sollte er einen Tropfen davon trinken.

Aber Baron Samedi war freundlich gewesen. Er hatte Clive und seinen Gefährten bei ihrer ersten Begegnung im Dungeon geholfen, und er hatte Clive und Horace bei ihrer kürzlich erfolgten unerwarteten Wiederbegegnung auf der Brücke vor den Dämonen gerettet. Clive mußte einfach darauf vertrauen, daß ihn Samedi nicht in den Tod geschickt hätte.

Er streckte sich aus und ließ das Gesicht in den Bach fallen.

Das Wasser war kühl, rein und köstlich! Er trank und bespritzte sich Gesicht und Hände.

Er kauerte sich auf die Hacken und musterte den Himmel. Die drei Sonnen waren, von ihm aus gesehen, hintereinander aufgereiht. Er besaß keine Möglichkeit, ihre Entfernung abzuschätzen, aber wenn er annahm, daß sie alle gleich groß seien, konnte er schließen, daß sie direkt in einer Linie standen. Diese Welt, dieser Planet, umkreiste die nächstgelegene der drei — das war offensichtlich. Demnach müßten sich, je nach Jahreszeit, die Tage und Nächte der Welt voneinander unterscheiden.

Wenn sich der Planet am einen Ende seiner Umlaufbahn befände, stünden die drei Sonnen tagsüber in einer Linie am Himmel und würden des Nachts vom Schatten des Planeten verdeckt werden. Wenn das Jahr weiter voranschritte, zöge der Planet zwischen der eigenen Sonne und den beiden anderen Begleitern hindurch, und der echte Tag wechselte mit einem geisterhaften falschen Tag ab, wenn die beiden Begleiter zur sonst dunklen Nachtzeit des Planeten aufgingen.

Ein Netz fiel Clive über die Schultern.

Er versuchte aufzuspringen, aber er wurde von dem zusammengeknoteten Gewebe zurückgehalten. Er verrenkte sich und versuchte, einen Blick auf den Angreifer zu werfen, aber es gelang ihm lediglich, einen Blick auf bleiche Hände und dunkle, zerlumpte Kleidung zu erhaschen, ehe ihm ein Sack über den Kopf gestülpt wurde. Er verdoppelte seine Anstrengungen, woraufhin er einen betäubenden Schlag erhielt, und dann war alles dunkel um ihn.

Als er das Bewußtsein wiedererlangte, befand er sich in einem Raum, der aus einem Roman von Sir Walter Scott hätte stammen können. Steinwände, gewölbte Decke, flackernde Fackeln, riesige Wandteppiche. Er sah sich aus nächster Nähe einem vertrauten Gesicht gegenüber. Er fuhr wütend empor — oder versuchte es zumindest, denn er wurde von einer festverknoteten Leine an einem rohen Stuhl festgehalten. Und er starrte in ein erschreckend vertrautes Gesicht.

»N'wrbb Crrd'f!«

»In der Tat«, zischte der andere. »Ich hatte wirklich gehofft, dich niemals mehr wiederzusehen, Clive Folliot. Unsere letzte Begegnung war unangenehm genug für mich.«

Der Mann war groß und schlank. Selbst jetzt, da er auf einem großen Steinsessel saß — eher Thron als Sessel —, überragte er Clive. Jetzt stand er auf, kam langsam heran und beugte sich zu seinem Gefangenen herab. Seine Haut war bleich wie die eines Albinos. Das Haar war schwarz mit mehr als nur einem Schimmer von Mitternachtsgrün darin. Die Augen brannten wie zwei dunkle Smaragde.

»Du hast mir die Lady 'Nrrc'kth genommen, Folliot. Und jetzt ist sie ...«

»Tot«, ergänzte Clive. »Tot im Dungeon. Für uns beide verloren.«

»Ja.« N'wrbb Crrd'f nickte. Er trug einen seidigen Schnauzbart sowie einen dünnen Backenbart. Gedankenvoll hob er eine langfingrige Hand und ließ die juwelenbesetzten Finger durch den Bart gleiten. »Ja, sie ist tot. Du hast keine Möglichkeit, sie mir zurückzugeben, aber ich werde statt dessen einiges an Genugtuung von dir erhalten.«

Er umkreiste Clives Stuhl. Da er nicht in der Lage war, sich zu erheben oder die Hände zu gebrauchen, konnte Clive seinem Fänger lediglich mit den Augen folgen. Schließlich stellte sich N'wrbb Crrd'f erneut vor Clive. »Sag mir, Folliot — wie hast du mich gefunden? Wie bist du nach Djajj gekommen?«

»Das ist der Name dieses Planeten?«

»Allerdings. Ich dachte, du wüßtest es.«

Clive schwieg.

»Von einem Burschen aus deiner Welt, Folliot, habe ich einen wunderbaren Ausdruck gehört. Er lautet: Die Katze hat dir wohl die Zunge abgebissen; soll heißen: dir hat es wohl die Sprache verschlagen. Ich habe allerdings keine Katze. Aber ich habe eine wundervolle Meute Hunde, Folliot. Sehr große, sehr hungrige Hunde. Magst du diese Tiere?«

Clive musterte weiterhin seinen Fänger. Er würde nichts sagen; anstatt zu sprechen, dachte er fieberhaft nach. *Djajj,* ja, das war die Welt, von wo die wunderschöne 'Nrrc'kth ins Dungeon gekommen war. Sie war Gefangene und unfreiwillige Gattin dieses N'wrbb Crrd'f hier gewesen. Clive hatte sie aus dessen Banden gerettet, hatte mit Crrd'f gekämpft und ihn besiegt. Die Lady 'Nrrc'kth hatte sich Clives Gruppe angeschlossen, war die Dame seines Herzens geworden — und war im Dungeon gestorben.

Er hatte Crrd'f gleichfalls für tot gehalten. Statt dessen war der Mann zu der Welt mit Namen Djajj zurückgekehrt, und Baron Samedi hatte Clive zu dieser Welt geschickt! Warum? Samedi war ihm stets freundschaftlich gesinnt gewesen — aber er war auch notorisch boshaft. Und was für eine nettere Boshaftigkeit gäbe es, als den ahnungslosen Folliot nach Djajj zu senden!

Clive sagte: »Was willst du, N'wrbb Crrd'f? Ich bin deiner Gnade ausgeliefert — wenigstens im Augenblick!

Wirst du dir die Situation zunutze machen, oder wirst du dich lediglich daran weiden?«

»Oh, ich werde etwas tun, mein Freund! Dir wird bestimmt nicht gefallen, was ich tun werde, aber du wirst nicht lange leiden. Auch wird's dir nicht langweilig werden!« Der größere Mann stieß ein schrilles Gelächter aus.

Crrd'f reckte sich zu voller Größe und schritt wieder um Folliots Stuhl herum. Er blieb erneut stehen und hielt die Hände vor dem struppigen Bart verschränkt. Etwas an ihm erinnerte Clive an eine Gottesanbeterin. »Ich hab etwas Wundervolles mit dir im Sinn, Folliot. Aber ich will mir die Hände nicht schmutzig machen. Jemand wird mir helfen.«

Er wandte sich ab und rief: »Nvv'n! Nvv'n Yrr'll!«

Ein raschelndes, schleifendes Geräusch ertönte, und Clive sah die schreckliche Parodie eines Mannes durch eine Tür in den Raum kriechen. War er unfähig, wie ein normaler Mensch zu stehen und zu gehen, oder kroch der Bursche von Natur aus voran wie eine Schlange? Er war stämmig, mit zotteligem, ungekämmtem Haar, das direkt in einen verfilzten, schütteren Bart überging. Selbst über das Zimmer hinweg stieg Folliot der schale Gestank verbrannter Gräser in die Nase, der an der zerlumpten Kleidung des Mannes haftete, die einstmals purpurrot gefärbt gewesen sein mochte.

»Meister, Meister«, wimmerte die Kreatur. Sie kniete kriecherisch und unterwürfig vor Crrd'f.

Anders als Folliot trug Crrd'f einen Lederköcher an einem Riemen über die Schulter geschlungen. Er öffnete den Köcher, holte einen Brocken schleimiges, halbverfaultes Fleisch heraus und warf ihn vor das widerliche Wrack zu seinen Füßen.

Nvv'n fiel auf die Knie, schaufelte den ekelhaften Brocken in den Mund und schluckte ihn geräuschvoll hinunter. Er rülpste laut. »Freundlicher Meister! Guter Meister!«

Crrd'f drückte Nvv'n einen schweren Stiefel in den Nacken und schob ihn hinüber zu Folliot. »Bring das in die Schrumpfmaschine. Und rasch — und verschwinde mir aus den Augen, Drecksack!«

Clive rief Crrd'f Fragen und Forderungen zu, aber letzterer hatte nichts mehr zu sagen. Er stand nur einfach da und lächelte grimmig, als die Mißgeburt Clive samt dem Stuhl und allem übrigen durch einen steinernen Bogengang zerrte.

Folliot war erstaunt. Dies war eine weitere Überraschung zusätzlich zu allen anderen Überraschungen, die er bereits erlebt hatte. Die Kammer, worin er sich fand, war weiß ausgeschlagen und von Tischen und Apparaten erfüllt, wie er sie nur in den Laboratorien der Naturphilosophen in Cambridge gesehen hatte.

Was war diese Welt Djajj? Zunächst hatte sie wie ein buchstäbliches Eden ausgesehen, worin Clive ein einsamer Fremdling war. Dann war er von N'wrbb Crrd'f gefangengenommen — oder von dessen unsichtbaren Gefolgsleuten — und in ein Schloß eines vergangenen Jahrhunderts gebracht worden. Und jetzt ... jetzt befand er sich in einem modernen Laboratorium. Was hatte N'wrbb Crrd'f im Sinn?

Der schmutzige Nvv'n kicherte und brummte vor sich hin — halbverständliche Worte, denen Clive nichts Vernünftiges oder Nützliches entnehmen konnte. Clive sah auf einem der Labortische einen merkwürdigen Apparat stehen, einen eigentümlichen Mechanismus aus Glasretorten und Metallteilen, worin sich eine Anzahl seltsam gefärbter Flüssigkeiten sowie zwei Drähte befanden, die zu etwas führten, das ihn entfernt an eine galvanische Batterie erinnerte.

Nvv'n hob den Deckel eines runden, halbdurchsichtigen Behälters und holte eine Handvoll gemahlener grünlich-brauner Fasern heraus. Diese steckte er in eine Flasche, die mit einer dünnen Röhre verbunden war. Unter einer der Retorten flackerte eine Flamme; Nvv'n setzte damit die erdbraunen Fasern in der Flasche in Brand. Er wandte sich um und blies Folliot eine ekelhaft stinkende Rauchwolke ins Gesicht.

Clive wandte den Kopf ab, preßte die Lippen aufeinander und kämpfte gewaltig dagegen an, den ekelhaften Rauch einzuatmen. Aber der bestialische Nvv'n zog erneut an der improvisierten Pfeife und schickte eine giftige Rauchwolke nach der anderen zu Clive hinüber.

Schließlich war Clive nicht mehr in der Lage, den Atem weiterhin anzuhalten, und er sog einen winzigen Hauch des Rauchs ein. Der Kopf wurde ihm ganz leicht, die Ohren erfüllte ein Donnern, und Lichter tanzten und wirbelten ihm vor den Augen. Er spürte, wie sich ihm der Magen unwillkürlich zusammenzog, und erneut war alles nur noch schwarz.

Er hätte nicht zu sagen vermocht, wieviel Zeit während seiner Bewußtlosigkeit verstrichen war. Seltsame Träume kamen und gingen, Träume, worin die Lady 'Nrrc'kth ihm wiedergegeben wurde, nur um dann immer und immer wieder zu sterben; Träume, worin das Frankenstein-Ungeheuer ihn an der Kehle packte und seinen Kopf immer und immer wieder ins Salzwasser tauchte; Träume, worin Einheiten japanischer Marinesoldaten in surrenden Flugzeugen, Mississippi-Dampfboote angriffen.

Er fiel nicht in einen normalen Schlaf, aus dem man langsam erwacht. Statt dessen wurde er aus dem Griff eines Alptraumbildes, worin ein riesiger Philo Goode und eine ebensolche Lorena Ransome ihn wie einen Federball zwischen sich hin- und herschlugen, sofort in eine kristallene Klarheit gerissen.

»Wesen Clive!«

Er sah sich um und erblickte Shriek, das arachnoide Fremdwesen, das so viele seiner Abenteuer im Dungeon geteilt, das er jedoch seit seiner Rückkehr zur Erde und in das London des Jahres 1896 nicht mehr gesehen hatte. »Shriek!« rief er. Er nahm eine der Scherenklauen des spinnenhaften Wesens zwischen die Hände, wie er die Hände eines langverschollenen Kameraden ergriffen hätte.

Es gab eine Zeit, da hätte er dem Fremdwesen gegenüber nicht so reagiert. Es gab eine Zeit, da wäre er vor Furcht und Ekel zurückgewichen. Aber seine Erlebnisse im Dungeon hatten Clive Folliot viele Lektionen gelehrt — darunter die Wahrheit, daß das äußere Erscheinungsbild eines Wesens wenig mit dessen innerer Natur zu tun hat.

Obwohl der grimmig kalkulierende N'wrbb und die ekelhafte Mißgeburt Nvv'n immerhin von menschlicher Gestalt waren, waren sie im Herzen jedoch nichts anderes als schändliche Ungeheuer. Wohingegen die spinnenhafte Shriek — genauso wie der halbmechanische Chang Guafe und der hündische Finnbogg — die bewundernswertesten menschlichen Eigenschaften besaßen.

»Wesen Clive«, raspelte Shriek erneut, »du lebst! Ich hatte schon alle Hoffnungen aufgegeben, dennoch lebst du!«

»Genau wie du, Shriek.« Selbst in der entsetzlichen Lage, in der sie sich befanden, war Clive hocherfreut. »Wo sind wir jetzt — und was haben diese Ungeheuer uns angetan?«

Die Arachnida stieß ihr merkwürdiges Gelächter aus. »Sehe ich in irgendeiner Weise anders aus für dich, Wesen Clive, als ich's im Dungeon tat?«

Folliot musterte die Arachnida. Er erinnerte sich mit einem Schauder, von dem er hoffte, daß er nicht zu sehr zu sehen sei, an Shrieks heftige Zuneigung zu ihm. Er dachte an das bizarre Begattungsritual einiger Spinnen — vielleicht von Shrieks Art —, in dessen Verlauf das Weibchen das Männchen nach der Vereinigung enthauptet und verzehrt. Shriek hatte Clive ihre Zuneigung deutlich gezeigt, und es war ihm so geschickt wie nur irgend möglich gelungen, ihre Annäherungen zurückzuweisen. Jetzt brachte er heraus: »Du siehst genauso aus wie sonst.«

Shriek stieß erneut das kratzende Geräusch aus. »Du auch, Wesen! Aber sieh dich um! Hat sich irgend etwas geändert?«

Clive bemerkte, daß er sich nicht mehr länger in dem Laboratorium befand. Er war in die Kammer zurückgebracht worden, wo er sich das erstemal N'wrbb Crrd'f gegenübergesehen hatte. Nur daß er auf einer hölzernen Oberfläche anstatt auf dem Steinfußboden des Raums stand. N'wrbb Crrd'f stand in der Nähe seines thronähnlichen Sitzes und lächelte Clive bösartig an.

Und etwas war seltsam. Clive sah zur Decke hinauf und erblickte hölzerne Balken und leuchtende Stablaternen. Sie befanden sich jedoch offenbar etliche Dutzend Meter hoch. Er sah zu den Wänden, und sie waren so weit entfernt wie die steinernen Säulen und die Glasfenster einer Kathedrale.

Und N'wrbb Crrd'f ...

N'wrbb Crrd'f schritt schwerfällig auf Clive zu. Jeder Schritt sandte Schockwellen durch die Luft, jeder Schritt brachte Crrd'f näher heran und ließ ihn immer größer und größer werden, bis er turmhoch wie ein Titan vor Folliot und Shriek stand.

Er hob eine Faust von der Größe eines Pflastersteins und ließ sie auf die hölzerne Oberfläche hinabsausen. Es gelang Clive gerade so eben beiseite zu springen, sonst wäre er wie eine Maus unter einem Hammer zerquetscht worden. Das Holz bebte unter dem Schlag und schleuderte Clive hoch in die Luft.

Shriek stieß einen grauenhaften Schrei aus und zog sich büschelweise stacheliges Haar aus dem Rücken. Folliot erinnerte sich ihrer Fähigkeit, die chemische Zusammensetzung der eigenen Drüsen zu ändern und Substanzen herzustellen, die vielerlei Reaktionen bei den Opfern hervorriefen, die das Unglück hatten, von einem der Stacheln getroffen zu werden.

Shriek kreischte in den höchsten Tönen und warf Büschel nach Büschel auf die riesigen Hände von N'wrbb Crrd'f. Clive hörte Crrd'f vor Schmerz und Wut aufschreien, sah ihn davontanzen; und bei jedem schwerfälligen Schritt erbebte die hölzerne Oberfläche. Aber jetzt war Clive klar, daß der riesige Crrd'f nicht auf gleicher Ebene mit ihm und Shriek stand.

Die hölzerne Oberfläche besaß einen Rand, und Clive lief darauf zu. Ein halbes Dutzend Schritte vom Rand entfernt bemerkte er, daß es sich um eine Plattform handelte, die sich um ein Vielfaches der Größe eines Mannes über dem steinernen Boden der Kammer erhob. Er näherte sich behutsam der Kante und achtete sorgfältig darauf, nicht den Halt zu verlieren und über den Rand hinabzustürzen. Aber ehe er den Rand der Plattform erreichte, spürte er einen schrecklichen Schmerz. Er wurde zurückgeschleudert. Wie betäubt stand er wieder auf; Shriek war neben ihm.

»Verstehst du jetzt, Wesen Clive?«

»Ist N'wrbb Crrd'f ein Riese geworden?«

»Nein, Wesen Clive. Du und ich, wir sind klein wie Milben.«

Clive sank langsam auf die Hacken zurück und hielt sich den Kopf. »Dann gibt es für uns überhaupt keine Hoffnung?«

»Wer weiß, Wesen Clive? Ich war bereits bei meiner Ankunft zusammengeschrumpft. Aber ich sah, wie N'wrbb Crrd'f und sein ekelhafter Lakai Nvv'n andere zusammenschrumpfen ließen. Er wirft sie dann zum Vergnügen seinen Finnboggi vor.«

»Finnboggi? Er hat Finnboggi hier? Ist unser Finnbogg dann gleichfalls hier?«

Shriek machte eine Geste, die einem Achselzucken gleichkam. »Falls er hier ist, ist er geistig dermaßen niedergedrückt worden, daß er sich wie ein Hund verhält. Es sind alles Hunde. Ich sah andere Opfer von Crrd'fs Behandlung ... einige, die ihre Größe zurückerhielten, wenn sie lange genug lebten. Ich glaube, du erhältst deine Größe zurück, Wesen Folliot. Ich mag vielleicht ebenfalls meine Größe zurückerhalten — falls er uns nicht erneut zusammenschrumpfen läßt und falls seine Finnboggi uns nicht zuvor töten.«

»Dann sind sie blutrünstig?«

»Ich weiß nicht. Eher verspielt. Aber ihr Spiel — Wesen Clive, hast du auf deiner Erde jemals zwei junge Hunde gesehen, die Tauziehen mit einer Peitsche spielten?«

Clive schloß die Augen. »Wenn es nur eine Möglichkeit gäbe, die Intelligenz in Finnbogg ... wiederzuerwecken. Ich weiß, daß er so schlau und zuverlässig wie alle guten Wesen ist, die ich je kannte. Aber als Hund ist er jemand, den man unter Kontrolle halten muß. Als ich ihm zuerst begegnete, diente er als Wache, diente er Herren, die ihn verachteten. Aber unter meinen Freunden erwachte er zum eigenen Wesen, und er diente uns lang und gut. Jetzt ist er erneut zurückgefallen, fast als wäre er das Opfer einer Hypnose.«

»Hast du eine Idee?«

»Wir können uns nur vorbereiten. Unsere Stunde wird kommen, meine Freundin Shriek!«

Der verachtenswerte Nvv'n kam zuerst. Clive Folliot und Shriek waren tagelang auf der hölzernen Plattform gehalten worden — Clive wurde klar, daß es sich schlicht um eine Tischplatte handelte. Nvv'n kam jeden Tag und warf ihnen Essensreste zu und bot ihnen Wasser an. Manchmal stand N'wrbb Crrd'f daneben und sah zu; manchmal beugte er sich nah zu ihnen herab und höhnte und lachte.

Shriek riß sich ein Haar aus und warf es auf ihn, aber N'wrbb Crrd'f duckte sich zur Seite und lachte nur noch mehr. Shriek und Clive versuchten gemeinsam, ihrem Tischplatten-Gefängnis zu entkommen, aber die Zone von Schmerz, die sie umgab, hielt sie auf. Selbst wenn sie versuchten, sich hindurchzuschwingen, indem sie aus einer Entfernung von ihrer halben Größe einen Satz machten, warf sie die Kraft zurück.

Aber heute trug Nvv'n schwere Handschuhe, als er sich ihnen näherte. Er beugte sich über den Tisch, griff von oben nach ihnen und fing Clive als ersten. Er band ihm Hände und Füße mit rohem Geschick fest und ließ ihn auf den Steinfußboden fallen, wo er hilflos liegen blieb. Er wiederholte den Vorgang, diesmal mit Shriek als Opfer.

N'wrbb Crrd'f saß in seinem thronähnlichen Sessel und weidete sich an dem Geschehen.

Jetzt verschwand Nvv'n aus dem Zimmer. Man hörte ein schnüffelndes Geräusch, klickende Klauen auf Pflasterstein, Gebell. Nvv'n erschien erneut und hielt die Leinen von sechs Bluthunden in den schmutzigen Händen.

»Laß die netten Hündchen los, Nvv'n«, gurrte N'wrbb Crrd'f.

»O jujuju«, sabbelte Nvv'n. Er ließ die Hunde von den Leinen. In einem Chor von Heulen und Jaulen rannte die Meute der Hunde los, von denen jeder zehnmal so groß war wie Clive in seinem gegenwärtigen Zustand.

»Es sind keine Hunde!« rief Clive aus. »Keine echten Hunde. Es sind Finnboggi. Sie haben ihre Menschlichkeit verloren — sie sind degeneriert!«

Das erste Hundewesen hatte Clive und Shriek fast erreicht. Clive wand sich von Seite zu Seite und suchte verzweifelt nach einer Waffe — und er fand keine. Selbst gebunden wie er war: Wenn er ein Schwert oder ein Messer besäße, könnte er sich befreien und dann versuchen, sich seinem riesenhaften Angreifer zu stellen. Aber es gab nichts — nichts! Also mußte er es mit bloßen Händen versuchen. Bloße Hände, darüber hinaus noch gebunden, gegen eine Meute von Bluthunden so groß wie Elefanten!

Aber nein — Shriek besaß ihre eigenen Waffen! Der

plumpe Nvv'n hatte sein Werk bei Shriek schlecht verrichtet, und sie wand und bog sich, bis die Klauen frei von Banden waren. Sie griff nach Büscheln des Stachelhaars auf ihrem Rücken. Mit den scherengleichen Klauen warf sie sie dem Leithund entgegen. Die Haare trafen mit unbeirrbarer Genauigkeit und gruben sich in die weiche empfindliche Nase des Wesens.

Der Hund stieß ein Geheul des Schmerzes und Schreckens aus und blieb kaum einen Meter vor den beiden kleinen Wesen stehen, die für ein rohes Abschlachten vorgesehen waren.

Ein zweiter Hund übernahm die Führung. Erneut zog Shriek Haare aus ihrem Rücken. Clive wußte, daß das arachnoide Fremdwesen die chemischen Aussonderungen des eigenen Körpers unter Kontrolle hielt. Sie konnte die Chemikalien auswählen, mit denen sie die Spitzen der Stachelhaare tränkte, und ebenso auch die Reaktionen, die sie in ihren Feinden erzeugen wollte.

Einen flüchtigen Augenblick lang fragte sich Clive, wie Shriek gefangengenommen worden war. Um es genauer zu sagen, wie war sie gefangengehalten worden, wo sie doch ihr Arsenal von emotionserweckenden Chemikalien gegen den rohen Crrd'f und den sabbernden und unterwürfigen Nvv'n verwenden konnte. Vielleicht war sie in einem unachtsamen Augenblick gefangengenommen und in einem verschlossenen Raum festgehalten worden, was sie daran gehindert hatte, die Stachelhaare zu schleudern. Vielleicht … nun, es war jetzt nicht die Zeit für Mutmaßungen. Sie *war* gefangengenommen worden, genau wie Clive, und jetzt war der Augenblick des Todes gekommen — oder der Flucht!

Nvv'n geiferte, die Augen wild vor Überraschung und Enttäuschung, als der Plan seines Meisters fehlschlug. Der fast gehirnlose Diener sprang erst zur einen, dann zur anderen Seite. Er gestikulierte, wiederholte die Gesten, die zunächst bedeutungslos erschienen, als sei er wahnsinnig. Aber Clive bemerkte, daß er in Wirklichkeit die Kleider abklopfte, sich nach der Pfeife und dem zermahlenen Stoff umsah, wovon er offensichtlich abhängig war.

Armer Nvv'n, dachte Clive. Doppelt versklavt: Von seinem Meister N'wrbb Crrd'f und von dem fauligen Stoff, den er in der Pfeife rauchte!

Was Crrd'f selbst betraf: Der Mann hüpfte fast genauso wild herum wie sein gehirnloser Lakai. Zuerst brüllte Crrd'f den Diener an, er solle die Finnboggi zu einem erneuten Angriff bringen, dann sprang er zu dem sabbernden Tölpel und drängte selbst die Hunde voran, schlug sie und schrie sie an, den Angriff zu wiederholen. Er trat zurück, lief aus dem Raum und kehrte Sekunden später mit einem Kurzschwert zurück, womit er den Hunden in die Kehrseite stach, während er ihnen kreischend befahl, den Angriff zu wiederholen.

Und die Finnboggi, gefangen zwischen Shrieks verrücktmachenden Stachelhaaren und Crrd'fs Dolch, winselten, krümmten sich und stolperten übereinander.

Was sollte Clive tun, um aus dieser Situation einen Vorteil zu ziehen? Die herumstolpernden Hunde waren nicht voneinander unterscheidbar, aber einer davon, hoffte er, war sein Freund Finnbogg. Wenn er etwas tun könnte, um dieses verrückte Gestolper aufzuhalten, um die Aufmerksamkeit der Hunde zu erregen — besonders die seines Freundes! —, konnte er vielleicht das Blatt zum Nachteil des bösen Crrd'f und des gnomhaften Nvv'n wenden.

Finnbogg hatte Lieder gemocht, erinnerte sich Folliot. Er hatte gern gesungen. Aber Clives Kopf war völlig leer. Nicht eine der Hunderte von Hymnen, der Kunstlieder, Schlager und Märsche, die er je gekannt hatte, wollte ihm einfallen! Dieses ganze verrückte Abenteuer im Dungeon hatte mit dem Besuch eines Musiktheaters zusammen mit der Geliebten begonnen, als Gast seines Freundes du Maurier.

Das Stück hieß Cox und Box, von Sullivan und Burnand. Und darin gab es ein Liedchen, das Clive besonders gemocht hatte, ein Ohrwurm für den Zuhörer. Ja! Die Worte kehrten zu ihm zurück!

Mit winziger, piepsiger Stimme begann er zu singen:

Mein Schicksal war's, nicht lang ist's her,
da schnappt ich mir 'ne Witwe
in Leer…

Und einer der Finnboggi sang — erstaunlich, daß bei dem hündischen Gejaule dennoch jede Silbe klar verständlich war — den Refrain:

Dies geschah auch — noch seltsamer —
in Wanne-Eickel, o weh!

Und dann schlossen Clive und die sechs Finnboggi triumphierend und in beeindruckender Harmonie:

Der große Tag — bald ist's geschafft —
wir hoffen, er wird heiter;
Ich sammle meine ganze Kraft
für diese prächt'ge Feier.

Shriek hatte aufgehört ihre Stachelhaare zu werfen.

Der grimmige N'wrbb hatte sich völlig verdutzt zurückgezogen.

Selbst der sabbernde Nvv'n stand wie vom Donner gerührt da.

»Finnbogg!« rief Clive Folliot.

»Folliot!« Das Hundewesen, das am lautesten in den kräftigen Chor eingestimmt hatte, sprang herbei. Es hob Clive eine der pfotengleichen Hände vors Gesicht. »Clive Folliot, was ist dir zugestoßen!«

Ehe Clive antworten konnte, sah sich Finnbogg um, und ein Ausdruck hündischen Erstaunens stand ihm im Gesicht geschrieben. »Was ist mir geschehen? Allen meinen Geschwistern — meiner Frau und den Kindchen?«

»Deiner Frau und den Kindchen?« echote Clive.

»Ich habe geheiratet, Folliot. Natürlich, das hast du nicht gewußt. Ich fand meine Geschwister, und ich heiratete und zeugte sechs prächtige Kindchen mit meiner Herzensdame. Drei prächtige Jungen, so stark und lebhaft wie ihr Herr. Drei prächtige Mädchen, so bezaubernd und anziehend wie ihre Dam'. Aber — aber danach, Folliot, viel Tragödie!« Er stimmte schmachtend ein trauriges Liedchen an, das Clive erkannte: »Addio Bella Napoli.«

Und noch während Clive erstaunt zusah, leuchtete das Licht des Bewußtseins und der Erinnerung in den Augen aller Finnboggi auf. Finnbogg stellte Folliot hastig neben Shriek auf den Fußboden. Dann wandten sich die sechs Hundewesen wie auf Verabredung um. Ein Geräusch, das nichts ähnelte, was Clive je zuvor gehört hatte, stieg aus den Kehlen der sechs Hundewesen. Es war eine Mischung aus Kummer und Wut, als sechs Wesen, sechs Wesen, die, von hundeähnlichen Vorfahren abstammend, menschliche Intelligenz und Sensibilität entwickelt hatten, sich daran erinnerten, wie schlecht sie behandelt worden waren, sie und alle ihre Lieben.

Und ehe Clive Folliot sich auch nur hätte bewegen können, sprangen die Finnboggi N'wrbb Crrd'f an. Der schlanke Mann stieß laute Schreie aus, schluchzte und flehte um Gnade. Aber es gab keine Gnade.

Was Crrd'f den Finnboggi und ihrer Familie angetan hatte, wußte Clive Folliot nicht. Aber was die Finnboggi N'wrbb Crrd'f antaten, war schmerzhaft … und blutig … und endgültig.

Als alles vorüber war, als die Überreste von N'wrbb Crrd'f leblos und dampfend vor dem Thron lagen, den Crrd'f für sich selbst in Anspruch genommen hatte, trat Finnbogg — der ursprüngliche Finnbogg, den Folliot an der Brücke von Q'oorna getroffen hatte — an Folliot heran.

»Er hat dich klein gemacht, hm?« Finnbogg schnüffelte an Folliot, dann an Shriek. »Hat euch beide klein gemacht, hm?«

»Ich — ich glaube, Nvv'n war auch dran beteiligt, alter Freund.«

»Hu — Nvv'n. Nvv'n blöder als Schnecke. Schlechter Nvv'n, aber sehr blöd. Crrd'f clever. Schlecht, clever Crrd'f tut Finnboggi nie mehr weh.«

KAPITEL 14

»Ihr Essen ist kalt geworden«

Clive Folliot schüttelte blinzelnd den Kopf und schaute sich um. Die Geräusche fremdartiger Stimmen von fernem Ort verschwanden. Wenngleich er keine 3-D-Film-Brille getragen hatte, waren die Anblicke ähnlich exotisch gewesen. Er hatte diesen Raum in Begleitung von Horace Hamilton Smythe verlassen. Zusammen mit Horace hatte er das Londoner Hauptquartier der Gesellschaft zur Förderung der Universellen Nachbarschaft besucht.

Zusammen mit Horace hatte er der Hölle einen Besuch abgestattet — hatte das Hinscheiden seines derben Vetters, Tomàs, bewirkt — war fast umgekommen — und war von Baron Samedi gerettet worden. Er fragte sich einen Augenblick lang, was aus der Seele einer Person würde, die bereits vor dem Tod in die Hölle gekommen wäre und dort stürbe. Die Beantwortung dieser Frage überließ er liebend gerne den Theologen.

Und aus der Hölle war er in die exotische Welt von Djajj gebracht worden, die Heimat der grünhaarigen Leute, denen er vor so langer Zeit im Dungeon begegnet war. Er fragte sich, wie er und Horace in diesen Raum zurückgebracht worden waren? Hatte sie Sidi Bombay mittels irgendwelcher psychischer Energie zu sich gerufen?

Hätte er die letzten Prüfungen überlebt, wenn er nicht schon zuvor im Dungeon abgehärtet worden wäre? War er jemals imstande gewesen, es mit seinem älteren Zwillingsbruder Neville aufzunehmen? War er bereit, sich dieser letzten Prüfung zu stellen?

Clive war im Dungeon gewachsen. Der gefühlsmäßig

dumpfe und in sich gekehrte jüngere Bruder war zu sich selbst gekommen. Ja: Er war bereit, allem entgegenzutreten, was auf ihn zukäme.

Clive erhob sich und sagte: »Sidi Bombay, Horace Smythe — wir haben einen schrecklichen Fehler begangen.«

»Fehler, Sör?«

»Ja, Sergeant, und ich bin daran mitschuldig. Wir sind alle daran mitschuldig. Aber ich am meisten — denn mein Blut und meine Stellung bestimmen mich dazu, die Anführerschaft zu übernehmen, und ich habe statt dessen abgewartet, woher der Wind weht und wohin mich das Schicksal treibt, um meinen Kurs zu bestimmen.«

»Was schlagen Sie also statt dessen vor, Sör?«

»Wir haben es zugelassen, daß wir von den Chaffri und den Ren manipuliert wurden, auch von Vater O'Hara und Philo Goode und N'wrbb Crrd'f sowie meinem Bruder Neville Folliot. N'wrbb Crrd'f ist nicht mehr — ihn ereilte ein schmerzhaftes, jedoch verdientes Ende. Dennoch, meine Freunde, haben wir gelitten, und unsere Gefährten und Verbündeten haben gelitten, und einige davon sind gestorben.«

»Ich verstehe Ihre Gefühle wegen Lady 'Nrrc'kth, Sör.«

»Ja. Wegen der Lady werde ich mir nie vergeben; ich werde es mir niemals verzeihen, daß ich sie in eine Lage führte, die ihr den Tod brachte. Sie ist jetzt gerächt, schätze ich.« Er schloß die Augen und rief einen flüchtigen Augenblick lang ein Gesicht von blasser Anmut und Zartheit herauf und verbannte es daraufhin wieder mit einem Seufzer. »Und unsere anderen Freunde, Horace, Sidi«, fuhr er fort. »Der getreue Finnbogg, Shriek, Chang Guafe. Der Baron Samedi — ein seltsames Wesen, aber schließlich mit noblem Herzen. Sie sah ich gleichfalls. Horace — du warst dabei, als ich Baron Samedis ansichtig wurde.«

»Ju, Sör — das war ich! Und der Bursche war ein willkommener Anblick, obwohl er so seltsam is'! Aber wenn der Baron und seine magische Zigarre nicht gewesen wäre, wären Sie und ich ein Festmahl für diese geflügelten Dämonen geworden, das möchte ich beschwören, Sör!«

Clive nickte. »Und mein eigener Nachkömmling, Annabelle Leigh. Wo ist sie jetzt? Horace Smythe, Sidi Bombay — wo ist sie jetzt?«

Ehe einer von beiden zu antworten vermochte, fuhr Clive fort: »Wir müssen die Initiative ergreifen, meine Freunde. Wir dürfen nicht auf den Angriff des Feindes warten, denn unsere Freunde und Verbündeten flehen uns lauthals um Hilfe an. Wir müssen den Angriff zu unseren Feinden tragen!«

Er erhob sich zu voller Größe und blickte seine Gefährten durchdringend an. »Welche Waffen uns auch entgegengehalten werden — wir dürfen nicht fliehen! Weder Fang noch Klaue noch giftiger Stachel wird uns aufhalten!«

Sidi Bombay sagte: »Was schlagen Sie dann vor, Major Clive Folliot? Und wenn ich fragen darf, Major — wo waren Sie?«

Clive lächelte. »Ich bin mit Sergeant Smythe ein paar Augenblicke draußen in einem Pub um die Ecke gewesen, zur Entspannung. Das stimmt doch, oder etwa nicht, Horace?«

»Jawohl, Sör. Aber wenn ich so sagen darf, Sör — wir erlebten nach dem Verlassen des Etablissements eine höllische Zeit.«

Die beiden Engländer, einer von adeliger Geburt und einer, der von einem knauserigen Bauern abstammte, brachen gemeinsam in ein lautes, herzliches Gelächter aus.

Sidi Bombay sah verwirrt drein.

»Aber nachdem wir dank Baron Samedi und dessen magischer Zigarre die heiße Gegend verlassen hatten«, sagte Horace Smythe, »fand ich mich wieder hier, während Sie, Sör, eine Weile lang nicht zurückkehrten.«

»Eine Weile lang, in der Tat«, warf Sidi Bombay ärgerlich ein. »Zusätzlich zu der Suche, worauf ich mich während eurer Abwesenheit stürzte, hatte ich eine Mahlzeit vorbereitet, die wir nach Ihrer Rückkehr einnehmen sollten. Ihr Essen ist vor Ihrer Rückkehr kalt geworden, Clive Folliot. Wo waren Sie in der Zwischenzeit?«

»Stimmt, Sör!« fügte Horace Smythe hinzu. »Wo waren Sie die ganze Zeit über?«

»Du hast es nicht geschafft, unsere verschollenen Gefährten ausfindig zu machen, stimmt's, Sidi Bombay?«

Der Inder schüttelte traurig den Kopf. »Stimmt, Clive Folliot. Ich weiß nicht, ob die Begrenzung in dem Mechanismus liegt, der uns zur Verfügung steht, oder in meinem beschränkten Intellekt. Vielleicht, wenn wir uns unendlich viel Zeit lassen könnten ...«

»Vielleicht könnte mein Nachkömmling Annabelle Leigh das Problem mit einer ihrer — hm, wie war noch mal der Ausdruck? Ja! Einer ihrer Warenlisten.« Er drückte konzentriert die Lider zusammen. »Nein, nicht Warenlisten — *Software-Programme,* das war der Ausdruck, den sie benutzte. Aber sie ist auch nicht hier.«

»Wir haben Baron Samedi gesehen«, sagte Horace Smythe. »Und den entfernten Vetter des Majors, Tomàs. Ich glaube, wir werden Vetter Tomàs wohl nie wiedersehen — Gott sei Dank sind wir ihn los, sag ich nur. Ich bitte den Major um Vergebung, Sör.«

»Der Verlust eines Verwandten ist niemals ein glückliches Ereignis, Horace. Aber in diesem Fall könnte ich wirklich nicht behaupten, daß ein Tadel sehr angebracht wäre.«

»Was Baron Samedi betrifft«, fuhr Smythe fort, »nun, der ehrenwerte Herr sagte, daß er die Erde hier und da besuchte. Wenn einer von uns jemals den Fuß auf Haiti setzt — angeblich ein tropisches Paradies mit üppigem

Regenwald aus grauen Vorzeiten —, könnten wir ihm dort begegnen. Oder sogar in der amerikanischen Stadt New Orleans.«

»Als Samedi mit der Zigarre winkte«, sagte Clive, »erinnerst du dich an deinen letzten Gedanken, ehe du den Hades verließest?«

»Ich dachte an die Londoner Station der G.F.U.N., Major. Und ich erinnerte mich lebhaft an die Eingangstür des Etablissements, Sör.«

»So so«, nickte Clive. »Und da hast du dich auf einmal wiedergefunden, nehme ich an?«

»Ja, Sör.«

»Woraufhin du direkt hierher zurückgekehrt bist?«

»Ich bin einen Augenblick lang in das Pub zurückgegangen, Sör. Ich bin tatsächlich eine Weile lang in der Hoffnung auf die Rückkehr des Majors dort geblieben.«

»Ja. Ich könnte mir vorstellen, daß du sogar einen guten Zug von den Erzeugnissen des Etablissements zu dir genommen hast. Nein, du brauchst dich nicht zu entschuldigen.« Er hielt die Hand hoch, um einem Schwall von Erklärungen vorzubeugen. »Ich kehrte nicht dorthin zurück, also bist du statt dessen hierher zurückgekehrt. Stimmt das, Horace?«

»So ist's, Sör.«

Clive ging im Kreis umher. Die Energie des konzentrierten Nachdenkens setzte sich in körperliche Bewegung um. »Als Baron Samedi mit der Zigarre winkte, dachte ich gerade an Finnbogg. Und ich wurde zu der Welt gebracht, wo sich Finnbogg just in diesem Augenblick aufhielt.«

»Seine Heimatwelt, Clive Folliot?« Sidi Bombays Interesse war ganz offensichtlich entfacht.

»Nein, Sidi Bombay. Er befand sich auf dem Planeten Djajj — die ursprüngliche Heimat von N'wrbb Crrd'f und Lady 'Nrrc'kth. Finnbogg war da, ebenso unsere alte Freundin Shriek. Beide waren Gefangene von N'wrbb Crrd'f. Als ich sie verließ, waren beide frei — und die unaussprechlichen Verbrechen des N'wrbb Crrd'f waren am Schuldigen gerächt worden.«

»Aber wie sind Sie hierher zurückgekehrt, Clive Folliot? Und wo sind Shriek und Finnbogg jetzt?«

Clive hob die Schultern. »Beide Fragen kann ich nicht mit Sicherheit beantworten, Sidi Bombay. Wenngleich ich annehmen würde — vielmehr tatsächlich anneh-me —, daß Shriek und Finnbogg sich nun auf ihren jeweiligen Planeten befinden, da auch ich ja zur Erde zurückgekehrt bin. Aber ich kann es nicht mit Sicherheit sagen.«

Im Raum herrschte lange Zeit Schweigen. Die Mechanismen flackerten und glänzten in ihren geheimnisvollen Rhythmen. Clive Folliot stellte sich die Straßen des modernen London draußen vor, die Ausblicke und Geräusche und Gerüche von einer Million Männer und Frauen, von Pferden und Hunden und Katzen, Dampfeisenbahnen und Kutschen mit eisenbeschlagenen Rädern.

Victoria war noch immer Monarchin auf der Insel und in deren weitreichendem Herrschaftsgebiet. England war sicher, die Menschen dort waren wohlhabend und glücklich und ziemlich unbesorgt um die Chaffri oder Ren oder Gennine, um Verräter, die es von innen, und um Invasoren, die es von außen bedrohten. England war mächtig und gelassen.

Nur jene wenigen, die die Geheimnisse des Dungeon kannten, wußten, wie zerbrechlich diese Macht, wie täuschend diese Gelassenheit war.

Es wäre Clive Folliot ein leichtes, zusammen mit Sidi Bombay und Horace Hamilton Smythe zu gehen. Er könnte sich der britischen Gesellschaft als der lang verschollene Afrikaforscher präsentieren, der schließlich ins Mutterland zurückgekehrt war. Er müßte eine Möglichkeit finden, älter zu erscheinen, als er war, so daß der Unterschied zwischen seinem körperlichen Zustand und seinem vermeintlichen Alter keine Fragen hervorriefe, die ihn in Verlegenheit brächten. Wenn das Problem der Rückkehr zu groß werden würde, könnte er nach Kanada oder Australien oder in eines der anderen entlegenen Besitztümer Ihrer Majestät emigrieren und sich dort ein neues Leben aufbauen.

Aber die ganze Zeit über wüßte er, daß England in Gefahr schwebte. Nicht nur England, sondern das gesamte Imperium — die gesamte Erde — und sogar noch mehr! Zu jeder Stunde, in jedem Augenblick könnte irgendein Agent des Dungeon zuschlagen. Nein — er entkäme seiner Verantwortlichkeit nicht. Er konnte dieser Verpflichtung nicht ausweichen.

»Was steht hinter allen unseren Erlebnissen im Dungeon?« fragte er die Gefährten. Und ohne eine Antwort abzuwarten, beantwortete er sich selbst die Frage: »Die Sternenspirale!«

Horace Smythe nickte. »In diesem Punkt haben Sie recht, Sör!«

»Und wenn wir durch das Herz der Sternenspirale reisten — was fänden wir eurer Ansicht nach dort?«

»Das weiß ich nicht, Sör«, entgegnete Smythe.

»Das ist niemals getan worden«, fügte Sidi Bombay hinzu.

»Es überrascht mich nicht, das zu hören«, sagte Clive. »Wir haben unsere Energien im Kampf gegen die Handlanger verpulvert. Teile und herrsche, das war die Politik des Feindes. Und er hatte damit Erfolg. Er sorgte dafür, daß wir einander an der Kehle lagen, einander bekämpften, töteten, einkerkerten und quälten. So war es schon immer. Hethiter gegen Ägypter, Hebräer gegen Philister, Römer gegen Christen. Die Spanier gegen die Inkas — ja, das war eine der höchsten Kulturen der Menschheit, und sie wurde verraten und verkauft und zerstört von gierigen Räubern, die im Namen Gottes handelten! Wie viele Sünden sind im Namen Gottes begangen worden!«

Clive schüttelte den Kopf. »Rundköpfe gegen Royalisten hier in England, die Union gegen die Konföderation in Amerika. Wellington gegen Napoleon in den Tagen unserer Eltern, Hannibal gegen Scipio in den Tagen unserer Vorfahren, und zweifellos wird es in den Tagen unserer Nachfahren genauso Krieg, Krieg, Krieg geben!«

»So ist es immer gewesen, Major. Seitdem Kain den Abel erschlug!«

»Aber warum, Sergeant, *warum?*«

»Das ist die Natur des Menschen, Sör. Kriegführen und Töten — das paßt zu Herrn Darwins Evolutionstheorie. Wenn Nationen einander bekämpfen, werden die Starken und die Klugen überleben. Die Schwachen und die Dummen verschwinden. Das ist gräßlich, Sör, dem pflichte ich bei, aber es stärkt und reinigt die Brut.«

»Dem kann ich nicht zustimmen«, unterbrach Sidi Bombay.

»Aber ich sah dich kämpfen, Sidi! Mir zur Seite, und du hast dein Leben für mich riskiert! Ich bin dir dafür so dankbar, wie es ein Engländer nur sein kann, Sidi, aber deine Taten widersprechen deinen Worten.«

»Ich kämpfte, wenn es sich als notwendig erwies, mein Freund Horace, aber es geschah nicht freiwillig. Und was die Bemerkung betrifft, die Schwachen und die Dummen würden verschwinden, während die Starken und die Klugen überlebten ...« Der Inder schüttelte traurig den Kopf.

»Nun, was meinst du damit, Sidi?«

»Wer geht denn in den Krieg, Freund Horace? Nehmen wir zwei Brüder — und ich beziehe mich jetzt nicht auf dich und Neville Folliot, Freund Clive: Wenn der eine kräftig, mutig und lebhaft ist, während sein Bruder ein Schwächling und Feigling ist, dann frage ich dich, Horace: wer wird in den Krieg ziehen? Wer wird eher zu Tode kommen?«

»Nun ... aber ... aber ...«, stotterte Smythe.

»Der beherzte Bruder wird in den Krieg ziehen und aller Wahrscheinlichkeit nach ums Leben kommen. Während der feige Bruder, der zu Hause geblieben ist, überleben und heiraten und Kinder zeugen wird. Daher wird, folgt man deinem berühmten Mönch Mendel und deinem Herrn Darwin, die Rasse schwach und feige werden, da die Starken und Beherzten ausgemerzt werden. Nicht anders herum, Horace. O nein, nicht anders herum!«

Clive nickte beipflichtend. »Du willst also sagen, Sidi Bombay, daß der Krieg eine Spezies nicht kräftigt und reinigt, sondern im Gegenteil zur Schwächung und Unterminierung dient.«

»Genau, Freund Clive.«

»Ich will mich ja nicht streiten«, sagte Horace Hamilton Smythe. »Du bist ein teuflisch kluger Bursche, Sidi. Manchmal glaube ich, du hast deinen Beruf verfehlt — du hättest Anwalt werden sollen!«

»O nein! Wie Dick der Fleischer in einem der Stücke eures großen Shakespeare sagt: ›Laßt uns als erstes die Advokaten umbringen!‹ Nein, Anwalt möchte ich nicht sein, Horace.«

»Wir schweifen ab!« unterbrach Clive. Die beiden anderen taten so, als schämten sie sich. »Intellektuelle Diskussionen. Herr Darwin, der Mönch Mendel, Shakespeare — alle haben sie ihren Platz, aber ich fürchte, daß das Leben in London euch beide schwach und passiv gemacht hat. Ihr redet hochgestochen daher, zankt euch wie zwei Hebräer über den Talmud, wenn ihr handeln solltet!«

Horace gab betroffen zurück: »Und was hat das Londoner Leben aus Ihnen gemacht, Sör?«

»Ich habe kein Londoner Leben geführt, meine Freunde. Nicht in den vergangenen Jahren. Das Leben im Dungeon formte mich. Es machte mich hart, es machte aus mir, völlig gegen meinen Willen und gegen meine innere Natur, einen Mann der Tat.«

Er schloß die Hände zu Fäusten und stakste ärgerlich auf und ab.

»Die Gennine stehen sowohl hinter den Chaffri als auch den Ren. Die Gennine erbauten das Dungeon, wie wir aus allem, was wir erfuhren, schließen können. Die Gennine handeln durch die Chaffri und die Ren und zweifellos durch andere Mächte und Agenten — ganze Zeitalter hindurch, auf der Erde und auf Djajj und auf den Welten von Chang Guafe und Finnbogg und Shriek und weiß der Teufel was noch für Welten, von denen wir nichts wissen, die wir uns kaum vorzustellen vermögen und die ausnahmslos Leiden und Eroberung und Krieg gefördert haben.«

Er kehrte den anderen den Rücken zu und sammelte seine Gedanken. Als er bereit war, wandte er sich erneut ihnen zu.

»Die Gennine sind verantwortlich für den Tod der Lady 'Nrrc'kth, sie haben für unaussprechliche Veränderungen bei meinem Bruder und meinem Vater gesorgt, sie taten meiner allerliebsten Ur-Ur-Enkelin Annabelle Gott weiß was an.«

Horace Hamilton Smythe und Sidi Bombay sahen einander an. Sie sprachen leise miteinander.

»Wir müssen uns daher den Gennine stellen, meine Freunde«, sagte Clive leidenschaftlich. »Und ihre Heimatwelt liegt, glaube ich, im Zentrum der Spiralsterne. Irgendwie müssen wir also dorthin. Und wenn wir zu Fuß gehen müssen: Horace, Sidi, wir werden dorthin kommen!«

KAPITEL 15

Mit einem Wagen zu den Sternen

Wir können dorthin kommen, Major, Sör«, sagte Sergeant Smythe. »Und wir müssen auch nicht zu Fuß gehen.«

»Wie, Sergeant?«

»Der Major ist mit dem Raum-Zug vertraut, wie ich weiß, Sör.«

»Nur zu vertraut. Das Ungeheuer des Dr. Frankenstein befindet sich meines Wissens noch immer an Bord. Und wir alle sahen es während seines Besuchs im Eismeer.«

»Ja, Sör, in der Tat. Nun, das mag sein, wie es will, aber es gibt mehr als nur einen derartigen Zug. Es gibt 'ne Menge davon, die diesen und jenen Punkt im Universum miteinander verbinden, Sör. Sie fahren halt nur nich' überall hin, sehen Sie, Sör. Is nich' so, als spazierte man auf 'nem offenen Feld rum, sehen Sie. Wenn die Züge auch nich' Geleise wie 'ne Dampflok benutzen, isses doch so was ziemlich Ähnliches. Sie können nur über bestimmte Wege fahren. Da sind Hindernisse und Kräfte, wie Riffe und Stromschnellen, die 'n Schiff davon abhalten, einfach überallhin zu gelangen.«

»Ich verstehe, ja, Sergeant Smythe.«

»Aber es gibt auch so kleine Wagen, die ganz gut laufen, wie Dingis, verstehen Sie, Major. Kleine Boote, die dahin können, wo 'n Ozeanriese niemals hin kann.«

»Ich bin, glaube ich, mit so einem nach Tewkesbury gefahren.«

»Kann sein, kann auch nich sein, Sör. Sie lassen sie manchmal auf echten Eisenbahngleisen fahren. Aber das geschieht nur aus Bequemlichkeit, Sör. Sie können fast überallhin. Ich schätz' ma', es gibt schon noch Orte, wo die kleinen Wagen nich' hin können, aber sie können zu 'ner Menge mehr Orte als die großen Züge.«

»Und sie können ebensogut durch die Zeit wie durch den Raum fahren?«

»O ja, Sör!«

»Da gibt es so einen jungen Mann, der kürzlich von Pavia nach Zürich gegangen ist, um sich am Technischen Institut einzuschreiben«, warf Sidi Bombay ein. »Fast noch ein Jugendlicher, Major, aber schon ein großer Kopf, dessen Gedanken eines Tages die Welt verändern werden. Der Junge glaubt, daß Zeit und Raum nichts weiter als die gleichen Aspekte ein und desselben Wesens sind. Wenn wir uns im einen bewegen können, warum dann nicht auch im anderen?«

»Das steht für mich außer Frage — wenn man in Betracht zieht, daß ich ein halbes Jahrhundert, nachdem ich England verlassen habe, dort wieder eintraf, und dennoch während meiner Abwesenheit nur drei oder vier Jahre gelebt habe! Verfügen wir über einen der kleinen Wagen?«

»Tun wir, Sör!«

Sie verließen den versteckten Raum und gingen einen Gang entlang bis zu einer Plattform, die der Plattform sehr ähnlich war, wo Clive vor kurzem Philo B. Goode und — vermeintlich — Horace Smythe gesehen hatte.

»Ist dieser Gang mit anderen von der gleichen Art verbunden?« fragte Clive.

»Ja, Sör.«

»Mit der Plattform, den Schienen, wo Annabelle und ich den Wagen bestiegen haben — als wir nach Tewkesbury fuhren?«

Horace bestätigte auch dieses.

»Dann verstehe ich das nicht. Die Chaffri, die Ren, die Organisation, die ihr Männer repräsentiert . . .«

»Die Gesellschaft zur Förderung der Universellen Nachbarschaft, Major Folliot«, sagte Sidi Bombay.

»Sie alle benutzen ein und dieselben Schienen? Dasselbe Transportsystem? Und sind dennoch Todfeinde?«

»Es geschehen weitaus seltsamere Dinge, Major Folliot. Feinde, die während des Krieges miteinander Handel treiben, Rivalen, die zur selben Zeit Geschäfte machen, während sie einander versuchen zu vernichten.«

»Wenn der Major nur einfach an Bord klettern will, Sör.« Smythe öffnete Clive eine Tür in der Seite des Wagens ähnlich wie der, den Clive vor kurzem mit Annabelle Leigh benutzt hatte.

»Ist es möglich, daß wir angegriffen werden?« fragte Clive.

»Sind Sie das schon mal, Sör?«

Clive erzählte von der Schlacht, die er und Annabelle während der Fahrt nach Tewkesbury überlebt hatten.

»Sie sind überall«, sagte Sidi Bombay.

»Der Major ist sich völlig sicher«, hakte Smythe nach, »ganz sicher, daß die Körper der Soldaten verschwanden? Sie blieben nicht zurück, wurden nicht von den Kameraden weggetragen? Sie lösten sich vor den Augen des Majors auf?«

»Absolut.«

»Und die Überlebenden, Sör — Sie sahen, wie die Überlebenden eine unsichtbare Treppe emporstiegen und im Himmel verschwanden?«

»So genau, wie deren Handlung beschrieben werden kann, Sergeant Smythe, entspricht das den Tatsachen. Ich versichere dir, daß es ein unheimlicher Anblick war — unheimlich für mich, selbst nach all den seltsamen Vorfällen, die ich im Dungeon erlebt habe.«

»Seltsam, wirklich. Was meinst du dazu, Sidi?«

»Ich weiß nur eine einzige Erklärung. Ordolit-Leoparden. Kennt der Major Ordolit-Leoparden?«

»Ein wenig, Sidi Bombay. Ich erfuhr auf der achten Ebene des Dungeon etwas darüber.«

»Dann sind Sie sich bewußt, Major Folliot, daß diese Leoparden Projektionen sind, Phantomdinge. Sie sind eine Art Kopie, und dennoch nicht ganz lebendige Kopien. Sie sind ... materialisierte Wesenheiten.«

»Allerdings.«

»Weiß der Major, welche Kraft diese Ordolit-Leoparden zum Leben erweckt?«

»Das willentlich gespendete Blut eines Folliot.«

»Ja. Und welcher Folliot gäbe den Chaffri — oder den Ren — freiwillig sein Blut, um die Ordolit-Leoparden zu schaffen?«

»Freiwillig, Sidi Bombay, täte das kein Folliot. Noch nicht einmal mein Bruder Neville.«

»Vielleicht ist das Wort *freiwillig* nicht völlig korrekt, Major. Wenn ein geliebtes Wesen bedroht werden würde, gäbe ein Folliot oder auch ein anderer Mann freiwillig etwas, das er unter normalen Umständen niemals gäbe.«

»Dann willst du also andeuten, daß die Soldaten, denen Annabelle und ich begegneten, Ordolit-Leoparden waren, die vom Blut der Folliots gespeist wurden?«

»Wenn Blut gespendet wird, stirbt der Spender. So arbeiten diese Ordolit-Maschinen, Major. Nicht etwas Blut, sondern *alles* Blut muß gegeben werden. Dennoch mag der Besitzer wiedererschaffen werden, nachdem er gestorben ist. Das liegt an den Betreibern — Chaffri oder Ren.«

»Dennoch«, hielt Clive entgegen, »sind die Geheimnisse des Lebens und des Todes Dinge, mit denen man nicht leichtfertig umspringen sollte. Sobald ein Folliot einmal gestorben ist und von mechanischen Apparaten wieder ins Leben zurückgerufen wird — ist er dann wirklich lebendig? Kann der göttliche Funke erneuert werden, sobald er abgetrennt wurde, oder besitzt der erneuerte Folliot lediglich den Anschein des Lebens? Ist er wieder ein Mensch, ein Abbild Gottes, oder ist er das, was die Einwohner von Haiti einen *Untoten*, einen *Zombie*, nennen?« Clive erschauderte.

Sidi Bombay hob die Schultern und hielt sie in einer

seltsamen Geste oben. »Wer kann das sagen, Clive Folliot? So lange niemand dieses seltsame Phänomen erlebt, den Tod und die Wiedererweckung zum Leben — wie kann man's wissen? Und noch etwas: Das ist das große Paradoxon des Ordolit-Vorgangs: Sobald das Blut einmal gespendet wurde, kann es dazu benutzt werden, eine große Anzahl Ordolit-Leoparden zu versorgen.«

»Dann nehme ich an«, sagte Clive, »daß derselbe Folliot dazu genötigt werden kann, Leben und Blut immer und immer wieder zu spenden. Auf diese Weise könnten ganze Armeen von Ordolit-Leoparden geschaffen werden.«

»Vielleicht, Sör«, sagte Horace Smythe. »Vielleicht. Und dennoch, wenn der geopferte Folliot als Zombie und nicht als wirklicher Mensch wieder erschaffen wird — könnte dann sein Blut unbrauchbar geworden sein? Hm, Sidi Bombay?« Er wandte sich lächelnd an den Inder. »Ein weiteres Rätsel für dich, nicht wahr?«

Clive durchfuhr ein Schauder. Er hatte sie lange genug mit seiner Fragerei aufgehalten. Er kletterte in den Wagen, gefolgt von Sidi Bombay und Horace Hamilton Smythe. Sergeant Smythe schob die durchsichtige Tür zu. Die drei Männer saßen auf einer Polsterliege. Sie war fast identisch mit der Liege in dem anderen Wagen. Er fragte sich, ob sich unter dieser Liege gleichfalls ein Waffenversteck befand.

Geführt von der ruhigen Hand Sidi Bombays glitt der Wagen von der Plattform und schob sich zischend und sanft in einen schwarzen Tunnel. Lichtflecken huschten vorüber, klein wie Atome und leuchtend wie eine flakkernde Kerze. Leuchtpaneele wischten so verwirrend rasch an ihnen vorüber, daß es unmöglich war zu entscheiden, ob es sich um strahlende Flecken handelte, die lediglich zentimeterweit entfernt waren, oder um Millionen von Kilometern von der Erde entfernte Sternennebel.

Der Wagen schaukelte von einer Seite zur anderen

und hob und senkte sich ohne Warnung, und Clive drehte sich der Magen um. Er spähte durch die glasähnlichen Wände des Wagens und versuchte, die verschiedenen Formen im Tunnel zu unterscheiden. Von Zeit zu Zeit schien es so, als teilte sich die Spur, und Clive sah Wege, die in unergründliche Richtungen wegführten.

Tunnel, die … wohin führten? Das Bewußtsein verknotete sich beim Versuch sich vorzustellen, welch wunderbare Städte oder Abgründe des Schreckens am Ende dieser Wege liegen mochten.

»Sind wir noch immer unterhalb Londons?« wollte Clive wissen.

»Nur noch kurze Zeit, Sör!« rief ihm Horace über die Schulter zu.

»Und dann, Sergeant Smythe?«

»Tun wir, was der Major tun wollte, Sör. Wir nehmen Kurs auf die Heimat der Gennine.«

Trotz Horace Smythes Worten fiel der Wagen jedoch weiterhin durch pechschwarze Tunnel, die regelmäßig von Lichtpunkten und -flecken erhellt wurden.

Als Clive einmal einen Blick hinunter in einen Seitentunnel erhaschte, sprang er vor Erstaunen auf. »Sergeant! Sidi Bombay! Ich könnte schwören, daß ich einen Eisenbahntunnel sah, voll mit Londoner Eisenbahnwaggons und gutgekleideten Reisenden!«

»Der Major hat recht«, verkündete Sidi Bombay lakonisch. »Es ist noch gar nicht lange her, da wurde die Londoner Untergrundbahn erbaut. Ich selbst hab mir meine Groschen und Pfennige im Schweiße meines Angesichts verdient, indem ich eine Haue bei diesem Unternehmen schwang«, fügte er lachend hinzu.

»Das Projekt hatte kaum begonnen, als ich die Metropole damals verließ.«

»Und es ist noch nicht beendet, Clive Folliot.«

»Trafen diese Arbeiter niemals auf dieses — dieses andere Netzwerk von Tunneln — irrtümlich?«

»Mehrmals.«

»Dann müssen alle Londoner von der Gesellschaft zur Förderung der Universellen Nachbarschaft Kenntnis besitzen — und von den Chaffri und den Ren!«

»Nicht im geringsten, Major. Wir sprachen zuvor von erbitterten Feinden, die dabei miteinander kooperieren, was sie als gemeinsames Interesse definieren. So ist's mit diesem Netzwerk von Tunneln und dem Verheimlichen dieser Tunnel vor der gewöhnlichen Welt. Man wandte Methoden an, um die Entdecker unserer Tunnel davon zu ... überzeugen, daß sie zufällig auf alte Torfminen, Begräbnisstätten oder natürliche Lufttaschen gestoßen waren. Man schloß die Durchstiche und ging weiterhin seinen Geschäften nach. An den wenigen Stellen, wo wir in ihre Tunnel blicken können, können die Leute nicht in die unseren blicken — und falls sie's tun, werden sie davon überzeugt sein, daß sie irgend etwas völlig Gewöhnliches und Alltägliches erblicken. Sie sehen hin, und sie wenden sich gleichgültig ab und gehen weiterhin ihren Geschäften nach.«

Clive schüttelte den Kopf. Er sah über Sergeant Smythes Schulter durch die vordere Windschutzscheibe des Wagens. Smythe hatte die Identität als Herzog Splitovsky aufgegeben und war nun wieder als kurzsichtiger Maurice Carstairs junior verkleidet. Die Brille steckte in einer Tasche seines Gehrocks, er sah mit klarem Blick hinaus aus dem Wagen.

Als er nach vorn blickte, zuckte Clive überrascht zurück. Ein Schatten! Er sah einem Menschen entfernt ähnlich, erinnerte an die mit Harnischen gerüsteten Soldaten, denen er und Annabelle in der Nähe von Tewkesbury begegnet waren. Clive wollte einen Warnruf ausstoßen, aber ehe er mehr als eine halbe Silbe herausgebracht hatte, hatte der Wagen die weiße Gestalt bereits überfahren.

Sie schepperte und krachte wie ein riesengroßer schemenhafter Eiszapfen, klapperte an den Seiten des Wagens entlang und flog über das Glas hinweg.

Clive wandte sich um und blickte durch das hintere Fenster des Wagens. Die Gestalt hatte sich wieder geformt und gestikulierte wild hinter dem Wagen und dessen Passagieren her. »Das — was war das?«

»Ein Ordolit-Leopard, Major.«

»Er wurde bei dem Aufprall nicht verletzt?«

»Ebensowenig wie wir durch seinen Aufprall.«

»Aber Annabelle und ich erschossen einige der bewaffneten Soldaten!«

»Sie benutzten Ordolit-Waffen, Major. Sie mußten solche benutzt haben. Wir haben einen kleinen Vorrat davon hier im Wagen!«

Wie aufs Stichwort hob Sidi Bombay einen der Polstersitze und zeigte ein kleines Waffenarsenal. Nachdem er die Waffen — von der Größe eines Karabiners — Clive und Horace ausgehändigt hatte, warf er sich selbst eine derartige Waffe über die Schulter.

Horace tätschelte die Waffe mit einer Hand. »Dies also für den universellen Frieden und die universelle Bruderschaft, hm, Sidi?«

»Krieg ist etwas Böses, Horace, und unvollkommene Menschen begehen böse Taten. Ich bin weder stolz noch begierig aufs Töten, aber was getan werden muß, muß getan werden. Und man stellt sich der eigenen Verantwortung für seine Taten.«

Ein Trio von leuchtenden Punkten erschien weit vor dem Wagen.

»Diese ... Ordolit-Waffen ... kommen gegen die Leoparden an? Die Waffen werden diese Kreaturen töten?« fragte Clive.

»Im Endeffekt tun sie's, Major. Da der Leopard natürlich nicht wirklich lebt, stimmt es nicht genau, wenn man sagt, daß er getötet wird. Aber er wird doch zerstört.«

»Und die Leoparden besitzen ähnliche Waffen, die gegen uns wirken — gegen körperliche, sterbliche, materielle Wesen?«

»Allerdings. Und da wir leben, können wir auch wirklich getötet werden.«

»Dann sieh mal nach vorn, Sidi Bombay!«

Die drei Punkte — Ordolit-Leoparden — flogen den Tunnel entlang. Sie waren weniger schnell als der Wagen, und daher holte sie der Wagen nach und nach ein — aber er tat das mit schneckengleicher Geschwindigkeit. Es schien durchaus möglich, daß der Wagen sie träfe und dabei nicht zerschmetterte, genausowenig wie den vorherigen Leoparden. Horace Hamilton Smythe holte aus dem Wagen das letzte heraus.

Die Leoparden beschleunigten gleichfalls ihr Vorankommen und benutzten dabei ein Clive unbekanntes Prinzip der Bewegung. Sie besaßen Gliedmaßen und Extremitäten, aber sie rannten weniger den Tunnel entlang, als daß sie hindurchtrieben. Trieben und ... *flossen.*

Der Wagen überholte sie, und die Leoparden glitten durch die durchsichtige Vorderfront.

Sidi Bombay hatte die Waffe in die Hand genommen und feuerte sie auf die Leoparden ab. Genau wie bei dem Kampf zwischen Clive und Annabelle und den Soldaten in der Nähe von Tewkesbury schoß aus der Mündung der Waffe kein Projektil, sondern ein Strahl reiner Energie in einem pulsierenden fahlen und unbeschreibbaren Licht.

Einer der Leoparden verschwand.

Ein weiterer war über Clive. Die Kreatur feuerte nicht, sondern hatte sich entschlosen, Clive zu umhüllen, ihn zu bedecken wie eine dünne Lage eisigen Nebels. Sie wurde kälter und dichter. Clive spürte, daß er gleichzeitig erdrückt wurde und erfror.

Durch den transparenten Leoparden hindurch sah er, wie es Horace Hamilton Smythe mit dem dritten Besucher zu tun bekam. Sowohl Horace als auch das Ordolitwesen steckten knorrige Stifte auf die Läufe der Waffen, und messerähnliche Projektionen sprangen wie Bajonette von den Spitzen der Waffen.

Vor Clives hilflosen Augen waren Horace und der Leopard in einen tödlichen Zweikampf verstrickt.

Einer sprang vor.

Der andere duckte sich beiseite und schlug mit dem Knauf der Waffe zu.

Der erste wirbelte herum, senkte den Kopf und schlug dem anderen ins Gesicht.

Der zweite blockte den Schlag ab, hob die Waffe und ließ sie mit dem Lauf zuerst auf den Hinterkopf des anderen niedersausen.

Sidi Bombay stand dabei, fast so hilflos wie Clive.

Horace Smythe und der Ordolit-Leopard taumelten zu Boden. Der Aufprall ließ den Wagen erzittern und riß sie auseinander.

Der Leopard war nur für einen Augenblick von Horace Hamilton Smythe getrennt worden. Aber in diesem Augenblick brachte Sidi Bombay seinen Ordolit-Karabiner in Anschlag und schickte einen Blitz von schimmernder Energie in den Leoparden.

Mit einem einzigen Schmerzensschrei und einem hörbaren Seufzer der Verzweiflung verschwand der Leopard.

Sidi Bombay packte den zerzausten Horace Hamilton Smythe und zog ihn hoch. Der Karabiner des Leoparden war zusammen mit seinem Besitzer verschwunden. Horaces Waffe lag harmlos auf dem Boden. Sidi Bombay und Horace Smythe wandten sich gemeinsam Clive Folliot zu.

Clive sah alles wie durch einen roten Schleier. Er sah das Entsetzen, das den beiden eingeschworenen Blutsbrüdern im Gesicht geschrieben stand. In Clives Ohren klingelte es, und er spürte, wie er allmählich das Bewußtsein verlor.

Er taumelte zu Boden. Er konnte nichts mehr sehen. Aber selbst durch die gummiartige, feuchte Kälte des Leoparden fühlte er die scharfe Klinge von Horace Hamilton Smythes Ordolit-Bajonett.

Auf das Risiko hin, sich zu schneiden, packte Clive die Klinge. Sie glitt durch das gummiartige Material des Leoparden und drang Clive in die Handfläche. Er verspürte einen kurzen Schmerz und daraufhin das heiße Pulsieren des eigenen Blutes. Er ließ das Bajonett fallen.

Aber es war, als wäre sein gesamtes Sein in Flammen gebadet — Flammen, die Qualen hervorriefen, die sich Clive in seinem ganzen bisherigen Leben noch nicht hatte vorstellen können, die ihn dennoch reinigten und erneuerten. Ein Kreischen tönte ihm in den Ohren, und er war außerstande zu sagen, ob es die eigene Stimme war, die ein Triumphgeschrei ausstieß, oder die Stimme des verzweifelten Ordolit-Leoparden, der bis zu diesem Augenblick jeden Zentimeter von Clives Körper bedeckt gehalten hatte.

Für den Bruchteil eines Augenblicks erhaschte er einen Blick von sich selbst in der glasähnlichen Wand des Wagens. Er hatte sich aufgerappelt, und sein Spiegelbild loderte ihm wie eine menschliche Fackel entgegen.

Der Ordolit-Leopard war verschwunden.

Clives Blut hatte den Leoparden zerstört. Folliot-Blut war, wie er sich erinnerte, das Antriebsprinzip der Ordolit-Leoparden — aber es mußte freiwillig gespendetes Blut sein. Blut, das ohne Zustimmung des Spenders genommen wurde, war für diese merkwürdigen nichtlebendigen Wesen tödlich. Clives Blut hatte den Leoparden zerstört und ihm das eigene Leben gerettet.

Clive lehnte den Kopf an die Frontseite des Wagens. Ein Schauder durchlief ihn. Mit jedem keuchenden Atemzug gewann er die Herrschaft über seinen Körper zurück.

»Werden wir noch mehreren davon begegnen?« brachte er hervor.

»Wir werden auf noch viel Schlimmeres als das treffen«, verkündete Sidi Bombay feierlich. »Wir werden auf Wesen treffen, bei denen sich der Major gerne an diese Ordolit-Leoparden erinnern wird.«

Clive hob den Karabiner auf. Er setzte sich und musterte die Waffe. Es war ein faszinierender Apparat, der Lauf glatt und auf eine Weise gezogen, wie er's noch nie zuvor gesehen hatte. Er hielt sie an die Schulter und blickte durch die Zielvorrichtung, die ihn faszinierte. Als er und Annie den Soldaten in der Nähe von Tewkesbury gegenübergestanden hatten, war die Schlacht so hitzig ausgefochten und so rasch beendet worden, daß er nicht die Zeit gehabt hatte, die Waffe näher zu untersuchen.

In diesem Augenblick wurde seine Untersuchung des Ordolit-Karabiners durch die Stimme von Horace Hamilton Smythe unterbrochen.

»Sie halten sich besser fest, Sör. Wir verlassen gleich die Erde.«

Clive warf sich den Karabiner über die Schulter, klammerte sich mit beiden Händen an die Halterung und bereitete sich darauf vor, daß der Wagen sich jäh heben und von der Mündung des Tunnels hinauf in den Himmel steigen würde.

Statt dessen neigte er sich mit einem magenhebenden *Wusch.* Der Tunnel verfiel jetzt noch steiler nach unten als zuvor. In weniger als einer Sekunde stürzten sie offenbar mitten durch die Erde hindurch.

»Nehmen wir nicht Ziel auf die Sternenspirale?« rief Clive Horace zu.

»Aber natürlich, Sör!« brüllte ihm der Sergeant über die Schulter hinweg zu.

»Warum fahren wir dann jetzt nach unten und nicht nach oben?«

»Die Dinge sind nicht das, was sie zu sein scheinen, Major!«

Mehr hatte Smythe nicht zu sagen, und Clive erhielt auf weitere Fragen weder von ihm noch von Sidi Bombay eine Antwort.

Die Luft peitschte zischend um den Wagen, und die Lichtflecke und -punkte — Nebel und leuchtende Pilze, lodernde Sterne und glimmende Funken — blitzten mit verwirrender Geschwindigkeit vorüber.

Ohne jede Warnung verebbte das Zischen.

Aber die Lichter verschwanden nicht.

Statt dessen breitete sich vor Clives Augen ein atemberaubendes Panorama aus. Er sah — oder glaubte zu sehen — die Sonne selbst, die mit einzigartiger Majestät loderte und flackerte. Aber dies war nicht die Sonne des Mittags, ein Ball aus leuchtendem Weiß in einem Feld aus funkelndem Blau. Noch war's die nebelhafte Scheibe eines feuchten englischen Nachmittags, noch der großartige orangefarbene Schein eines Mittsommerabends.

Dies war die nackte Sonne, ein kochender Globus weißglühenden Gases in der Schwärze des Alls. Zunächst wollten sich Clives Augen nicht an die Helligkeit gewöhnen. Er wandte den Blick ab, und vor sich sah er noch immer das Nachbild tanzen und vor dem Innern der Lider leuchten.

Dann erblickte er die Welten und deren Monde, und die Asteroiden und sausenden Kometen, und die fernen Sonnen und Nebel in leuchtendem Weiß und Gelb und Beige. Und irgendwie stellte er sich vor, daß er noch weitere Planeten und Sonnen und Nebel spüren konnte, schwarze Wolken und schwarze Sterne, deren Brennweite weit außerhalb der normalen Spektralbreite des menschlichen Auges lagen, deren Wirklichkeit man jedoch nicht leugnen konnte.

Vielleicht war Q'oorna eine derartige Welt, und vielleicht sah er jetzt erneut auf das Dungeon.

Er durchsuchte den Himmel nach der verräterischen Spirale von glitzernd weißen Punkten. Irgendwo, so wußte er, glitzerten sie und wirbelten umher. Irgendwie, so wußte er, mußte er dorthin gelangen.

KAPITEL 16

Eine Expedition von der Erde

Sehen Sie mal nach vorn, Sör!«

Die Stimme von Horace Hamilton Smythe brach wie so häufig in Clive Folliots Träumereien. Der Sergeant zeigte auf eine Region des Raums vor dem Wagen sowie etwas darüber.

»Ist das die Welt der Gennine?«

»Noch längst nicht, Sör! Es ist der Asteroiden- oder Planetoidengürtel, um's korrekt zu sagen. Sind keine kleinen Sterne, Sör, sondern kleine Planeten. Kleine Planeten! Hunderte davon! Tausende!«

»Ich habe nie gewußt, daß so etwas existiert, Smythe! Welchen entfernten Stern umkreisen wir?«

»Unseren eigenen Stern, Sir. Unseren eigenen! Die Asteroiden umkreisen die Sonne auf ewig, Fragmente eines Planeten, der einmal existiert haben mag oder niemals erschaffen wurde. Da weiß keiner die Antwort, Sör, aber sie sind nichtsdestoweniger hier.«

Sidi Bombay ging an Clive vorüber und berührte Horace Smythe an der Schulter. »Sieh dorthin, o Bruder. Deine Worte mögen Wissen mit sich tragen, das kostbarer ist als Perlen, aber Gefahren, nicht Perlen sind unser Schicksal!«

Er zeigte nach oben, und sowohl Horace als auch Clive blickten zum durchsichtigen Dach des Wagens hinaus. Clive verspürte das Pochen in der Hand, wo ihm das Ordolit-Bajonett die Haut aufgerissen hatte. Er war dankbar für den Unfall, der den ihn umhüllenden Leoparden zerstört und ihm das Leben gerettet hatte, aber er machte sich jetzt Sorgen, daß die Wunde infiziert sein könnte. Welche ungeahnten Auswirkungen mochte der Schritt haben!

Er musterte die Wunde. Es war eine kleine Wunde, und sie fiel mit der Lebenslinie in der Handfläche zusammen. Sie blutete nicht mehr, und es hatte sich auch keine ernsthafte Schwellung gebildet. Dennoch gefiel ihm die Färbung der Wunde nicht, ebensowenig wie das pochende, pulsierende Gefühl, das bis hinauf in den Arm strahlte.

»Sidi, Horace«, begann er, »weiß jemand von euch ...«

Aber er kam nicht weiter. Ein fernes Etwas glitzerte im Licht der noch ferneren Sonne. »Was war das?« keuchte Clive.

»Sieht aus wie ein Ren-Schiff!« antwortete Horace keuchend.

»Ren-Schiff? Du meinst einen Raum-Zug? Oder einen anderen Wagen, so wie den hier?«

»Nicht genau, Sör! Hab keine Zeit zu erklären! Sidi, Mörser bereit!«

Zu Clives Erstaunen öffnete Sidi Bombay erneut den Sitz, der das Miniatur-Waffenarsenal des Wagens enthielt. Er entnahm eine Waffe mit einem röhrenförmigen Lauf und schwerer Basisplatte, die Clive sehr an die Mörser erinnerte, mit denen er während seines Diensts bei den Horse Guards Ihrer Majestät umgegangen war.

»Ist das wirklich ein Mörser?« rief Clive aus.

Sidi Bombay sagte: »Eine Art Mörser, so kann man sagen, Major Folliot.«

»Aber du wirst das Dach des Wagens wegballern, wenn du damit schießt!«

»Der Major vergißt, daß die Ordolit-Waffen Blitze aus purer Energie abfeuern, keine materiellen Objekte. Der Zweck dieser Röhre ist es, die Energie zu bündeln, so daß unser Wagen unbeschädigt bleibt, aber sie hat den gewünschten Effekt bei demjenigen, auf den man gefeuert hat.«

Clive wartete den rechten Augenblick ab, während er Sidi beim Zusammenbauen des Mörsers zusah. Es war offensichtlich, daß Sidi genau wußte, was er tat, und daß er darin Experte war. Hilfe anzubieten — Störung! — wäre schlimmer als nutzlos.

Durch die transparenten Wände des Wagens sah Clive das Schiff der Ren näher kommen. Es unterschied sich wesentlich von dem ihren.

»Es erinnert mich irgendwie an Chang Guafe!« rief Clive aus, während er an Horace Hamilton Smythe vorbei hinausspähte.

»Wie das, Sör?«

»Es sieht aus wie — wie eine Kombination aus Maschine und Lebewesen. Sieh mal, Horace! Es hat Fühler und Klauen wie eine Krabbe! Es änderte während der Annäherung an uns sein Äußeres!«

»Ja, Sör! Ich kenne mich mit Ren-Schiffen einigermaßen aus, Sör!«

»Das muß während der Jahre unserer Trennung geschehen sein, Horace! Und dennoch bist du offensichtlich nicht älter als zu der Zeit, da wir einander auf der achten Ebene sahen!«

»Da haben Sie recht, Sör!« entgegenete Smythe lakonisch.

»Aber wie kann das sein, Horace? Sowohl mein Bruder als auch mein Vater sind ganz normal gealtert, genauso wie mein Freund du Maurier, bis zum Rand des Grabes.«

»Wenn ich es erklären dürfte, bitte«, warf Sidi Bombay ein. »Als jemand, der sowohl älter als auch jünger geworden ist, habe ich vielleicht ein gewisses Verständnis dafür.« Als weder Clive noch Horace Einspruch erhoben, fuhr Sidi Bombay fort: »Man könnte sagen, daß Sergeant Smythe und ich unser Leben in Schüben gelebt haben. Wie ein flacher Stein, der über das Wasser eines Teichs geworfen wird, Clive Folliot — drücke ich mich da klar genug aus?«

»Ich bin mir nicht ganz sicher, Sidi Bombay. Ich bin mir nicht sicher, daß ich den springenden Punkt mitbekommen habe.«

»Nun, sieh mal, Clive Folliot. Der Stein mag einen Teich von ziemlicher Breite überqueren, während er in Wirklichkeit die Oberfläche des Wassers nur wenige Male berührt, aber jedesmal nach der Berührung weiterhüpft. So sind Sergeant Smythe und ich über die Jahre gehüpft, und wir sind nur hier und da heruntergefallen, um notwendige Aufgaben zu erledigen. Du warst achtundzwanzig Jahre lang von der Erde weg — wir sind nur wenige Jahre insgesamt weggewesen, haben jedoch die gleiche Spanne von achtundzwanzig Jahren überbrückt.«

Hinter Clive ertönte ein *Bumm* und ein *Wusch.* Er nahm einen seltsamen Geruch im Wagen wahr und schloß daraus, daß es Ordolit-Treibstoff war.

Über dem Wagen beschrieb ein Energieball seine bogenförmige Bahn durch den schwarzen Himmel. Der Ball war von einem leuchtenden Magentarot, und er pulsierte und glänzte, während er vom Wagen wegtrieb.

Der Magentaball drehte und wand sich, als wäre er etwas Lebendiges. Wenngleich er kein vernehmbares Geräusch von sich gab, hatte Clive den Eindruck, daß er fauchte wie ein angriffslustiger Panther. Er schwang sich hinüber zum Ren-Schiff.

Das Ren-Schiff tauchte weg, um dem Ball auszuweichen.

Der Magentaball änderte seinen Kurs und folgte dem Schiff.

Der Ball flog knisternd und Funken sprühend wie eine Silvesterrakete hinter dem Ren-Schiff vorbei.

Das Ren-Schiff glitt unterdessen auf den Wagen zu, worin Clive und seine Gefährten saßen. Es spreizte die externen Klauen, öffnete und schloß die Scheren und zeigte dabei die rasiermesserscharfen gezackten Kanten.

Hinter Clive feuerte Sidi Bombay eine erneute Ladung der Ordolitmunition aus dem Mörser ab.

Diesmal verschmolz der Ordolitstrahl zu einem Ball aus leuchtendem Gelbgrün. Der deutlich wahrnehmbare Geruch belästigte Clives Nase, und das Geräusch, das bei jedem Abfeuern des Mörsers ertönte, klingelte Clive in den Ohren. Als er wieder zu hören vermochte, sagte er: »Sie feuern nicht zurück. Vielleicht sind ihre Absichten friedlich.«

Horace Hamilton Smythe knurrte: »Kann sein, kann auch nicht sein, Sör. Werfen Sie 'nen Blick auf das Ding, hm, Sör?« Er zeigte auf das Ren-Schiff. Es war unmöglich zu sagen, ob diese Mischung aus Organismus und Mechanismus den durchsichtigen Wagen tatsächlich haßerfüllt anfunkelte. Vielleicht waren die vorstehenden reflektierenden Auswüchse, die aussahen wie Augen, lediglich Aussichtsfenster.

Vielleicht aber auch nicht.

Auf jeden Fall gaben sie sich den Anschein haßerfüllter intelligenter Augen.

»Wir befinden uns weit außerhalb der Erdatmosphäre«, sagte Clive. »Weißt du, von woher die Ren kommen, Horace? Stammen sie von einer anderen Welt, die unsere Sonne umkreist, oder liegt ihr Ursprung weiter weg?«

»Wir kennen ihre Heimatwelt nicht, Sör! Wir ...« Horace hielt inne und deutete schreckerfüllt auf das Ren-Schiff.

Es hatte die beiden abgeschossenen Energiebälle aus dem Ordolitmörser umschifft. Jetzt hatte es den durchscheinenden Wagen fast erreicht. Es änderte die Position, richtete sich auf, so daß sich das untere Ende zeigte, und kam weiter auf den Wagen zu.

Das Ende war wie ein Hinterteil eines Skorpions geformt — ein gebogenes, gespaltenes Organ mit einem stachelbewehrten Auswuchs. War das Ren-Schiff tatsächlich ein Skorpion, dann wäre der Stachel mit einem tödlichen Gift umhüllt. So wie die Dinge jetzt standen ... wer könnte das sagen?

Horace warf den Steuerknüppel des Wagens zur Seite, und das kleine Fahrzeug tauchte ab und huschte vom Skorpionschwanz des Ren-Schiffs weg.

Clive taumelte gegen ein Glaspaneel.

Sidi Bombay schwang den Mörser beiseite, damit Clive nicht mit ihm zusammenstieß. »Vorsicht, Clive Folliot! Wenn wir unsere Ordolit-Waffen verlieren, befinden wir uns in noch größerer Gefahr als jetzt schon!«

Clive beobachtete durch das Glaspaneel, wie der Skorpionschwanz des Ren-Schiffs konvulsorisch zuckte. Ein schimmernder Ball löste sich aus dem gezackten Stachel und flog knisternd auf den Wagen zu.

Horace Smythe hantierte mit den Kontrollhebeln und steuerte den Wagen durch eine Reihe von Ausweichmanövern.

Der leuchtende Ball — ein zorniges, flammendes Orange — schoß vorüber. Sein Kurs trug ihn so nahe am Glas vorüber, daß Clive einzelne Funken und Flammenzungen unterscheiden konnte, die über die Oberfläche flackerten. Obwohl es kein vernehmbares Geräusch gab, kam es Clive jedoch erneut so vor, als täte der Ordolit-Energieball seinen Haß auf irgendeine psychische Weise fauchend kund, während er an dem Wagen vorüberschoß.

»Was geschähe, wenn er uns träfe?« fragte Clive. »Würde er das Schiff umhüllen wie der Ordolit-Leopard, der mich im Tunnel umhüllt hatte?«

»Er täte etwas weitaus Schlimmeres als das, Clive Folliot. Er könnte die Wände unseres Wagens durchdringen, so wie auch unser Mörser die Wände durchdringen kann. Sobald er einmal innerhalb des Wagens wäre, würde er seine schlimme zerstörerische Energie in unsere Körper zerstreuen.«

»Würde er uns töten?«

»Nur wenn wir unglaubliches Glück hätten. Eher

würde er — vielleicht sollte ich das besser nicht sagen, Major Folliot.«

»Sag's mir, verdammt noch mal! Sag's mir, Sidi Bombay!«

»Er würde unser Bewußtsein töten. Unseren Willen. Er würde uns hoffnungslos in Sklaven der Ren verwandeln. Wir würden ihnen gehorchen, weil es uns an der Kraft fehlte, unseren eigenen Willen über ihre Befehle zu stellen. Das täte uns das Ordolit an, Clive Folliot. Wenigstens Sergeant Smythe und mir.«

»Mir nicht? Mir täte es das nicht an?«

»Sie sind vom Blut der Folliots, Major. Sie könnten von diesem bösartigen Einfluß ausgenommen sein. Wir wissen's nicht ohne einen entsprechenden Versuch, und ein solcher wäre in diesem Augenblick töricht.«

»Vielleicht reagiere ich gar nicht auf das Ordolit?«

»Oder vielleicht werden sie — könnten Sie vielleicht, Major Folliot! — der Meister des Ordolits werden.«

Ehe Clive eine Erklärung dieser außergewöhnlichen Bemerkung verlangen konnte, wurde der Wagen der drei Abenteurer von einem weiteren, derart grellen Licht erfüllt, daß es die Augen blendete. Clive schlug sich eine Hand vors Gesicht. Als er spürte, daß das Blitzlicht verschwunden war, senkte er den Arm und öffnete erneut die Augen.

Nachbilder tanzten ihm vor den Augen. Er blinzelte und erhaschte einen Blick auf Horace Hamilton Smythe, der verzweifelt mit den Kontrollhebeln des Wagens kämpfte. Daneben sah er Sidi Bombay das Rohr des Mörsers umklammern. Der Wagen bockte heftig. Clive umklammerte einen Griff, um zu verhindern, daß er gegen einen der Gefährten geschleudert wurde.

»Was ist geschehen?«

Horace Smythe konzentrierte sich wortlos auf die Kontrollapparate des Wagens.

Sidi Bombay sagte: »Wir sind von hinten angegriffen worden!«

Horace vollführte einen Looping mit dem Wagen. Als er eine schwungvolle Drehung hinter dem aufgerichteten Ren-Schiff vollführte, erhaschte Clive einen Blick durch die Kuppeln, die dem Ren-Schiff das Aussehen eines riesigen Gesichts verliehen.

Dann hatte Horace den Wagen erfolgreich gewendet, und er schoß jetzt in die entgegengesetzte Richtung. Vor ihnen erschien eine Schwadron schlanker Gestalten. Sie waren anmutig gebaut und bogen sich so behende wie orientalische Tänzerinnen. Die Hüllen glänzten metallisch: so blau wie die Flügel einer Libelle, so grün wie die Brust eines Kolibris, so rot wie frisch vergossenes Blut.

Die Gestalten zogen hinter sich den flammenden Schweif einer Rakete her. Clive war verblüfft, daß man Raketen dazu benutzte, ein großes Schiff anzutreiben, aber als er die Natur dieser Fahrzeuge erkannte, wurde die Logik des Antriebs klar. Einer nach der anderen feuerten sie so etwas wie geballte Ladungen von Energie ab.

Clive konnte nicht sagen, ob es lediglich weitere Ordolitwaffen waren oder irgendein anderer Apparat. Wie auch immer, eine der Gestalten traf mit einem funkelnden Ball das Ren-Schiff. Clive sah, wie Metallplatten zusammenschrumpelten, und er sah mit eigenen Augen, wie sich das Ren-Schiff wieder neu formte.

Ein weiteres der anmutigen metallischen Fahrzeuge traf das Ren-Schiff, diesmal mit größerem Erfolg. Die skorpionähnliche Waffe des Ren-Schiffs riß an der Basis, torkelte durch die Schwärze und verschwand dann rasch.

Jetzt schoß das Ren-Schiff vorwärts, wobei es Clive und dessen Gefährten in dem durchscheinenden Wagen völlig übersah. Der Ren nahm direkt Ziel auf die Metall-Schwadron. Schlag auf Schlag wurde es getroffen, und das Ren-Schiff reagierte nicht. Es nahm jeden Treffer auf, wand sich und torkelte, verschob metallene Platten und organische Komponenten, kämpfte sich jedoch nichtsdestoweniger weiter auf seine Feinde zu.

Als es die Metallschwadron erreichte, schoß es erneut davon. Clive verlor es einen Augenblick lang aus den Augen; während er die noch immer brennenden Augen auf der Suche nach dem Schiff anstrengte, fiel ihm auf, daß Horace Smythe und Sidi Bombay gleichfalls wie erstarrt dem Kampf zugesehen hatten.

Sidi Bombay hob eine dunkle Hand und zeigte mit einem langen Finger in eine bestimmte Richtung. »Siehe da! Der Feind in einer letzten Umarmung gefangen!«

Clives Blick folgte dem deutenden Finger Sidis. Ja, das Ren-Schiff hatte die Formation des metallischen Schwadrons durchbrochen und sich an ein rötlich leuchtendes Schiff geklammert. Mehr denn je erinnerte Clive das Ren-Schiff an seinen ehemaligen Gefährten Chang Guafe. Es war ein lebendiges Ding, und es riß und zerrte mit großen metallenen Klauen und sägeblattartigen Auswüchsen an dem Schiff.

Die übrigen Mitglieder des metallischen Schwadrons torkelten wild durcheinander. Clive war klar, daß die Schiffe — oder vielmehr deren Besatzung — verzweifelt versuchten, ihren Kameraden zu Hilfe zu kommen. Aber außer der Energiewaffe, die Clive zeitweilig hatte erblinden lassen, stand ihnen offenbar nichts weiter zur Verfügung. Und sie wagten nicht, auf die Ren zu feuern, denn sie fürchteten, den eigenen rötlich gefärbten Kameraden zu treffen.

Ein kreisförmiges Sägeblatt drehte sich an der Haut des Metallschiffs. Das rote Schiff war größer als das Schiff der Ren, stand dem Angriff offenbar jedoch hilflos gegenüber. Das scharlachrote Schiff war mit Fenstern oder gläsernen Bullaugen versehen. Clive sah im Innern eine Bewegung, konnte jedoch die Natur der Besatzung nicht ausmachen.

Schließlich fraß sich das Blatt erfolgreich in die Haut des scharlachroten Schiffs. Ein klaffendes Loch gähnte, als das Ren-Schiff die Kanten der Öffnung packte und an dem Schiff zog, und es pellte die Haut des Schiffs ab wie ein hungriges Kind die Schale einer Orange.

Ein Besatzungsmitglied zog sich durch die Öffnung. Clive konnte die Gestalt einen Augenblick lang deutlich sehen. Das Bordmitglied war anscheinend menschlich, es trug einen Helm und einen bauschigen Anzug, nicht unähnlich den Anzügen von Tiefseetauchern.

Das Ren-Schiff schnappte das Bordmitglied im bauschigen Anzug mit einer seiner Zangen, die an die einer Strandkrabbe erinnerten. Für den Bruchteil einer Sekunde sah Clive, wie sich der Mund des Mannes zu einem Schrei des Schreckens und Entsetzens öffnete. Wenngleich Clive den Mann nicht hören konnte, stellte er sich den Laut vor.

Dann wurde der Mann in zwei Hälften zerteilt, die gezackten Scheren schnitten ihm mitten durch den Körper. Blut und Eingeweide spritzten aus beiden Körperhälften, als sie davontorkelten und purpurrote Fleischbrocken hinter sich herzogen.

Clive fühlte, wie sich ihm der Magen hob. Er bedeckte den Mund mit der Hand und sah einen Augenblick lang beiseite, richtete fast unwillkürlich jedoch den Blick wieder zurück, wie gebannt von der Schlacht.

Er hatte viele Schlachten und Kämpfe erlebt, hatte selbst an vielen Schlachten teilgenommen, sowohl während seiner ersten Karriere als Offizier bei den Herrschaftlichen Horse Guards Ihrer Majestät als auch während der zweiten Karriere als Abenteurer im Dungeon. Aber er war selten Zeuge eines derartigen Gemetzels, eines derartigen Schreckens geworden. Vielleicht kam dem das Ungeheuer auf der Brücke in Q'oorna gleich, auf der ersten Ebene des Dungeon … oder vielleicht die Kammer der schrecklichen Säcke, worin Sidi Bombay gefangengehalten und dann verjüngt daraus gerettet wurde … aber selbst jene Szenen … er war sich nicht sicher.

Das Ren-Schiff — oder -Wesen — griff durch den Riß in der metallenen Schiffshaut. Es kam zentimeterweise voran. Clive schien es, als versuchte das Ren-Schiff, in das metallene Fahrzeug hineinzuklettern.

Aber die Mannschaft des metallenen Schiffs mußte den Eindringling zurückgeschlagen haben, denn das Ren-Schiff zog die Beißzangen ein und wich vor einem Gegenangriff zurück, den ein Trupp bauschig gekleideter Gestalten durch den gleichen Riß unternahm, wobei sich einige an die großen Klauen des Ren-Schiffs hängten und andere sich dahinter voranzogen.

Es waren Männer, oder sie hatten wenigstens das Äußere von Männern, die in einen Taucheranzug gekleidet waren, und sie waren mit dem eigenen Schiff durch Trossen verbunden. Das war auch notwendig, ging Clive auf, als sich die Soldaten, die den Gegenangriff unternahmen, von der Hülle des Schiffs abstießen.

Der Rest der schlanken metallischen Flotte erfüllte den Himmel, umkreiste die Kämpfer, nahm jedoch an dem Kampf nicht teil.

Die Soldaten waren mit primitiven Waffen ausgestattet. Clive drückte das Gesicht fest an die durchsichtige Wand des Wagens und versuchte, den besten Blick auf den Kampf zu erhalten. Die Soldaten trugen — erstaunlich, erschreckend — Äxte.

Seit mehr als dreihundert Jahren hatte kein zivilisierter Mann mehr mit einer Streitaxt gekämpft! Aber in Afrika hatte Clive Männer gesehen, die nur mit Speeren bewaffnet in den Kampf zogen. Hatte gesehen, wie sie große Raubkatzen lediglich mit Speeren getötet hatten.

Und im Dungeon, im Schloß von N'wrbb Crrd'f und Lady 'Nrrc'kth, hatten Männer mit Hellebarden und Dolchen und Schwertern gekämpft. Clive hatte das gleichfalls getan. Selbst bei seiner Rückkehr ins London des Jahres 1896 hatte er einen Säbel getragen. Seiner Ansicht nach diente der Säbel lediglich Zeremonienzwecken, dennoch hatte er ihn bei sich getragen, und er war willens, ihn bei Gefahr zu verwenden.

Die Soldaten schwärmten über das Ren-Schiff aus, hackten mit den Äxten darauf ein und spähten umher. Sicherlich verfolgten sie den Plan, zwischen die Metallplatten des Schiffswesens zu kommen, um die weicheren und verwundbareren organischen Teile anzugreifen, die von den Metallplatten geschützt wurden. Sie preßten die Äxte zwischen die Platten, während das Ren-Schiff die Form wechselte und dabei mit den Zangen nach ihnen schnappte. Welcher Schmied auch diese Äxte hergestellt hatte, die den erstaunlichen Angriff der Krieger ermöglichten, er mußte bestimmt eines der größten primitiven Genies aller Zeiten gewesen sein!

Das Ren-Schiff streckte einen neuen Skorpionschwanz aus. Er sonderte zwischen den Metallplatten leuchtende und tropfende Flüssigkeiten ab. Er vergrößerte sich vor Clives Augen, krümmte sich langsam, rollte sich zusammen und streckte sich dann wieder.

Das Ren-Schiff benutzte den neuen Schwanz gleichermaßen als Greiforgan und als Organ zum Stechen, während es nach den Angreifern schnappte. Clive vernahm neben sich ein entsetztes Keuchen, als der neue Schwanz einen der Soldaten traf. Der Soldat wurde auf die Stachelspitze gespießt. Clive sah, wie er die Gliedmaßen in einer mächtigen Konvulsion der Qual und des Todes umherwarf.

Jetzt streckte das Ren-Schiff erneut den Schwanz, zog den Soldaten dabei mit sich und schlug mit der Trosse, die den Soldaten am Schiff festhielt, wie ein Tierbändiger mit der Peitsche. Der Soldat wurde vom Schiff weggestoßen, torkelte davon und schrumpfte in der Ferne zusammen. Einen Augenblick lang sah Clive einen Teil des Bauchs des Soldaten, wo der Schwanz des Ren-Schiffs ein Stück des Anzugs weggerissen und dabei ein Loch von der Größe einer Untertasse hinterlassen hatte.

Der gezackte Schwanz des Ren-Schiffs war von geronnenem Blut bedeckt, und in der Öffnung des Anzugs des Soldaten zeigte es sich schwarz und rot. Clive betete im stillen, daß der Soldat auf der Stelle gestorben war, als er von dem gezackten Schwanz getroffen worden war, und daß er die Pein dieses Augenblicks nicht hatte erleben müssen.

Aber trotz aller Wirksamkeit, mit der das Ren-Schiff angriff, war es dennoch der Kampf eines gegen viele, und jeder der Soldaten, dem das Ren-Schiff zu seinem Ende verhalf, wurde von zwei weiteren ersetzt, die wild die Äxte schwangen.

Jetzt erschienen auf der Haut des Ren-Schiffs allmählich Flüssigkeiten, schreckliche Aussonderungen flossen zwischen den Metallplatten heraus. Sie waren nicht vom Rot des Blutes, sondern von einer viel abscheulicheren rötlichen Färbung, bei der Clive erneut schlucken mußte. Das Ren-Schiff bewegte sich jetzt langsamer, die Stiche und Schnitte dienten nun eher der Selbstverteidigung als dem Angriff auf das Metallschiff.

Mehr und mehr Soldaten schwärmten über den Rücken des Ren-Schiffs aus. Der Skorpionschwanz des Wesens schlug wild um sich und traf einen Soldaten mit der schweren gezackten Spitze. Eine Schere schnitt dem Soldaten den Kopf ab, und Blut spritzte aus der Halsöffnung des Anzugs. Aber es war klar, daß sich das Schlachtenglück gewendet hatte.

Das Ren-Schiff verlor den Halt an dem metallischen Schiff und stieß sich ab. Ein Trupp Soldaten hackte mit Äxten nach den Tauen, die sie am Schiff festhielten. Sie schwangen sich vom Schiff weg, krallten sich an das Ren-Schiff und hackten mit den Äxten darauf ein.

Clive sah, wie die durchsichtigen Kuppeln aufschwangen. Aus einer der Kuppeln spritzte Blut heraus. Aber aus der anderen drang etwas rein Weißes, das sich wand und drehte, während es durch die Schwärze torkelte.

Als es sich vom Ren-Schiff entfernte, nahm es direkt

Ziel auf den Wagen, worin sich Clive und Horace und Sidi Bombay befanden.

Während es sich näherte, wurde es immer größer, und Clive war imstande, jede schreckliche Einzelheit der Gestalt wahrzunehmen. Wenngleich es so weiß war wie ein Feld mit frischgefallenem Schnee in England, so war die Gestalt doch identisch mit dem schwarzen Ungeheuer, gegen das Clive und seine Gefährten auf der Brücke in Q'oorna gekämpft hatten!

KAPITEL 17

Novum Araltum

Die weiße Kreatur war kaum größer als ein englischer Spaniel.

Sie wirbelte an dem Wagen vorüber, schwang sich zurück, streckte die sich windenden Tentakel aus und klammerte sich an die Außenseite des Wagens. Clive sah durch die transparenten Wände des Wagens, daß kein Zug der schrecklichen Monstrosität von Q'oorna auf dieser bleichen Miniaturausgabe fehlte.

Als das weiße Ungeheuer das Oberteil an die flache Wand des Wagens drückte, sah Clive, daß dies sogar das menschliche Gesicht oben auf dem Rumpf mit einschloß. Wo das schwarze Ungeheuer von Q'oorna das unglaublich vergrößerte Gesicht von Clives Bruder Neville getragen hatte, ein Gesicht, das ihn verflucht hatte, als das Ungeheuer von der Basaltbrücke herabfiel, trug diese weiße Miniaturausgabe ein anderes, Clive sehr vertrautes Gesicht — und gleichermaßen schockierend!

Es war das Gesicht von Annabella Leighton.

Clives Augen traten im Augenblick des Wiedererkennens aus den Höhlen. Er warf sich durch den Wagen auf das weiße Ding mit Annabellas Zügen zu. Er drückte das Gesicht an das kalte glatte Glas.

Ja, jeder Zug, jede für Annabella charakteristische Linie war vorhanden. Das weiche fließende Haar. Die leicht geschwungenen Brauen. Die Augen, aus denen die tiefe Liebe Annabellas zu Clive schrie sowie der Schmerz darüber, daß er sie in ihrer Wohnung in Plantagenet Court in London zurückgelassen hatte. Die entzückend anmutige Form der Nase und die üppige Fülle der Lippen ...

»Annabella!« schrie Clive auf.

Er wußte nicht, ob die Glaswand des Wagens seine Worte nach außen trug, aber er drückte das Ohr ans Glas und hoffte auf ihre Antwort.

»Clive! Mein Liebling!«

Ja! Es war Annabellas Stimme, dünn und verzerrt wegen des dicken Glases, dennoch zweifellos die ihre.

»Laß mich herein! Oh, Clive, ich flehe dich an!«

»Sidi! Horace!« Er wandte sich an seine Gefährten. »Es ist Annabella. Helft mir! Wir müssen sie in den Wagen lassen!«

»Nein, Clive Folliot. Es ist nicht Annabella.«

»Sie ist's! Wie dieses Ungeheuer sie bekommen hat, kann ich mir nicht vorstellen, aber sie ist's! Ich weiß, daß sie's ist!«

»Es ist ein Ren, Sör! So was können die, Sör!«

»Nein! Horace, du mußt dich doch an das Ungeheuer auf der Brücke erinnern. Es trug das Gesicht meines Bruders. Jetzt hat dieses Ungeheuer hier Annabella gefangengenommen. Wir müssen sie in den Wagen lassen. Wir müssen sie retten!«

»Es ist alles ein Trick, Sör. Es ist nur der Ren.«

»Ich weiß, ich weiß!« Clive wandte sich vom Glas ab und zwang sich dazu, das Gesicht seiner Herzliebsten nicht anzusehen. »Ich kenne diese Ungeheuer. Aber wie kann ich ...?« Seine Stimme versagte.

»Bitte, Clive!« Annabellas Stimme drang erneut durch das Glas.

Hinter dem weißen Ding mit Annabellas Gesicht erblickte Clive die Soldaten in den schweren Anzügen, jene, die den Kampf zwischen dem roten Metallschiff und dem Ren-Fahrzeug überlebt hatten. Sie hatten sich losgemacht und trieben jetzt auf den transparenten Wagen zu. Sie hielten die Äxte bereit.

»O Clive, laß mich nicht sterben! Bitte, Clive! Im Namen unserer gemeinsamen Liebe! Bitte! Im Namen unserer gemeinsamen Menschlichkeit!«

Clive packte den Handgriff, der die Tür des Wagens

lösen und Annabella den Eintritt erlauben würde. Er zerrte daran und bemühte sich, ihn zu drehen.

Horace Hamilton Smythe ergriff Clives Handgelenk mit beiden Händen. Er zog Clive von der Tür weg.

»Smythe, was machst du da? Laß mich los! Wenn du mir nicht helfen willst, Miß Leighton zu retten, dann stör mich wenigstens nicht bei meinen eigenen Bemühungen!«

Horace Smythe packte Clive bei den Schultern und schüttelte ihn. »Werden Sie doch wieder vernünftig, Major! Sie wissen, daß das nicht Annabella ist! Sie wissen das sehr gut, Sör! Sie sagten das gerade selbst! Sie können sie — es — nicht hereinlassen. Das geht nicht, Sör! Wir verlieren sonst die ganze Luft, wir würden alle sterben, und nicht nur einer. Aber das spielt keine Rolle, Sör — das ist nicht Miß Leighton. Ich schwöre Ihnen, das ist nicht Miß Leighton!«

Die Soldaten befanden sich jetzt dicht hinter dem Ding und hoben die Äxte.

Wie ein Mann mit einem gespaltenen Bewußtsein wußte Clive zugleich, daß das Ungeheuer nicht Annabella war, und konnte dennoch nicht dem Versuch widerstehen, sie zu retten. Es wäre ihm fast gelungen, sich aus Horaces Griff zu winden, aber im kritischen Augenblick packte ihn Sidi Bombay am anderen Handgelenk. Die beiden Männer hielten ihn gemeinsam fest.

Der erste Soldat war über Annabella. Sie ließ das Glas des Wagens los und stieß sich ein paar Meter weg, bereit, dem Angriff des Soldaten zu begegnen.

Das weiße Ding war mit Tentakeln und Klauen und Reihen von Fängen und giftigen Stacheln ausgestattet, aber statt mit den Soldaten zu kämpfen, wartete es nur auf sie.

Beim ersten Schlag mit der Axt wich das weiße Ding zum Wagen zurück. Einen flüchtigen Augenblick lang gewann es den Halt am Wagen wieder und drückte den Rumpf auf die ebene Fläche. Clive blickte erneut in das

Gesicht von Annabella Leighton. »Auf Wiedersehen, mein Lieber«, hörte er die geliebte Stimme flüstern. »Selbst dies, mein Lieber, gibt mir die Kraft, dir zu vergeben, Clive. Selbst dies.«

Mit einer verrückten Anstrengung riß sich Clive aus Sidi Bombays und Horace Hamilton Smythes Griff los und tat einen Satz hinüber zum Türgriff. Als er jedoch die Hand auf das Metall legte, fiel der erste Soldat mit geschwungener Axt über Annabella her.

Dieser eine Schlag spaltete den Rumpf des weißen Dings von oben bis unten. Tentakel wanden sich, der Mund, den Clive so geliebt hatte, öffnete und schloß sich in einem letzten Schrei der Todesqual — ein völlig lautloser Schrei —, und eine Gischt von Flüssigkeit spritzte aus den beiden Hälften des weißen Dings.

Die Soldaten schlugen weiterhin auf die Stücke ein, bis das größte verbleibende Stück kleiner als die Handfläche eines Kindes war. Clive fiel von einem trockenen Würgen geschüttelt auf die Knie, als der leere Magen sich immer wieder vor Entsetzen und Ekel zusammenzog.

»Es war nicht Miß Leighton«, sagte Horace Hamilton Smythe erneut zu Clive. »Ich wußte nichts von den Ren, als wir diesen schwarzen Riesen in Q'oorna trafen, Major, Sör, noch wußte ich, daß Sie das Gesicht Ihres Bruders sahen und seine Stimme hörten. Ich sah 'n anderes Gesicht, Major, da auf Q'oorna. Wo Sie Ihren Bruder sahen, sah ich meine eigene Ma'am. Es fiel mir schwer, mich ihrem Willen zu widersetzen.«

»Und ich sah mein eigenes geliebtes Kind, Major Folliot«, warf Sidi Bombay ein. »Mein Kind, das im Dschungel von Bengal von einem Tiger zerfleischt worden ist — um das ich niemals aufgehört habe zu trauern, Major Folliot. Die Ren besitzen die Macht, aus unserem Bewußtsein die Bilder unserer Lieben herauszuholen. Sie benutzen sie gegen uns. Aber sie sind nicht wirklich. Es sind Täuschungen, Major Folliot.«

Clive wischte sich die feuchten Augen. »Ich weiß, ich weiß es, Sidi, Horace. Aber dennoch, dieses geliebte Gesicht zu erblicken, die ach so süße Stimme zu vernehmen — könnt ihr mir's da übelnehmen, meine Freunde, daß ich — einen Augenblick lang verwirrt war? Einen Augenblick lang wahnsinnig war?«

»Nein, Sör. Niemand wird Ihnen das übelnehmen, Sör.«

»Aber wir müssen uns allmählich einig werden, Clive Folliot, wie wir der Herausforderung begegnen, mit der wir uns konfrontiert sehen.« Sidi Bombay zeigte mit dem Finger wie auf einen Fleck, der aus der Kleidung entfernt werden mußte. »Wir dürfen nicht zulassen, daß dieser Augenblick des Wahnsinns andauert.«

»Und falls ich ihr diese Tür geöffnet hätte — ihm?«

»Wir hätten vermutlich ganz einfach unsere gesamte Luft verloren, Sör. Außerdem wären wir aus dem Wagen gefegt worden und gestorben. Oder wir wären hiergeblieben und erstickt. Keine rosigen Aussichten, hm?«

»Was für schmutzige Biester sind das! Ich dachte, die Ren seien menschlich — bei unserem Zusammentreffen mit ihnen im Dungeon hatte ich wenigstens angenommen, daß sie Menschen seien —, so suspekt ihre Motive auch gewesen sein mögen.«

»Sie nehmen viele Gestalten an«, sagte Sidi Bombay. »Aber die Gestalt, in der wir das Monster auf Q'oorna zuerst erblickten, und die Gestalt dieses kleinen weißen Ren ist offenbar ihre natürliche Form. Ich verstehe die Unterschiede in Größe und Färbung nicht, Clive Folliot. Aber es sind die wahren Ren.«

Ein volles Dutzend Soldaten umringte jetzt den Wagen, einige davon trieben so leicht wie Möwen im Aufwind, andere griffen nach Knöpfen und herausragenden Teilen an der Außenseite des Wagens, um sich einen Halt zu verschaffen. Hier und da spähte ein Soldat neugierig durch das Glas auf Clive und Sidi und Horace, meist jedoch gingen sie weiterhin ihrem eigenen Geschäft nach.

Das Geschäft bestand im Anbringen von Halteleinen an dem Wagen.

Nicht lange, da war der Wagen an einem halben Dutzend metallener Leinen befestigt. Die Soldaten verschwanden und kehrten ohne weiteres Aufhebens aufs eigene Schiff zurück. Die Flotte bewegte sich, Clive spürte, daß sich der gläserne Wagen gleichfalls bewegte.

»Wohin bringen sie uns?« fragte er die Gefährten.

»Ich schätz' mal, sie bringen uns zu ihrer Heimatwelt, Sör«, antwortete Horace.

»Nach ... Aralt? Ich dachte, Aralt sei zerstört worden, Horace.«

»Stimmt, Sör. Wußt' nich', daß der Major das wußte.«

»Ich erfuhr das auf der achten Ebene. Da war eine Frau, eine schöne Frau. Ihr Name war Lena.«

»Ich verstehe schon, Sör.«

»Nein, tust du nicht, Smythe. Sie war eine Frau der Chaffri, und von ihr erfuhr ich, daß ihre Heimat eine winzige Welt im Asteroidengürtel ihrer Sonne sei. Du glaubtest, ich wisse nichts von der Existenz von Asteroiden — Planetoiden —, aber Lena hat mir davon erzählt. Sie sagte mir, daß die Heimat der Chaffri Aralt sei — Aralt gewesen sei —, aber daß Aralt nicht mehr existierte. Es wurde zerstört.«

»Das stimmt, Sör. Aber die Chaffri sind ganz schön mächtig. Sie besitzen mit Sicherheit Ausweich-Hauptquartiere. Sie werden ihre Operationen entweder von jenen Hauptquartieren starten oder von einem weniger wichtigen Außenposten. Das sind mit Sicherheit Schiffe der Chaffri, und ich wette um meine gesamte Habe, daß sie uns zu ihrer Basis bringen.«

Clive ließ sich gegen die Lehne des dunkelroten Plüschsitzes fallen. Er bedeckte die Augen mit den Händen. Es wäre vielleicht besser gewesen, erlaubte er sich selbst zuzugeben, wenn es ihm gelungen wäre, den Wandabschnitt zu öffnen, wenn die Luft aus dem Wagen geströmt und er selbst im Augenblick der Wiedervereinigung mit Annabella gestorben wäre. Natürlich wär's eine Illusion gewesen. Wenn Horace und Sidi recht gehabt hatten, wenn das weiße Ding ein Ren gewesen war und wenn die Ren die Macht besaßen, Bilder aus dem Bewußtsein ihrer Opfer herauszufischen und überzeugende Trugbilder zu erschaffen ... es wäre vielleicht besser gewesen zu sterben.

»Da ist sie, Sidi!«

Horace Smythes Stimme unterbrach Clives Träumereien. Smythe stand am jetzt nutzlosen Schaltpult des Wagens und zeigte nach vorn. Clive sah sich im Wagen um und erblickte die metallenen Schiffe über und unter, links und rechts von ihnen. Er sah die Taue, die den transparenten Wagen mit den metallischen Schiffen verbanden, wenngleich das Gebiet hinter jedem Schiff von den Abgasen des Antriebs getrübt war. Die Schiffe zogen ihren Wagen sanft und gleichmäßig.

Unmittelbar vor ihnen lag eine winzige Scheibe, eine perfekte Welt, der Erde ziemlich ähnlich, wenn auch nur ein Bruchteil so groß wie sie. Makellose polare Eiskappen glitzerten im Sonnenlicht. Zwischen den Wolken hindurch erblickte man blaue Meere und Kontinente mit grünen Wäldern.

Die metallischen Schiffe fielen in die Atmosphäre des Miniplaneten und führten den kleinen durchsichtigen Wagen mit sich. Der Wagen hatte sich von dem Augenblick an, als die Schiffe die Taue angebracht hatten, bis zur Ankunft auf diesem Planetoiden sanft und leicht bewegt.

Aber Clive fragte sich noch immer nach der Natur und den Absichten der Chaffri. Der Kampf zwischen dem Schiff der Chaffri und dem Ren-Schiff war eine klassische Konfrontation gewesen, wie sie nur zwischen unerbittlichen Feinden vorkam. Die Zerstörung des weißen Ren lag außerhalb von Clives Verständnis. Repräsentanten einer derart fortgeschrittenen Kultur, daß sie Fahrzeuge erbauten, die fast lässig zwischen Planeten fuhren, waren in einen tödlichen Kampf verstrickt und dabei nur mit Äxten bewaffnet gewesen. Clive hatte angenommen, daß sie wenigstens Ordolitwaffen benutzten.

Aber Äxte?

Sie kreisten über einer Grasebene auf einer der Inseln, die auf diesem Planetoiden Kontinente sein mußten. Beim Eintauchen in die Atmosphäre zischte die Luft ringsum, Wände zitterten, die Glasabschnitte des Wagens vibrierten, aber sie hielten stand.

Die metallischen Schiffe ließen die Taue fallen, aber sie umgaben noch immer den Wagen und lotsten ihn zu der Ebene.

»Können wir entkommen, Smythe?« fragte Clive.

»Unmöglich, Sör. Und abgesehen davon hatte ich auch angenommen, daß der Major die Höhle des Löwen aufsuchen wollte, wenn man so sagen darf, Sör.«

»Der Löwe — die Gennine! Aber wir haben das Hauptquartier — oder zumindest eine Basis — der Chaffri erreicht, nicht der Gennine.«

»Und wenn schon, Sör. Wie dem auch sei, Sör, wir können nicht von hier weg, selbst wenn wir's wollten. Jene metallischen Schiffe sind uns an Zahl und Kräften überlegen. Dieser kleine Wagen war niemals für einen ernsthaften Kampf gedacht. Der Ordolitmörser ist eine Wasserpistole gegen die Bewaffnung jener metallischen Schiffe, Major Folliot, Sör.«

Clive dachte nach. »Ich nehme an, daß du recht hast, Smythe. Sidi Bombay, stimmst du damit überein?«

»Ohne zu zögern, Clive Folliot.«

»Sehr schön. Bring uns runter, Smythe.«

»Ja, Sör. Ich gehorche bereits, Sör.«

Der transparente Wagen sank in einer Spirale nach unten. Die Grasebene erinnerte an eine Hafenanlage. Clive erblickte Streifen, die an Docks gemahnten, Gebäude, die das Äquivalent zu Hafenkontoren darstellten, sowie Straßen, die von dem Gebiet wegführten und in üppigen Wäldern verschwanden. Über ihr Ziel konnte er lediglich Mutmaßungen anstellen.

Der Wagen berührte das üppige Gras und kam sanft zum Stehen. Horace Hamilton Smythe schaltete der Reihe nach die Steuereinheiten ab und öffnete dann die Glasabschnitte, durch die sie den Wagen betreten hatten. Er stellte sich beiseite, um Clive das Vorrecht einzuräumen, den ersten Schritt aus dem Wagen heraus zu tun.

Ringsumher erblickte Clive metallische Fahrzeuge, die zur Landung ansetzten. Jedes davon war weit größer als der Glaswagen, hätte leicht den Wagen und noch ein Dutzend weitere davon in die Ladeluken aufnehmen können, sofern die Metallschiffe solche besaßen.

Rot, golden, blau, grün, silbern, orange, bronze — eine nach der anderen landeten die wendigen Maschinen.

Nachdem eine jede den Boden berührt hatte und zum Stehen gekommen war, öffneten sich die Luken, und die Bordmitglieder quollen heraus.

Aber Clive und seine Gefährten wurden von einem Trupp begrüßt, der aus einer Hütte in der Nähe des Waldes trat.

Der Trupp bestand aus Männern in glänzender Militäruniform, geschmackvollen purpurroten und goldfarbenen und blauen und grünen Uniformen, die die prächtigsten Uniformen des Militärs Ihrer Majestät in den Schatten gestellt hätten.

Der Anführer war ein großartig herausgeputzter Bursche, dessen goldfarbene Epauletten bei jedem Schritt schaukelten. Die Kopfbedeckung erinnerte an die eines Admirals, und ein hochragender Federbusch darauf wurde von der sanften Brise, die über die Landeebene strich, zur Seite geweht.

Eine ordengeschmückte Schärpe reichte ihm von der Schulter bis zur Gürtellinie. Ein Zeremonien-Kurzschwert klapperte in der Scheide.

Clive musterte den Mann und versuchte, seinen Rang

auszumachen oder sogar herauszufinden, in welchem Dienstbereich er Offizier war.

Der Mann blieb stehen und salutierte. »Im Namen der Chaffri, Clive Folliot, begrüße ich Sie und Ihre Gefährten auf Novum Araltum. Ich bin Muntor Eshverud.«

Überrascht schoß Clive Sidi Bombay und Horace Hamilton Smythe einen Blick zu. Sie gaben keinerlei Hinweis. Muntor Eshverud — der Name bot keinen Anhaltspunkt für die Herkunft des Mannes, ebensowenig wie dessen Sprache mit dem leichten Akzent, über die Clive völlig verblüfft war. Denn ...

Denn Eshverud sprach ein einwandfreies Englisch, nicht die Umgangssprache, die in den meisten Regionen des Dungeon benutzt wurde.

Was hatte das zu bedeuten?

Eshverud hatte die Hand mit dem makellosen Handschuh zu einem militärischen Gruß erhoben, und Clive erwiderte voller Unbehagen diese Geste.

»Wenn die verehrten Gäste so freundlich wären und mir zum Stützpunkt folgen würden?« Er winkte zu der Hütte hinüber, von wo er hergekommen war. Aber — Clive blinzelte — war's denn eine Hütte? Das Gebäude war ein wenig größer, als er zunächst geglaubt hatte, und die Architektur war freundlich und ansprechend, ziemlich verschieden von der rohen Bretterkonstruktion, die er zu sehen geglaubt hatte.

Er ging neben Eshverud her und bemerkte, daß Horace Hamilton Smythe und Sidi Bombay gleichfalls neben je einem Mitglied aus Eshveruds Trupp gingen. Sie marschierten forschen Schrittes hinüber zu dem Gebäude. Clive hörte, daß Horace Smythe seinen Gefährten besorgt fragte, ob sie ihren Wagen auch zurückerhielten. Die Antwort war beruhigend. Sidi Bombay war offenbar in eine Unterhaltung über die Einrichtung der Offiziersmesse und die Verpflegung verstrickt.

»Wir haben Ihre Begegnung mit dem Ren-Schiff beobachtet, Major Folliot«, sagte Muntor Eshverud. »Sie hatten Glück, daß unsere Patrouille Ihnen rechtzeitig begegnete. Das sind häßliche Gebilde, diese Ren-Schiffe. Häßlich wie die Kreaturen, die sie bauen und fliegen!«

»Sie befinden sich mit den Ren im Krieg, Sir? Ich habe Ihren Titel nicht ganz mitbekommen.«

»Muntor. Mein Name ist Eshverud. Das andere ist mein Grad und meine Stellung in der Gesellschaft der Chaffri.«

»Sehr schön, Sir. Und meine vorherige Frage, wenn Sie so freundlich sein wollen?«

»Ja. Im Krieg mit den Ren. Ich schätze, Sie können es einen Krieg nennen. Wenn man eine Ausrottungs-Kampagne mit Krieg angemessen umschreibt.«

»Ausrottung, Sir? Ich habe noch nie von einem Krieg gehört, bei dem es das erklärte Ziel einer der Parteien war, die andere auszurotten. Sie meinen, den Gegner bis zum letzten Mann, Frau und Kind zu vernichten?«

Eshverud lächelte bitter. Seine Brauen waren dicht, das ganze Gesicht breit. Die Spitzen eines dicken Schnauzbarts, in des Muntors Jugend vielleicht blond, jetzt fast weiß vor Alter, hoben sich bis zum Backenbart.

»Bis zum letzten Mann, Frau und Kind, Major Folliot? Eine scharfe Frage. Ja, ich glaube, daß die Ren uns bis zum letzten Mann, Frau und Kind auslöschen würden. Wenn sie die Macht dazu hätten. Es sei denn, sie legten sich einen lebenden Nahrungsvorrat zu. Sie ernähren sich vom Fleisch der Chaffri, wissen Sie. Nicht sehr häufig — es gibt nicht genügend von uns, um die Nachfrage zu befriedigen. Also werden wir von den Ren als große Delikatesse betrachtet.«

»Ich begegnete einem riesigen Ren, als ich das Dungeon zum erstenmal betrat, Muntor Eshverud. Im Jahre 1868, als ich mich auf der Suche nach meinem Bruder befand.«

Eshverud nickte. »Sie verseuchen das Dungeon durch und durch.«

»Der, dem wir da begegneten — er hatte Menschen verzehrt und zeigte den Gesichtsausdruck meines Bruders. Er verfluchte mich mit dessen Stimme.«

»Die Ren besitzen schreckliche Fähigkeiten, mit dem Bewußtsein zu spielen. Ich bezweifle Ihre Geschichte nicht, Major — sie ist völlig glaubwürdig. Aber ich würde annehmen, daß die Ren das Bild und den Klang der Stimme Ihres Bruders Ihnen aus dem Gehirn gezogen und Ihnen die Informationen zurückgespielt hatten, damit Sie ihren eigenen Zwecken dienten.«

»Das glaube ich allmählich auch, ja, Muntor.«

Sie hatten sich der Hütte genähert. Clive bemerkte jetzt, daß es sich um eine Gastwirtschaft im Tudor-Stil handelte. Halb Fachwerk, und mit einem Dach aus dicklagigem Stroh gedeckt. Es war hellichter Tag gewesen, als der Glaswagen auf dem Grasfeld gelandet war, aber die Nacht fiel auf Novum Araltum rasch, und der Himmel verdunkelte sich bereits. Die Sonne stand halb hinter dem Horizont, Sterne funkelten, und nahegelegene Asteroiden woben einen breiten glitzernden Gürtel über den Himmel.

Aus einem niedrigen Kamin stieg ein träger Rauch langsam in die Luft, und Clive roch den vertrauten Geruch brennenden Torfs.

In die Tür der Gastwirtschaft waren bernsteingetönte Butzenscheiben eingelassen. Das Licht aus dem Innern verlieh dem Glas einen warmen goldenen Schimmer. Muntor Eshverud bat Clive in eine Welt hinein, die zugleich entsetzlich vertraut und beunruhigend fremdartig war.

Als englischer Herr hätte er kein gewöhnliches Pub betreten, wenngleich er wußte, wie sie aussahen. Es hatte Gründe gegeben, sie im Dungeon zu betreten, und zu seinem Kummer war er nach seiner Rückkehr nach London in ein derartiges Pub geraten.

Aber dieses Etablissement war nicht genau ein Pub des neunzehnten Jahrhunderts. Er vermittelte vielmehr das Gefühl eines Landgasthofs eines früheren und unverdorbeneren Zeitalters. Er erwartete halb, Bauernburschen zu sehen, denen Heu aus den Haaren fiel und die mit kräftigen Armen Alekrüge und Hammelkeulen stemmten. Es gab in der Tat einen freundlichen Gastwirt, der über alles wachte, während sich die weibliche Bedienung in verwegen geschnittenen Blusen und bauschigen Wämsern geschickt ihren Weg zwischen den langen Tischen aus breiten rohgezimmerten Brettern bahnte.

»Ist dies — entschuldigen Sie mich, Muntor...« wandte sich Clive an seinen Begleiter, »... ist dies das Hauptquartier einer Luftbasis der Chaffri? Ich fürchte, daß ich nicht recht verstehe, Sir — wenngleich ich zugeben muß, daß es ein heimeliger und angenehmer Ort ist.«

Eshverud lächelte. Er lotste Clive am Ellbogen durch den dicht gefüllten Gastraum. Er blieb an der Bar stehen und beugte sich darüber, um mit dem Gastwirt zu sprechen. Trotz des Lärms im Raum, mit den vielen trinkenden, essenden, scherzenden, singenden und krakelenden Chaffri, hatte Clive keine Schwierigkeiten, die Worte des Muntors zu verstehen.

»Zwei immer fließende Krüge von deinem besten, Jivach, für *Major Folliot* und mich selbst. Ein Gedeck mit gutem heißen Essen. Wir, der Major und ich, werden uns im privaten Speisesaal aufhalten. Und wenn ich den Geschmack meines Gastes richtig einschätze, Jivach, schicke uns deine hübscheste Bedienung. Und erwarte nicht, sie so bald wiederzusehen, Jivach.«

Und der Mann blinzelte tatsächlich!

Clive ließ sich in ein Privatzimmer führen, wo das Mobiliar, obwohl roh zurechtgehauen, ausgesprochen gemütlich war. Eine Öllampe verströmte ihr Licht, und die Luft roch nach England.

Die beiden Männer setzten sich einander gegenüber an den hölzernen Tisch. Clive wollte Eshverud eine Million Fragen stellen. Fragen über die Chaffri, über die Ren, über das Dungeon — und über die Gennine. Es gab so viele Fragen, die so viele Gebiete betrafen, daß Clive kaum wußte, wo er beginnen sollte.

Aber ehe die Unterhaltung sehr weit gediehen war, klopfte es an die Tür, und Muntor Eshverud rief: »Nur herein!«

Die Tür schwang auf, und die Bedienung drehte sich um, um sie wieder hinter sich zu schließen, ehe sie noch ihre Last abgesetzt hatte. Clive erhaschte lediglich einen flüchtigen Blick auf sie, wurde dennoch sofort von dem dunklen schimmernden Haar eingenommen, der weichen Haut, die golden im Licht der Öllampe glänzte, der anmutigen Gestalt und dem großzügigen Busen, der unter der ungenügenden Bedeckung der tiefgeschnittenen und durchsichtigen Bluse schwellte.

Er setzte sich anerkennend auf und wartete darauf, daß sie sich ihm wieder zuwandte. Sie beugte sich über das Tablett und setzte die Alekrüge und die Tabletts mit Fleisch und Backwaren auf den hölzernen Tisch. Dabei bauschte sich die Bluse vom warmen Busen weg.

Clive blinzelte.

Die Bedienung richtete sich auf.

Die Augen trafen sich in einem überraschten Wiedererkennen, und sie riefen gleichzeitig den Namen des anderen aus.

»Clive!«

»Annabella!«

KAPITEL 18

»Clive, mein Liebling Clive«

Ohne nachzudenken, eilte Clive zu Annabella — und sie zu ihm. Sie umarmten einander in atemloser Leidenschaft, die Körper drückten sich eng aneinander wie begierige Liebende, die Lippen trafen sich, als hielten sie einander für das Ambrosia des Lebens.

Schließlich waren sie für den Augenblick gesättigt und brachten es — wenngleich noch immer zitternd — fertig, sich zu setzen. Sie hielten einander noch immer die Arme um die Schultern gelegt, hielten einander an den Händen, sahen einander in die Augen.

Ein Schauder durchlief Clive bei dem Gedanken, daß diese Annabella nur ein weiterer Trick sein könnte, eine Kopie oder eine Illusion, geschaffen, ihn in die Irre zu führen. Aber sie war so warm, so wirklich — deutlich schlug ihm das Herz rascher, war ihm die Brust eng zusammengeschnürt, verspürte er eine wilde Freude. Sie mußte wirklich sein! Wie war sie nach Novum Araltum gekommen? Wie konnte diese Frau aus dem England des neunzehnten Jahrhunderts als Bedienung in einer Gastwirtschaft auf einer anderen Welt arbeiten?

Die Fragen mußten warten. Sie war Annabella!

»Ich habe nicht zu hoffen gewagt, dich jemals mehr wiederzusehen. O mein Liebling Annabella! Ich wollte zu dir gehen — nach Plantagenet Court —, aber ich wußte, daß du nicht mehr da warst. Daß du mit Schande bedeckt nach Amerika gesegelt warst und dich dort für immer niedergelassen hattest.«

»Das tat ich, Clive. So lang ich konnte, wartete ich auf deine Rückkehr nach England. Ich trug ... ein Kind, Clive. Dein Kind, Clive. Deine Tochter.«

»Ja, ja, Annabella. Ich kenne die ganze Geschichte. Ich ...«

»Woher kennst du sie?«

»Sie wurde mir von meiner Ur-Ur-Enkelin erzählt. Unserer Ur-Ur-Enkelin, mein Liebling Annabella. Ist es nicht eine seltsame Vorstellung, daß wir einen so entfernten Nachfahren haben? Es ist Annabelle Leigh aus der Stadt San Francisco in den Vereinigten Staaten von Amerika. Und sie kam im Jahre 1999 nach London und wurde von dort ins Dungeon gebracht.«

»Ich hörte vom Dungeon, Clive.«

»Du warst niemals dort?«

»Nein, mein Liebling. Ich verließ Boston niemals. Sobald ich einmal die Neue Welt erreicht hatte, entschloß ich mich, niemals mehr zurückzukehren, niemals mehr nach England zurückzukehren. Aber ich wußte überhaupt nichts vom Dungeon. Ich lebte mein Leben, zog meine Tochter groß, lehrte sie ...« Sie errötete, und das Purpurrot der Haut zeigte sich nicht nur auf den weichen Wangen, sondern auch auf dem zarten Busen.

»Ich kenne das Gesetz eurer Familie. *Tu, was du willst, nimm Liebhaber nach deiner Wahl, gebäre eine Tochter und lehre sie, desgleichen zu tun ... und heirate niemals, niemals!*«

»Und meine Mädchen hielten dieses Gesetz — bis ins Jahr 1999, sagtest du, Clive?«

»Sie hielten es.«

Ein Lächeln huschte ihr übers Gesicht, ein Lächeln, das viel weniger weich war als das, was Clive von Annabella kannte. »Aber wie bist du hierher nach Novum Araltum gekommen? Und ... dein Alter, Annabella. Du siehst nur wenig älter aus als das zarte Mädchen, das ich von Plantagenet Court her kannte.«

»Wenn ich auch nur irgendeinen Grund dafür gehabt hätte, auf deine Rückkehr zu warten, hätte ich auf dich in England gewartet, Clive.«

»Hast du nie eine Nachricht von mir bekommen,

nachdem ich gegangen war? Ich habe dir Briefe geschrieben — sehr viele Briefe.«

»Ich habe sie niemals erhalten.«

»Ich weiß. Das ist meine Schuld. Ich schrieb sie nur in Gedanken.«

»Ich sah deine Veröffentlichungen im *Illustrated Recorder and Dispatch.* Deine Berichte und Zeichnungen waren hervorragend.«

»Ich hatte gehofft, sie in einem Buch sammeln zu können.«

»Das taten statt deiner deine Herausgeber, Clive. Sowohl in England als auch in Amerika hattest du einen gewissen Ruhm als Autor. Aber ach, der Ruhm ist flüchtig, und nach ein paar Jahren warst du vergessen. Ich fürchte, daß die Leser einer späteren Zeit niemals von Clive Folliot gehört haben. Dennoch wirst du von Studenten und Sammlern von Büchern über exotische Länder noch immer verehrt.«

»Ich war ein berühmter Autor? Mein Ruhm kam und ging, und ich wußte nichts davon, und jetzt bin ich das Hätschelkind von verstaubten Bibliophilen. Ja, so ist's wohl immer gewesen, nehme ich an.« Clive schüttelte den Kopf, und ein gequältes Lächeln umspielte seine Lippen. Seine Berichte waren mittelmäßig gewesen, die Zeichnungen derb und ungeschliffen — zumindest nach seiner eigenen Einschätzung. Aber das Urteil der anderen hatte offenbar anders gelautet. Du Mauriers redaktionelle Dienste und Maurice Carstairs Werbeanstrengungen mußten besser für ihn gewirkt haben, als er je angenommen hätte.

»Und du Maurier?« fragte er Annabella. »Hast du jemals von ihm gehört?«

»Er besuchte mich. Er sagte, er hätte Emanationen von dir erhalten, aus einer fernen und schrecklichen Sphäre. Das war ganz klar das Dungeon, Clive.«

»Ich besuchte ihn vor nur wenigen Tagen in London, Annabella. Ich sah ihn auf dem Sterbebett. Clarissa

Mesmer kümmerte sich um ihn, die Enkelin des berühmten — oder berüchtigten — Anton Mesmer.«

»George du Maurier war ein guter Mann, Clive. Ein Visionär. Eine große Seele, die viele Jahre vor ihrer Zeit geboren wurde.«

»Und besuchten dich auch andere?«

»Dein Vater und dein Bruder.«

»Mein *Bruder!* Neville hat dich besucht?«

»Hat er. Sie kamen zusammen nach Plantagenet Court. Nach einer kleinen Weile schickte Neville den Baron für eine Besorgung weg, und dann ...« Sie wandte sich von ihm ab. Dabei fiel ihr eine verirrte Strähne des dunklen Haars über den Busen und lenkte seine Aufmerksamkeit auf das zarte Tal zwischen den Brüsten, wo warm das goldene Lampenlicht spielte.

»Und dann was?« drängte Clive.

Sie wandte sich um, barg jedoch das Gesicht an seiner Schulter. »Er sagte mir, du seist tot. Er versuchte, mich zu — zu beruhigen, Clive. Er ähnelte dir so sehr, mein Liebling, in jeder Beziehung. Das lockige Haar, die Gesichtszüge, die Hände, der eigenartige — der gewisse Geruch, Clive.«

»Das Ungeheuer!« Clive sprang auf. Zum erstenmal seit Annabellas Ankunft dachte er an Muntor Eshverud. Er sah sich nach dem Chaffri um, aber Eshverud war unbemerkt aus dem Raum geschlüpft. Annabella war gleichfalls aufgestanden, und Clive legte ihr jetzt die Hände an die Wangen und sah ihr tief in die Augen. »Hat Neville ...«

»Ja«, flüsterte sie. »Damals war ich so durcheinander, so schwach und so verzweifelt. Und danach, Clive, so beschämt. Das war der wirkliche Grund, warum ich England verlassen habe. Ich wäre geblieben und hätte stolz dein Kind geboren. Aber nach Neville ... konnte ich nicht bleiben.«

»Bist du sicher, daß das Kind ...«

»Es ist dein Kind, Clive. Das weiß ich! Und die Mädchen, die ihr folgten, bis hin zu Annabelle Leigh, sind deine Nachkommen. Alle haben das Blut der Folliots in sich. Gut oder schlecht, Clive. Ich habe es nicht in mir, aber alle unsere Nachfahren haben's.«

Überrascht wurde Clive sich bewußt, daß er hungrig war. Während der Fahrt in dem gläsernen Wagen, während der Schlacht im Raum und der Landung auf Novum Araltum hatte er keinen Bissen zu sich genommen. Jetzt stieg ihm der Geruch des heißen Essens, das Annabella hereingebracht hatte, in die Nase. Und mit dem Hunger kam großer Durst, und er hob den großen Krug mit Ale und hielt ihn zwischen sich und Annabella.

»Wir sind jetzt wieder beisammen, mein liebes Mädchen. Wieder beisammen!«

Sie tauschten mit den Blicken weitere Gedanken aus. Annabella hob den zweiten Krug, und sie stießen mit verschränkten Ellbogen an und machten sich dann über die noch immer dampfenden Hammelkeulen und das Gebäck her. Zwischen einzelnen Bissen und herzhaften Zügen aus den Krügen tauschten sie Küsse und Blicke und Zärtlichkeiten aus, und ehe das Mahl vorüber war, spürte Clive die alte Zuneigung wieder, und Annabella erwiderte seine Aufmerksamkeiten mit der Leidenschaft, die ihn vor langer Zeit in Plantagenet Court in London an sie gefesselt hatte.

Er ließ ihr eine Hand ins Mieder gleiten, und sie drückte sich an ihn, drückte ihre Wange gegen die seine und flüsterte ihm Koseworte ins Ohr, die er seit Monaten oder Jahren oder einem Vierteljahrhundert nicht mehr vernommen hatte.

Der Raum war für ein privates Beisammensein hergerichtet, und so benutzten sie ihn, und Clive vergaß völlig das Dungeon und dessen Schrecken und Gefahren. Er vergaß völlig die laszive Lorena Ransome und die seltsam gefärbte Lady 'Nrrc'kth mit der bleichen Haut und den grünschimmernden Haaren und Augen. Er vergaß völlig die Spinne Shriek und den fremdartigen

Cyborg Chang Guafe und den getreuen hundegleichen Finnbogg und den Baron Samedi mit seinem Zylinderhut und dem sardonischen Gelächter, und er vergaß völlig das unbeholfene Frankenstein-Ungeheuer. Er vergaß völlig Muntor Eshverud und seine eigenen Gefährten Sidi Bombay und Horace Hamilton Smythe.

Clive schlief; er war glücklich und gesättigt und hatte Annabella Leighton die Hand um die weiche Schulter gelegt, und ihr Atem strich ihm warm und weich über die nackte Brust. Er war schließlich glücklich, glücklich — abgesehen davon, daß ein Zweifel an irgendeiner entfernten Ecke seines Bewußtseins nagte, während er in dem sanften goldenen Lampenlicht schlummerte.

Die warme, geschmeidige Haut war der harte Panzer eines ägyptischen Skarabäus.

Die tiefen liebenden Augen waren die facettenhaften glitzernden Organe eines Insekts.

Die starken, wenngleich sanften Hände waren Chitinklauen.

Der üppige Körper, der seine Leidenschaft so entflammt hatte, war der geteilte Körper eines ...

Eines ...

Clive wachte schreckerfüllt und in kaltem Schweiß gebadet auf. Die Lampe war bis auf den letzten Tropfen Öl heruntergebrannt. Der Raum war in Dunkelheit getaucht. Clive wußte nicht, wieviel Zeit verstrichen war, aber aus der Gastwirtschaft drangen keine Geräusche.

Er stand auf, ordnete täppisch seine Kleidung und stolperte zur Wand. Ein paar Lichtstrahlen hatten sich in den Raum verirrt, nicht so viele, daß sie ihn ausleuchteten, sondern nur so viele, daß es eine schwache Andeutung von Helligkeit ergab.

Clive stolperte zu der Lichtquelle. Er stieß gegen den hölzernen Tisch und streckte die Hand aus, um sich festzuhalten. Die Hand glitt über eine schwere Platte, die dick bedeckt war mit festgebackener Schmiere. Ein hoher Krug, noch immer halbgefüllt mit dem starken

Ale, fiel vom Tisch und zerbrach auf dem rohen Holzfußboden. Sein Inhalt spritzte Clive wie Matsch aus einem Londoner Rinnstein ins Gesicht und auf die Kleidung.

Er prallte gegen eine Wand und starrte zu dem Platz, wo er mit Annabella gelegen hatte, und er mußte die Augen anstrengen, um sie dort erkennen zu können. Es mußte ein Traum gewesen sein! Er hatte zuviel durchgemacht. Die Decke war zu häufig von seiner Wirklichkeit weggezogen worden. Das war's — das mußte es sein! Die liebliche Frau, deren üppigen Körper er gerade genossen hatte, mußte einfach wirklich sein. Es konnte nicht anders sein!

Das schwache Licht erlaubte ihm nicht, sie deutlich zu erkennen.

»Annabella!«

Sie regte sich — aber die Bewegung hörte sich an wie das trockene, scharrende Geräusch eines Skelettes. Clive konnte nicht glauben, daß er richtig gehört hatte.

»Annabella!« wiederholte er.

Sie regte sich erneut. Er sah, wie sich der schwache schattenhafte Umriß erhob.

Er warf die Arme hoch, und eine der beschmierten Hände stieß an einen verschlossenen Fensterladen. Er fuhr herum und kämpfte verzweifelt mit dem Riegel, und schließlich gelang es ihm, die hölzernen Läden zurückzuziehen.

Er hatte nicht die Zeit, den Anblick des nächtlichen Himmels über Novum Araltum zu genießen. Er wandte sich wieder dem Raum zu und sah Annabella halbaufgelöst dort stehen. Das Hemd stand noch immer offen, und eine der süßen Brüste zeigte sich über dem zerzausten Mieder.

»Clive!« Selbst im Halbdunkel des Raums machte sie den Eindruck, als errötete sie. Sie zog sich die Bluse hoch und zog das Hemd zurecht. »Clive, ich bin beschämt.«

Er starrte sie sprachlos an.

»Das war nicht sehr damenhaft von mir, Clive, mein Liebling. Aber es war so lange her, ich habe dich vermißt, und es verlangte mich nach dir, mein Liebling. Du kannst dir vorstellen, wie oft ich von dir träumte — angenehme Vorstellung von dir, während ich auf meiner Matratze lag — und mir einredete, daß jeder Tritt auf den Stufen, jede Stimme eines Passanten auf der Straße, jedes Geklapper eines Kutschenrades auf den Pflastersteinen das Zeichen für deine Rückkehr sei. O mein Liebling!«

Sie kam quer durch den Raum zu ihm hinüber.

Er wich zurück.

»Clive! Bitte, Clive! Habe ich dich verloren? Hat dich mein nächtliches Verlangen angewidert? Bin ich jetzt als zügellose Hure gebrandmarkt? O bitte, mein Liebling Clive!«

Er wich vor ihr zurück und blinzelte im Halbdunkel. Einen Augenblick lang war sie seine geliebte Annabella, die warme Frau, deren Duft er noch immer in der Nase hatte, deren Aroma noch immer die Geschmacksknospen erregte. Dann blinzelte er erneut und hatte ein Wesen des Schreckens und des Ekels vor sich; es hatte etwas von einem Käfer und von einer Gottesanbeterin und außerdem etwas völlig Fremdartiges. Seine Kopfhaut kribbelte, und er bekam eine Gänsehaut bei dem Gedanken, was zwischen ihnen vorgefallen war.

Er sprang zur Tür. Er drückte dagegen und mußte feststellen, daß sie sich nicht bewegte. Dann warf er sich dagegen, ohne auf den Schmerz zu achten, der ihm bei jedem Aufprall durch den Körper schoß. Schließlich griff er nach der Klinke und merkte, daß sich die Tür zu ihm hin öffnete, in den Raum hinein.

Er sah sich nicht um, als er durch die stille, von der Nacht verschleierte Schankstube hastete und nach einem Ausgang suchte. Er stolperte in den Gastraum, den er Stunden zuvor gesehen hatte. Die Tische waren abgeräumt worden, die Gäste waren längst gegangen. In einer großen steinernen Feuerstelle, worin sich krachendes Brennholz befunden hatte, lag jetzt warme Asche, woraus ein dünner grauer Rauch aufstieg.

Clive vernahm hinter sich Annabellas schluchzende Stimme. »Clive, mein Lieber, mein Liebling!« Jemand holte schaudernd Atem, jemand wie eine Frau, die bis in die tiefste Seele erschüttert war. »Komm zurück zu mir, Clive! Was habe ich getan? Warum hast du mich verlassen?«

Aber das Geräusch, das diese Stimme begleitete, war nicht das Geräusch bloßer Füße. Es war das schreckliche trockene Scharren und Kratzen des Schutzpanzers eines Insekts!

Clive stürzte durch die hölzerne Tür auf eine Wiese. Wo waren die Chaffri? Im Dungeon hatte er gedacht, sie seien menschlich — hatte sowohl die Chaffri als auch die Ren für menschlich gehalten. Aber wenn die Ren tatsächlich eine Spezies wie das Tentakelmonster waren, dem er auf Q'oorna und dann im Himmel über Novum Araltum begegnet war, und wenn die Chaffri in Wirklichkeit schreckliche Rieseninsekten waren ...

Ein anderer Gedanke durchzuckte ihn.

Im Kampf zwischen den Ren und den Chaffri hatten die Chaffri wie Menschen ausgesehen. Er hatte keinen von ihnen wirklich zu Gesicht bekommen, aber ihre sackartige Kleidung hatte eine deutlich menschliche Gestalt vorgegeben. Was konnte dies bedeuten?

Chaffri und Ren besaßen offenbar beide die Fähigkeit, Bilder aus dem Bewußtsein zu ziehen. Beide konnten ihre Opfer zum Narren halten, so daß diese das sahen, was die fremdartige Rasse sie sehen lassen wollte. Es war eine Macht, die der Macht ähnelte, Kopien zu erschaffen und sie mit einem imitierten Leben zu versehen. Es war die Macht, sich hinter Illusionen zu verbergen und die eigenen Handlungen in der Gestalt eines anderen Wesens durchzuführen. Ein Opfer mochte sich selbst sehen, seinen Bruder, seine Geliebte — jeden! —, während er sich in Wahrheit in der Gegenwart eines fremdartigen Ungeheuers befand.

»Clive, komm zurück!«

Hinter sich vernahm er die Stimme seiner Geliebten. Aber er wagte nicht, sich umzuwenden, war gleichermaßen von der Furcht wie gelähmt, daß er eine riesige Kreatur wie eine Gottesanbeterin sähe und andererseits der Furcht, daß er Annabella sähe — oder ein Trugbild von Annabella.

»Clive, bitte! Clive, die vergangene Nacht war so wundervoll! O Clive, ich brauche dich! Komm zu mir, bitte, mein Liebling!«

Er schauderte so heftig, daß er fast hinfiel. Blindlings rannte er davon. Er wußte, daß er sich am Rand der Wiese befand, wo sowohl ihr durchsichtiger Wagen als auch die metallischen Schiffe der Chaffri gelandet waren. Der Himmel war übersät von fernen Sternen und Nebeln und vom reflektierten Licht der unzähligen Miniaturwelten, des Asteroidengürtels.

Er rannte jetzt parallel zum Waldrand, der das Landefeld umgab. Er hörte nicht, ob Annabella ihm folgte, und es gab auch keinerlei Anzeichen von Muntor Eshverud.

Aber vor ihm ragte drohend ein weiteres niedriges Gebäude empor, der Gastwirtschaft nicht unähnlich, aus der Clive geflohen war. War es eine weitere Wirtschaft, oder war es etwas völlig anderes, von den mentalen Kräften der Chaffri verwandelt, so daß es den Eindruck einer Wirtschaft machte? Er wünschte sich, er könnte George du Maurier rufen, damit dieser ihm bei der Lösung des Rätsels helfen könnte. Das war du Mauriers Gebiet.

Einen Augenblick lang versuchte er, du Maurier einen mentalen Ruf zuzusenden. Dann fiel ihm ein, daß du Maurier tot war. Tot und verschwunden, für immer jenseits der Anrufung durch die Lebenden.

Du irrst dich, Clive Folliot.

Er fuhr herum. Woher war diese Stimme gekommen?

Suche mich nicht, Clive. Du kannst mich nicht sehen.

»Du Maurier?«

Ja.

»Wo bist du?«

Bei deinem Bruder.

»Bei Neville?«

Nein. Bei deinem Bruder Esmond.

»Aber — Esmond ist niemals geboren worden! Esmond sprach zu mir im Dungeon. Esmond sollte der dritte der Drillinge neben Neville und mir selbst sein, und er starb vor der Geburt.«

Das stimmt, Bruder.

»Esmond? Bist du's?« Clive spürte, wie ihn ein Gefühl durchlief, das er noch niemals im Leben erfahren hatte. »Bist du mein verschollener Bruder?«

Der bin ich.

»Wo bist du? Bist du im Himmel? Hat deine Seele ihre Heimat bei Gott gefunden?«

Himmel? Gott? Was weiß ich denn von derlei Dingen, Bruder Clive?

»Aber du bist mit du Maurier zusammen. Er ist tot. Ihr müßtet beide körperlose Seelen sein — die Seele des Toten und die Seele des niemals Geborenen.«

Tief in Clive Folliots Bewußtsein tönte das geisterhafte, psychische Gelächter von George du Maurier und Esmond Folliot. Dann erklang du Mauriers Stimme erneut, so daß Clive sie vernehmen konnte, aber niemand anderer sonst. *Wir haben keine Zeit für metaphysische Debatten, Folliot. Du mußt von Novum Araltum verschwinden. Rette deine Freunde, falls du's kannst, aber selbst wenn du sie nicht retten kannst, mußt du Novum Araltum verlassen.*

»Warum, du Maurier? Novum Araltum verlassen, um wohin zu gehen? Soll ich zur Erde zurückkehren? Nach London? Nach Tewkesbury? Ins Dungeon?«

Nichts davon, Folliot. Du selbst sprachst davon, die Höhle des Löwen aufzusuchen. Der Löwe, das sind die Gennine, und du bist der Meister des Ordolit. Das muß das letzte Gefecht in diesem ungeheuerlichen Krieg sein — und predige mir jetzt nicht von den Tugenden des Friedens. Zum Frieden braucht man zwei, und nur einen, um Krieg zu führen. Wenn ein Kriegsstifter und ein Friedensstifter aufeinander treffen, kommt der Kriegsstifter blutbedeckt heraus — mit dem Blut seines Feindes!

Clive vernahm hinter sich ein trockenes Rascheln sowie eine süße Stimme, die rief: »Liebster! Komm zurück, mein Liebster!«

Er rannte durch die Nacht. Die Lichter der fernen Sterne und der nahegelegenen Asteroiden warfen unzählige Schatten auf die Wiese. Clive ertappte sich dabei, wie er sie beim Laufen zerstreut musterte. Er war kaum imstande, den eigenen Schatten vom Schatten eines großen Grasbüschels oder Buschs zu unterscheiden.

Er stürzte zu Boden. Er war über etwas gestolpert. Er hob sich auf Hände und Knie und starrte entsetzt den Körper von Muntor Eshverud an.

Der Muntor lag mit dem Gesicht nach oben und starrte mit glasigem Blick in den sternengeschmückten Himmel. Die Augen waren groß und erfüllt von Entsetzen. Am Körper gab es keine sichtbare Wunde, aber als Clive ihm die Brust befühlte, spürte er weder Herzschlag noch Atmung, und die Haut war kalt. Eshverud mußte seit Stunden tot sein — vielleicht, überlegte Clive, hatte der Muntor die Gastwirtschaft im Augenblick von Clives und Annabellas erster leidenschaftlicher Umarmung verlassen. Er mußte unmittelbar danach getötet worden sein.

Und er war, soweit man sehen konnte, wirklich ein Mensch.

Clive packte den Körper bei einer Schulter und einem Hosenbein und wälzte Eshverud herum. Die Todesursache war sofort ersichtlich — der Nacken war vom Rumpf getrennt worden, so daß nur ein Hautlappen den Kopf festhielt. Irgend etwas unglaublich Scharfes, das mit überwältigender Kraft gehandhabt worden war, hätte Eshverud um Haaresbreite geköpft.

Hinter sich vernahm Clive ein Rascheln. Er kniete sich hin und warf einen letzten Blick auf Eshverud. Das Zeremonienschwert des Mannes befand sich noch immer in der verzierten Scheide. Clive ergriff das Schwert, zog es aus der Scheide und rannte wieder los. Annabellas Stimme hinter ihm wurde schwächer und verschwand.

Clive blieb wie vom Donner gerührt stehen, als er sich wieder vor der Wirtschaft fand. Oder war's nicht dieselbe Wirtschaft? Die Architektur war ähnlich, aber einige feine Unterschiede in der Lage des Gebäudes verrieten Clive, daß es nicht jenes Gebäude war, das er zurückgelassen hatte. Er umkreiste es, wobei er Muntor Eshveruds Kurzschwert bereithielt. Er fand einen Fensterladen und zog vorsichtig an dem verwitterten Holz.

Die Läden waren unverriegelt! Im Raum sah Clive einige tropfende Kerzen, und das, was er in deren orangefarbenem Licht erblickte, jagte ihm einen stummen Schrecken durch den Körper.

Horace Hamilton Smythe, ehemaliger Soldat, Mandarin, arabischer Junge und zaristischer Edelmann, jetzt in seiner Aufmachung als Londoner Schreiber, saß auf einem rohen hölzernen Stuhl. Ein beglücktes Lächeln erhellte sein teigiges Gesicht, und er sprach mit Leidenschaft. Clive konnte nur wenige Worte verstehen, aber es war ganz klar eine lange und detaillierte Beschreibung seiner Abenteuer im Dungeon. Von Zeit zu Zeit sprach er jemanden direkt an, jemanden, den er ›Mutter‹ oder ›Ma'am‹ nannte.

Der Zuhörer, der emsig eine gezackte Klaue an der anderen schärfte, war ein riesiges Insekt, das wie eine Kreuzung zwischen einem Skarabäus und einer riesigen Wespe aussah!

Als Clive durch das Fenster kletterte, warf sich das

Insekt auf Horace Hamilton Smythe. Der Kampf dauerte Sekunden, aber Clive erschienen sie wie Stunden.

Clive prallte mit der Schulter zuerst gegen den Panzer des Insekts und stieß es beiseite, und nur Bruchteile eines Zentimeters hatten gefehlt, sonst hätte es Horace Hamilton Smythe eine grauenhafte Verletzung zugefügt. Das Insekt erlangte das Gleichgewicht wieder, kam auf Clive zu und schlug mit rasiermesserscharfen Klauen nach ihm. Clive warf sich auf das Insekt und benutzte Muntor Eshveruds Kurzschwert, als wäre es ein Duellsäbel. Das Insekt war so groß wie Clive, und die klauenbewehrten Gliedmaßen zuckten mit erstaunlicher Geschwindigkeit nach ihm.

Jahrelanges Training mit seinem Vater, Baron Tewkesbury, und seinem Bruder Neville hatten Clive die Technik des Schwertkampfs gelehrt. Auf der Erde war er für Neville nie ein Gegner gewesen, aber die abenteuerlichen Zeiten im Dungeon hatten ihm die Muskeln gestärkt, seine Reflexe waren schneller geworden, und sie hatten ihm die Haltung verliehen, die für einen Kämpfer nützlich war, von dessen Einsatz Leben oder Tod abhing.

Er hieb nach dem Gesicht des Insekts, und es hob die Arme, um die glitzernden Facettenaugen zu schützen. Blitzartig senkte Clive die Klinge und hieb statt dessen auf das dünne muskulöse ringförmige Gewebe ein, das die Teile des Mittelleibs miteinander verband.

Blitzschnell änderte Clive seine Taktik von der eines klingenschwingenden Duellanten zu der eines Breitschwert-schwingenden Angreifers. Er zog die geschliffene Schwertkante nach links, dann nach rechts.

Das Insekt fiel zweigeteilt zu Boden.

Zu Clives Entsetzen zuckten und schlugen die beiden Teile weiter nach ihm.

Horace Hamilton Smythe stand wie benommen da. Clive sprang über eine rasiermesserscharfe Klaue, als das Insekt weiterhin nach ihm schnappte. Er griff Smythe beim Ellbogen und trieb ihn aus dem Raum.

KAPITEL 19

»Bereite dich vor zum letzten Gefecht!«

Clive Folliot ging zurück in die Nacht, während Horace Hamilton Smythe neben ihm herstolperte. Der Himmel von Novum Araltum war noch immer vom geisterhaften Schein des Asteroidengürtels übergossen, in dessen Licht die beiden Männer sich ihren Weg vom Gasthaus weg bahnten.

»Es war meine ... es war meine ...«, stammelte Horace Hamilton Smythe unzusammenhängend und ließ sich von dem entschlossener handelnden Clive führen. Clive verlangsamte den Schritt und blickte sich zum Gasthaus um. Sie wurden offenbar nicht verfolgt.

Smythe brummte und murmelte noch immer vor sich hin.

Clive ergriff ihn bei den Schultern und schüttelte ihn. »Sergeant Smythe! Werd wieder vernünftig, Mann! Du darfst dir ein solches Verhalten nicht gestatten!«

Langsam wurde das Licht der Vernunft in Smythes Augen heller. Er hob eine zitternde Hand und fuhr sich damit übers Gesicht, ließ die Hand dann wieder fallen und nahm so etwas wie eine Hab-Acht-Stellung ein. »Tut mir leid, Major, Sör. Ich muß ... ich glaubte, ich stünde nicht mehr unter der hypnotischen Kontrolle der Ransomes, aber ich fürchte, daß ich mich geirrt habe, Sör.«

Clive schüttelte den Kopf. »Ich glaube nicht, daß es die Ransomes waren, Sergeant. Sie müssen dir allerdings auf genügend schlimme Vorfälle Antwort geben, sollten wir sie je vor die Schranken des Gerichts bringen können ... aber ich glaube nicht, daß sie Schuld an den schlimmen Dingen haben, die hier auf Novum Araltum vor sich gehen. Ich glaube, die Chaffri sind daran schuld.«

»Aber ich hätte schwören können, Major, daß ich wieder daheim auf dem Hof war, in den Armen meiner lieben Mutter. Sie hatte ein schreckliches Leben, Major, ein schreckliches Leben.«

»Ich verstehe schon, Horace.«

»Und sie war hier, sie war so rein und liebevoll wie zu der Zeit, als ich ein Junge war.«

»Siehst du denn nicht, was geschehen ist, Horace? Die Chaffri sind offenbar eine Rasse riesiger intelligenter Insekten. Eine Kreuzung zwischen Skarabäus und Gottesanbeterin.« Clive schauderte es. »Und sie besitzen die Fähigkeit, ins Gehirn eines Opfers zu greifen und alles das herauszuholen, wovon das Opfer am meisten beherrscht wird.«

»Dann war's überhaupt nicht meine Ma'am, Major?«

»Es war ein ungeheuerliches Insekt, das dich so kaltblütig und überlegt abgeschlachtet hätte wie eine Gottesanbeterin eine Blattlaus tötet! Und es hätte sich an deinen Lebenssäften gelabt.«

»Pfui!«

»In der Tat, Sergeant Smythe. *Pfui.* Ich hätte es nicht besser ausdrücken können.«

»Und Sie haben gleichfalls Ihre Ma'am gesehen, Major Folliot?«

»Nein, Smythe. Ich sah ... jemand anderen. Eine Frau, die an mich glaubte und mir ihre besten, zärtlichsten und ehrbarsten Dienste bot. Und ich gab ihr — nun, lassen wir das. Es war nicht sie. Es war nur ein weiterer dieser mordlustigen Chaffri.«

»Sie töteten ihn gleichfalls, oder, Sör?«

»Ich bin ihm auf jeden Fall entkommen.«

Smythe wandte sich ab und musterte den Horizont. Auf dieser winzigen Welt war er nicht weit entfernt, und der Wechsel von Tag und Nacht vollzog sich in kurzen Abständen.

Clive folgte Smythes Beispiel. Allmählich glühte ihnen die erste Morgenröte entgegen. Er sah das Landungsfeld der Chaffri, die Kriegsschiffe und die komplizierten Apparate, womit man sie betankte und wartete. Wohin sollte sich Clive als nächstes wenden?

Horace Smythe unterbrach die Gedanken des Adeligen. »Sör — Major Folliot, Sör! Was ist mit Sidi Bombay?«

»Du liebe Güte! Die Chaffri müssen ihn noch in ihrer Gewalt haben! Rasch, Smythe, siehst du ein weiteres Gebäude — ein weiteres außer jenem, wo ich dich fand?«

»Ich bin mir nicht sicher, Sör. Ich glaube, hinter dieser Baumgruppe da stand ein weiteres Gebäude. Ich befand mich im Haus meiner Kindheit, in unserer kleinen Hütte auf dem Hof. Nicht weit entfernt müßte sich ein Stall für die Tiere befinden, Sör.«

»Bring mich dahin! Auf der Stelle!«

Sie liefen rasch dorthin. Als sie stehenblieben, zeigte Smythe nach vorn. »Dort ist's, Sör! Ich schwöre, daß es genau der gleiche Stall ist, den wir damals in den Zwanzigern in Sussex hatten.«

»Und für mich ähnelt es einem Landgasthof, wie er in den Sechzigern in Devonshire gestanden haben könnte. Aber es ist keines von beidem, Horace! Es ist eines der schrecklichen Nester der Chaffri, und der arme Sidi Bombay fällt just in diesem Augenblick einem Gott weiß was für schrecklichen Schicksal zum Opfer!«

»Sehen Sie die beiden Türen, Sör?«

Eine Überlegung durchfuhr Clive wie ein elektrischer Schlag. Wenn er und Sergeant Smythe das Gebäude auf verschiedene Weise sahen, konnten sie dann ihre Rettungsanstrengungen um Sidi Bombay koordinieren? Oder würden sie hilflos herumtappen, jeder im eigenen Trugbild gefangen und nicht imstande, in die wirkliche Umgebung einzudringen?

»Ich sehe zwei Türen, Horace! Ein Haupteingang ins

Gasthaus, und einen anderen, wahrscheinlich der Zugang zur Küche.«

»Ich nehme den zu unserer Rechten, Sör. Sie nehmen den anderen. Wir werden den Weg zum armen Sidi finden — irgendwie.«

»Du bist unverwüstlich, Sergeant Smythe!« Er schlug dem anderen Mann auf die Schulter und lief mit dem Schwert in der Hand auf den entfernter liegenden der beiden Eingänge zum Gebäude zu.

Ehe Clive in das Gasthaus eindrang, traf ihn die Perfektion des Abbilds — oder der Täuschung —, das die Chaffri errichtet hatten, wie ein Schlag. Die Wände bestanden aus Baumstämmen, die Fensterscheiben waren rautenförmig. Er roch sogar den Duft des ländlichen Englands.

Er schob die Tür auf und drang in den Schankraum eines typischen Gasthauses in Devonshire. Der Kamin, die rohen Tische und die stabilen Bänke, die Theke, selbst der Wandschmuck waren perfekt ausgesucht und arrangiert. Aber Clive wurde klar, daß nicht die Chaffri selbst alles ausgesucht und arrangiert hatten, sondern daß er selbst den Raum mit dem eigenen Bewußtsein errichtet hatte, daß er unter dem geheimen Zwang der Chaffri funktionierte. Clive hatte Bilder aus der halberinnerten, halbidealisierten Welt heraufbeschworen, als er ein junger Kadett und Sohn eines Landbarons gewesen war.

Ihn schauderte allein bei der Vorstellung, welche Wirklichkeit hinter der Illusion von rustikalem Holz und rohbehauenem Stein verborgen war.

Clive hatte keine Zeit, herumzustehen und zu grübeln. Seiner Vermutung nach lag Sidi Bombay in einem anderen Raum dieses Gebäudes und befand sich in Lebensgefahr. Sein Bewußtsein stand vielleicht just in diesem Augenblick unter dem Einfluß eines Chaffri, der wie eine Gottesanbeterin aussah. Der Hindu mochte eine Szene aus den Tagen seiner Jugend erblicken, irgendwo in den Dschungeln von Punjab oder den Ebenen des Äquators. Oder er mochte ein vergangenes Ereignis durchleben, das ihn in die verwickelte Politik des indischen Subkontinents verstrickt hatte.

Einen Augenblick lang blitzte Clive der erschreckende Gedanke durchs Bewußtsein, daß der hypnotisierte Zustand und die erschreckenden Antworten des ansonsten so robusten Horace Hamilton Smythe ein Produkt der gleichen finsteren Kräfte der Chaffri gewesen sein könnten, die er selbst einige wenige Stunden zuvor erlebt hatte.

Philo B. Goode ... der selbsternannte Reverend Amos Ransome ... die verführerische Lorena Ransome mit dem schimmernden schwarzen Haar und den dunklen feuchten Augen und der gertenschlanken Gestalt, die unter der scheinbar sittsamen, jedoch untergründig provozierenden Kleidung verborgen war. War einer von ihnen das, was er zu sein schien? War überhaupt einer von ihnen menschlich? Oder waren diese drei nichts weiter als gräßliche chitinhäutige Ungeheuer, die sich in der menschlichen Gesellschaft eine Maske aufsetzten?

Und falls Philo Goode und die Ransomes gräßliche Ungeheuer waren, die sich die wirkungsvollste aller Verkleidungen übergestreift hatten — die Verkleidung, die im Bewußtsein und der Erinnerungen ihrer Opfer bestand —: wer mochte dann sonst noch ein Ungeheuer sein? Clives Bruder Neville? Sein Vater, der Baron Tewkesbury? Sein nächster Freund, der kürzlich verschiedene George du Maurier? Annabella Leighton und ihr Nachkömmling Annabelle Leigh, die liebe und exzentrische »Benutzerin Annie« aus dem Jahre 1999?

Clive schauderte es.

Eine Stimme flüsterte ihm ins Bewußtsein. *Halte dich fest,* drängte sie ihn. *Halte dich an der Realität fest, Clive Folliot!*

Clive sah sich um. »Bist du's, du Maurier?«

Ich bin's.

»Aber du bist tot!«

Du weist erneut auf das Offensichtliche hin, Folliot. Laß dich von derlei Nebensächlichkeiten wie dem Tod nicht ablenken. Verfolge deinen Weg, mein Freund. Tu, was du tun mußt. Es ruht viel auf deinen Schultern, Clive Folliot. Bereite dich vor zum letzten Gefecht. Das Schicksal von Millionen. Ganze Welten, Clive! Laß dich nicht von Nebensächlichkeiten ablenken!

Clive vernahm ein Knistern.

Er sah sich im Gastraum um und erblickte Holzscheite, die noch immer in dem großen Herd glommen; Rauchfäden stiegen langsam aus einem riesigen glimmenden Scheit auf, das wohl niemals völlig kalt und dunkel werden würde.

War es wirklich ein Scheit oder die Kopie eines Scheits?

Er lief zu dem Durchgang hinüber, der zu den Privatzimmern des Gasthauses führte. Er riß die Tür des ersten Zimmers auf und fand darin nichts von Interesse. Mit dem zweiten Zimmer hatte er ebensowenig Erfolg.

Das Geräusch schwerer Stiefel zog seine Aufmerksamkeit auf sich, und er sah Sergeant Smythe von der anderen Seite des Gasthauses auf sich zukommen, während er genau wie Clive jedes Zimmer untersuchte, verächtlich schnaubte und ungeduldig und enttäuscht die Türen zuwarf, als er jedes Zimmer leer vorfand.

»Sergeant!«

Sie hatten sich in der Mitte des Gangs getroffen. Zwei Türen mußten noch versucht werden, die sich im Korridor gegenüberlagen. Wortlos faßte jeder der beiden Männer nach der Tür rechts von sich.

Clive hörte Sergeant Smythe überrascht grunzen, und das Geräusch eines Aufpralls folgte, als wäre ein stumpfes und schweres Objekt mit einem menschlichen Schädel zusammengeprallt. Aber Clive fand keine Zeit, Smythe zu helfen. Er hatte die Tür des Raums zu seiner

Rechten bereits aufgedrückt und stand wie vom Donner gerührt bei dem Anblick da, der sich ihm bot.

Ein Ding, so fremdartig und grauenhaft, wie Clive je eines gesehen hatte, ragte vor ihm hoch auf. Der gargantuarische Rumpf war gebeugt, damit der massige Schädel nicht die Zimmerdecke streifte. Eine Vielzahl von Tentakeln wand sich und schnappte und sonderte einen giftigen Schleim ab. Klauenanhängsel, Saugringe und Pseudopodien erschienen und verschwanden und schlängelten sich ekelerregend. Clive hob sich der Magen.

Das Ding bog den Rücken, so daß sein Oberteil auf Clive zeigte. Es war eine runde Membran, umgeben von wedelnden und schnappenden Tentakeln.

Das Ding glich dem Ungeheuer, dem Clive zum erstenmal auf der schwarzen Obsidianbrücke auf Q'oorna begegnet war. Jenes Ungeheuer damals hatte ihm das Gesicht seines Bruders Neville gezeigt und zu ihm mit einer widerwärtigen Parodie von Nevilles Stimme gesprochen.

Dieses Ding hier zeigte ihm das Gesicht von ... *Sidi Bombay!*

Clive war wie vom Donner gerührt. Aber noch während er das gräßliche Gesicht anstarrte, schmolz es wie weiches Wachs dahin und formte sich zur bleichen Schönheit von Lady 'Nrrc'kth. Die weiße Haut, die Smaragdaugen, das leuchtende grünschimmernde Haar waren so echt, daß Clive unwillkürlich die Hand hob, um die Wange der Lady zu berühren.

Aber 'Nrrc'kth war tot!

Aber George du Maurier war gleichfalls tot, und dennoch sprach du Maurier zu ihm und sagte ihm, daß er sich nicht von der Nebensächlichkeit Tod ablenken lassen solle!

»'Nrrc'kth!« schrie Clive.

Die Smaragdaugen bohrten sich in die seinen. Die Lippen öffneten sich. Ein gräßliches Brüllen drang heraus, nicht über die Lippen der Lady, sondern aus der runden Membran eines Ungeheuers, die wie ein Trommelfell vibrierte.

Clive wich zurück — aber nur für einen Augenblick. Er war mit dem Schwert bewaffnet, das er Muntor Eshverud abgenommen hatte; und mit einer Entschlossenheit, die der alte Clive Folliot niemals hätte aufbringen können, warf er sich auf das Ungeheuer.

Es zog den Rumpf zurück und huschte erstaunlich behende durchs Zimmer, wobei es sich mit den Tentakelreihen und -bündeln vorantrieb.

»Genug, Clive Folliot! Genug!«

Das war die Stimme von Sidi Bombay, und den Worten folgte jenes eigentümliche Gelächter, das Clive so häufig von dem Inder vernommen hatte.

Noch während Clive dastand und mit weit aufgerissenen Augen und offenem Mund zusah, schmolz das Ungeheuer dahin und formte sich neu, ähnlich wie der fremdartige Formwechsler Chang Guafe. Es wechselte Gestalt, Größe und Färbung. Es wurde zum dunkelhäutigen und fast nackten Mann, der nur mit Turban und makellosem Lendenschurz bekleidet war.

»Clive Folliot«, sagte Sidi Bombay. Er verbeugte sich übertrieben und verlieh der Geste somit jenen Hauch Ironie, der sie aller Unterwürfigkeit beraubte.

»Das Ungeheuer«, keuchte Clive, »der Chaffri! Sie sind gräßliche Dinger, Sidi Bombay, gräßliche riesige Insektendinger, die einem ins Bewußtsein fassen und die Bilder derjenigen stehlen können, die uns teuer sind, und die uns zum Narren halten, indem sie uns glauben lassen, sie seien gleichfalls menschlich!«

»Das weiß ich sehr gut, Clive Folliot.«

»Aber — bist du Sidi Bombay? Oder bist du einer von ihnen?«

»Hier ist der Chaffri, der versuchte, mich derart zu täuschen, o Major!« Der Inder wandte sich um und deutete anmutig auf einen rohen Käfig. Clive hatte keine Ahnung, wo Sidi Bombay den Käfig herbekommen oder ob er ihn selbst aus Resten gebaut hatte — und er hatte auch keine Zeit, sich darüber Gedanken zu machen.

Er tat die wenigen Schritte hinüber zum Käfig. Er war nicht größer als der Tragebehälter, den eine Lady benutzte, um einen kleinen Spaniel auf einem Landausflug zu transportieren. Der Käfig war anscheinend nur aus gewöhnlichem Holz angefertigt, aber die Kreatur im Innern unternahm keinen Ausbruchsversuch.

Auf den ersten Blick erinnerte der Chaffri an die Skarabäus-Gottesanbeterinnen, die Clive bereits unangenehm vertraut waren. Aber ehe er noch ein deutlicheres Bild von der Kreatur hätte erhalten können, änderte sie sich. Einen Augenblick lang war sie das Miniaturbild von Lady 'Nrrc'kth mit der bleichen Haut und dem schimmernden Wust grünen Haares und den blitzenden smaragdgrünen Augen. Und sie war nackt, völlig nackt, und die milchweiße Haut bot das Bild kalter, wenn auch üppiger Anmut.

Und vor Clives Augen wandelte sich das Bild zu dem seines Vaters, Baron Tewkesbury. Aber es war der Baron, wie ihn Clive gekannt hatte — ein grimmiger und schrecklicher Tyrann in mittleren Jahren, nicht die bedauernswerte Hülle eines Mannes, die Clive zuletzt in der Bibliothek auf ihren Besitztümern in Devonshire erblickt hatte.

Clive fuhr zurück.

Der Baron hob eine Faust und schalt ihn mit schriller Stimme des Verrats am Hause Folliot.

Und dann waberte er erneut und schmolz dahin und formte sich zum Bild einer großen, haarigen Spinne.

»Shriek!« Einen Augenblick lang war Clive von dem Verlangen erfüllt, mit der fremdartigen Arachnida wieder vereinigt zu sein, die ihm bei so vielen Abenteuern im Dungeon als Gefährtin beigestanden hatte. Aber er hatte Shriek zusammen mit Finnbogg auf dem Planeten

Djajj zurückgelassen. Könnte dies das Fremdwesen sein?

Doch dann änderte sich die spinnenhafte Shriek erneut und wurde das namenlose Ungeheuer, das von dem verfluchten Experimentator Frankenstein erschaffen worden war und das Clive zuletzt erblickt hatte, als es einen Wagen des Raum-Zugs in der Nähe der polaren Eiskappe der Erde bestieg.

»Genug!« rief Clive aus. »Hör auf damit! Nimm deine wahre Gestalt an!«

Das Ungeheuer schüttelte die Faust in seine Richtung und ließ sie dann langsam herabsinken. Es waberte noch mehrmals, zeigte Bilder von Annabelle, wurde erneut zum Tentakelungeheuer, dann zu Clives Bruder Neville — oder vielleicht auch Clive selbst —, ehe es in die Skarabäus-Gottesanbeterin-Gestalt zurückfiel, seine wahre Gestalt.

»Ein liebenswürdiges Wesen, nicht wahr, Clive Folliot?« Sidi Bombay stand neben Clive Folliot und lächelte ihn an. Er hob den hölzernen Käfig mit einer dunkelhäutigen Hand und hielt ihn sich nah ans Gesicht, wobei er das Wesen darin freundlich anlächelte.

Das Wesen gestikulierte hilflos — einmal, noch einmal — und brach dann auf dem hölzernen Boden des Käfigs zusammen.

»Ist das der wahre Chaffri?« fragte Clive.

»So ist es, Clive Folliot. Wenn wir uns von ihm zum Narren halten lassen, ist er ein schrecklicher Feind. Wenn wir durch die Trugbilder hindurchsehen, bemerken wir, daß er all seine Macht über uns aus den Nischen unseres Bewußtseins zieht — ein bemitleidenswertes hilfloses Insekt.«

Er stellte den Käfig zu Boden.

»Aber Sidi Bombay ... als ich diesen Raum betrat, sah ich eines der Tentakelungeheuer, von denen wir wissen, daß es die Ren sind. Und es hat sich in *dich* verwandelt! Bist du ein Ren? Wurdest du verwandelt?«

»Nein, Clive Folliot!« Sidi Bombay schüttelte den Kopf. »Ich bin nichts anderes als ein Mensch, und ich war auch nie etwas anderes als ein Mensch. Ich vermute lediglich, daß der Chaffri« — er nickte in Richtung auf das Insekt im Käfig — »*dieses* Bild aus deinem Bewußtsein gepflückt hat. Statt die Illusion zu erzeugen, daß er selbst ein Ren ist, narrte er dich und ließ dich glauben, daß ich ein Ren sei.«

Clive sprang auf. »Sergeant Smythe!«

Sidi Bombay sah ihn fragend an.

»Er befindet sich auf der anderen Seite des Flurs. Er betrat einen anderen Raum, Sidi Bombay. Smythe und ich suchten dich. Wir befürchteten, daß du von einem dieser Ungeheuer hereingelegt worden seist.«

»Kaum.« Sidi Bombay lächelte.

»Aber wir müssen nachsehen, was Sergeant Smythe zugestoßen ist.«

Mit Sidi Bombay im Kielwasser, der nur kurz anhielt, um den hölzernen Käfig aufzuheben, worin sich der jetzt offenbar hilflose Chaffri befand, eilte Clive aus dem Raum, durchquerte eilig den Flur und stieß die Tür auf der anderen Seite auf.

Quartiermeister Sergeant Horace Hamilton Smythe lag auf dem Rücken. Seine Augen waren geschlossen, und Blut tropfte ihm aus dem Mundwinkel.

Clive schob ihm die Lider zurück. Der Mann wimmerte und stieß um sich. Clive half ihm beim Aufstehen.

»Was ist geschehen, Sergeant?«

»Oh ... ooh.« Smythe versuchte zu sprechen.

Sidi Bombay setzte den hölzernen Käfig zu Boden und faßte Horace Hamilton Smythe bei der Hand. Die andere Hand legte er dem Sergeanten sanft auf die Stirn. Der Inder stieß leise ein paar Worte aus. Clive verstand sie nicht. Sidi Bombay ließ Smythes Hand und Stirn los.

Smythe blinzelte und sah Clive Folliot und Sidi Bombay an. Er litt noch immer sichtlich unter den Folgen des Schocks, aber seine Augen waren klar, und er benahm sich völlig normal.

»Jemand hat mich offenbar niedergeschlagen«, sagte er zu Clive.

Clive konnte ein Lächeln kaum unterdrücken. »Das glaube ich auch, Sergeant. Hast du einen Blick auf deinen Angreifer erhaschen können?«

Smythe blinzelte vor Anstrengung. »Tut mir leid, Sör. Ich kann mich nur daran erinnern, daß ich einen Fuß in diesen Raum setzte und — *peng!* —, wenn der Major versteht, was ich meine, Sör. All die üblichen Erscheinungen, von denen die Bewußtseinskrämer sprechen, Sör. Schwirrende Dunkelheit, funkelnde Sterne und so weiter, Sör. Als nächstes erinnere ich mich daran, daß Sie da waren. Ihre Majorschaft und Sidi Bombay.«

Der Inder beugte sich über Clive und lächelte Sergeant Smythe zuversichtlich an.

»Sidi Bombay!« rief Smythe aus. »Dir geht's gut, mein alter Freund!«

»Aber natürlich, Horace.«

»Sie hielten dich nicht zum Narren, Sidi Bombay? Die Chaffri warfen dir keinen Zauber übers Bewußtsein?«

»Sie versuchten es«, sagte Sidi Bombay. »Ich ließ mich von ihren kindischen Possen nicht zum Narren halten, Horace.«

Smythe grunzte. »Ich un' Major Folliot wurden 'n bißchen zum Narren gehalten. Ich würd' das nich' kindische Possen nennen, Sidi Bombay!«

»Eines Tages werdet ihr Europäer die übrige Welt einholen, Horace. Ich bete nur darum, daß ihr sie nicht vorher zerstört!«

Clive nahm seine Rolle als Anführer wieder ein. »Wir wollen eine derartige Debatte auf eine nächtliche Unterhaltung am Lagerfeuer vertagen, Männer. Jetzt müssen wir hier weg und mit unserem Geschäft fortfahren.«

Die übrigen stimmten zu.

»Dann los!«

Sie verließen das Gasthaus, und Sidi Bombay trug den hölzernen Käfig mit dem offensichtlich geschlagenen Chaffri.

Clive spähte zwischen den Stäben des Chaffri-Käfigs hindurch. »Sind sie wirklich nur so groß, Sidi Bombay? Kaum größer als eine Hauskatze!«

»Das sind sie, Major Folliot.«

»Aber ihre Raumschiffe — ihrer Größe nach zu urteilen waren gewöhnliche Männer darin. Leute wie wir. Und selbst als ich mich aus dem Bann löste, womit die Chaffri versucht hatten, mich zu zerstören ...«

»Ich gratuliere Ihnen dafür, daß Sie sich aus diesem Bann lösen konnten, Clive Folliot«, grinste Sidi. »Würden Sie mir verraten, wie Sie das anstellten?«

Clive errötete. »Vielleicht später, Sidi Bombay. Uns bleibt jetzt keine Zeit für Einzelheiten. Bitte beantworte meine Frage.«

Sidi Bombay hielt den Chaffri hoch. Er rüttelte erfolglos an den Stangen. »Sie sind unterschiedlich, Clive Folliot. Sie sind unterschiedlich.« Er senkte den Käfig.

Ein leuchtend grüner Blitz traf sie von hinten. Wortlos warfen sich die drei Männer zu Boden. Clive spähte hinaus. Der volle Morgen — was auf dem Planetoiden Novum Araltum als voller Morgen bezeichnet wurde — war angebrochen. In dem dämmrigen Licht nahm Clive die Gestalt wahr, die er als Muntor Eshverud kannte und die in etwa fünfzig Metern Entfernung geduckt kauerte. Aber Clive hatte Eshverud tot am Boden liegen sehen, mit fast vom Rumpf abgetrenntem Kopf! Wenn Eshveruds lebendige Gestalt andererseits jedoch eine Illusion gewesen war, ein Bann, der Clive übers Bewußtsein geworfen worden war, um die wirkliche, ungeheuerliche Erscheinung der Chaffri zu verbergen ... wenn das gleich von Beginn an der Fall gewesen war, so mochte der Anblick des toten Eshverud gleichfalls eine Täuschung gewesen sein. Aber wenn ... aber wenn ...

Clive drückte die Lider fest zusammen und bemühte sich, den Kopf wieder klarzubekommen.

Er öffnete erneut die Augen.

Der Muntor hatte ein Gewehr an die Schulter gehoben. Im Morgenlicht von Novum Araltum identifizierte es Clive als eine Snider, einen modifizierten Hinterlader der Königlichen Armee, der auf dem alten Enfield-Vorderlader basierte. Aber statt normaler Kugeln feuerte die Snider des Muntors offenbar die verheerenden Ordolitstrahlen ab!

Muntor Eshverud feuerte einen weiteren knisternden Strahl ab, der peitschend hinter den drei Erdenmännern einschlug. Dann war der Chaffri aufgesprungen und floh.

Ein einzelnes Chaffri-Raumschiff stand auf dem Feld bereit, Eshverud sprang hinein und schlug die Metalltür hinter sich zu.

Clive jagte ihm nach, und Sidi Bombay und Horace Hamilton Smythe folgten ihm dicht auf den Fersen. Aber ehe sie das Schiff erreicht hatten, hatte es vom Feld abgehoben und war in Novum Araltums asteroidengesprenkelten Himmel entflohen.

»Major, Sör! Ich sehe dort unseren Wagen! Lassen Sie uns von hier abhauen!«

Einen Augenblick lang stand Clive Folliot da und prüfte die Lage. Muntor Eshverud — wie anzunehmen war, eine der Skarabäus-Gottesanbeterin-Kreaturen selbst, trotz seiner erstaunlich dauerhaften Verkleidung als Mensch — war entkommen.

Hatte Clive nicht den fast enthaupteten Körper von Eshverud in der Nähe des ehemaligen Gasthauses liegen sehen? Eine weitere Illusion, dachte er bitter, eine weitere Illusion auf diesem Planeten der Illusionen. Der Chaffri mußte ein weiteres Bild aus Clives Gehirn gepflückt und es ihm zurückgespiegelt haben, so daß er den Körper eines Opfers erblickt hatte, wo in Wirklichkeit ein ekelhaftes und völlig lebendiges Ungeheuer vor ihm gelegen hatte. Der Chaffri mußte gewußt haben, daß es unmöglich gewesen wäre, gegen einen Mann wie Clive Folliot in einem ehrenhaften Zweikampf zu bestehen, also hatte er sich hinter einem Bann versteckt und somit den Kampf verhindert.

Aber selbst wenn Eshverud entkommen war — die drei Erdenmänner hielten immerhin noch einen der Chaffri gefangen und waren im großen und ganzen unverletzt.

Wieviel Feinde es sonst noch ringsumher geben mochte, welches Schicksal sie erwartete, falls sie auf Novum Araltum blieben — darüber konnten sie nur Vermutungen anstellen.

Aber die drei hatten London nicht zu einer Mission in der Heimat der Chaffri oder der Ren verlassen, sondern in der Heimat ihres gemeinsamen Feindes, der rätselhaften und mächtigen Gennine. Warum sollten sie hier auf Novum Araltum verbleiben? An diesem Ort gab's nur wenig zu erreichen!

»Stimmt, Horace. Sidi Bombay, bring den Chaffri her — er mag uns später von Nutzen sein!«

Er machte sich auf den Weg hinüber zu dem gläsernen Wagen, der sie von der Erde hierher gebracht hatte.

KAPITEL 20

»Von allen meinen Feinden, Clive Folliot!«

Das Schiff war offensichtlich unangetastet geblieben und unbewacht. Der gesamte Landeplatz war anscheinend verlassen, und Clive fragte sich erneut, wohin die Chaffri wohl verschwunden waren. Zwei hatte er getötet, einen hatte Sidi Bombay gefangengenommen, und Muntor Eshverud war entwischt.

Aber es hatte Dutzende, vielleicht sogar Hunderte von Chaffri auf diesem Stützpunkt gegeben. Es mußte Tausend auf Novum Araltum geben. Vielleicht viele Tausende. Wohin waren sie alle entschwunden?

»Sind wir einer Meinung, meine Freunde? Wir setzen unsere Mission fort?«

»Du bist unser Anführer, Clive Folliot«, sagte Sidi Bombay.

Horace Smythe nickte lediglich zustimmend.

Clive versuchte sich an der Tür des Wagens, worin sie von der Erde nach Novum Araltum gefahren waren. Sie war nicht verschlossen. Er öffnete sie und kletterte hinein.

Horace Smythe folgte Clive und überprüfte die Armaturen des Wagens, während Sidi Bombay den Wagen von außen überprüfte, indem er zuerst wie ein Eichhörnchen oben auf ihm herumkrabbelte und sich danach wie ein Frettchen darunter durchquetschte. Schließlich bestieg er den Wagen und schloß die Tür hinter sich.

Sidi Bombay sagte: »Clive Folliot, der Wagen ist anscheinend nicht beschädigt.«

»Alles bestens«, warf Horace Smythe ein.

Erneut spürte Clive Folliot die Last der Anführerschaft auf den Schultern ruhen. Dies war weder eine Pflicht, zu der er sich gedrängt hatte, noch war es eine Pflicht, die er gern erfüllte. Doch sie war ihm nun mal zugefallen. Wäre er Fabian, den Malvolio angesprochen hatte, er hätte die Verantwortung nicht stärker gespürt.

Die Anführerschaft war sein — würde er demnächst mit Größe beladen werden?

»Setzen Sie sich, Major. Wir haben eine lange Reise vor uns, und niemand muß stehen.«

Während Clive Horace Smythes Vorschlag folgte, schloß er die Augen und konzentrierte seine mentalen Kräfte in dem Versuch, den Kontakt mit George du Maurier wieder herzustellen. Einen flüchtigen Augenblick lang spürte er seltsame Ranken von Gedanken und Persönlichkeit. Vielleicht streifte er du Mauriers psychisches Wesen oder vielleicht auch das Wesen des eigenen ungeborenen Bruders Esmond — oder das Wesen einer anderen Person. Wie viele seiner Bekannten waren tot? Selbst Lady 'Nrrc'kth weilte jetzt in jener unbekannten Sphäre, die jenseits des Schleiers des Todes lag.

Wenn er etwas spürte, das von einer Eiseskälte und zugleich von einer fedrigen Leichtigkeit war — streifte sein Bewußtsein das Bewußtsein der Lady des Smaragds und des Diamanten?

Wo befand sich in diesem verwirrenden System der Dinge Gott?

Er spürte, wie sich der Wagen unter ihm bewegte, und öffnete die Augen. Der Wagen erhob sich von Novum Araltums Oberfläche und schaukelte dabei wie ein hölzernes Boot, das sich vom Pier wegbewegt.

Der Asteroid schrumpfte unter dem Wagen mit sichtbarer Geschwindigkeit zusammen, die Wälder um den Flugplatz schluckten rasch den winzigen offenen Platz, von wo das Schiff aufgestiegen war. Die wenigen Gebäude am Rand der Lichtung sahen einen Augenblick lang aus wie die Häuser in einem Miniatur-Weihnachtsspiel, dann waren sie verschwunden.

Sidi Bombay hatte das Steuer des Wagens übernommen, und Clive beobachtete den Inder dabei. Er stand barfuß und fast nackt davor, nur mit dem weißen Turban und dem Lendenschurz bekleidet, den er getragen hatte, als Clive und Horace ihn im Gasthaus gefunden hatten. Die dunkle Haut, die alt und verschrumpelt gewesen war, als ihn Clive in Äquatorialafrika zum erstenmal gesehen hatte, und die später in den Schrecknissen des Dungeon von ihm abgefallen und statt derer dann die Haut eines jungen Mannes nachgewachsen war, schimmerte wie Onyx im Licht der fernen Sonne und der noch weiter entfernten Sterne.

Neben ihm stand der hölzerne Käfig mit dem hilflosen Chaffri. Während Clive das Wesen anstarrte, holte er Bilder all der Männer und Frauen — und anderer Wesen! — aus dem Bewußtsein hervor, denen er während seiner Abenteuer begegnet war.

Der Chaffri nahm erstaunlicherweise jede Gestalt an, wenn Clive an den- oder diejenige dachte. Einen Augenblick lang war's der ölige und kriecherische Tippu Tib, ein Sklavenhändler, dessen Feindschaft sich Clive vor so langer Zeit in Sansibar zugezogen hatte. Dann wurde er zum ruchlosen und verräterischen N'wrbb Crrd'f, dem Gefährten und selbsternannten Gatten der verschollenen Lady 'Nrrc'kth — in dessen Klauen Clive auf dem Planeten Djajj geraten war.

Dann wandten sich Clives Gedanken einen Augenblick lang dem vertrauensvollen, massigen und hundeähnlichen Zwerg Finnbogg zu, gleichfalls ein ehemaliger Gefangener auf Djajj. Im gleichen Augenblick verwandelte sich der gefangene Chaffri in Finnbogg. Finnbogg in Miniaturgröße, Finnbogg reduziert von der Größe eines Ponys zu der Größe einer Hauskatze, ansonsten jedoch ein perfekter und lebendiger Finnbogg.

Sidi Bombay wandte den Kopf und sah überrascht den Chaffri an. Er griff vorsichtig und zögernd nach dem Käfig.

Finnbogg sprang auf Sidi Bombays ausgestreckte Finger zu. Der Zwerg hielt die halborganische, halbmetallische Klauenwaffe in Händen, die er während des Kampfes mit dem Ren erhalten hatte, während jener schrecklichen Schlacht auf der schwarzen Bogenbrücke im fernen Q'oorna. Jene Klaue war zusammen mit zwei Fängen, die ebenso bedrohlich waren wie die einer Bulldogge, Finnboggs Bewaffnung.

Der Inder zog blitzschnell die Hand vom Käfig des Chaffri zurück.

Zähne und Klaue prallten gegen die hölzernen Stäbe, die den Chaffri zurückhielten, und Finnbogg fiel auf den Käfigboden zurück, während er von Gestalt zu Gestalt zu Gestalt mit einer Geschwindigkeit wechselte, der das Auge nicht mehr folgen und die das Bewußtsein nicht mehr erfassen konnte.

»Es war unser Freund Finnbogg«, keuchte Sidi Bombay.

»Nie und nimmer, Sidi!« knurrte Horace Smythe.

»Du hast recht, Horace Smythe. Ich selbst habe die Illusionen der Chaffri auf Novum Araltum durchschaut — um jetzt vom Unsinn dieses winzigen Wesens eingewikkelt zu werden! Ein Narr bin ich. Nur einmal nachlässig sein in der Wachsamkeit, nur einmal die mentalen Barrieren unbeachtet lassen, und das Desaster wartet!«

»Aber ich hatte an Finnbogg gedacht«, sagte Clive halb entschuldigend. »Die Kreatur mußte meine Gedanken aufgenommen haben. Ich hatte bislang geglaubt, daß die Bilder der Chaffri nur reine Illusionen seien und daß nur die Urheber dieser Illusionen sie auch erblicken könnten.«

Clive fragte sich, wieviel Zeit ihnen bliebe, um sich über den gefangenen Chaffri Gedanken zu machen — welchen Nutzen er darstellte und welche Gefahr. »Wie lange werden wir bis zum Ziel benötigen, Sidi Bombay?«

Der Inder sagte: »Wir sollten unser Ziel bald erreichen, Clive Folliot. Die Entfernung ist zwar sehr, sehr groß. Unvorstellbar viele deiner europäischen Kilometer müssen wir hinter uns bringen, aber der Wagen kann die Entfernung eher durchschneiden als überwinden. Wir werden dort sein, ehe wir nur ein paar Stunden älter sind als zum Zeitpunkt unseres Abflugs von Novum Araltum.«

Clive wandte sich von Sidi Bombay und Horace Hamilton Smythe ab. Außerhalb der transparenten Wände des Wagens war die Dunkelheit des Himmels gespickt mit unzähligen leuchtenden, weit entfernten Sternen, deren jeder im eigenen frostigen Feuer brannte.

Clive wandte sich um, weil er eine Hand auf der Schulter verspürte. »Eine glänzende Nacht, nich' wahr, Sör?«

»Du bist schon mal hier gewesen, Horace?«

»Sie waren für eine lange Zeit im Dungeon verschollen, Sör. Sidi Bombay und ich — und eine ganze Menge anderer, die in diese Sache verstrickt sind, Sör — ja, Major, ich war schon mal hier.«

Clive schüttelte den Kopf. »Versteh mich richtig, Sergeant Smythe: Ich war nicht die ganzen achtundzwanzig Jahre über im Dungeon. Weit gefehlt! Der Raum-Zug, den ich in den irdischen Polarregionen bestieg, brachte mich ebenso über die Kilometer wie über die Jahre. Er transportierte mich und Henry Frankensteins Ungeheuer — und es würde mich interessieren, wo sich das Ungeheuer jetzt aufhält. Aber du bist an vielen Orten gewesen, schätze ich, Horace. Orte, die mir unbekannt sind.«

»Ja, Sör. Aber ich bin sicher, daß der Major an ebenso vielen und ebenso fremdartigen Orten gewesen ist.«

»Vielleicht, Horace. Vielleicht.«

Sidi Bombay stieß Horace Smythe an. Der Inder zeigte auf ein Instrument unterhalb der Frontscheibe des Wagens. Smythe sah an Sidi Bombay vorüber und grunzte zum Zeichen, daß er verstanden hatte. Zu Clive

Folliot sagte er: »Sie halten sich besser gut fest, Sör. Jetzt kommt der unangenehme Teil.«

Clive hatte keine Zeit, um eine genauere Erklärung zu bitten. Sidi Bombay drückte einen Hebel, das Schiff schlingerte, und Clive Folliot hielt sich verzweifelt fest.

Es war wie bei einer Fahrt mit dem berühmten Küstenschlitten in Brighton. Der Wagen drängte voran. Clive fühlte sich, als seien seine Innereien hinter ihm geblieben. Die fernen Sterne, die doch feststanden, bewegten sich anscheinend auf den Wagen zu, wobei sie mit jedem Augenblick schneller wurden. Die Farben verwischten und änderten sich, als ob jeder Lichtpunkt des Firmaments in frisch vergossenes Blut getaucht worden sei.

Der Chaffri hinter den hölzernen Stäben verfiel in einen Krampf aus Schrecken und Wut; er raste im Käfig herum und wechselte dabei jeden Augenblick die Gestalt, wurde vom Tier zum Insekt, zu einer unbeschreiblichen Ungeheuerlichkeit, er kreischte so etwas wie Flüche in einer Sprache, die an nichts erinnerte, was Clive Folliot je gehört hatte.

Dann verschwanden die Sterne um den kleinen Glaswagen mit einem letzten saugenden Geräusch und einem Schlag, der einen fast vernehmbaren Knall hervorrief.

Clive fühlte sich, als ob er gewichtslos im Wagen umhertriebe. Er hielt sich an einer Messingstange fest, spähte durch das Glas und versuchte zu erkennen, was geschehen war. Die verrückte Beschleunigung des Wagens hatte aufgehört, oder es schien zumindest so. Die sternendurchsetzte Schwärze um das Schiff herum war nicht mehr zu sehen. Man konnte nichts durch das Glas erkennen.

Der Wagen hätte in einen See aus formlosem grauen Schlamm gefallen sein können. Über und unter, vor und hinter Clive sah es überall gleich aus.

Der Chaffri war auf dem Boden des Käfigs zusammengebrochen und lag bewegungslos da — Clives Wahrnehmung nach sogar leblos. Er hatte jegliche Form verloren und sah nun aus wie eine graue Masse Protoplasma. Während Clive weiter hinsah, bewegte sich der Fleck schwach. Er konnte offensichtlich nur noch zittern.

»Ist das alles? Sidi Bombay, Horace, ist das alles?«

»Nein, Clive Folliot. Wir warten jetzt.«

»Worauf? Für wie lange?«

»Für immer, Clive Folliot, und für überhaupt keine Zeit.«

Clive blinzelte in das graue Nichts hinaus. Für immer und für überhaupt keine Zeit — was bedeutete das? Er sah Sidi Bombay an, sah Horace Hamilton Smythe an. Waren sie die kräftigen Musterexemplare von Männern knapp mittleren Alters, mit denen er Novum Araltum verlassen hatte?

Einen Augenblick lang sah Sidi Bombay aus wie ein Kind.

Einen Atemzug lang war Horace Smythe ein gebrechlicher Greis.

Clive blinzelte.

Nein, Horace war das Kind, kahl und zahnlos, und Sidi Bombay war ein ziemlich alter Mann, kahl und zahnlos.

Clive hob die Hand vor die Augen. War seine Haut glatt wie die Hand eines Babys? War sie papiertrocken und blutleer, die vom Alter gezeichnete Haut eines Opas?

Er blinzelte.

Außerhalb des Wagens wich die graue Masse zurück und formte sich zu etwas Zusammenhängendem.

Das Grau flachte ab und verhärtete sich zu einer erkennbaren Oberfläche. Sie erstreckte sich weit unter dem Wagen in alle Richtungen. Über dem Glas lag erneut eine Schwärze, aber es war nicht die sternendurchsetzte Schwärze, die Clive Folliot gesehen hatte, als sie mit dem Wagen von Novum Araltum in der vergeblichen Hoffnung davongeschossen waren, Muntor Eshveruds Chaffrischiff einzuholen. Dies war eine absolute und ungebrochene Schwärze, eine Schwärze, die sich vielleicht ein Bergmann vorstellen konnte, der tief unter der Oberfläche der tiefsten Grube in Wales gefangen war.

Dann tauchte langsam, so langsam und schleichend, daß Clive sich des Augenblicks nicht sicher war, da er's zum erstenmal sah, hoch über seinem Kopf das kreisende hypnotische Muster auf, das er schon so oft gesehen hatte.

Die Sternenspirale!

Clive packte Horace Hamilton Smythe am Ärmel.

»Ich sehe sie, Sör. Nicht nötig, mich zu fragen, ob ich's tu, Major.«

»Aber was bedeutet das, Horace? Wir haben sie in Äquatorialafrika gesehen, sie war auf dem Griff jenes Revolvers eingebrannt, den du einst trugst, und ich erblickte sie erneut auf den Polarkappen der Erde!«

Hinter Horace Smythe sagte Sidi Bombay: »Es ist das Zeichen des Ordolits, Clive Folliot. Es ist die Heimat der Gennine.«

»Dann ist's unser Ziel! Endlich unser Ziel!«

»Das ist es, in der Tat.«

»Kann der Wagen uns dorthin bringen?«

»Das kann er, Clive Folliot.«

»Dann bring uns hin, Sidi Bombay! Bring uns dorthin, und unser Kampf wird schließlich in einem Triumph enden!«

Clive ertappte Sidi Bombay und Horace Smythe dabei, wie sie erneut Blicke austauschten, aber ehe er eine Erklärung fordern konnte, wirbelte die Welt um sie herum.

Ein schreckliches Krachen schnitt Clive durchs Trommelfell. Zerbrochenes Glas flog umher. Clives Kleidung war von Splittern übersät, und seine Haut war an

Hunderten von Stellen zerschnitten oder durchbohrt. Es war ein Wunder, daß weder er noch einer seiner Gefährten tödlich verwundet worden war.

Der Wagen drehte sich wie verrückt, die graue Oberfläche und der schwarze Himmel mit der Sternenspirale wirbelte schwindelerregend umher; zunächst war die Ebene oberhalb und der Himmel unterhalb des Wagens, dann war es umgekehrt.

Clive klammerte sich an eine Metallstange, aber sie löste sich unter seinen Händen aus der Halterung. Während sich der Wagen immer und immer wieder drehte, taumelte er und hielt die Arme an die Seiten gedrückt. Er spürte, daß er mit nackter Haut zusammenstieß — Sidi Bombay. Metallstangen und Stücke der hölzernen Einrichtung und der Polsterung, die sich beim Aufprall losgerissen hatte, flogen wie verrückt umher.

Ein Triumphgeschrei ertönte, Clive wandte sich um und sah, daß der hölzerne Käfig des Chaffri zerschmettert worden war, von einem Stück eines umherfliegenden Apparats plattgewalzt. Der Chaffri selbst, von dem nur noch eine Blase gräulichen Schlamms übrig war, bildete aus seinem Protoplasma eine perfekte Kugel. Sie stieß sich von einem Stück zerbrochenen Glases ab, nahm die Gestalt eines schrecklichen geflügelten Reptils an und warf sich aus dem Wagen. Er flog durch das unbekannte Medium, so weit ihn seine schlagenden Flügel tragen konnten.

Einen Augenblick lang stabilisierte sich der Wagen wieder ein wenig. Clive sah, wie Sidi Bombay hektisch mit den übriggebliebenen Armaturen des kleinen Wagens kämpfte, und die Maschine reagierte — geringfügig.

Sidi Bombay war außerstande, den Wagen auf gleicher Höhe zu halten, geschweige denn, ihn nach oben zu richten, wie es nötig gewesen wäre, um die Sternenspirale zu erreichen. Aber es gelang ihm zumindest, das verwirrende Taumeln aufzuhalten und einen unsicheren schwankenden Abstieg auf die graue Ebene in Angriff zu nehmen.

Lange schwarze Linien wurden sichtbar und teilten die Ebene in ein endloses Muster paralleler Streifen. Weit unterhalb des Wagens sah Clive die Ursache für den zerstörerischen Zusammenprall: Den Zug, den er sowohl in Q'oorna als auch auf dem irdischen Nordpol gesehen hatte — der Zug, der nicht auf einem Paar handgelegter Schienen fuhr, sondern durch das Labyrinth von Zeit und Raum.

Der Zug war offensichtlich vor dem Wagen heruntergekommen. Vielleicht hatte der Lokführer den gläsernen Wagen absichtlich, vielleicht aus Unachtsamkeit gerammt.

Jetzt stieg der Zug vor dem Wagen ab. Folliot sah, daß der Zug gleichfalls schwer beschädigt war. Natürlich nicht so schwer wie der Wagen. Aber das eingedellte Metall und das zerbrochene Glas am Zug zeigten deutlich, daß er beim Zusammenprall nicht unbeschädigt davongekommen war.

»Er wird unter uns landen!« schrie Clive.

»Soll ich ihm ausweichen, Clive Folliot? Ich kann uns in einigem Abstand herunterbringen, und dort können wir weitere Pläne schmieden.«

Clive schätzte rasch den weiteren Weg des Zugs und den eigenen Weg ab. Sie kämen in weniger als einer Minute zur Ruhe. »Nein, Sidi Bombay. Wir werden uns mit diesen Rüpeln auseinandersetzen müssen. Das können wir auch gleich tun.«

Sidi Bombay schoß Clive über die nackte Schulter einen Blick zu. »Wie du willst. Du bist unser Anführer.«

Clive war sich nicht schlüssig, ob die Stimme des Inders eine Spur Ironie in sich barg. Er entschied sich fürs Schweigen.

»Legen Sie sich am besten hin, Sör«, erinnerte ihn der getreue Horace Hamilton Smythe. »Das kann 'ne harte Landung werden.«

Sidi Bombay hantierte immer noch mit der Steuerung herum, während die beiden anderen Männer so viel vom Schutt im Innern des Wagens beiseite räumten, wie sie konnten. Smythe seufzte, während er die Überreste des ehemaligen Chaffri-Käfigs nachdenklich betrachtete. »Diesmal hatten wir fast einen, stimmt's, Sör? Sicherlich war's so!«

»Heb die Trümmer des Käfigs auf, Horace«, empfahl Clive mit Nachdruck.

»Aber warum, Sör?«

»Weiß ich nicht. Sie könnten nützlich sein.«

Der Wagen prallte auf die graue Ebene, sprang wieder hoch und prallte erneut auf, rutschte in Schräglage weiter und hielt wackelnd an. Clive spähte zu dem bereits ruhig daliegenden Raum-Zug hinüber und schätzte die Entfernung zwischen den Fahrzeugen auf weniger als die Länge eines Fußballfeldes.

Zwischen den Wagen des Zugs sah man eine Bewegung. Clive strengte die Augen an, um genau zu sehen, was dort vor sich ging. Zu seinem Erstaunen und Entsetzen kletterten aus einigen der Wagen schwarz und grün uniformierte Soldaten, wie diejenigen, die er in der Nähe seines Besitztums von Tewkesbury gesehen hatte. Sie patrouillierten am Zug entlang.

»Erneut Feinde!«

»Wir können ihr Kommen beobachten, Sör!«

»Aber wenn die Ren jene Tentakelungeheuer sind, denen wir in Q'oorna begegneten, und wenn die Chaffri jene Gottesanbeterinnen-Wesen sind ...«

»Sie nehmen viele Gestalten an, Clive Folliot. Das ist Ihnen sicherlich inzwischen aufgefallen.«

»Natürlich«, stammelte Clive, »natürlich. Aber dann ...« Er schüttelte den Kopf und brachte kein weiteres Wort hervor.

Eine Gruppe Soldaten hatte den Zug verlassen und trabte jetzt in militärischem Laufschritt auf die Überreste des Glaswagens zu.

»Das war's dann wohl für die Gesellschaft zur Förderung der Universellen Nachbarschaft«, brachte Clive hervor. Er kletterte aus dem Wagen und umging dabei vorsichtig die Haufen zerbrochenen Glases und Metalls. »Dann kommt mit, Männer!«

»Sollmer nich' mit ihn' kämpfen, Major?«

»Das wäre hoffnungslos, Sergeant. Wir werden mit ihnen reden, und wir werden sehen, was wir erreichen können.«

»Aber sie werden uns gefangennehmen, Sör!« Horace standen die Furcht und der Ekel bei dieser Aussicht in den Augen.

Clive gab keine Antwort, denn er stand in der Nähe des eingedrückten und schwarz gewordenen Bugs des zerstörten Fahrzeugs.

Die Schar Soldaten trabte bis auf ein Dutzend Meter heran und blieb in perfekter Formation stehen. Der Anführer der Schar hatte sein Visier hochgeschoben, zeigte ein bemerkenswert jünglingshaftes und gutaussehendes Gesicht, und stand jetzt von Angesicht zu Angesicht Clive gegenüber.

Ehe Clive ein Wort sprechen konnte, nahm er erstaunt zur Kenntnis, daß der grün und schwarz gekleidete Offizier salutierte und mit jugendlicher und kultivierter Stimme sagte: »Mein Befehlshaber läßt sich bei Major Folliot und seinen Gefährten für die unselige Beschädigung ihres Fahrzeuges entschuldigen. Natürlich wird volle Entschädigung geleistet werden — und mein Befehlshaber lädt den Major und seinen Trupp ein, an Bord unseres Zugs zu kommen.«

Während Clive noch über eine Antwort nachdachte, schraubte der Offizier mit den in grünen Handschuhen steckenden Händen den glänzenden schwarz-grünen Helm ab, als ob dieser Teil eines Taucheranzugs sei. Den Helm unter den Ellbogen geklemmt, schüttelte ›der‹ uniformierte Anführer ›seine‹ langen blonden Locken aus.

Der Anführer war eine junge Frau — kaum dem Mädchenalter entwachsen!

»Ich nehme die Entschuldigung Ihres Befehlshabers und ebenso Ihre Einladung an«, entgegnete Clive. »Aber Sie haben mir etwas voraus, Miß. Sie kennen meinen Namen und ich nicht den Ihren.«

Ein gewinnendes Lächeln kräuselte die vollen Lippen, die Clive überhaupt nicht mehr jünglingshaft fand. »Sie erkennen mich nicht?«

»Ich fürchte nein.«

»Nun, ich sollte dich nicht necken, Großonkel. Ich bin dein eigen Fleisch und Blut, Clive Folliot. Ich bin Anna Maria Folliot.«

»Folliot!«

»Ja, Großonkel.«

»Aber — aber wie ...!«

»Du bist der jüngere Bruder von Sir Neville Folliot?«

»Der bin ich.«

»Neville war mein Großvater.«

Clive runzelte die Brauen. »Wie alt bist du, Anna Maria?«

»Ich bin zwanzig.«

»Dann wurdest du im Jahre 1876 geboren.«

Das Gelächter der jungen Frau bimmelte wie winzige Silberglöckchen durch die schneidende Luft eines Wintermorgens im ländlichen England. »Du denkst so stur, Großonkel. Dir muß doch klar sein, daß die Zeit weder so einfach noch so logisch oder so direkt ist.«

Clive runzelte die Stirn. Es gab einfach kein Ende, kein Ende der Überraschungen, die das Universum bereithielt. Jedesmal dann, wenn er dachte, er hätte eine einfache und unwiderlegliche Wahrheit gefunden, bewies ihm die Natur, daß er falsch lag. »Ich versuche, das Jahr der Geburt deiner Mutter abzuschätzen, Anna Maria. Deines Vaters, der mein Neffe gewesen wäre.«

Anna Maria unterbrach seine Überlegungen. »Er wurde im Jahre 1858 geboren, Großonkel.«

»Aber ich wußte nicht, daß Neville je geheiratet hätte.«

Das wunderschöne Mädchen lachte erneut, und bei diesem Lachen rauschte Clive das Blut durch die Adern, und die Haut kribbelte ihm überall. Aber nein, dieses Mädchen war sein eigen Fleisch und Blut! Er hatte sich dem Unaussprechlichen schon einmal zu sehr genähert, ehe ihm aufgegangen war, daß Annabelle Leigh, seine liebe Benutzerin Annie mit der unverständlichen Sprache und dem unwiderstehlichen Benehmen, sein eigener direkter Nachkömmling war.

Anna Maria Folliot war *nicht* sein direkter Nachkömmling, aber sie war die Enkelin seines Bruders, und dieses Wissen zwang Clive dazu, eine gewisse Gedankenkette nicht weiter zu verfolgen, die sich ihm gerade eröffnet hatte.

»Ich möchte nicht unhöflich sein, Großonkel, aber wir haben nicht die Zeit, hier herumzustehen und unsere Familiengeschichte zu verfolgen. Es gibt zu viel zu tun und zu wenig Zeit, in der es getan werden muß. Wir können uns um dieses ganze Blutlinien- und Familiengetratsche später kümmern.«

Clive sah Sidi Bombay und Horace Hamilton Smythe an. Beide Gefährten waren ganz offensichtlich nicht dazu bereit, ihm die Verantwortung von den Schultern zu nehmen, die eine derartige Entscheidung erforderte, wie er sie zu treffen hatte. Es hatte früher bereits Zeiten gegeben, da hatten sie die Initiative ergriffen, und es mochte in Zukunft Zeiten geben, zu denen sie es erneut täten. Aber im Augenblick war Clive Folliot allein die Verantwortung der Anführerschaft aufgebürdet. Die Verantwortung der Entscheidung.

»Also los!«

»Du mußt nichts aus deinem Wagen bergen?« fragte Anna Maria.

Clive schüttelte den Kopf.

Die beiden Folliots, Clive in der Londoner Kleidung

des Jahres 1896 und Anna Maria in ihrer glänzenden Uniform gingen Seite an Seite zum Zug zurück. Clive warf einen einzigen Blick über die Schulter. Sidi Bombay und Sergeant Horace Hamilton Smythe wurden von Anna Marias uniformierten Soldaten eskortiert. Man konnte die Eskorte als Ehrenwache interpretieren — oder als Bewachung von Kriegsgefangenen.

Sidi Bombay war zum Wrack des Wagens zurückgekehrt und hatte etwas herausgenommen. Als Clive zurücksah, schwenkte er es einmal um den Turban, ehe er es verschwörerisch unter dem Lendenschurz verbarg. Es war die Klaue, die Sidi Bombay in Q'oorna mitgenommen und die Clive seit der Zeit nicht mehr gesehen hatte, als sie den schwarzen Planeten verlassen hatten. Wie es Sidi Bombay gelungen war, sie bis jetzt aufzubewahren, war für Clive nur ein weiteres der endlosen Rätsel des Dungeon. Aber wenn Sidi Bombay fühlte, daß die Klaue weiterhin von Nutzen sein könnte, schätzte sich Clive glücklich darüber zu sehen, daß er sie noch immer bei sich trug.

Der Trupp hielt am Zug an. Anna Maria faßte Clive am Arm, trennte ihn von den Gefährten und sich selbst von ihren Leuten. Auf ihre Ermunterung hin stieg Clive die Stufen zu einem offensichtlich unzerstörten Wagen hinauf. Anna Maria folgte unmittelbar hinter ihm.

Sie stand neben ihm und sah einem Mann in glänzender Uniform ins Gesicht, der hinter einem verzierten Schreibtisch saß.

»Großvater«, sagte Anna Maria zu dem älteren Mann, »Großonkel Clive ist endlich angekommen.«

Neville Folliot sah vom Schreibtisch auf und lächelte den jüngeren Bruder an. »Wie schön, dich wiederzusehen, Clive. Möchtest du ein Glas Brandy?«

KAPITEL 21

»Ich dachte, ich hätte das Äußerste erlebt!«

Clive starrte seinen Bruder wie betäubt und mit offenem Mund an. Er war außerstande zu sprechen.

»Bist du irgendwie taub geworden, Clive? Kannst du mich nicht hören? Ich habe dir einen Schluck zu trinken angeboten.«

»Was tust du hier, Neville? Ich habe dich zuletzt auf Tewkesbury gesehen, dich und Vater. Und Annabelle Leigh, meine Ur-Ur-Enkelin.«

»Aber Clive, du bist hergekommen, um mich zu sehen — nicht ich dich. Warum muß ich noch etwas erklären?« Nevilles Lippen kräuselten sich zu einem Lächeln, in das sich ein leicht hämisches Grinsen mischte.

Clives Gedanken rasten. War dies wirklich Neville — oder eine Kopie? Oder war er nur eine von den Ren oder den Chaffri geschaffene Illusion? Clive war auf alles das bereits gestoßen. Und er hatte bereits erfahren, daß der Vater beziehungsweise Großvater, den er auf Tewkesbury gesehen hatte, falsch gewesen war, genauso wie Annabelle Leigh — jene Annabelle Leigh, die ihn zum Landhaus gebracht hatte. Er starrte Neville an und versuchte zu entscheiden, ob er wirklich seinen Bruder vor sich hatte oder nicht.

»Was ist los, kleiner Bruder? Hat dir die kleine Miß Minnie die Zunge abgebissen?«

Die kleine Miß Minnie! Ja, das war eine Variante des Sprichwortes: *Die Katze hat dir wohl die Zunge abgebissen?* Die kleine Miß Minnie war in Clives und Nevilles Kindheit ihr Schoßtier gewesen. Die Liebe zu dem kleinen schwarzweißen Kätzchen war eine der wenigen Gemeinsamkeiten gewesen. Beide Jungen hatten die kleine

Katze angebetet, waren vernarrt in sie gewesen und hatten um ihre Zuneigung gebuhlt.

Keine Kopie konnte von der kleinen Miß Minnie wissen, kein Klon könnte diese Information besitzen. Bei einem Trugbild wäre das schwerer abzuschätzen. Wenn Neville wirklich ein Fremdwesen war, das Clive die Bilder und Erinnerungen aus dem Bewußtsein holte, könnte die gefühlsbeladene Erinnerung an die kleine Miß Minnie ein mächtiges Instrument zu seiner Beherrschung sein.

Wenn es nur jemanden gäbe, den er fragen könnte — jemandem, der ihm einen Rat anböte.

Eine geisterhafte Stimme flüsterte Folliot ins Bewußtsein. *Clive, er ist echt.*

Du Maurier? fragte Clive mental.

Nein, Clive. Ich bin's, dein Bruder Esmond.

Esmond? Aber woher weiß ich ... wie kann ich vertrauen ...

Es kommen Zeiten, mein Bruder, zu denen man vertrauen muß. Man muß! Für dich ist diese Zeit gekommen, mein Bruder. Für dich ist diese Zeit genau in diesem Augenblick gekommen.

»Es war also dein Raum-Zug, der mit dem Wagen zusammenstieß, worin meine Gefährten und ich reisten?« fragte Clive Neville.

»O ja. Ich hoffe doch, daß niemand schwer verletzt wurde?«

»Daran hast du keinen Verdienst, Neville! Es war schieres Glück, daß Sidi Bombay und Horace Smythe und ich überlebt haben. Ich ...«

»Du hast die Bekanntschaft deiner Großnichte gemacht, sehe ich.«

»Wenn du so freundlich wärst, mich nicht zu unterbrechen, Bruder! Wir arbeiten im Interesse der gesamten Menschheit. Der gesamten Menschheit und noch anderer Wesen! Die Gennine ...«

»Bitte!« Neville hielt die Hand hoch. »Bitte, kleiner

Bruder. Es tut mir leid, daß ich dich durcheinandergebracht habe. Ich verstehe, daß du verwirrt bist. Aber ...«

»Was ist auf Tewkesbury geschehen? Was ist geschehen, nachdem ich London verließ? Wo ist Annabelle? Was ist mit Vater?«

Neville unterbrach ihn erneut, indem er die Hand hochhielt. In einem seltsamen Augenblick der Geistesabwesenheit ertappte sich Clive dabei, wie er sich auf das komplizierte Muster konzentrierte, das in Nevilles Ärmelaufschlag verwoben war. Auf den ersten Blick waren die Metallfäden in einem völlig abstrakten und zufälligen Muster eingestickt, aber wenn man genauer hinsah, zeigte sich eine Ordnung in dem Muster. In den Kreisen und Streifen der Stickerei war die vertraute Sternenspirale verborgen.

»Bitte«, sagte Neville, »setz dich, und mach es dir gemütlich, kleiner Bruder. Wir sind keine Schuljungen mehr, die sich zanken. Wenigstens hoffe ich das.«

Clive kam innerlich kochend Nevilles Aufforderung nach. Die Brüder krallten die Blicke ineinander. Clive sagte: »Ich garantiere dir für nichts, Neville. Der Einsatz ist für mich viel zu hoch, als daß ich mich an kleinliche Regeln halten könnte. Aber für den Augenblick wenigstens — fahr fort.«

Neville Folliot neigte den Kopf. »Langsam, Bruder Clive. Vater ist tot.«

»Tot?«

»Ich habe mich deutlich genug ausgedrückt, glaube ich.«

»Wie ist er gestorben? Und wann?«

»Er war ein alter Mann, als wir zuletzt auf Tewkesbury zusammen waren. Das Ende kam kurz nach deiner Abreise. Es war ein friedliches Ende, Clive. Eingebettet in unser ländliches Familiendasein ging Vater in Ruhe und Frieden von uns. Er hielt ein Nickerchen, und als man ihn wecken wollte, hatte der alte Mann einfach aufgehört zu leben.«

»Zusammen auf Tewkesbury? Ich erinnere mich nicht an ein derartiges Treffen — es sei denn, du beziehst dich auf eine Gelegenheit im Jahre 1868 oder früher, Neville.«

»Ich beziehe mich auf das Treffen vor weniger als vierundzwanzig Stunden, kleiner Bruder. Unser Treffen in der Bibliothek des Hauses Folliot.«

»Warst du das wirklich, Neville? Ich hielt es für eine Kopie von dir.«

»Nein, Clive. Wie kommst du denn auf die Idee?«

Wie kam er auf die Idee, in der Tat? Seine Unterhaltung mit Horace Smythe und Sidi Bombay. Hatten sie, seine beiden getreuesten Gefährten, ihn belogen? Oder waren sie in die Irre geführt worden? Oder war *Neville* der Lügner? Log sein Bruder gerade *jetzt?*

Esmond Folliot wisperte Clive ins Bewußtsein. *Vertraue ihm, Bruder. Jetzt ist der Augenblick. Du mußt ihm vertrauen.*

»Schon gut, Neville«, zwang sich Clive zu sagen. »Schon gut. Dann warst das also du auf Tewkesbury. Ich vertraue dir.«

Clive ließ den Kopf in die Hände sinken. Wenngleich er und sein Vater einander sich alles andere als nahe gestanden hatten, wenngleich der alte Baron Neville stets vor Clive bevorzugt und Clive das ganze Leben hindurch die Schuld am Tod der Mutter gegeben hatte — eine Tragödie, für die Clive überhaupt nichts konnte —, war er dennoch durch die engsten Blutsbande an den Baron gebunden gewesen: die der Vaterschaft und des Nachfahren. Der Verlust des Vaters berührte ihn stärker, als er es je erwartet hätte.

»Ich werde ihn dann also niemals wiedersehen, Neville.«

»Oh — vielleicht doch!«

Clive hob den Blick. »Was meinst du damit?« Vielleicht hatte Neville ja gleichfalls mit ihrem niemals geborenen Bruder Esmond in Verbindung gestanden. Clives eigene Kontakte mit Esmond waren nicht eben häufig und nur schwach gewesen, eher quälend als erquikkend. Und dennoch ... und dennoch ... was für eine Ironie, falls die entkörperlichte Seele ihres nie geborenen Bruders sich als die große Verbindung erwiese, die die entzweiten Brüder Folliot wieder miteinander versöhnte!

Dann waren da auch noch Clives Kontakte mit George du Maurier. Jene entkörperlichten Dialoge hatten vor du Mauriers Tod stattgefunden. Vielleicht war es die mühsam errungene mentale Verbindung mit du Maurier, die den fast vollständigen Gedankenaustausch mit jener Sphäre ermöglichte, die hinter dem Schleier lag ...

»Ich meine«, sagte Neville Folliot, »daß für jene, die durch das Netz von Zeit und Raum reisen, alle Menschen sowohl tot als auch lebendig sind. Jawohl, tot und lebendig. Vater und Mutter, du und ich, deine diversen Herzensdamen ...«

Clive legte Protest ein bei Nevilles leichtfertigem Gebrauch des Wortes *Herzensdamen.*

Neville lächelte. »Clive, du hast mit Miß Leighton ein Kind gezeugt und sie dann verlassen, um hinter der ... wer war noch jenes seltsame Geschöpf mit der totenbleichen Haut und dem laubgrünen Haar?«

»Lady 'Nrrc'kth«, flüsterte Clive. »Sie sagte mir, daß sie dich kannte, Neville.«

Ein wehmütiges Lächeln huschte Neville übers Gesicht und verschwand wieder. »Das stimmt, Bruder Clive. Lady 'Nrrc'kth und ich waren miteinander bekannt, und das Vergnügen lag durchaus auf meiner Seite.«

Clive preßte Fäuste und Zähne zusammen und mußte an sich halten. Als er wieder imstande war zu sprechen, sagte er: »Lady 'Nrrc'kth war eine so edle Dame, daß du's nicht mal wert warst, mit ihr zu sprechen, Neville. Sie war gegen ihren Willen in diese ganze Sache verstrickt, sie diente edel und sie starb tapfer im Kampf gegen die Chaffri und die Ren.«

»Nun ja, das mag schon sein.«

»Und wenn ich ins Dungeon zurückkehren und sie im Augenblick des Todes retten könnte, sie an einen sicheren Ort bringen könnte — würde sie dann wirklich leben, Neville?«

»Ach was, Bruder, natürlich nicht. Das ist das eine unveränderliche Gesetz des Lebens, sowohl innerhalb als auch außerhalb des Dungeon. Jeder lebt nur einmal, jeder stirbt nur einmal. Wir können die Vergangenheit und die Zukunft besuchen, und wir können sie bis zu einem gewissen Grad verändern. Aber das Gesetz des Lebens und des Todes ist größer als unsere armselige Macht, etwas zu verändern.«

»Dann ist Vater gleichfalls wirklich tot.«

»Aber ja.«

Clives Blick krallte sich erneut in den des Bruders. »Und du bist Baron Tewkesbury.«

Neville lächelte. In seinem Ausdruck lag so etwas wie spöttische Zurückhaltung und eine gehörige Portion Selbstgefälligkeit. »Das bin ich, in der Tat.«

»Schande über unser Haus, Neville. Daß du Lord Folliot werden konntest, wo du doch ein Verräter nicht nur an deinem Titel, sondern auch an deiner Rasse, der ganzen Welt bist — ein Verräter an allen freien Wesen! Schande über dich, Neville! Ich dachte, ich hätte das Äußerste an Verzeihung und Verrat erlebt, aber du übertriffst alles, was ich je zuvor sah!«

Neville brach in ein Gelächter aus. »Du bist so von dir überzeugt, Clive! Und scheinheilig bist du auch. Du hast mir meine kleinen Tändeleien längst vergangener Zeiten vorgehalten ...«

»Für die ich bezahlt habe!«

»... und ich nehme an, du wirst mich für die Verbindung verdammen, aus der die liebreizende Anna Maria entsprang.«

»Ich weiß nicht, Neville. Wer ist die Großmutter des Mädchens? Wurde Anna Marias Vater unter ehrbaren

Umständen empfangen? Wo ist er? Wer ist er? Wo ist ihre Mutter? Und wo ist deine eigene Gemahlin, Bruder Neville? Du mußt einige Fragen beantworten.«

»Halte keine Predigt, Clive, und frag mich nicht aus wie einen auf Abwege geratenen Schuljungen, der vor seinem Lehrer steht. Du gehst mir allmählich auf die Nerven. Ich erlaube dir deine Torheiten, weil du mein Bruder bist. Und weil du ziemlich harmlos bist. Du bewegst dich gelegentlich an der Grenze zur Lächerlichkeit. Aber genug ist genug. Jetzt werde ich zu entscheiden haben, was mit dir und deinen Gefährten zu tun ist.«

»Was ist mit meinen Gefährten?«

»Oh, dein Bauernlümmel und dein schwarzer Freund sind in Sicherheit. Ich habe sie weggeschickt, damit sie für ihren Unterhalt sorgen.«

»Bauernlümmel! Schwarzer Freund! Horace Smythe und Sidi Bombay sind jeder ein Dutzend Mal mehr wert als ein Mann wie du, Neville! Wenn du wüßtest, welche Heldentaten sie vollbracht haben — jeder von ihnen, und oftmals. Jeder von ihnen!«

Ihre erhitzte Unterredung wurde von einer Reihe von Schlägen und Schreien außerhalb des Zugs unterbrochen. Neville Folliot erhob sich und sprang zu der Seite des Wagens, wo schwere Vorhänge vor den Fenstern hingen. Er schob Clive zur Seite, die Vorhänge zurück, und ihr Streit war für den Augenblick vergessen.

Außerhalb des Wagens erstreckte sich die graue Ebene endlos nach allen Richtungen. Die schwarzen Linien, die Clive aus dem Luftwagen gesehen hatte — oder von denen er geglaubt hatte sie zu sehen —, waren nicht mehr sichtbar. Vielleicht waren sie überhaupt nur eine Illusion gewesen.

Grünschwarz uniformierte Soldaten ergossen sich aus den Wagen, stellten sich in präziser militärischer Formation auf und trabten davon.

Wortlos gingen die beiden Brüder zum Ausgang. Sie

kletterten auf die graue Ebene hinab. Clive beugte sich einen Augenblick nieder und befühlte die Oberfläche. Dem Auge erschien sie hart, fest und glatt. Aber für die Hände gab es keine Oberfläche. Er spreizte die Finger und erwartete eine Substanz ähnlich wie Schiefer zu verspüren, aber er fühlte ... nichts. Es gab keine Oberfläche, keine Ebene. Statt dessen drückte Clive die Hand nach unten, und ab einem gewissen Punkt ging es einfach nicht mehr weiter.

Er richtete sich auf.

Ein Trupp Soldaten hatte sich mit einer derartigen Präzision in Reih und Glied aufgestellt, daß die Guards Ihrer Majestät neidisch geworden wären.

Vor den Soldaten stand Anna Maria Folliot, und ihre gutsitzende Uniform glänzte (und woher, fragte sich Clive, kam das Licht?). Sie hielt den Helm unterm Arm. Das Haar wurde von einer vorüberstreichenden Brise gezaust, und Clive fragte sich, woher denn der Wind kam.

Einen Augenblick lang ließ ihn ihre Schönheit wie erstarrt dastehen. Sie besaß alle charakteristischen Eigenschaften der Folliots — starke, kräftige Knochen, den Teint des ländlichen Englands, sanft schimmernde Haare, die melancholisch mit jeder Brise flirteten. Und sie besaß eine Reihe von anderen Merkmalen. Wenn Neville ihr Großvater war, dann waren Dreiviertel ihres Erbguts Clive unbekannt.

Von wem stammte sie ab? Was war in ihrem Leben vorgefallen? Was hatte sie an diesen merkwürdigen Ort gebracht, in die Position eines Befehlshabers und einer Autorität?

Anna Maria sah Neville fragend an und nickte dann ihr Einverständnis zu einer Reihe von Instruktionen, die er ihr so rasch und merkwürdig erteilt hatte, daß Clive außerstande war, ihre Bedeutung zu erfassen. Sie wandte sich den Soldaten zu und gab ein scharfes Kommando.

Die Soldaten drehten sich um und marschierten zum rückwärtigen Teil des Zugs.

Clive wollte seinen Bruder am Arm berühren, ihn nach einer Erklärung für diese neue Wendung des Geschicks fragen. Aber Neville entfernte sich von Clive und trabte parallel zu Anna Maria Folliot und den Soldaten mit den glänzenden Uniformen davon.

Eine Bewegung zog seine Aufmerksamkeit auf sich, und er rannte los und ließ die militärische Einheit hinter sich. Sein Bruder befand sich dicht hinter ihm.

Die Bewegung wurde deutlicher. Es war eine Ansammlung menschlicher Körper, bekleidet jedoch in einer bunten Mischung verschiedenster Stile, exotisch, fremdartig, zivilisiert, alt und primitiv, modern und vermutlich futuristisch.

Einen Augenblick lang wurde Clive an die polyglotte Armee erinnert, der er sich gegenübergesehen hatte, nachdem er den riesigen Gong in Q'oorna geschlagen hatte. Römische Legionäre, Apatschenkrieger, japanische Samurai und europäische Sueven bunt gemischt. Einige der Krieger waren weiblich — aber das hätte keine Überraschung für ihn sein sollen, wenn man die Stellung seiner Großnichte als Befehlshaberin unter Neville berücksichtigte.

Und mitten aus der Ansammlung von Armen und Beinen und Körpern erhob sich eine größere und dunklere Masse.

Einen Augenblick lang dachte Clive, daß es eines der Ren-Ungeheuer mit Tentakeln und Saugern und Klauen sein könnte, aber dieses Wesen war ein Ungeheuer einer ganz besonderen Art.

Es war in einen schwarzen Anzug mit zerlumpter Jakke und schlechtsitzender Hose gekleidet. Die Haut war so bleich wie der Tod — oder die Haut der Lady 'Nrrc'kth —, jedoch eher von der krankhaften Blässe des Grabes als dem exotischen Weiß der eisigen Schönheit jener Frau.

Wie ein von Wölfen umringter Hirsch kämpfte sich Henry Frankensteins unnatürliche Schöpfung auf die Beine. Ein Mann mit einem Speer in einer Kleidung aus den Tagen der ägyptischen Pharaos klammerte sich an einen Arm des Wesens, und ein weibliches Individuum, das eine leuchtende Hose und eine Bluse trug, die aussah, als bestünde sie aus sich windenden Würmern, hielt den anderen Arm.

Das Ungeheuer spannte sich an und warf die Arme nach außen.

Augenblicklich verloren beide Angreifer den Halt, flogen über die Köpfe ihrer ehemaligen Kameraden davon und krachten auf Personen hinab, die keine Möglichkeit hatten, den Aufprall zu verhindern.

Das Ungeheuer brüllte. Es hob einen Fuß. Ein weiterer Angreifer, der aussah wie ein Priester der Azteken, hing ihm am Bein. Das Ungeheuer stieß einen erneuten Wutschrei aus und wischte den Azteken mit der Hand beiseite. Er fiel zu Boden und wurde von dem massigen Stiefe des Ungeheuers zertrampelt.

Clive hörte das Krachen menschlicher Knochen.

Das Ungeheuer drehte sich in alle Richtungen, als suche es verzweifelt nach einem Fluchtweg. Sein Blick fiel auf Clive. Der Austausch dauerte nur den Bruchteil einer Sekunde, aber in diesem flüchtigen Moment vermochte Clive, die Botschaft des Ungeheuers zu lesen.

Warum hatten ihn die Soldaten angegriffen? fragte sich Clive. Aber er hatte keine Zeit, dieses Problem zu lösen. Das Ungeheuer war ein unmenschlicher Geist, ein Wesen, das auf gotteslästerliche Weise aus den Überresten des Grabes geschaffen worden war. Clive hob sich der Magen bei der Erinnerung an die Begegnung mit dem Ungeheuer am irdischen Pol. Clive hatte einen der Wagen des Zugs erklettert, als er dort inmitten des ächzenden Eises gelandet war. Und das Ungeheuer war auf einen anderen Wagen geklettert.

Clive hatte sich in London wiedergefunden, in der

letzten Dekade des neunzehnten Jahrhunderts. Aber irgendwie war das Ungeheuer hier aufgetaucht — hier an diesem fremdartigen unweltlichen Ort, der der Sternenspirale und der Heimat der Gennine bislang am nächsten lag.

Das Ungeheuer kämpfte darum, sich aus dem unorganisierten Angriff der so unterschiedlich gearteten Soldaten herauszuwinden. Hinter der Ansammlung von bunten Gestalten glaubte Clive, zwei ihm vertrautere Figuren zu erblicken, die auf ihn zu rannten. Ja, sie waren's!

Es waren Sidi Bombay und Horace Hamilton Smythe!

Das Ungeheuer hatte in Clive ein vertrautes Gesicht erkannt. Obleich das tot-lebendige Wesen bei ihrer vorherigen Begegnung seinen Haß auf Clive deutlich zum Ausdruck gebracht hatte, kämpfte es jetzt darum, Clive zu erreichen. Es kannte Clive, es wußte, daß sich Clive erinnerte und daß er vielleicht ein Verbündeter war, ein vertrauter Verbündeter angesichts der Fremdlinge und der Feinde.

Das Ungeheuer kam näher, schlug mit den Armen wie mit Windmühlenflügeln um sich und wirbelte mit jedem Streich die Angreifer beiseite. Wer war das Ungeheuer, wer der Angreifer? Clives Erinnerungen zufolge war das Ungeheuer sowohl in Mary Shelleys Roman als auch in den Bühnenadaptionen, die ihre Geschichte auf die Bretter der ganzen Welt gebracht hatten, zumindest anfangs ein Geschöpf der Unschuld gewesen. Es war nicht aus eigenem Willen ins Dasein gerufen worden, sondern vom Willen des maßlosen Dr. Frankenstein. Das Ungeheuer war auf Mensch und Hund gehetzt worden, hatte in einem blinden Einsiedler den einzigen Freund gefunden, nur um dann von sehenden Menschen aus der Höhle des Einsiedlers vertrieben zu werden. Von allen verachtet und zurückgestoßen, selbst vom eigenen Schöpfer, war das Ungeheuer seinem Schicksal überlassen worden und trieb am Ende dem unausweichlichen Tod inmitten der polaren Eisschollen entgegen.

Aber sein Tod war nicht unausweichlich gewesen!

Irgendwie hatte das Ungeheuer eine Zufluchtsstätte in einer Eishöhle gefunden. Dort hatte es eingefroren unzählige Jahre überdauert, bis es von Clive und Chang Guafe aus seinem eisigen Gefängnis befreit worden war. Und jetzt war es hier!

War es eine Bedrohung, oder war es ein Opfer?

War seine Wut auf Clive lediglich der perverse Instinkt einer Kreatur gewesen, deren einziger Wunsch es war, zu morden und zu töten? Oder spiegelte das Ungeheuer einfach nur die Gefühle wider, die ihm entgegengebracht worden waren?

Clive brachte ein schwächliches Lächeln zustande sowie so etwas Ähnliches wie eine Geste des Grußes und der Ermunterung.

Mit der gräßlichen Kopie eines Lächelns auf den leichenblassen Zügen kämpfte sich das Ungeheuer noch verzweifelter auf Clive zu. Es gelang ihm, aus dem Kreis der Angreifer auszubrechen, und dann legte es die Entfernung zwischen sich und Clive mit erstaunlicher Geschwindigkeit zurück.

Noch während das Ungeheuer seinen Angreifern entkam, rannten Sidi Bombay und Horace Smythe auf Clive zu. Die drei kamen gleichzeitig an. Sidi Bombay und Horace Smythe sahen, daß Clive und das Ungeheuer in gewisser Weise miteinander bekannt waren, aber sie hielten Clive vorsichtigerweise zwischen sich und dem riesigen Wesen.

Die Brigade der uniformierten Soldaten unter dem Kommando von Anna Maria Folliot marschierte auf das Quartett zu. In der anderen Richtung hatten sich die pöbelhaften Verfolger des Ungeheuers zu einem ungeordneten Trupp formiert und näherten sich erneut.

Hinter ihnen stand der Zug. Vor ihnen lag eine unendliche und uneinschätzbare graue Weite.

Sie könnten versuchen, wieder an Bord zu kommen, sie könnten über die unbegrenzte Ebene fliehen, oder sie könnten stehenbleiben und kämpfen, zwischen zwei Parteien von Angreifern gefangen.

Und Clive spürte die Blicke seiner drei Gefährten auf sich ruhen. Sie hatten ihm die Anführerschaft übergeben — die Entscheidung!

Clive Folliot schloß für den winzigsten Bruchteil einer Sekunde die Augen und unternahm eine gewaltige mentale Anstrengung. Er kam sich vor, als hätte sein Geist den Körper verlassen. Er sah zurück und erblickte sich selbst und seine drei Gefährten, den Pöbelhaufen, der das Ungeheuer angegriffen hatte, und die schwarzgrün uniformierte Brigade, die von Anna Maria befehligt wurde, und alle waren sie erstarrt wie auf einer Daguerreotypie.

In der Nähe erblickte Clive seinen Bruder Neville.

Neville war der einzige der unzähligen Männer und Frauen, der nicht eingefroren war, der sich der Lage bewußt, der imstande war zu handeln. Er hob die Faust und schüttelte sie in Richtung auf Clive. Sein Mund bewegte sich, und Worte drangen heraus.

Aber sie kamen alle merkwürdig langsam heraus, als ob sich Neville nur mit halber, einem Viertel, einem Achtel Geschwindigkeit bewegte. Langsamer, langsamer, immer langsamer.

Clive fand sich von einer blendenden Helligkeit durchflutet.

George du Maurier sagte: *Du hast das Kommando!*

Esmond Folliot sagte: *Du bist der Meister des Ordolits!*

Esmond!

Ich sage dir, daß du der Meister des Ordolits bist!

Was bedeutet das für dich? fragte Clive.

Geh zurück!

Du bist niemals geboren worden. Du hast niemals gelebt, gab Clive zurück. *Was soll's dich kümmern?*

Du mußt befehlen!

Ich werde nicht gehen, Esmond. Nicht, bis du meine Frage beantwortet hast.

Du Maurier — unser Schuljunge behauptet sich!

Es ist besser, daß er's tut, sagte du Maurier. *Soll ein Schwächling herrschen?*

Er hat Sultane gekannt.

Er hat Philo Goode gekannt, Esmond. Er hat Timothy F. X. O'Hara gekannt!

Und er hat überlebt. Wie standen die Quoten zu Beginn, du Maurier?

Er hat nicht nur überlebt. Er ist gewachsen. Er ist fast bereit.

Hmm. Vielleicht ist *er schon bereit.*

Es ist mein Fehler, Bruder Clive. Du hättest als erster geboren werden sollen. Ich versuchte, deinen Platz einzunehmen, und der Versuch schlug fehl —

Was meinst du! Wir wissen nichts von unserem Leben vor der Geburt, sagte Clive lautlos.

Du *weißt nichts davon, meinst du!*

Welch einen Unterschied macht das? Die Nachfolge eines Landbarons, Esmond, also wirklich!

Du verstehst nicht, Clive! Der nächste Baron Tewkesbury hätte der Meister des Ordolits sein sollen! Und jener Baron bist rechtmäßig du, *Clive! Aber durch meinen Ehrgeiz habe ich mir das Leben verscherzt und eine derartige Unordnung geschaffen, daß Neville vor dir geboren wurde. Daher ist er jetzt der Baron Tewkesbury, während du nach Recht und Gesetz der Meister des Ordolits bist! Die beiden Rollen — jene des Barons und jene des Meisters des Ordolits — wurden voneinander getrennt. Kehre um, und bemächtige dich dessen, was dir zusteht! Gib Befehl im Namen deiner rechtmäßigen Autorität! Das allein kann alles retten —*

Ein Krachen ertönte, als wäre in der Nähe ein Blitz während eines äquatorialen Unwetters eingeschlagen, und Clive stand da, bedrängt von Sidi Bombay und Horace Hamilton Smythe und dem Frankenstein-Ungeheuer.

Er berührte jeden von ihnen, indem er ihnen kurz die Handfläche auf den Scheitel legte. Um den Kopf des Ungeheuers zu erreichen, mußte er sich auf die Zehenspitzen stellen und so hoch langen, wie er nur konnte, aber er schaffte es.

Alle drei bewegten sich. Die beiden Banden von Angreifern blieben wie eingefroren stehen.

Neville Folliot, dem der Haß und die Furcht in den Augen glühte, schritt weiter auf Clive zu, und er bewegte sich mit einer schrecklich langsamen Behutsamkeit. Er hatte eine Pistole gezogen und richtete sie jetzt auf den Bruder.

Clive überwand die Entfernung zwischen sich und seinem Bruder und erreichte Neville, ehe er die Waffe voll in Anschlag bringen konnte. Clive legte seinem Bruder die Hand aufs Handgelenk. Er übte keinen Druck aus, unternahm keinerlei Anstrengung, die Pistole wegzudrehen.

Statt dessen sagte er: »Neville, ich bin der Meister des Ordolits. Ich befehle dir, die Pistole zu senken.«

Mit unendlicher Langsamkeit kam Neville diesem Befehl nach. Aus seinen Augen blitzte Verzweiflung, seine Muskeln zuckten, und der Schweiß strömte ihm von der Stirn. Aber er schob die Waffe mit unbeirrbarer Sicherheit zurück ins Holster. Er öffnete den Mund zum Sprechen, aber seine Bewegungen waren so langsam, daß Clive sie einfach übersah.

Clive sagte zu seiner Gefolgschaft: »Ich weiß, was getan werden muß. Kommt mit!«

Er sah sich nicht um, ob sie ihm auch folgten. Auf diese Idee kam er überhaupt nicht. Er schlug einen raumgreifenden, jedoch nicht ermüdenden Trab an. Er kam an dem Trupp uniformierter Soldaten vorüber, trabte einen Augenblick langsamer, um seine Großnichte Anna Maria nachdenklich zu betrachten, und schüttelte dann traurig den Kopf. Die Zeit war zu knapp, um sie besser kennenzulernen.

Er erreichte das Vorderteil des Zugs, ergriff eine Metallstange und zog sich in den Führerstand der Lokomotive. Eine normale Mannschaft war anwesend — ein Ingenieur, ein Führer, ein Heizer, ein Mechaniker. Sie waren anscheinend unverletzt, jedoch ebenso bewegungslos wie die Soldaten draußen auf der endlosen grauen Ebene.

Clive wandte sich an Sidi Bombay und die übrigen. »Verletzt sie nicht. Aber bringt sie hier raus.«

»Was ...?«

»Tut, was ich sage.«

Während seine Helfer die Mannschaft entfernten, sagte Clive: »Wir werden diese Lokomotive von den Wagen hinten abkoppeln. Wir fahren weiter!«

KAPITEL 22

»Die Gennine – von Angesicht zu Angesicht!«

Die Zugmaschine des Raum-Zugs hatte nur wenig Ähnlichkeit mit jenen Lokomotiven, die Clive kannte.

»Hat 'ne verfluchte Ähnlichkeit mit den Dingern, von denen Mißjöh Verne schreibt«, bemerkte Horace Smythe. »Oben ganz spitz und alles glatt, wie 'n riesiges Geschoß.«

»Tut nichts zur Sache«, sagte Clive. »Nur — können wir sie bedienen?«

Smythe studierte die Armaturen, rieb sich das Kinn und summte dabei tonlos. Clive warf Sidi Bombay einen Blick zu. Der Inder stand bewegungslos da; er beobachtete gleichfalls Horace Smythe. Clive drehte sich nach Dr. Frankensteins Ungeheuer um. Wie Sidi Bombay sah das Ungeheuer Horace Smythe in hingerissener Konzentration zu.

Clive konnte seine Ungeduld nicht zügeln, und er spähte aus dem Führerstand hinaus. Die rätselhafte Sternenspirale hing noch immer in der Schwärze über dem Zug.

Drehte sich die Spirale — oder bildete Clive es sich aufgrund seiner Zerstreutheit ein? Waren die Sterne brennende Sonnen, ungezählte Millionen von Kilometern von der Erde und deren eigener leuchtender Flamme entfernt — oder waren sie nur winzige Lichtpunkte, nichts weiter als Kerzen oder kleine Gasflammen, die quälend nah gerade außerhalb menschlicher Reichweite hingen?

Clive wußte, daß Annie jene glänzende metallische Maschine zurückerhalten hatte, die sie vom japanischen

Regiment im Neuen Kwajalein-Atoll hatte mitgehen lassen. Könnte sie sich nun darin zu jenen Sternen erheben?

Hinten auf der endlosen grauen Ebene erblickte Clive die beiden Regimenter, denen er und seine Gefährten entkommen waren. Ein Trupp stand noch immer präzise in Reih und Glied da, in völlig gleichaussehenden blitzenden Uniformen; der andere Trupp war ebenso bunt gemischt, wie der erste uniform war, ebenso in Unordnung, wie der erste diszipliniert war. Und bei keinem Trupp regte sich ein Muskel.

Nur Clives Bruder Neville bewegte sich. Mit erschreckender Langsamkeit kämpfte sich Neville Folliot zum Führerstand. Sein Gesicht war schweißüberströmt von der konzentrierten Anstrengung, seine Muskeln geschwollen. Er sah aus wie ein Mann, der durch ein großes Becken mit einer zähen Flüssigkeit watete.

»Mach schon, Sergeant!« Clive konnte sich nicht länger beherrschen. »Kannst du dieses Ding bedienen?«

Smythe wandte sich von dem komplizierten Armaturenbrett ab. Er runzelte die Stirn und hatte dann anscheinend eine innere Entscheidung getroffen. »Ja, Sör! Ich kann's, Major! Ich entschuldige mich für die Verzögerung, Sör, aber diese Armaturen sind für mich sehr fremd. Dennoch glaube ich, daß ich's schaffe, Sör. Ich bin gewillt, es zu schaffen!«

»Schön, Sergeant Smythe!«

Sidi Bombay und das Ungeheuer machten sich daran, die Zugmaschine vom ersten Wagen des Zugs abzukoppeln.

Neville Folliot näherte sich dem Führerstand.

Horace Smythe hantierte an den Armaturen herum.

Die Maschine bebte.

Neville griff mit einer Hand nach dem Geländer.

Die Kupplung, die die Zugmaschine mit dem Rest des Zugs verband, öffnete sich mit metallischem Klang.

Die Maschine schlingerte voran.

Nevilles Finger schlossen sich um das Geländer.

Sergeant Smythe zog einen Hebel zurück.

Die Maschine hob sich von der unbegrenzten grauen Ebene.

Obwohl die Maschine stetig beschleunigte, hatte sie noch keine hohe Geschwindigkeit erreicht. Weit draußen, jenseits des Fensters, flog etwas verzweifelt auf die Maschine zu. Es sah aus wie eine schwarze Silhouette gegen den konturlosen Himmel. Während Clive hinstarrte, wurde der schwarze Punkt größer. Er nahm klare Konturen an. Es war eine vollkommene Miniatur der Lady 'Nrrc'kth.

Clive schrie auf und griff nach dem schönen Wesen.

»Aufhören, Sör! Sehen Sie denn nicht, was es ist?«

»Es ist die Lady 'Nrrc'kth, Horace!«

»Nein, Sör! Es ist der Chaffri! Er konzentriert sich mit aller Kraft auf Sie, Sör! Darum kann ich ihn in seiner wahren Gestalt erkennen! Lassen Sie ihn nicht herein, Sör!«

»Horace hat recht«, rief Sidi Bombay. »Laß ihn nicht herein, Clive Folliot!«

»Nein!« rief Clive. »Selbst wenn ihr recht habt, kann er uns vielleicht von Nutzen sein! Horace — sieh mal nach, ob du diesen Käfig wieder reparieren kannst!«

Augenblicke später hatte Horace Smythe den Käfig des Chaffri mit den zerbrochenen Teilen wieder notdürftig zusammengeflickt. Es war eine improvisierte Arbeit, aber der Käfig wirkte fest genug. Smythe stellte sich so hin, daß er von außerhalb der Maschine nicht zu sehen war.

Clive stand mit ausgestreckten Armen da. »Mein Liebling. Meine Lady 'Nrrc'kth! Du bist zu mir zurückgekehrt!«

Der Chaffri flog durch das Fenster der Maschine. Clive sprang beiseite, während sich Horace Hamilton Smythe auf den Chaffri warf und ihn wieder in den Käfig sperrte.

Hilflos eingepfercht in dem improvisierten Gefängnis wurde der überlistete Chaffri wild. In rasender Folge nahm er ein Dutzend Gestalten an. Federn, Tentakel, Schuppen, Panzer, Fell jagten ihm nacheinander über die Haut. Er jammerte durchdringend. Schreckliche Fänge und Klauen kratzten an der Innenseite des Gefängnisses.

Schließlich brach er in einer Ecke des Käfigs zusammen. Er rutschte, schmolz, zerfloß. Mit ein wenig Schuldgefühl wegen seines galligen Humors bemerkte Clive laut, daß der Chaffri aussähe wie verschütteter Pudding. Nur eines war deutlich erkennbar: Zwei Reihen großer Zähne, mit denen er vor Enttäuschung knirschte.

Die Maschine beschleunigte.

Draußen hatte sich Neville Folliot endlich zu einem Fenster hochgezogen. Der Apparat hatte von der Ebene abgehoben, bewegte sich jedoch nur wenig über Mannshöhe.

Clive beugte sich herab und sah seinem Bruder ins Gesicht. Neville war es unter Schmerzen gelungen, einen Arm zu heben und das metallene Geländer an einer Seite der Maschine zu packen. Aber Clive wurde auf der Stelle klar, daß Neville sich ohne Hilfe nicht in den Führerstand der Maschine ziehen konnte. Ohne fremde Hilfe müßte er irgendwann loslassen und fiele zurück auf die Ebene.

Die Maschine hob sich und beschleunigte immer rascher. Nevilles Füße hatten keine Berührung mehr mit dem Boden, und er klammerte sich verzweifelt an die Seite des Wagens. Immer höher stieg die Maschine, immer schneller bewegte sie sich.

Clive spähte auf das Grau herab und schätzte ab, wie hoch die Maschine gestiegen war. Wenn Neville jetzt herabfiele, würde das mit Sicherheit seinen Tod bedeuten.

Hunderte verschiedener Gefühle vermischten sich in

Clive Folliot, Tausende von Erinnerungen flackerten über den Bildschirm seines Bewußtseins wie die Bilder einer Laterna magica. Neville, wie er ihm als Kind übel mitspielte und ihn terrorisierte. Neville, wie er ihn auf eine wilde Jagd quer durch Ostafrika führte. Neville, wie er aus dem Sarg zu steigen schien und Clive das rätselhafte Tagebuch anbot, das Clive während seiner Fahrt durch das Dungeon einigen Kummer bereitet hatte. Neville, wie er Clives Vertrauen wieder und wieder mißbrauchte. Neville, wie er die Ehre der Folliots verkaufte.

Clive mußte nur zulassen, daß Neville hinabstürzte, um ihn für immer loszuwerden. Von anderen Vorteilen abgesehen, könnte dieser Vorfall dazu führen, daß Clive den Titel eines Barons Tewkesbury erhielte. Neville hatte geheiratet und einen Sohn gezeugt, und jener Sohn hatte geheiratet und eine Tochter gezeugt, Anna Maria Folliot. Lebte Anna Marias Vater noch immer? Wenn ja, dann ginge der Titel der Tewkesburys nach Nevilles Tod auf ihn über; andernfalls auf Anna Maria. Clive war in der Erbfolge auf den dritten Rang zurückgerutscht. Aber Titel oder nicht — er konnte einfach nicht kalten Blutes zulassen, daß sein Bruder starb.

»Das tu ich nicht dir zuliebe, Neville«, brummte Clive unterdrückt. »Sondern wegen der netten kleinen Miß Minnie.«

Er reichte seinem Bruder die Hand und zog ihn in den Führerstand. Er besaß alle Rechtfertigung der Welt, Neville seinem Schicksal zu überlassen. Aber er konnte es einfach nicht.

Die beiden Brüder standen einander dicht gegenüber. Jeder wartete darauf, daß der andere etwas sagte. Schließlich meinte Neville: »Danke sehr, Clive.«

Ebenso steif erwiderte Clive: »Gern geschehen, Bruder.«

Neville überblickte die Lage im Führerstand der Maschine. Er spähte zurück auf die graue Ebene, wo der

Rest des Zugs noch immer stand. Er nickte, als hätte er ein schwieriges Problem durchdacht und wäre schließlich zu einem Ergebnis gekommen. Er sah Horace Hamilton Smythe eindringlich an, nickte dem Mann höflich zu; dann tat er das gleiche mit Sidi Bombay, und er wiederholte die Geste, diesmal rascher und oberflächlicher. Frankensteins Ungeheuer blickte er lediglich an; es hatte ihm die Sprache verschlagen, und er konnte kein Glied rühren.

Das Ungeheuer, bislang unbeweglich wie eine Statue, öffnete weit die Augen und hob die Hand gegen Neville. »Insekt, staunst du über den Anblick, dem du dich gegenüber siehst? Kennst du nicht meine Herkunft und Natur? Wie deine erbärmliche Rasse zu Gott steht, der euch schuf, oder von dem ihr euch vorstellt, daß er's getan hat, so steht meine Art euch gegenüber. Meine Art, von der ich das einzige Exemplar bin, dank der Schlechtigkeit des Mannes, der mich herstellte und der dann die Gefährtin sowohl erschuf als auch zerstörte, um deren Gesellschaft meine Gebete einzig und allein gefleht hatten!«

Mit flammenden Augen wandte sich das Ungeheuer an Clive. »Du, Clive Folliot, du überraschst mich.«

»Tatsächlich?«

»Ich hatte schlecht von dir gedacht, Clive Folliot.«

»Das hast du in der Tat! Du hast versucht, mich zu ertränken, indem du mich aus dem Boot warfst, das Chang Guafe gebaut hatte.«

»Ich besitze eine Vorliebe fürs Ertränken, Clive Folliot. Stelle nicht meine Geduld auf die Probe! Nichtsdestoweniger habe ich eine Menge von deinem Bruder Neville Folliot erfahren, und es ist jedem einigermaßen vernünftigen Beobachter klar, daß du von ihm verletzt und beleidigt wurdest. Du hättest ihn einfach dadurch seinem Schicksal überlassen können, daß du ihm die Hilfe verweigertest — ohne aktiv zu seinem Schaden beizutragen, Clive Folliot —, und du hast ihm dennoch diese Hilfe erwiesen. Sage mir, Clive Folliot, warum du das getan hast. Ich bin verwirrt. Ich hatte dich jenen Sterblichen zugeordnet, deren schlechte Taten nicht der geringsten Beachtung wert sind, außer daß sie unter dem Absatz eines Rächers zertreten werden, so wie eine hilflose Ameise unter dem Stiefel eines Bauernlümmels zerquetscht wird. Ich hatte dich nicht mehr moralischer Beachtung für wert befunden als dieses glibberige zitternde Ding, das in deinem Käfig kauert.«

Das Ungeheuer hielt inne und zeigte dramatisch auf den Chaffri, der sich an die Stangen gedrückt hatte und zitterte und leise und erbarmungswürdig wimmerte.

Clive wollte dem Ungeheuer antworten, aber ehe er sprechen konnte, setzte es seine Tirade fort. »Du wurdest am heftigsten beneidet, warst das Opfer der gräßlichsten Beleidigungen und Beschimpfungen seitens deines Bruders. Und dennoch zeigtest du eine selbstlose Sorge um sein Wohlergehen und sein Überleben. Warum, Clive Folliot, warum? Du bist ein Mitglied der privilegiertesten und am meisten unterdrückenden Klasse der verdorbensten und verwöhntesten Gesellschaft auf dem Antlitz der Erde, und dennoch ist dein Handeln von selbstlosem Mitgefühl bestimmt. Verstehst du eigentlich, was dich in deiner Brust dazu bewegte, so zu handeln? Besitzt du eigentlich einen Sinn für Moral, der meiner Beachtung wert ist? Sag mir das, Clive Folliot. Sprich!«

Ehe das Ungeheuer Atem holen und fortfahren konnte, brachte Clive seine Antwort heraus. »Ich habe ihn um eines kleinen Kätzchens willen gerettet, Ungeheuer. Das ist alles.«

Das Ungeheuer holte tief Luft. Aber ehe es eine neue Rede vom Stapel lassen konnte, legte Neville Clive eine sorgfältig manikürte Hand aufs Handgelenk. »Redet er immer so, Bruder?«

»Immer, Bruder. Als er mich vor einiger Zeit versuchte zu ertränken, dachte ich, ich sollte ihn weitermachen lassen, nur um seiner Phrasendrescherei zu entkommen.«

Neville starrte seine Zehenspitzen an und war offensichtlich tief in Gedanken versunken. »Warum *hast* du mich gerettet, Bruder? Deine Antwort mag den exotischen Burschen befriedigen, aber ich will mehr von dir wissen. Ich habe dir erbarmungslos übel mitgespielt, Clive. Hast du mir vergeben?«

»Habe ich, Neville.«

»Aber ich habe dich mehr als einmal betrogen.«

Clive stieß ein bitteres Gelächter aus. »Viel häufiger, in der Tat.«

»Und dennoch vergibst du mir immer und immer wieder. Warum, Clive? Wievielmal werde ich dir noch Böses zufügen, und wievielmal wirst du vergeben?«

»Sieben Mal, Neville. Oder sieben mal sieben. Ist uns das nicht beigebracht worden? Das Ungeheuer, die arme seelenlose Kreatur, mag von Rache bewegt und daher konsequenterweise außerstande sein zu vergeben. Aber die Philosophie unseres Freundes Sidi Bombay unterscheidet sich nicht sonderlich von der, die uns beigebracht wurde. Und letztlich, so hat es Sidi mich verstehen lassen, entscheiden wir selbst unser Schicksal. Du wirst gerettet oder verdammt werden, mein Bruder, aufgrund deiner eigenen Taten. Nicht wegen meiner Taten. So oder so werde ich für dich beten.«

»Du betest für deine Feinde, Clive? Ist das so?«

»Ich werde für meinen Bruder beten. Freund oder Feind, das liegt an dir, Neville. Aber du bist mein Bruder, ob du's willst oder nicht.«

Neville wandte sich an Horace Smythe. »Welches Ziel hast du, Sergeant?«

»Es gibt nur einen Ort, wo wir hinwollen, Sör. Ich bin mir sicher, daß ihn der Major ebensogut kennt wie ich.«

»Du steuerst die Heimatwelt der Gennine an!«

»Jawohl, Sör!«

»Geht nicht dorthin, Clive!« Neville Folliot faßte seinen Bruder beim Ärmel. Die Rollen waren vertauscht, der Tyrann war jetzt der Bittsteller. »Bitte, Clive!«

Neville wandte sich von seinem Bruder ab und wollte Horace Smythe von den Armaturen wegschieben. Smythe leistete Widerstand, und Clive zog Neville weg.

»Was ist los, älterer Bruder? Warum entwickelst du eine derartige Abneigung gegen einen Besuch des Heimatlandes deiner Herren?«

Neville grinste höhnisch. »Nach so vielen Jahren, Clive, behältst du noch immer deine unbesiegbare Unschuld bei! Sehr schön ...«

Aber ehe er noch ein Wort weiter sagen konnte, wurde die Maschine in absolute Schwärze gehüllt, und eine Kälte drang den Reisenden bis auf die Knochen.

»Was ...?«

Die Maschine schüttelte sich, bewegte sich jedoch offenbar noch immer voran. Clive spähte nach draußen. Er konnte nichts erkennen. Nicht die graue ferne Ebene unter ihnen. Nicht die kreisende Sternenspirale über ihnen. Die Luft im Führerstand war schwer, feuchtkalt und dunkel. Das einzige Licht im Führerstand wurde von den Instrumenten vor Horace Hamilton Smythe ausgestrahlt, ein schauriger Glanz, der die Umgebung in ein fahles Gelb tauchte.

Sidi Bombay sagte mit seiner kultivierten Stimme: »Major Folliot! Sergeant Smythe! Achtung!« Er zeigte auf den gefangenen Chaffri. Die übrigen starrten gleichfalls hin.

Der Chaffri, der zuvor zu einem formlosen weißen Fleck in der Ecke des Käfigs zerschmolzen war, nahm jetzt eine neue Gestalt an. Ihm waren Arme und Beine gewachsen, und er stand aufrecht wie eine dreißig Zentimeter große Puppe. Das Gesicht war menschlich, oder, besser, dämonisch. Die Nase war scharf ausgeprägt, die Augenbrauen gebogen. Das schimmernde Haar lief auf der Stirn zu einer Spitze zusammen. Ein Paar vollkommen geformter Hörner wuchs aus der Stirn heraus.

Die Füße waren beschlagene Hufe. Er trug anscheinend ein knappes hautenges Kostüm, aber als Clive nähertrat, um es in dem gelben Zwielicht näher in Augenschein zu nehmen, wurde ihm klar, daß er überhaupt nichts trug. Er war völlig nackt. Er stolzierte und sprang übermütig in dem Käfig umher, und als er sich umdrehte, sah Clive, daß er einen langen, mit einem Stachel versehenen Schwanz besaß. In einer Faust hielt er einen böse aussehenden Dreizack.

»Um Gott's will'n! Was issen *das?*« keuchte Horace Smythe.

»Wir sind bereits durch den Hades des Dungeon gegangen!« rief Clive aus. »Nicht nur einmal, sondern sogar zweimal!«

»Ju.« Horace nickte. »Aber diesmal sehe ich keinen Baron Samedi, der für uns die Kastanien aus dem Feuer holt, Major.«

Das gefangene Wesen kreischte jetzt auf seine Fänger ein, vollführte mit der freien Hand eine Reihe mystisch aussehender Gesten und deutete mit dem Dreizack zuerst auf den einen, dann auf einen anderen.

»Es verflucht uns!« sagte Neville.

Der Dämon deutete anklagend sowohl mit dem Finger als auch mit dem Dreizack auf Neville. Die Augen glitzerten in dem fahlen gelben Licht. Clive hatte den Verdacht, daß der Dämon bei normaler Beleuchtung nicht gelb ausgesehen hätte.

Seine Beschwörung schwoll zu einem Crescendo an. Ein fahler Blitzstrahl zischte vom mittleren Zinken des Dreizacks aus dem Käfig hinüber zu Neville Folliot.

Neville schlug mit der Hand auf die Stelle, wo ihn der Strahl getroffen hatte. In der Luft lag ein eigentümlicher, selbst in der naßkalten schweren Atmosphäre des Führerstands deutlich erkennbarer Geruch. Eine Rauchwolke stieg von einer verbrannten Stelle auf Nevilles golddurchwirkter Militäruniform auf.

»Du kleiner Mistkerl! Du Dreikäsehoch!« Neville

schlug mit einer Hand auf die verwundete Stelle und rieb sie heftig. »Ich werd dich in Stücke reißen, du kleiner Satan!«

Er sprang auf den Käfig des Chaffri zu, aber Sidi Bombay trat zwischen ihn und den Käfig. »Bitte, Baron!«

Besänftigt dadurch, daß er mit dem Titel angeredet worden war, zog sich Neville zurück. Der Rauch stieg nicht mehr von seiner Uniform auf, aber als er die Hand von der mißhandelten Stelle nahm, blieb ein Kreis angesengten schwarzgefärbten Stoffs zurück.

»Warum sollte ich das kleine Ungeheuer nicht unter dem Absatz zertreten?« wollte Neville von Sidi Bombay wissen.

»Weil es, Baron, uns etwas gesagt hat. Sein Bewußtsein hat sich auf die Schwingungen rings um uns her eingestimmt, und es hat uns vor dem gewarnt, was auf uns zukommt. Ich hatte zunächst Angst davor, den Chaffri wieder in unsere Gesellschaft aufzunehmen, aber ich sehe jetzt, daß Clive Folliot recht getan hat.«

Wie aufs Stichwort schoß die Maschine voran. Die Schwärze ringsum war ebenso wie die feuchtkalte schwere Atmosphäre verschwunden. Einen Augenblick lang war der Führerstand lichterfüllt, aber ehe die Reisenden auch nur Atem schöpfen konnten, nahm das Licht eine rötliche Färbung an, und ein schreckliches Heulen und Kreischen erschollen.

Gewaltiges Brüllen und Toben umgaben und durchdrangen die Maschine. Clive fühlte den Boden unter den Füßen beben. Der Führerstand begann sich zu drehen wie eine Kugel, die aus dem Lauf eines Gewehrs schoß. Clive spürte, wie er schwerer wurde, als ihn die Zentrifugalkraft niederdrückte.

In dem neuen Licht leuchtete der zuvor gelbgefärbte Dämon im Käfig in einem dunklen bedrohlichen Rot. Hinter den Fenstern und Türen des Führerstands wirbelten fastmenschliche Gestalten neben der Maschine umher. Dahinter tanzten Flammen, und Rauchwolken bildeten einen in allen Richtungen ungebrochenen Hintergrund.

Zunächst flogen Dutzende von Dämonen um die Maschine herum, dann Hunderte, Tausende, unzählige Horden.

Wie der verwandelte Chaffri in seinem Gefängnis waren die Dämonen völlig nackt. Und da sie nackt waren, sah man auch, daß sie die menschliche Gestalt perfekt nachgebildet hatten. Sie waren männlich und weiblich.

Ein weiblicher Dämon näherte sich dem kreiselnden Führerstand. Sie posierte vor einem Fenster, lächelte einladend und winkte. Clive traten die Augen aus den Höhlen. Sie war nicht Annabella, auch nicht Annie oder die Lady 'Nrrc'kth. Sie war nicht Anna Maria Folliot oder Clarissa Mesmer. Aber sie besaß die Weiblichkeit aller dieser Frauen, die Verlockung, der Clive in der Bar in seiner ersten Nacht nach der Rückkehr nach London begegnet war, und all der Frauen, denen er auf den vielen Ebenen des Dungeon begegnet war, und auch jener Frauen, die er in Ostafrika und in Sansibar und an Bord des Schiffs *Empress Philippa* zu Beginn dieses ganzen unglaublichen Abenteuers getroffen hatte.

Sie war jede Frau, die er je geliebt hatte, jede Frau, die er sich je gewünscht hatte, jede Frau, nach der es ihn je gelüstet hatte.

Er trat auf sie zu.

Sie lächelte ihn an. Ihr Mund war üppig, die Lippen weich. Die Augen waren groß und dunkel. Sie sahen schwarz aus, bis er tief in sie hineinblickte und erkannte, daß es tief in beiden dunkelrot wie brennende Kohle glühte.

Es war die Farbe der Hölle.

Aber Horace Smythe hatte recht gehabt, dachte Clive. Dies war nicht die Hölle, die sie bereits zweimal zuvor erlebt hatten, noch gab es hier in diesem Hades einen Baron Samedi, der ihnen half.

Clive Folliot war der Anführer dieser Gruppe. Er hatte unzählige Gefahren überlebt, denen er im Verlauf seiner Fahrt durch die neun Ebenen des Dungeon begegnet war. Er war der Meister des Ordolits! Vor allem anderen sollte ihm das die Kraft und die Entschlossenheit verleihen, die er jetzt benötigte, um diesen bedrohlichen Augenblick zu überleben.

Und dennoch kletterte er wie ein Schuljunge, den es verzweifelt nach seiner ersten Frau gelüstet, durch das Fenster und war bereit, sich auf den weiblichen Dämon zu stürzen, als er eine riesige schwere Hand am Fußknöchel spürte. Er wurde in den Wagen zurückgezogen.

Er wollte sich verzweifelt mit der Frau draußen vereinigen. Er mußte sich mit ihr vereinigen. In einem Augenblick des Wahnsinns waren allen Erinnerungen an Annabella Leighton, an die Lady 'Nrrc'kth, an Annabelle Leigh und an Anna Maria Folliot völlig aus seinem Bewußtsein gewischt. Es war, als hätte er die Liebe niemals gekannt, niemals im Leben das Glück gekannt; diese Erkenntnis hatte ihn überfallen, und er kämpfte darum, dem mächtigen Griff zu entkommen, der ihn zurückhielt, er kämpfte darum, zu dem einzigen Wesen in der ganzen Schöpfung zu gelangen, das ihm Befriedigung zu verschaffen vermochte.

»Insekt! Halte still!«

Die Stimme reichte hin, sich von seiner Besessenheit zu lösen, den Blick wieder auf das Innere des Wagens zu konzentrieren. Er befand sich in den Klauen des Frankenstein-Ungeheuers.

»Närrisches Wesen! Gebrauche einen Augenblick lang deine erbärmliche Attrappe eines Gehirns! Benutze die schwache Intelligenz, die Gott, an den du zu glauben vorgibst, dir geschenkt hat! Was glaubst du denn, da draußen zu sehen?«

»Meine Liebe! Das begehrenswerteste Geschöpf des Universums! Ungeheuer, laß mich los! Ihr Gesicht ist das schönste, das ich je betrachtet habe! Ihre Brüste sind von einer Schönheit, daß eine Venus vor Neid dabei weinen muß! Ihr Körper ist Fleisch, das unter meinen Händen schmelzen wird! Der Honig ihrer Lenden ...«

»Das reicht, Narr!« Das Ungeheuer schüttelte ihn, bis Clive Folliot die Zähne klapperten. Das Ungeheuer hielt ihn auf Armeslänge etwa einen halben Meter über dem Boden, ballte die Faust und schlug Clive ins Gesicht.

Sterne tanzten Clive um den Kopf. In seinen Ohren klingelte es.

»Jetzt, Schwächling, sieh hin!«

Das Ungeheuer drehte ihn wie ein hilfloses Kind um, so daß er aus dem Fenster sehen konnte. Einen Augenblick lang wurde das Wesen mit der dämonischen Kraft der Verführung zu einem männlichen Dämon, dem die Wut im Gesicht geschrieben stand und der den Dreizack hob, als wollte er einen Feind durchbohren und ihm den Bauch aufschlitzen.

Clive Folliot blinzelte und schüttelte den Kopf wie ein Hund, der gerade aus einem Fluß kam.

Der Dämon war wieder weiblich.

Dann war er erneut männlich.

»Kennst du denn nicht die Sage vom Inkubus und Sukkubus, Schwächling?« bohrte das Ungeheuer gnadenlos weiter. »Willst du wirklich hinaus zu dem Dämon gehen?«

»Nein!« schrie Clive. Dann: »Ja!« Er kämpfte, aber der Griff des Ungeheuers war wie der Griff von Hunderten von Männern. »Laß mich zu ihr!«

»O Mann aus Indien«, säuselte das Ungeheuer voller Dramatik, »greife in ein Fach oder eine Truhe und hole mir einen Strick!«

Sidi Bombay folgte dieser Aufforderung.

Ohne Clive loszulassen, band das Ungeheuer ihm die Leine um den Fußknöchel und warf ihn zum Führerstand hinaus.

In einem Augenblick erstaunlicher Klarheit sah Clive den Wagen, die verwunderten Gesichter von Sidi Bombay und Horace Hamilton Smythe, den gefangenen Chaffri, der in seinem Käfig umherhüpfte und gestikulierte.

Als er an seinem Bruder vorüberflog, reichte ihm Neville ein Schwert hinüber.

Clive packte den Griff der Waffe. Dann befand er sich außerhalb des Wagens in einem tosenden Inferno, das ihm die Kleider versengte und den Schweiß heraustrieb; das ihn jedoch irgendwie nicht verletzte, selbst als er mit Händen und Füßen durch die tanzenden purpurroten und orangefarbenen Flammen glitt.

Das Geschöpf vor ihm war wieder weiblich. Die verlockende Schönheit war größer denn je. Sie lächelte und näherte sich Clive mit ausgestreckten Armen.

Er hielt das Schwert gesenkt.

Der weibliche Dämon schlang Clive die Arme um den Nacken. Sie legte ihre Wange auf die seine, drückte ihre Lippen auf die seinen. Er spürte ihre Leidenschaft, als stäche ihm eine Zunge reinsten Feuers durch die Lippen und durchforschte seinen Mund. Eine derartige Qual hatte er noch nie erlebt, sich auch niemals vorgestellt, und dennoch war sie unbeschreiblich süß. Er war von einem Verlangen erfüllt, und im Vergleich zu diesem Verlangen war die Sinnlichkeit alles dessen, was er bislang erlebt oder sich vorgestellt hatte, ein Nichts.

Er spürte, wie ihm ihre Hand vom Nacken auf die Schulter rutschte, auf den Arm, auf die Hand. Er spürte …

Er hob die andere Hand und gab sich selbst einen Schlag, so fest er nur konnte. Sein Kopf brummte. Der Dämon sprang von ihm weg und zog mit einem kräftigen Arm an dem Schwert, das Clive von seinem Bruder erhalten hatte. Aber es gelang Clive, das Schwert festzuhalten.

Er blinzelte und starrte den Dämon an.

Der Dämon war männlich.

Er warf den Dreizack nach ihm.

Clive konnte sich gerade noch ducken. Einer der Zinken der Waffe blieb an der Jacke hängen und riß ein Stück der Kleidung heraus.

Der Dämon sprang an ihm vorbei.

Clive wandte sich um.

Der Dämon hob erneut den Dreizack und griff Clive an.

Er schaffte es erneut, sich zu ducken, aber nur auf Kosten eines schmerzhaften Kratzers, der schlimmer brannte als der Biß einer riesigen Spinne.

Der Dämon warf den Dreizack ein drittes Mal auf Clive, aber diesmal gelang es Clive, den Dreizack mit dem Schwert seines Bruders zu parieren.

Der Dämon blieb stehen und packte den Dreizack mit beiden Händen, und er näherte sich wie ein Infanterist mit aufgepflanztem Bajonett.

Der Dämon stieß zu, Clive parierte und brachte die Waffe in die Ausgangsstellung.

Der Dämon schlug erneut mit dem Dreizack von schräg unten zu. Wenn sich die drei Zinken in Clives Unterleib bohrten, konnte der Dämon den Dreizack drehen und ihn zurückziehen, die Widerhaken würden im Fleisch fest steckenbleiben, und Clive würden die Eingeweide aus dem Leib gerissen.

Er sprang mit dem Schwert in der Hand vor. Es war kürzer als der Dreizack des Dämons, und Clive wußte, daß er sich im Nachteil befand.

Er ging wieder in die Ausgangsstellung, war dem Dämon mit seinem Ausfall nicht nähergekommen.

Als der Dämon den Dreizack hob und sich auf einen weiteren Angriff vorbereitete, trat Clive rasch vor. Er befand sich unterhalb der Spitze des Dreizacks, und jetzt machte sich die zusätzliche Länge der Waffe seines Gegners eher nachteilig bemerkbar, als daß sie von Vorteil gewesen wäre.

Er warf sich auf den Dämon.

Der Dämon schwang den Dreizack in dem ungeschickten Versuch zu parieren. Er traf nicht Clives Schwert, aber der Schaft des Dreizacks traf Clive an Arm und Rumpf und wirbelte ihn beiseite. Er kam wieder auf die Füße. Einen Augenblick lang, für den winzigsten Bruchteil einer Sekunde, flackerte ihm die Frage durch den Kopf, worauf er eigentlich stand.

Der Dämon hatte den Dreizack mit beiden Händen gehoben und bereitete einen Schlag nach unten vor, der Clive die Brust durchbohren würde, aber er drehte sich unter dem Dreizack weg, stieß mit dem Schwert nach oben. Es traf den schwereren Schaft des Dreizacks, und der Dreizack rutschte die ganze Länge des Schwertes herab und wurde vom Schutzkorb weggeschlagen.

Der Dämon war entwaffnet.

Er war geschlagen.

Die Flammen um die Maschine flackerten, zerflossen, verschwanden.

Clive trieb etwa acht Meter von der Maschine entfernt an der langen Leine, die das Frankenstein-Ungeheuer an seinem Fußknöchel befestigt hatte. Weit unterhalb des Führerstands erblickte er ein Universum von Punkten und wirbelnden Lichtern, unendlich groß, unendlich fern, unendlich großartig.

Über ihm, so nah, daß er hinaufgreifen und sie fast berühren konnte, befand sich eine Spirale kreisender Sterne.

KAPITEL 23

Jetzt und in alle Ewigkeit

Er drehte sich und trieb dahin und krümmte sich leicht. Irgend etwas zog ihn am Fußknöchel. Er blickte auf, um nachzusehen, was es war, und er sah die Maschine, sah das Ungeheuer in deren Fenster. Er durchlebte einen Augenblick aberwitzigen Vergnügens bei der Vorstellung, daß das Ungeheuer ein Angler sei und er selbst eine Bergforelle, die eingeholt wurde und einem Fischer als Frühstück dienen sollte. Er würde ausgeweidet und entgrätet und in eine Pfanne mit zerlassener Butter gelegt und über einem Holzfeuer neben einem Bergstrom gebacken werden. Es wäre alles so friedlich und angenehm — für den Fischer.

Nicht für den Fisch.

Nevilles Schwert befand sich noch immer in seiner — Clive Folliots — Hand, und als seine Stiefel auf die Verkleidung der Maschine trafen und er vorsichtig zurück in den Wagen kletterte, hielt er die Waffe mit dem Griff zuerst seinem Bruder hin. Neville nahm ihm das Schwert ab und ließ es zurück in die Scheide gleiten.

Clive kniete sich nieder, um die Leine vom Fußknöchel zu lösen. Das Frankenstein-Ungeheuer hielt noch immer das andere Ende, und es wickelte methodisch die Leine auf, während Clive sie löste.

Die Maschine torkelte und beschleunigte dann gleichmäßiger. Sie glitt mühelos durch die Schwärze auf den innersten Stern der Spirale zu. Die Spirale drehte sich weiterhin, aber die Maschine hatte sich so weit genähert, daß die äußeren Sterne der Konstellation eher an den Seiten des Fahrzeugs zu sehen waren als darüber.

Nur der innerste Stern, der verwirrend hell leuchtete, lag direkt über ihren Köpfen.

»Sehen Sie, Sör!«

Horace Hamilton Smythes Stimme unterbrach Clives Gedankenfaden und zog seine Aufmerksamkeit von den verlockenden Sternen zurück ins Innere des Führerstands. Smythe zeigte auf den gefangenen Chaffri.

Etwas Seltsames war mit dem Käfig selbst geschehen. Trotz der Zwischenräume zwischen den Stäben mußte es irgendeine Kraft geben, die das Gefängnis undurchdringlich machte, denn ansonsten hätte der Chaffri zwischen den Stangen hindurchfließen und die Freiheit zurückerhalten können, wenn er sich im flüssigen Stadium befand. Der Chaffri war zweimal in eben dieses improvisierte Gefängnis eingesperrt worden, und zweimal hatte er getobt und randaliert, hatte dabei seine Gestalt und sein Gehabe wiederholt gewechselt und dennoch nicht entkommen können.

Aber jetzt schien das Gefängnis selbst mit Wasser gefüllt zu sein, und der Chaffri, der auf was für einen Einfluß auch immer reagiert und die Gestalt eines tanzenden Teufels angenommen hatte, hatte eine neue Gestalt angenommen. Die obere Hälfte war die eines Menschen und die untere die eines großen schuppigen Fischs.

Hatte er Clives selbstironische Gedanken gelesen, er sei eine Forelle und würde von dem Frankenstein-Ungeheuer eingeholt, und hatte er sich auf irgendeine exotische Weise als Antwort auf diese Gedanken verändert? Aber Clive hatte nicht an einen höllischen Dämon gedacht, ehe sich der Chaffri zum erstenmal verändert hatte ...

Die Maschine schlingerte, wurde wieder langsamer und blieb fast stehen. Erneut wurde das Licht der kreiselnden Sternenspirale gelöscht, und das Innere des Führerstands wurde nur von dem bösartigen Schimmer des Armaturenbretts erhellt.

Und der Chaffri hatte die Gestalt eines Meermannes aus der Legende angenommen. Mit Fischschwanz, Bart, Krone; bewaffnet mit einem Dreizack, aber einem Dreizack aus glitzerndem Gold, anders als die schwarze Waffe von Clives Gegner. Der Chaffri war die Miniaturausgabe einer heidnischen Seegottheit geworden — der Oannes der Chaldäer oder der Dagon der Philister.

Clive sah durch den Dunst eine Welt grüner Ströme, wiegender Farne und großer Wasserwesen, die träge hinter der Maschine herschwammen. Er sah jedoch keinen Meermann außer der Miniaturausgabe, in die sich der Chaffri verwandelt hatte.

Aber Neville Folliot mußte etwas gesehen haben, das Clive nicht gesehen hatte, denn der ältere Bruder stieß einen freudigen Ruf aus. Er hob die Arme, als wollte er eine langverlorene Geliebte umarmen, schritt rasch quer durch den Führerstand und kletterte hinaus.

Das Ungeheuer bewegte sich mit überraschender Behendigkeit, packte Neville am Bein und befestigte die Leine daran, genau wie es das zuvor bei Clive getan hatte. »Laß ihn nicht gehen!« rief Clive — aber es war zu spät.

Draußen in der seegrünen Umgebung bewegte sich Neville wie ein Mann, der unter der Oberfläche des Ozeans schwimmt. Er war scheinbar allein, und dennoch tat er so, als umarmte er eine unsichtbare Geliebte.

Clive schoß zum Fenster, hielt sich am Rahmen fest und lehnte sich hinaus. Er tauchte Gesicht und Rumpf in ein tropisches Meer! Vor sich erblickte er den Bruder, aber der Bruder war selbst in einen Meermann verwandelt worden! Nevilles untere Gliedmaßen hatten sich vereinigt und formten das Hinterteil eines Fisches; es war mit Schuppen bedeckt, mit anmutigen Flossen bestückt und endete in einem kräftigen Schwanz. Er war völlig nackt, und wenn Clive einen flüchtigen Blick auf das Gesicht erhaschte, hatte sich dieses Gesicht auf untergründige Weise in das Gesicht eines Meerwesens verwandelt.

Es war noch immer Neville, aber es war ein veränderter Neville.

Und in Nevilles Armen lag ein Wesen von unübertrefflicher, wenngleich fremdartiger Schönheit. Das Haar war lang und trieb sanft in der Strömung. Die Haut war weiß, der Rumpf der einer vollkommen geformten Frau von äußerst üppiger Gestalt. Die ausladenden Hüften liefen anmutig in das Hinterteil eines großen Fischs aus.

Und noch während Clive zusah, umarmten sich die beiden Gestalten und schlängelten sich wollüstig durchs Wasser.

Clive zog sich schockiert in den Führerstand der Maschine zurück.

Er war völlig trocken. Kein Tropfen Wasser benäßte ihm Gesicht oder Haar, kein Spritzer war von der Kleidung aufgesogen worden. Er drehte sich auf dem Absatz um und starrte die Gefährten an, dann wandte er sich zurück zum Fenster. Die Szenerie war in ihren ursprünglichen Zustand zurückgekehrt. Neville war wieder völlig menschlich und schwamm, indem er sich mit den Armen voranzog und mit den Beinen abstieß. Das Schwert hing in der Scheide an seinem Gürtel.

Clive keuchte und beugte sich dann erneut vor. Wieder spürte er, wie er ins Wasser fiel, dessen Salz ihm in die Augen stach. Seine während der Schwimmstunden als Junge geschulten Reflexe ließen ihn die Lippen zusammenziehen und hielten ihm das Wasser aus den Nasenlöchern heraus.

Er blinzelte und erblickte Neville erneut als Meermann.

Aber diesmal umarmte er nicht eine Frau, sondern kämpfte mit einem Mann! Das Schwert hatte sich wieder in einen Dreizack verwandelt, und Clive sah durch das blaugrüne Wasser, wie das Licht an den rasiermesserscharfen Haken der Waffen der beiden Kämpfer glitzerte.

Neville schlug auf seinen Gegner ein, und Clive sah eine grünliche Flüssigkeit aus der Wunde fließen.

Der Meermann stach auf Neville ein, aber Neville duckte sich und trieb den eigenen Dreizack in den Feind. Der Dreizack des Meermanns schoß an Neville vorüber, verfehlte ihn völlig, durchtrennte jedoch die Leine, die Neville mit der Maschine verband, mit einem einzigen glatten Schnitt.

»Neville!« rief Clive. Sein Mund füllte sich mit Salzwasser, und er zuckte unwillkürlich zurück. Er befand sich wieder im Wagen, zusammen mit Sidi Bombay und Horace Hamilton Smythe und dem Frankenstein-Ungeheuer. »Neville!« rief er noch einmal und eilte ans Fenster. Er sah außerhalb der Maschine Neville als Mann, der in der blaugrünen Flüssigkeit zappelte und kämpfte.

Als Neville sich umdrehte, erblickte Clive sein Gesicht. Todesqualen verzerrten die Züge, und Ströme von Luftblasen stiegen von den Lippen auf. »Ich muß ihm helfen! Er ertrinkt!« Im selben Moment erfüllte auch schon wieder das Licht der funkelnden Sterne den Führerstand.

Das Meer war verschwunden.

»Mein Bruder! Mein Bruder!« Clive lehnte sich aus der Maschine und spähte in alle Richtungen. Alles war so, wie es zuvor schon gewesen war, ehe die Maschine in das merkwürdige Wasser tauchte, außer daß der Stern direkt über ihnen näher war denn je. Die Maschine wurde in seinen Strahlen gebadet, und die funkelnden Farben warfen seltsame bunte Schatten.

»Wir müssen zurück! Neville wird sterben!«

»In der Tat, o Major.« Sidi Bombay sah Clive ernst ins Gesicht. »Dein Bruder ist für dich verloren. Für uns alle.«

»Smythe, kehr um! Das ist ein Befehl!«

»Das kann ich nicht, Sör.« Horace Smythe wandte sich vom Armaturenbrett ab. »Ich kann uns unmöglich in die Regionen zurückbringen, die wir gerade durchquert haben, Sör.«

»Was meinst du damit, Smythe?«

Sidi Bombay stellte sich zwischen Clive Folliot und Horace Smythe. »Er meint, o Major, daß wir durch die Regionen der Psyche gekommen sind. Hades, Poseidon … es gibt viele andere. Zum Beispiel die eisige, von riesigen menschenfressenden Würmern bewohnte Wüste. Dann die Wüste der Stürme. Dann der See des Tantalus. Höllen aller Arten.«

»Dann wollen wir zu der wäßrigen Hölle zurückkehren und Neville retten!«

»Das geht nicht, o Major. Es sind keine Orte, und diese Maschine kann uns auch nicht dahin bringen.«

»Du meinst, sie sind nicht wirklich? Aber ich habe sie erlebt — und diese Maschine hat uns dorthin gebracht.«

»Sie sind sehr real, o Major, aber nicht die Maschine hat uns dorthin gebracht. Es waren die Seelen der Folliots.«

»Wäre ich in der feurigen Hölle wirklich umgekommen? Kann Neville in der wäßrigen Hölle noch immer leben?«

»Die Folliots werden geprüft, o Major, wie andere Männer und Frauen nicht geprüft werden. Du hast deine Prüfung bestanden, und du bist noch immer hier bei uns. Dein Bruder hat die seine bedauerlicherweise nicht bestanden.«

»Und starb?« Clive sah Sidi Bombay mit gramerfüllten Augen an.

»Dein Freund du Maurier hat dich gelehrt, wie wenig der Tod bedeutet, Clive Folliot.«

Clive ballte die Fäuste und schlug sich damit auf die Hüften, eine schwache Erleichterung von den Gefühlen, die ihn befallen hatten.

Das Frankenstein-Ungeheuer gab mit knirschender, unmenschlicher Stimme zu bedenken: »Vielleicht hat Neville Folliot die Prüfung bestanden, kleiner Clive — und du hast versagt.«

Clive packte die zerrissenen Schöße der schlechtsitzenden Jacke des Ungeheuers und richtete sich zu voller

Größe auf. Er mußte immer noch hinaufsehen, um dem Ungeheuer ins Gesicht blicken zu können. Er versuchte, den Ausdruck zu lesen, der auf dem totengleichen Gesicht und in den großen dunklen Augen des Ungeheuers lag. In deren Tiefen erblickte er lediglich das Grab.

Nach einem Augenblick ließ er die schwarze Kleidung los und stolperte von dem Ungeheuer weg. »Vielleicht hast du recht«, flüsterte er. Die Worte schmeckten bitter.

Geräuschlos rutschte das Metall über die Vegetation und dann kam die Maschine fast ohne einen Laut auf der innersten Sonne der Spirale zum Stehen. Clive blinzelte. Was war geschehen? Augenblicke zuvor hatte er sich mit Sidi Bombay und Horace Hamilton Smythe und dem Frankenstein-Ungeheuer unterhalten. Die Maschine war durch die Schwärze auf den leuchtenden Stern zugestrebt.

Und jetzt landete die Maschine einfach, als hätte die Zeit einen anderen Gang eingelegt.

Clive fragte: »Sergeant Smythe?«

Ehe Smythe jedoch antwortete, war die Maschine selbst verschwunden. Die Metallhülle, die Energieeinheit, das schimmernde Armaturenbrett, die Werkzeug- und Ausrüstungskästen ... alles war verschwunden.

Das Miniaturgefängnis, worin der Chaffri eingesperrt war, löste sich auf wie Nebel im Sonnenlicht. Der Chaffri selbst hopste auf und nieder und änderte jeden Augenblick seine Gestalt. Er war ein arachnoides Fremdwesen wie Shriek ... ein formwechselnder Cyborg wie Chang Guafe ... ein Wesen von eiskalter Schönheit wie die Lady 'Nrrc'kth ... ein japanischer Herrschaftlicher Marinesoldat ... ein von Hunden abstammender Zwerg wie Finnbogg ...

Beim Anblick des letzteren wurde Clive von einer Woge des Gefühls überspült. Von allen seinen Gefährten während der unglaublichen Fahrt, durch die gefährlichen Abenteuer hindurch — allen seinen Gefolgsleuten in Gefahr und Wunder — war niemand getreuer als dieses liebenswerte, humorvolle, mutige hundeähnliche Geschöpf. Während Clive zusah, wie der chamäleonhafte Chaffri wie ein Miniatur-Finnbogg herumhüpfte, hörte er die rauhe Stimme brüllen: »Jeannie with the Light Brown Hair«, »Il Pagliacco«, »The Little Brown Church«, »Massa's in de Cold, Cold Ground«, »Babylon Is Falling«.

Mit einem Klumpen in der Kehle und Tränen in den Augen blickte Clive seine Gefährten an.

Das Frankenstein-Ungeheuer verschwand langsam, gefolgt von Horace Hamilton Smythe und schließlich Sidi Bombay. Noch während der Inder verschwand, glaubte Clive, er hätte auf dem Gesicht von Sidi Bombay ein Lächeln entdeckt. Ein Lächeln des Verstehens und des Akzeptierens.

Clive rief sie bei den Namen und eilte zu den Stellen, wo jeder von ihnen gestanden hatte. Es gab keinerlei Anzeichen ihrer Gegenwart. Er versuchte, sie mittels der gleichen psychischen Kräfte zu erreichen, die ihn so häufig in Berührung mit George du Maurier und so selten mit seinem ungeborenen Bruder Esmond gebracht hatten.

Aber da war nichts.

Nicht die Andeutung eines Echos, eines Flüsterns.

Nichts.

Clive hob das Gesicht und musterte die neue Umgebung.

KAPITEL 24

»Am Ende kommt es soweit!«

Er hatte erwartet, daß die Oberfläche des Sterns brennend heiß wäre. Wenngleich die Sterne aus der Entfernung wie winzige Lichtpunkte erschienen, wie funkelnde Eiskristalle, hatte Clive genügend Naturphilosophie studiert, um zu wissen, daß jeder der fernen Sterne eine Sonne wie die irdische Sonne war. Ein riesiger Ball brennenden glühenden Gases. Aber dies war hier nicht der Fall.

Er stand knietief in einem Nebel, der von unsichtbaren Winden getrieben um ihn herfloß. Es war fast so wie ein Aufenthalt im Sudd, jenem großen äquatorialen Sumpf, den er vor so langer Zeit durchquert hatte. Dort hatte er zusammen mit Horace Hamilton Smythe und Sidi Bombay einen edelsteingleichen Findling von der Größe eines Hauses betreten, und er hatte sich sogleich am Beginn seiner Abenteuer im Dungeon befunden.

Wenngleich seine Stiefel jetzt trocken blieben und der Grund unter den Füßen anscheinend fest war, sah es ringsum aus wie in einem nebelübergossenen Sumpf.

Totengraue Bäume hoben Stämme und skelettgleiche Gliedmaßen in die graue Luft. Es roch faulig, eher wie in einem seit Jahrhunderten ausgetrockneten Grab und nicht wie in einem feuchtkalten Moor. Aus weiter Ferne ertönte ein Geräusch, das an tropfendes Wasser erinnerte, aber es hatte keine sichtbare Quelle.

Wenn dies wirklich ein Stern war, dann sollte er Licht aus sich heraus aussenden, und das war in der Tat der Fall. Ein unergründlicher Glanz wurde vom treibenden Nebel zerstreut, ein Glanz, den die feste Oberfläche unterhalb des Nebels verströmte und der nicht dem Dampf selbst entstammte.

Der Himmel war von einem dunkleren Grau, durchsetzt vom Licht der übrigen Sterne der vertrauten Spirale.

Ein leises Wimmern überraschte Clive Folliot. Er sah sich um und suchte nach der Ursache dafür, bis er bemerkte, daß es nur der leichte Wind war, der durch die nackten Äste der umliegenden Bäume strich.

Er rief versuchsweise die Namen seiner ehemaligen Gefährten, erhielt als Antwort jedoch nur das schwache, vom Nebel gedämpfte Echo der eigenen Stimme.

Soll ich losgehen, oder soll ich hierbleiben? überlegte er. Eine Richtung war offensichtlich genausogut wie die andere. Sein gegenwärtiger Aufenthaltsort mochte ebenso gut — oder schlecht — sein wie jeder andere auch.

Aber falls er seinem Schicksal in dieser merkwürdig öden Gegend begegnen sollte, war es wohl besser, daß er ihm entgegenginge und nicht passiv seine Ankunft erwartete.

Er konnte Norden nicht vom Süden unterscheiden, Osten nicht vom Westen. Aber er wollte dennoch nicht im Kreis gehen, also visierte er zwei Bäume an und ging vom einen zum anderen. Ehe er den zweiten Baum erreichte, richtete er sich auf einen dritten Baum aus, um eine gerade Linie beim Weitergehen einzuhalten. Auf diese Weise ging er stetig von Baum zu Baum einem unbekannten Ziel entgegen.

Am Ausgangspunkt war das Land flach erschienen, obwohl es in dem Nebel schwerfiel, Genaueres darüber zu sagen, bis er entweder in ein Loch oder unabsichtlich gegen einen Erdhügel trat. Jetzt jedoch waren die Erhebungen und Vertiefungen in der Landschaft ausgeprägter.

In der ersten Senke, die er betrat, hatte sich der Nebel weit höher angesammelt, als Clive groß war. Als er mit dem Kinn unter die Oberfläche geriet, keuchte er und preßte den Mund zusammen wie ein Schwimmer, der von einem abfallenden Strand wegschwamm. Er konnte jedoch in dem Nebel atmen und eine kurze Strecke weit sehen. Beim Einatmen entdeckte er, daß die Luft ein ganz eigentümliches Aroma besaß, nicht unangenehm, aber unsagbar alt.

Hinter ihm trieb etwas im Nebel vorüber. Er konnte nicht sagen, was es war — sicherlich ein Geschöpf, das im ewigen Grau dieses Orts lebte. Ein Vogel oder eine Fledermaus? Vielleicht sogar ein fischähnliches Wesen, das seine Nahrung aus dem Nebel zog wie ein Fisch die Nahrung aus dem Wasser und durch das dünne Medium schwamm wie ein Fisch im Meer.

Er ging weiter; etwas streifte ihn am Bein. Er griff nach unten, um es zu befühlen, aber was es auch immer gewesen war, es war nach der ersten Berührung geflohen. Er beugte sie nieder, um zu sehen, ob er die Zusammensetzung der Oberfläche bestimmen konnte, aber der Nebel verwischte alles, und der Glanz aus dem Boden blendete ihn, als er sich tief bückte.

Er ging weiter. Er verspürte keine Müdigkeit, zumindest bis jetzt noch nicht, auch keinen Hunger oder Durst. Er zog anscheinend über eine Wüste, worin sowohl Zeit als auch Richtung ihre Bedeutung verloren hatten.

Er vernahm weitere Geräusche. Entfernte Geräusche, schwer zu identifizieren und unmöglich zu orten. So etwas wie eine geflüsterte Unterhaltung, durchsetzt von Gekicher und Psst-Lauten. So etwas wie das Knurren eines großen Tiers oder eines tierähnlichen Menschen.

Erneut das Geräusch fließenden Wassers. Ein Geräusch, als stürzte ein Strom über eine Klippe in einen Teich.

Der Boden stieg an, und es dauerte nicht lange, da brach Clive durch die Oberfläche des Nebels, und er stieg immer weiter, immer weiter, bis ihm auffiel, daß der Boden selbst sich gleichfalls über den Nebel erhoben hatte. Er war von einer ausgeprägten gelben Fär-

Zwischendurch: [redacted] Clive spürt weder Müdigkeit noch Durst und Hunger: In dieser Wüste verlieren Zeit und Raum an Bedeutung, die Naturgesetze scheinen aufgehoben. [redacted] Wir Leser allerdings sind weiterhin diesen Gesetzen unterworfen – denn sobald wir das Reich der Phantasie verlassen, meldet sich meist sofort der kleine Hunger zwischendurch. In solchen Momenten hilft die ... [redacted]

bung, mit einer Oberfläche, die eher an Glas erinnerte als an Fels oder Erde und die von Innen heraus leuchtete, ein Glanz, der fast unmerklich pulsierte.

Die grauen Bäume erhoben sich in unregelmäßigen Abständen aus dem gelben Land. Als Clive weiter aufstieg, entdeckte er einen Strom, der von weiter oben den Hang hinabfloß. Nach einer Weile bekam das Land allmählich eine rauhere und körnigere Beschaffenheit, die sich der echten Erde annäherte. Die Felsen im Strombett waren von gelblichen Flechten und Schlamm überzogen; winzige Insekten wimmelten darauf umher, und kleine Wesen schwammen im Wasser.

Er beugte sich hinab und versuchte das Wasser. Es war sauber, und er fühlte sich davon erfrischt und gestärkt.

Er durchquerte den Strom, wobei das Wasser an den Sohlen seiner Schuhe leckte. Er erreichte eine Öffnung in den Hügeln und trat ohne zu zögern ein. Wenn ihn dort eine Gefahr erwartete, würde er es mit ihr aufnehmen. Er war wieder wagemutiger und fatalistischer geworden; er hatte zu vielen Gefahren ins Gesicht gesehen, zu häufig sein Leben riskiert, um sich wegen einer weiteren Gefahr oder eines weiteren Risikos Sorgen zu machen.

Eine große Maschine summte mitten in dem höhlenartigen Raum. Ein winziger Mann trat hervor, dessen haarloser Schädel in dem diffusen Licht rosig leuchtete und dessen dicke rahmenlose Brillengläser glitzerten. Er war völlig in Weiß gekleidet.

»Willkommen bei den Gennine, Clive Folliot.« Er nickte freundlich.

»Dies hier ist das Reich der Gennine?«

»So ist es.«

»Und du bist das Gehirn hinter allem? Der Herr des Dungeon? Gleichermaßen auch der Herr der Chaffri und der Ren? Du bist es, der sich in das Leben der Wesen von tausend Welten eingemischt hat?«

Der winzige Mann lachte gackernd. Er konnte kaum größer als Clives Schlüsselbein sein, und Stimme und Gesicht deuteten darauf hin, daß er sehr, sehr alt war.

»Nein, Clive Folliot. Ich bin nichts weiter als ein Diener. Ein Mechaniker.«

»Dann sage mir, wem du dienst.«

»Finde es selbst heraus!«

Der alte Mann machte eine Geste, und Clive erblickte einen Bogengang hinter der großen Maschine, der zu einem fernen höhlenartigen Stollen führte. Clive durchquerte den Raum, in dem die Maschine stand, spürte ein eigenartiges Zerren, während er an ihr vorüberging, als würde sein ganzes Wesen irgendwie in eine Richtung gedreht, die ihm bis dahin unvorstellbar gewesen war.

Hinter dem Bogengang fand er sich von Angesicht zu Angesicht einem Goliath gegenüber, der Clive überragte, wie Clive den alten Mann überragt hatte, der die Maschine wartete.

Der Riese brüllte und schwang einen großen Stab nach Clive.

Clive trat beiseite, und der Stab traf den Boden dort, wo er Sekundenbruchteile zuvor gestanden hatte. »Wenn ich bitten darf«, murmelte Clive. Er zeigte auf den Riesen, und ein Strahl blutroter Energie schoß wie ein wabernder Blitzstrahl von der Fingerspitze hinüber zu dem Riesen.

Der Riese schien in Elektrizität gebadet zu werden. Auf dem Gesicht stand nicht Schmerz, sondern Überraschung geschrieben. Er wand sich und brach zusammen, und dann verschrumpelte er, bis nur noch ein Haufen verkohlter Lumpen und die zerschmetterten Überbleibsel eines verkohlten und zersplitterten Knüppels dort lagen, wo der Riese gestanden hatte.

Clive durchsuchte die Lumpen. Er fand weder Knochen noch Fleisch. Er erhob sich und schritt weiter.

Ein Zenturio in römischer Uniform stellte sich ihm in den Weg.

»Halt!« befahl der Zenturio.

»Nein«, entgegnete Clive leise. Er wiederholte die Geste, gerade als der Römer einen Speer mit Metallspitze hob. Ein halbes Dutzend Herzschläge lang glänzte der Römer rötlich. Dann fiel er zu Boden und verschrumpelte, bis nur noch die Uniform und die Kleidung und ein Helm mit einem Busch aus Pferdehaar und ein Kurzschwert und ein Speer übrigblieben.

Clive sah sich einem Bwaka-Krieger aus Zentralafrika gegenüber, der ein ungleichmäßig geschärftes Wurfmesser trug.

Ein fränkischer Häuptling mit einer *francisa*-Wurfaxt.

Ein Eingeborener von Borneo mit Blasrohr und vergifteten Pfeilen.

Ein Naga mit *Dao*-Schwert.

Ein deutscher Soldat mit Trommelrevolver.

Ein Maori mit einem *Toki*-Breitbeil.

Ein Kämpfer mit einem persischen Streitkolben.

Ein Inder mit einem sausenden Morgenstern.

Eine Phalanx Amazonen.

Er machte seine Geste und ging weiter.

Eine Reihe der sich windenden Tentakelungeheuer, denen er zum erstenmal auf Q'oorna begegnet war. Ren.

Ein Bataillon Skarabäus-Gottesanbeterinnen. Chaffri.

Clive seufzte, winkte und ging weiter.

Ein weiterer Ausgang aus der Höhle, und er stand auf einer Klippe und blickte über eine öde Landschaft mit nackten Bäumen und treibendem Nebel. Er kam sich vor, als sei er durch ein Fegefeuer gewandert — nein, eine Vorhölle —, wo er einer Herausforderung nach der nächsten entgegenblickte, über jeden Gegner triumphierte und dabei was erreichte? Nichts!

Eine mechanische Stimme kratzte ihm in den Ohren. »Du siehst enttäuscht aus, alter Freund.«

Er wandte sich keuchend um. »Chang Guafe!«

Das halbfremdartige, halbmechanische Wesen gab dieses eigentümliche kratzende Gelächter von sich. »Es freut mich, dich wiederzusehen, Clive Folliot.«

»Ich war überglücklich, dich aus dem Polarmeer entkommen zu sehen, Chang Guafe — wie bist du aber hierher gekommen? Von der fernen Erde zu diesem entlegenen Ort des Kosmos?«

»Leicht genug, wenn jemand seine Konstruktion so beherrscht wie ich, Clive Folliot. Und du? Und deine Gefährten?«

»Den meisten geht es gut«, sagte Clive. »Einige sind tot.«

»Am Ende kommt es soweit, daß wir alle sterben«, entgegnete Chang Guafe. »Früher oder später — es ist nur eine Sache von früher ... oder später.«

»Aber wir haben das Zentrum der Sternenspirale erreicht«, sagte Clive. »Ich dachte, dies sei das große Hauptquartier der Gennine. Ich dachte, daß wir nach all unseren Mühen und sobald wir einmal hier wären, unserem letzten Gegner entgegenträten. Wir oder ... ich. Denn ich erwartete nicht, dich hier zu sehen, Chang Guafe. Wenn du auch ein sehr willkommener Anblick bist.«

»Dies ist nicht das allerletzte Hauptquartier der Gennine, Clive.«

»Es ist nicht das Zentrum der Spirale?«

»Es ist die Natur der Spirale, daß sie sich verändert. Die Sterne gehen vom Rand zur Mitte ... von der Mitte zum Rand. Nein, mein alter Freund. Das Zentrum muß noch erreicht werden.«

»Können wir dorthin gelangen?«

Chang Guafe zeigte mit einer Metallvorrichtung nach oben. »Dort liegt die Heimat der Gennine, Clive Folliot. Und du bist der Meister des Ordolits. Du bist durch das ganze Universum bekannt. Unzählige Wesen — ungezählte Rassen — beobachten dich.«

»Darum habe ich nicht gebeten. Ich will es nicht.«

»Du batest nicht, geboren zu werden. Das ist das gleiche, Folliot.«

Clive nickte.

»Sieh her!« Chang Guafe änderte seine Form. Auswüchse und Apparate erschienen auf der schildkrötenähnlichen Haut. Platten scharrten, und Zahnräder wirbelten. Ein Sehrohr, größer als ein Mensch, sprang zwischen den beiden Rädern hervor und schwang sich in einem Kreis über Chang Guafe und zeigte zurück, so daß er das eigene Werk von außen beobachten konnte.

»Jetzt, Folliot. Jetzt kannst du angemessen reisen.«

Chang Guafe hatte sich in ein schlankes Fahrzeug mit einem gläsernen Cockpit verwandelt, und Clive kletterte zaghaft hinein.

»Halt dich fest!«

Chang Guafe warf sich in die Luft.

Clive verspürte ein heftiges Schwanken, als Chang Guafe von der gelblichen nebelbedeckten Landschaft davonschoß. Er spähte über die Schulter zurück und fragte sich, was auf dieser Sternenwelt in längst vergangener Zeit vorgefallen war und wer der alte Mann mit der glitzernden Brille gewesen sein könnte. Aber er hatte keine Zeit zum Überlegen.

Eine gespenstische Gestalt ragte drohend vor ihnen auf. Clive benötigte einen Augenblick, bis ihm aufging, daß dieses titanenhafte Wesen von menschlicher Gestalt war, so riesig war es. Er brauchte noch etwas länger, bis er bemerkte, daß die Gestalt trotz ihrer Größe — Chang Guafe und Clive hätten wie ein Spielzeug in seine Faust gepaßt — ein Kind in Windeln war.

»Ausweichen! Weiche aus, Chang Guafe!«

Auf dem Armaturenbrett vor Clive streckten sich Instrumente aus, als sich Chang Guafe weiter an die Rolle als Luftfahrzeug anpaßte. Die Instrumente glichen jenen, die von einem Steuermann in einem kleinen Boot benutzt wurden, und Clive ergriff den Steuerknüppel und lenkte das Gefährt von dem Kind weg.

Sie sahen sich einer weiteren Gestalt gegenüber. Diesmal gewöhnte er sich schneller an den Anblick, und er bemerkte rascher, daß es ein Junge war, gekleidet in der Mode seiner eigenen Kindheit.

Er drehte ab, zog den einen Hebel zurück und schwang einen anderen Hebel zur Seite, wobei er sein Freund-Gefährt über den Jungen hinwegführte, nur um sich sogleich einer weiteren riesigen Gestalt gegenüberzusehen, einem Jugendlichen von offenbar siebzehn Jahren. Dunkles Haar, schlaksige Gestalt. Er bemühte sich mannhaft — Clive vermochte ein Grinsen nicht zu unterdrücken —, sich einen Schnauzbart stehen zu lassen, wovon ein schütterer Flaum zeugte.

Immer und immer wieder riß Clive das Steuer herum, nur um sich jedesmal einer weiteren Gestalt gegenüberzusehen, jede älter, jede riesig. Ein Bursche von neunzehn Jahren oder so, für Cambridge gekleidet. Ein junger Mann Mitte zwanzig, der die Uniform eines Leutnants der Horse Guards Ihrer Majestät trug. Eine beeindruckende Gestalt in den Dreißigern, gekleidet in Tropenanzug und Helm.

Und andere. Einer in den Vierzigern, der allmählich einen kleinen Bauch bekam, und einen in den Fünfzigern, mit grauwerdendem Haar und tiefen Furchen im Gesicht, und einen in den Sechzigern, mit kahlem Schädel und eingesunkenen Augen.

Sie umgaben Clive, gleich, in welche Richtung er die Hebel des Schiffs auch schwingen mochte.

Clive löste einen Riegel und schwang das Glasverdeck zurück. Er kletterte aus dem Cockpit und schloß das Verdeck hinter sich. Chang Guafe trieb in einem seltsamen Medium — es sah so aus, als triebe Clive darin wie eine gefangene Fliege in einer Sirupflasche; und dann endlich war er imstande, sich frei zu bewegen wie ein Taucher im Meer.

Chang Guafe nahm seine ursprüngliche Gestalt wieder an. »Ich habe alles für dich getan, was ich tun konnte, Clive. Du bist der Meister des Ordolits. Jetzt geht es für dich um Triumph — oder Niederlage.«

Chang Guafe fuhr einen Arm mit langen Klauen aus. Er vollführte eine völlig menschliche Geste: er schüttelte Clive Folliot die Hand. Dann faltete er sich in den fremdartigen Cyborg zurück. Paneel nach Paneel faltete sich, drehte sich und faltete sich dann erneut. Chang Guafe wurde kleiner und kleiner, bis von ihm nichts mehr übrig war als ein kleiner metallischer Würfel von der Größe eines kleinen Postpakets. Dann faltete es sich weiter zusammen und verschwand mit einem winzigen glucksenden Geräusch völlig.

Unzählige riesige Gestalten standen da und zeigten auf Clive Folliot. Sie zeigten auf ihn von oben und von unten, von jeder Seite. Und jeder davon war er selbst, als Kind oder als Jugendlicher oder als verhutzelter Greis. Alle waren sie er selbst.

»Ich bin der Meister des Ordolits«, sagte er leise zu ihnen.

»Du bist es«, bestätigten sie im Chor.

Er trieb auf die Sternenwelt zu, das wahre Zentrum der Spirale.

Die vielen anderen Selbst zogen hinter ihm her wie bei einer Parade.

KAPITEL 25

Meister gegen Meister

Er stand auf einer glänzenden perlmuttweißen Oberfläche, einer Oberfläche, die sich hinwegschwang und zu einen fernen Horizont aufstieg. Diese Welt sah in jeder Richtung gleich aus. Links und rechts, oben und unten nichts als schimmerndes Weiß.

Er überlegte, ob er nicht einen Bewohner dieser Welt finden könnte, und schritt etwa einhundert Meter in jede Richtung. Er konnte die Entfernung lediglich anhand der Zahl der zurückgelegten Schritte messen, denn es gab weder Gegenstände noch Einwohner, die er als Maßstab hätte verwenden können; die Aussicht am Ende jeder zurückgelegten Strecke war die gleiche wie zu Beginn.

»Ist jemand hier?« rief er.

Seine Stimme hallte überraschend laut wider. Aber es erfolgte keine Antwort. Er durchsuchte die Kleidung nach einem Ding, womit er experimentieren könnte, und fand eine britische Goldmünze von 20 Schillingen, einen königlichen Sovereign. Er warf ihn auf die weiße Oberfläche. Die glitzernde Münze sprang hüfthoch zurück. Er fing sie mit der Hand auf und steckte sie wieder in die Tasche.

Er vernahm ein fernes Summen, wie von einem riesigen Insekt. Er schaute in alle Richtungen und hoffte, die Hornisse oder Biene — oder was es auch immer sein mochte — auszumachen, die das Geräusch hervorrief, und er erblickte in der Ferne einen Fleck am konturlosen weißen Himmel. Er kniff die Augen zusammen, beschattete sie mit einer Hand und strengte sich an, den Fleck zu identifizieren.

Der Fleck wurde größer, und zugleich wurde das Summen stärker.

Er erkannte ihn wieder — es war die japanische Maschine, die sein Nachkömmling Annabelle Leigh im Neuen Kwajalein Atoll hatte mitgehen lassen. Wenngleich es keinerlei erkennbare Lichtquelle in dieser Welt gab, glitzerte das Licht auf der Nakajima, als sie sich schräglegte und den Kurs änderte.

Clive winkte eifrig, und er spürte, wie sein Herz vor Freude einen Sprung tat, als die Nakajima mit den Flügeln wackelte. Annie hatte ihn gesehen! Sie nahm Kurs auf ihn! Anhand der scheinbaren Größe der Nakajima und der Geschwindigkeit, mit der sie wuchs, konnte er abschätzen, daß sie noch eine gute Weile brauchte, bis sie ankäme, aber er war nichtsdestoweniger außer sich vor Freude.

Jemand rief ihn beim Namen, und er fuhr herum und sah sich einem Quartett von Individuen gegenüber.

Dort stand Amos Ransome in dem strengen Gewand mit dem Kragen eines Geistlichen. Neben ihm seine Schwester oder Gattin; ihre wahre Identität war niemals enthüllt worden. Lorena Ransomes Haar war zu einem strengen Knoten zurückgebunden. Ihr Gewand war schwarz und bedeckte sie vom Hals bis zur Zehenspitze, von der Schulter bis zum Handgelenk. Zu Clives Erstaunen jedoch hatte sie sich Make-up aufgelegt wie eine Hure, mit langen künstlichen Wimpern, unechten rosigen Flecken auf den Wangen, und ihre Lippen waren so rot wie Blut.

Und im Oberteil ihres Gewands gab es zwei runde Ausschnitte, und dort war ihre zarte Haut rötlich eingefärbt wie die Haut bei den alten babylonischen Tempelfrauen.

Auf der anderen Seite wurde Lorena Ransome von Philo B. Goode eingerahmt, dem unechten amerikanischen Minenmagnaten. Er trug einen Hut mit breiter Krempe, eine schmale Krawatte, eine Brokatweste, ein

Jackett mit breiten Aufschlägen und raffiniert geschnittene Stiefel.

Amos Ransome hing eine Zigarre aus dem Mundwinkel. Ein hämisches Grinsen lag auf seinem Gesicht. Das Gewand war auf der einen Seite zurückgezogen, und seine Hand ruhte auf dem Kolben eines silberbeschlagenen Marinecolts. Clive Folliot konnte den Griff des Revolvers nicht erkennen, aber er wußte genau, daß er aus dem schwarzen oder mitternachtsblauen polierten Stein bestünde, worauf Diamanten spiralförmig gesetzt waren, die die Sterne der Gennine darstellten.

»Seid ihr die Gennine?« fragte Clive.

»Lächerlich«, entgegnete Philo Goode, »wenn du mich so nennst, Kumpel.«

»Ist dies das Ende des Dungeon?«

»Ist es, Clive Folliot. Weiter kannst du nicht gehen.«

»Dies ist das wahre Zentrum der kreiselnden Sterne? Die Heimat der Gennine, den absoluten Herrschern des Dungeon?«

»Das ist die Heimat der Gennine.«

Ein Brüllen erfüllte Clives Ohren, und Punkte aus Licht und Dunkelheit tanzten ihm vor den Augen. »Ihr seid nur Menschen. Ich bin euch auf der Empress Philippa begegnet. Falschspieler, Halsabschneider, Schwindler. Ihr könnt nicht die Beherrscher des Dungeon sein.«

»Wir sind's aber.« Lorena Ransome hatte das Wort ergriffen. Sie ließ die Hand vom Nacken ihres Gefährten gleiten und kam auf Clive zu. Er richtete den Blick unwillkürlich auf ihr Mieder. Er hatte auf einem Halbdutzend Kontinenten und einem Dutzend Welten nackte und halbnackte Frauen zu Gesicht bekommen, aber er hatte niemals eine Frau gesehen, die ihn dermaßen anzog und erregte wie Lorena Ransome.

»Bleib stehen!«

»Clive.«

»Ich widerstand dem Feuer-Sukkubus!«

»Eine Illusion. Ein Phantasieprodukt deines eigenen Bewußtseins.«

»Ich kannte die Lady 'Nrrc'kth, die Frau T'Nembi in Bagomoyo, menschliche Frauen und Fremdwesen aller Welten.«

»Warum fürchtest du mich dann, Clive?« Sie legte ihm die schwarzgekleideten Arme um den Nacken und drückte ihm die Lippen auf die seinen. Amos Ransome und Philo Goode verschwanden aus seinem Bewußtsein. Er konnte nur an diese Frau denken, an Lorena Ransome. Sie hatte über Horace Hamilton Smythe während dessen längst vergangener Reise durch Amerika einen Bann geworfen, wie Clive wußte. Tat sie jetzt gleiches mit ihm?

Ihm wurde schwindelig. Er konnte in dieser perlmuttweißen Welt nicht mehr länger oben von unten unterscheiden, nah von fern. Er spürte Lorena Ransomes lange Finger unter der Kleidung, konnte die eigenen Hände nicht davon abhalten, sich ihr zu nähern.

»Gut, Clive. Ja, Clive. Ja!«

Ein schrilles Piepen ertönte, und eine kleine Gestalt hüpfte ihm auf den Rücken. Winzige Füße traten ihm in den Nacken, und dann verspürte er ein sengendes Feuer hinter dem Ohr.

Er blinzelte und schlug sich in den Nacken und sprang auf.

Ein winziger Baron Samedi tanzte im Kreis herum und zeigte mit der stets gegenwärtigen Zigarre auf Clive. »Narr, Narr, Narr!« kreischte der Baron. »Ein Sklave deines Geschlechts! Geiler Bock! Sieh dir doch deine Hure an!«

Lorena Ransome starrte Clive und Baron Samedi finster an. Sie war etwas Gräßliches und Schreckliches, etwas kaum Menschliches. Es war, als wäre das Schlechte der menschlichen Natur destilliert und konzentriert und in einem Wesen aus purer Boshaftigkeit neu gestaltet worden.

Etwas Felliges stieß Clive gegen das Bein, und er blickte nach unten und sah, daß der winzige Samedi — offensichtlich der Chaffri, das Wesen, das irgendwie die Auflösung des Raum-Zugs überlebt hatte und jetzt auf irgendeinen verzweifelten unterbewußten Gedanken in Clive reagierte — seinen Weg hierher gefunden und sich erneut verändert hatte. Jetzt war es ein winziger Finnbogg, massig trotz seiner winzigen Statur und hündisch ergeben.

Lorena war das Äußerste an Schlechtigkeit, Lilith, das nächtliche Ungeheuer des hebräischen Buchs Jesaja. Sie zeigte mit einem verschrumpelten Finger auf Clive und kreischte: »Ich werde dich bekommen, Clive Folliot!« Sie hob einen zweiten Finger und zeigte auf Finnbogg.

»Dich und auch deinen kleinen Hund!«

Der Chaffri/Samedi/Finnbogg warf sich auf die weitaus größere Lorena Ransome. Sie stürzten beide auf den perlmuttweißen Boden und wälzten sich übereinander. Amos Ransome mischte sich in die Schlägerei und kämpfte darum, den winzigen Finnbogg von Lorena wegzuziehen. Die Flüche des Mannes, das Kreischen der Frau und das Knurren des Hundewesens vermischten sich zu einer verrückten Kakophonie.

Clive sah wie versteinert zu.

Ein kalter Tropfen zerplatzte auf Clives Gesicht. Ihm folgten weitere. Er blickte auf und bemerkte, daß sich der konturlose glänzende Himmel mit dichten schwarzen, wirbelnden Wolken bedeckt hatte. Blitze zuckten, Donner rollte, Regengüsse stürzten auf die perlmuttweiße Erde.

Kreischend und zischend lösten sich Lorena Ransome und ihr Angreifer vor Clives schreckensweiten Augen auf.

Philo B. Goode zog den nickelbeschlagenen Marinecolt. »Ich hatte ein etwas spannenderes Ende für dich vorgesehen als dieses, Folliot. Du bist der Meister des Ordolits, weißt du das?«

»Ich bin's, Philo Goode. Überleg dir die Bedeutung dessen, und benimm dich entsprechend!«

»Du hast mehr Herausforderungen überlebt, als ich gedacht hätte. Mehr, als ich gedacht hätte, daß du's könntest.« Er knirschte hörbar mit den Zähnen und gab sich dann einen Ruck. »Manchmal ist das Einfachste am besten.« Er hob den Colt und richtete ihn Clive direkt aufs Gesicht.

Clive dachte an den Mandarin, der ihm wiederholt das Leben gerettet hatte. Der Mandarin, der anscheinend übernormale, ja, übernatürliche Kräfte besaß. Der Mandarin, der niemand anderer als Clives alter Freund und ehemaliger Bursche Horace Hamilton Smythe gewesen war.

Er sah die Anspannung auf Goodes Gesicht, sah, wie er den Finger nur ein wenig am Abzug des Colts spannte. Aufgrund einer Eigentümlichkeit von Licht und Blickwinkel erhaschte er einen Blick auf den Griff des Revolvers — polierter Stein von mitternachtsblauer Farbe mit einer Spirale blitzender Diamanten, die sich wie verrückt drehten, während er wie erstarrt hinsah.

Er hörte das leise Klicken, als sich der Abzug bewegte, vernahm die langsame Explosion des Pulvers. Eine rote Flamme leckte aus der Mündung des Colts, gefolgt von grauem Rauch, dann kam eine feste Kugel, die sich drehte, während sie die Entfernung zwischen Philo B. Goode und Clive Folliot überbrückte.

Der Meister des Ordolits verlangsamte die Zeit, bis sich die Kugel kaum mehr bewegte. Clive lächelte. So langsam, daß jede Muskelbewegung einzeln sichtbar wurde, verzog sich Philo B. Goodes Gesicht zu einer Grimasse der Bestürzung und der Wut.

Clive teilte die Lippen, öffnete die Zähne den Bruchteil eines Zentimeters und schloß sie wieder über der fliegenden Kugel. Er ließ es zu, daß er von der Wucht des Aufpralls um volle 360 Grad gedreht wurde.

Er sah Philo Goode erneut ins Gesicht und spie.

Die Kugel flog auf Goode zu, zerbrach ihm die Rippen und zerriß ihm das Herz zu Fetzen. Blut spritzte auf den noch immer nassen Boden. Er taumelte zurück, und der Colt flog ihm aus der Hand.

Clive fing die wirbelnde Waffe auf und schob sie in den Gürtel. Er blickte die einzige übriggebliebene Gestalt an: Timothy Francis Xaver O'Hara, Priester.

»Das hast du verdammt gut hingekriegt, Bursche.« O'Hara nickte, und der breite Schädel schimmerte rosig unter dem dünnen weißen Haarkranz. »Aber was hast du nun vor? Du willst mich doch bestimmt nicht mit dem dicken Ballermann da abknallen, hm?« O'Hara wies auf den Colt.

Clive schüttelte den Kopf. »Ich bin doch nicht hierher gekommen, um irgend jemanden zu erschießen, Vater.«

»Vergiß mal diese Vater-Kiste. Das hab' ich schon lang fallenlassen!«

»Was ist das für ein Ort hier?«

»Die Heimat der Gennine.«

»Wer sind die Gennine?«

»Ich bin der letzte der Gennine. Wir sind eine alte Rasse, Clive Folliot. Vor langer, langer Zeit wurde uns klar, daß wir aussterben würden. Wir taten alles, um uns zu retten — zwecklos. Also erschufen wir das Dungeon, um uns zu amüsieren. Die Zeit zu vertreiben.«

»Es geschah alles ... zu eurem Vergnügen?«

»Ja.«

»Und jetzt?«

»Jetzt bin ich allein übriggeblieben — und ich werde gleichfalls gehen. Du hast als einziger diesen Ort erreicht, Clive. Du solltest stolz sein. Wie viele Millionen haben das Dungeon betreten — einige starben kämpfend, einige ließen sich nieder und begannen von vorn, einige wenige entkamen und kehrten auf ihre Heimatwelten zurück. Oh, sehr, sehr wenige. Aber es gab einige, die's taten, ja.«

Er schüttelte den schimmernden Kopf. »Aber jetzt bist du bis zur Heimat der Gennine vorgestoßen.«

»Bist du menschlich?«

»Hm?« O'Hara hob die Hand ans Kinn und sah abwesend auf seine Füße hinab.

»Ich fragte, ob du menschlich bist. Oder bist du etwas anderes? Während dieses wahnsinnigen Abenteuers habe ich Gestaltwechsler genug gesehen.«

O'Hara schüttelte den Kopf, als könne er die Frage kaum verstehen. Irgendwo war das ferne Summen lauter geworden. Clive blickte auf und sah die Sonne auf der Nakajima 97 seiner Ur-Ur-Enkelin Annie glitzern. Das Flugzeug war jetzt ganz nah, neigte sich zur Erde; der Propeller wirbelte, und die Räder berührten fast den Boden.

»Ich weiß es nicht, Bursche. Menschlich, nicht menschlich? Was bin ich jetzt?« Er hob die Hand an die Augen und sah sie an. Clive glaubte, daß die Verwirrung auf O'Haras Gesicht echt war. »Ich kann mich nicht erinnern. Ich kann mich einfach nicht erinnern. Wie hat mich Gott erschaffen?«

»Gott?« rief Clive aus. »Ich dachte, du hättest deine Priesterschaft aufgegeben?«

Die Nakajima war näher gekommen, das Geräusch des Motors klang lauter. Wie konnte es O'Hara nicht hören?

»Ich war ein schwacher Priester, Clive. Nicht Gottes Fehler. Meiner. Ich wünschte, ich könnte erneut eine Stimme hören, die mich ›Vater‹ riefe, und ich wüßte, daß ich dieses Namens wieder wert wäre. Daß man mich nicht verspottete oder tadelte. Oh, wie sehr wünsche ich mir das!«

Ein Schauder peinigte den Körper. »Nicht du, Folliot. Nenn mich nicht mehr Vater. Dafür kennst du mich zu gut. Was ich getan habe — die Grausamkeiten, die ich beging —, ich und all die Gennine! War ich äußerlich menschlich? Wenn mir nur vergeben werden könnte!

Nicht von Gott, sondern von jemandem, an dem ich mich versündigte. Von einem Wesen, das durch mich litt.« Er musterte seine Hände, indem er sie sich erneut vor die Augen hielt. Clive Folliot erblickte Tränen in jenen Augen.

»Ich vergebe dir«, sagte Clive.

Timothy F. X. O'Hara lächelte. »Danke, Folliot. Danke.« Er brach auf dem perlmuttweißen Boden zusammen und lag still da.

Clive Folliot war jetzt allein und starrte gen Himmel. Die Sternenspirale, die ihn so lange gelockt hatte und die so lange sein Schicksal bestimmt hatte, drehte sich jetzt über ihm. Er war ihr Zentrum geworden.

Ein Schauder lief ihm das Rückgrat entlang und ließ ihn zittern. Es war ein Schauder, der nicht durch kalte Luft hervorgerufen worden war, sondern dadurch, daß er sich seiner Stellung bewußt wurde. Er hatte sich aus seiner Position als Kadettensohn eines unbedeutenden Landadels über alle anderen erhoben. Der Titel eines Baron Tewkesbury ginge eher durch Nevilles Linie als durch die eigene, aber das wäre die geringste aller Sorgen.

Er war mehr als ein Baron, mehr als ein Eroberer. Er war der Meister des Ordolits.

Ein sanfter Wind schmeichelte ihm um die Wangen, flüsterte ihm ins Ohr. Oder vielleicht war es eine Stimme. Oder ein Chor von Stimmen. Vernahm er die entkörperlichte Stimme von George du Maurier? Die seiner beiden Brüder, der eine ungeboren und der zweite jetzt über die schattenhafte Grenze gegangen, welche die Lebendigen von den Toten trennte? Vernahm er die Stimme der Lady 'Nrrc'kth und die ihres Bruders N'wrbb Crrd'f? Vernahm er die Stimmen all der Frauen, die er während seines Lebens geliebt hatte, und die Stimmen all der übrigen Gefährten, gleichermaßen der Fremdwesen und der Gegner, denen er auf seiner Fahrt durch das Dungeon begegnet war?

Er glaubte, auch andere Stimmen zu vernehmen — Vater O'Hara und Madame Mesmer und die spinnenhafte Shriek und Chang Guafe und den rauhen und herzlichen Finnbogg. Tomàs Folliot und Baron Samedi und die Herrschaftlichen Japanischen Marinesoldaten, denen er auf Neu Kwajalein begegnet war: Leutnant Takamura und Leutnant Yamura, Sergeant Fushida und Gefreiter Onishi. Die Passagiere und Offiziere, die er an Bord der *Empress Philippa* kennengelernt hatte, die Partner in jenem finsteren Ransome/Goode/O'Hara-Komplott und die Offiziellen der Gesellschaft zur Förderung der Universellen Nachbarschaft. Den Sultan von Sansibar und die Männer und Frauen, denen er während seiner Zeit in Äquatorialafrika begegnet war.

Die sanfte Brise wurde zu einem wütenden Zyklon, die flüsternde Stimme zu einem brüllenden Chor von Männern und Frauen, Fremdwesen und künstlichen Ungeheuern.

Die Ren.

Die Chaffri.

Und die Gennine.

Eine einzelne Stimme erhob sich über das kakophonische Gebrüll. »Clive, was wirst du jetzt tun?« Es war die Stimme von George du Maurier. »Du bist der mächtigste der Menschen. Vielleicht das mächtigste Wesen im ganzen Universum.«

»Ich bin nicht Gott«, sagte Clive.

»Dennoch ...«

»Ich weiß es nicht, du Maurier. Ich habe so lange gerungen. Und da mein Ringen beendet ist, darf ich da nicht eine Weile lang ruhen? Wenn die Buddhisten von Indien ein gewisses Alter erreichen, sagen sie sich von all ihrer Habe, ihrem Besitz, sogar von ihren Familien los. Sie scheren sich den Kopf, kleiden sich in safrangelbe Gewänder und durchwandern das Land, und ihr einziger Besitz ist eine Bettelschale, woraus sie braunen Reis essen.«

»Lockt dich das, Folliot?«

»Ich kannte einmal einen Bauern, du Maurier. Einen feinen Burschen. Wenn ich noch viele Jahre lebe, werde ich vielleicht so wie er.«

»Dann gibt es also keine weiteren Welten mehr zu erobern, keine Herausforderungen, denen du dich stellst?«

»Der Ruhm hat seinen Charme verloren, du Maurier.«

»Gibt es also nichts Falsches mehr zu berichtigen?«

Clive nickte. »Vielleicht eines Tages. Aber jetzt bin ich erschöpft, mein Freund. Müde.«

Du Maurier gab keinen Kommentar ab, als er Clive verließ. Der Chor verstummte, die Stimmen ebbten ab.

Aber es gab ein weiteres Geräusch, ein schwaches Summen, das immer lauter und lauter geworden war, und Clive Folliot wandte sich um und verfolgte den Kurs der Maschine — die Ursache des Geräuschs.

Die Nakajima 97 berührte den glänzenden Boden. Das Geräusch des Motors erstarb, als Annabelle Leigh die Zündung abstellte. Das Flugzeug rollte aus.

Annie kletterte aus dem Cockpit und rannte auf Clive Folliot zu. Sie faßte ihn an beiden Händen.

»Ich bin gekommen, dich heimzubringen, Großvater.«

Clive sah Annie ins Gesicht und weinte.

▪ AUSWAHL ▪

AUS DEM SKIZZENBUCH VON MAJOR CLIVE FOLLIOT

Die folgenden Zeichnungen entstammen Major Clive Folliots privatem Skizzenbuch, das auf mysteriöse Weise auf der Schwelle der Zeitung *London Illustrated Recorder and Dispatch* zurückgelassen wurde, jener Zeitung, die erhebliche Mittel für Folliots Expedition bereitgestellt hatte. In dem Paket fand sich keine Erklärung, nur eine rätselhafte Eintragung von der Hand Major Folliots selbst.

›Unsere Feier‹, wie der Barde sagt, ›ist beendet.‹ Mein Freund du Maurier steht mir nicht mehr länger zur Seite, um meine schwachen Bemühungen zu unterstützen. Aber es sind sein Vorbild und seine Anweisungen, die mich leiten. Diese letzten Skizzen belegen meinen Abschied von einer großen und dramatischen Phase meines Lebens.*

Das Feuer der Rache hat sich selbst verzehrt. War mein Abenteuer ein Erfolg? Ich errang größeren Ruhm als jemals erträumt, aber der Preis dafür waren meine liebe Annabella und das Leben meines eigenen Bruders. Jetzt bin ich unendlich müde, und ich werde ruhen, bis ich wieder gebraucht werde.

---

* Aus Shakespeare. – *Anm. d. Übers.*

Der grosse fliegende Zug kam herab und zerschmolz unser Eisboot – um uns zu retten oder um uns zu ertränken?

Sei gegrüsst und auf Wiedersehen, alter Freund! George du Maurier, wie ich ihn zuletzt erblickte

Philo Goode, der seinem Namen niemals gerecht wurde, und seine höllische Treppe in das Innere Londons

ZWEI CHAFFRI-SOLDATEN, DIE UNS AN DER BAHNSTRECKE NACH TEWKESBURY ANGRIFFEN
MEIN VATER — NEIN, NUR EINE WEITERE KOPIE. ABER DIESMAL WAR WENIGSTENS HAUS TEWKESBURY ECHT

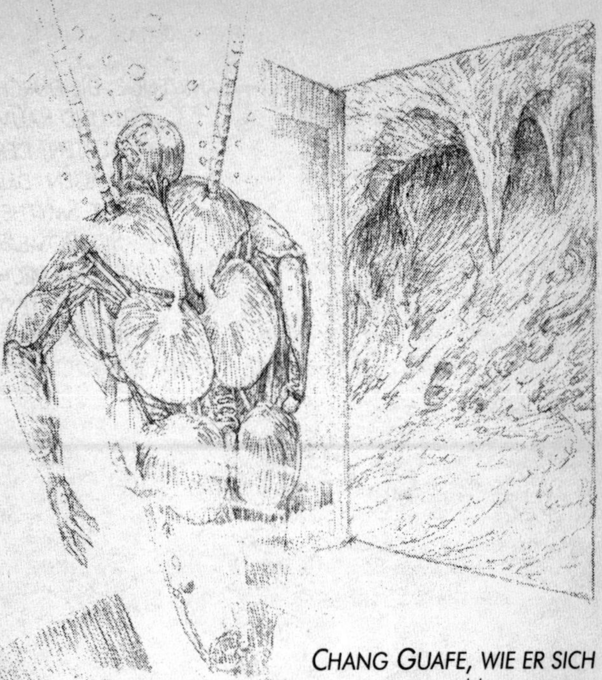

Chang Guafe, wie er sich aus dem Meer erhob.
Baron Samedi; Helfer, Gefährte, Freund, dessen Gesellschaft ich vermissen werde

Oben:
Die feurige Tür in Philo Goodes Büro in der Taverne

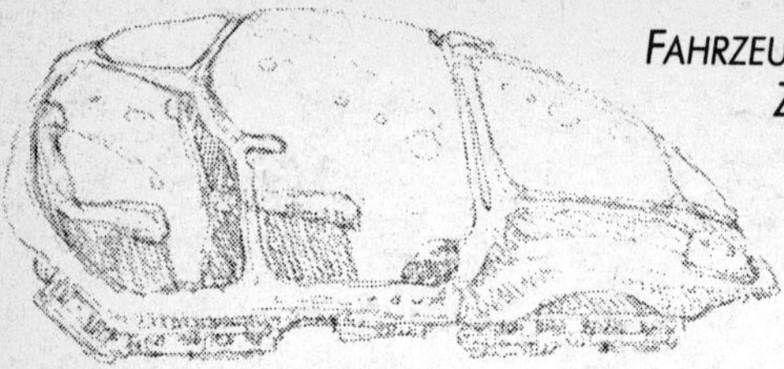

FAHRZEUGE, DIE DURCH ZEIT UND RAUM GLEITEN: DER WAGEN, DER SGT. SMYTHE, SIDI BOMBAY UND MICH SELBST AUFNAHM …

… UND DIE INSEKTENHAFTEN SCHIFFE DER REN

IM MILITÄRCAMP DER CHAFFRI SAH EINES DER GEBÄUDE SO AUS. FALLE UND TÄUSCHUNG!

MEINE GELIEBTE ANNABELLA, EINE VERKLEIDUNG FÜR EINEN CHAFFRI

Wenigstens einmal während dieses Abenteuers ein wahres Gesicht — ein Chaffri im Käfig

Meine Grossnichte —
ein weiblicher
Soldat!
Anna Maria
Folliot

Vielleicht werde ich
niemals wirklich
verstehen, was
meinen Bruder
Neville bewegte,
aber ich kann
ihm jetzt,
zu spät, vergeben

Diese Dämonen prüften
mich auf meiner Fahrt
zur Heimat
der Gennine

NEVILLE WURDE GLEICHFALLS
VON SEINEN EIGENEN
DÄMONEN GEPRÜFT.
ER GAB SEINER
SCHWÄCHE NACH,
ABER ER ZAHLTE DEN
VOLLEN PREIS DAFÜR

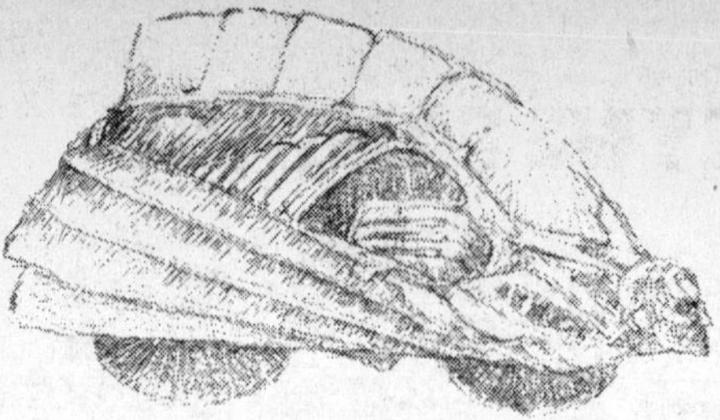

ALS ICH EIN LETZTES MAL SEINE HILFE BENÖTIGTE, WURDE CHANG GUAFE MEIN TRANSPORTMITTEL

SCHLIESSLICH ENDET DIE GESCHICHTE. ALLE MEINE PEINIGER, ALLE MEINE KAMERADEN SIND VERSCHWUNDEN — AUSSER MEINEM ÜBER ALLES GELIEBTEN NACHKÖMMLING ANNABELLE. ERLÖSUNG FÜR MEINE GEGNER. ADE MEINEN FREUNDEN! LASST UNS FRIEDEN FINDEN, SOFERN WIR ES KÖNNEN!